长篇小说

战火

骆烨 著

中国言实出版社

图书在版编目（CIP）数据

战火 / 骆烨著. -- 北京：中国言实出版社，
2016.9
ISBN 978-7-5171-1975-3

Ⅰ.①战… Ⅱ.②骆… Ⅲ.③长篇小说 – 中国 – 当代
Ⅳ.① I247.5

中国版本图书馆 CIP 数据核字（2016）第 207049 号

出 版 人：王昕朋
责任编辑：肖凤超
封面设计：徐 晴

出版发行 中国言实出版社
　　　　　地　　址：北京市朝阳区北苑路 180 号加利大厦 5 号楼 105 室
　　　　　邮　　编：100101
　　　　　编辑部：北京市海淀区北太平庄路甲 1 号
　　　　　邮　　编：100088
　　　　　电　　话：64924853（总编室） 64924716（发行部）
　　　　　网　　址：www.zgyscbs.cn
　　　　　E-mail：zgyscbs@263.net
经　　销 新华书店
印　　刷 北京温林源印刷有限公司
版　　次 2016 年 9 月第 1 版　　 2016 年 9 月第 1 次印刷
规　　格 787 毫米 × 1092 毫米　 1/16　 22.75 印张
字　　数 360 千字
定　　价 48.00 元　　 ISBN 978-7-5171-1975-3

锋利的释放和探索

麦 家

　　这位精力充沛、眼神流露出锋芒的小伙子，我猜想他的阅读经历中缺乏太宰治《人间失格》这类充满危险情绪或是德里达《论精神》这类"不可思议阻碍着思考"的记忆。它们是软的，他是硬的，锋利的。他仅仅是站在那里，便如同一柄出鞘白刃的寒光，出人意料地构成了立体而完整的锋利空间——这不仅是氛围或氛围的描述，更多的是属于精神范畴。这样的精神进入文学作品，大抵会使人心有所感，胸襟一阔。

　　《战火》书如其名，写的是一派战火：1937 年的华东大地，抗战烽火连天之秋，日寇铁骑带来的恐惧不是逐步发展的，而是像午夜噩梦一样，突如其来，明快而有力，诸暨名士铁明理一家的鲜血无疑是化繁为简的常用技巧。恐惧和罪行的张力，带来了简短而直观性的同仇敌忾，为整部作品倾向于传奇故事可能生发的波动情绪较音定调。这样的调性无法以文雅的形容著称，似乎也缺乏代数那样清晰强硬、一成不变的逻辑，它具有复杂的弹性，让人不禁为基本音级的埋没而担心。或者，作者对难度的设定脱离了简单和弦或消解的程度，他要彻底地释放自己率性的冲动和怒气。

　　《战火》与骆烨之前的作品多有不同，小说的矛盾始终跳跃在一个恰当的激烈高度，情绪饱满，整体强劲有力，有些篇章，有惊喜。譬如第二章，游击队员闯关黑虎山，简短千字，阅读趣味和人物个性跃然纸上。这类戏剧性的插曲需要作者从技术和心理上着手革新，他试图通过类似中国软笔艺术动作灵巧和突然性的笔墨展开，开展故事，举重若轻，于无声处扣人心弦。换个角度说，我在本应痛苦折磨的地方，看到了温文尔雅的一面。向前进这个人物，具有堂吉诃德的愿望、李寻欢式的能力和艾德蒙·唐泰斯式的智力，给人印象深刻。这样的人物与孙犁先生在荷花淀的抗战小说里的人物有着迥然。

在许多人长久以来的认知里，抗日题材的文学作品往往包括两个部分：一部分拥有意识的觉醒、肉体的牺牲和灵魂的升华，另一部分则是最深的黑和疯狂的恶。这样的认知其实是一座巴士底狱。造成如此认知的原因，无非抗战小说和影视剧数目是如此繁多，也许比我所能想象的更多。多不是问题，问题在于它们情节的雷同，常识的确实，叙事手法的单一幼稚：大多数内容彰显了大多数作者创作上不可救药的原创力的贫乏。骆烨在这里，在最激烈的战壕里，充分表露了他明朗的野心，他要用《战火》揭竿革命的红旗，挣脱准则的、罗曼蒂克的、于想象的、另辟蹊径的、自成一派的冒险。冒险也是一种原创力，至于他不甘心步人后尘。

总的说，我对《战火》的文字持有一定的保留。孙犁先生的文字闻着是有味道的。好在作者还年轻，文学的路才刚开始，只要肯努力，一切皆有可能：越努力，越幸运！

麦家：著名作家、编剧。浙江省作家协会主席，茅盾文学奖得主，著有长篇小说《解密》《暗算》《风声》等。

| 第一章 |

战争对于人类来说，是最大的灾难。而我们的民族却遭受了无数的灾难。

千年的老城墙，青石垒砌，沉淀着历史的厚重和时代的变迁。战火的痕迹在城墙上肆虐，遍地都是哭嚎声。

城墙上，依稀可以辨认出三个大字：中水门。

中水门，唐朝开元年间留下来的老城门。这是浙江地区的一座小县城，名叫诸暨，曾是越国的古都，四大美女之首西施的故里。

城墙下看不到人烟，战场显然已被人打扫，没有尸野遍地，却充斥着浓烈的血腥味，战火还在燃烧着。

这是一幅战争后的画面，残酷与狰狞，死亡与恐惧。

时间在这一刻仿佛是静止的，没有风吹，没有草动。直到远处的马蹄声，打破了这死一般的寂静。

日军大佐武田正雄正骑着高头大马，率领着日军往诸暨县走来，这个身材矮小但体格壮实的日军头目，满脸的横肉带着骄横得意之色，此刻正酝酿着血雨腥风。武田的得力手下山本一郎和龟田英夫也骑着大马，跟在武田的身后，飞扬跋扈。

原先的县长办公室，现在已经被改造成武田联队的作战指挥部，上面挂着太阳旗和诸暨县地图。武田正雄召集了众日军军官开会，同时也有皇协军的团长韦二明等人以及诸暨县的一些乡绅。韦二明此刻正点头哈腰地站在武田正雄面前汇报着："这个铁明理据说是前清时期第一批出国留学的精英，在诸暨县是数一数二的名门望族，几代下来，声名远播。属下认为出任诸暨县县长是在合适不过的了。"

武田正雄满意地点点头，这个铁明理他早有耳闻，不仅是因为他的才华横溢，更因为铁家一直有个传说：铁家有宝藏，富可敌国！想到这，武田嘴角不自觉地上扬："山本君，明日你就去拜访拜访铁明理先生，请他出任新县长。"山本一郎与武田正雄对视一笑，心已会意："嗨。"

烈日当空，浙东游击纵队司令部内，传来一阵阵急促的电报声，新四军战士忙碌着，呼吸着的空气中都弥漫着一股紧张的味道。

向前进、小四川、周杰、阿魁、石英五人列队站在纵队司令何司令的面前。何司令神情凝重："诸暨县是浙东地区的咽喉要塞，历来是兵家必争之地，如今被日军占领，这对我们非常的不利，所以，我们新四军必须将诸暨县给夺回来。"

这时，向前进站了出来，向何司令敬礼："何司令，向前进一定全力以赴完成任务。"向前进说完，小四川、周杰、阿魁、石英等人也跟着敬礼："保证完成任务。"

何司令欣慰地拍了拍向前进的肩膀，看着这个二十出头的小伙子，毕业于黄埔军校，却从不自负，清秀俊逸的脸庞，却一脸的刚毅和决然，何司令满意地点了点头。

向前进知道，现在抗战困难时期，他能带走的兵力不多，接下来如何去招兵买马，组建当地的武装力量与日军侵略势力抗衡，是重中之重。这是项艰巨的任务，他的肩上扛起了前所未有的重任。

次日一早，山本一郎率领着一队日军来到铁宅，山本一郎从军用三轮摩托车上下来，他手握军刀，抬头看了一眼匾额"铁宅"两字，随后径直走进铁宅。一队全副武装的鬼子兵紧接着跟了进去。铁宅管家来福见状予以阻拦："真是对不起，我们老爷身体不适，不能招待各位皇军。"山本一郎根本没有停下脚步的意思，边走边说："既然铁老先生身体不适，那我山本今天一定要亲自探望。走。"管家吓得后退了两步，不知如何是好。

这时，铁明理走了过来，他咳嗽了几声。山本一郎看见铁明理，冷笑了一声："呵，看来铁先生是真的身体不适？"铁明理又咳嗽了一声："老了，不中用了，十天一小病，半年一大病啊。"

铁明理在小女儿铁胜兰的搀扶下，走到了客厅里，坐了下来。山本一郎的眼神落在了铁胜兰身上。铁明理也注意到了山本一郎的眼神："山本先生也请坐。"山本一郎的目光又转向铁明理，没有坐下来，他笑了笑："但我听说，铁先生在半个月前还出了一趟远门，据说还是亲自开车的。"铁明理一愣，但还是不动声色，他保持着镇定的样子："来福，怎么不给山本先生泡茶？"山本一郎手一挥："不必了，我来铁宅，不是来喝茶的。"

铁明理端起茶杯，喝了一口："不知山本先生此行前来，有何贵干？"山本一郎拱手，但语气极其嚣张："在下奉武田大佐之命，来请铁先生出山。"铁明理惊讶："出山？"山本一郎道："对，请铁先生出任诸暨县县长一职。"铁明理声调不高却义正词严："恕铁某不能答应。山本先生，铁家列代读书经商，就是没有出过当官的，况且铁某真的是老了。"

山本一郎阴阴地看着铁明理，坐在椅子上："铁先生，我们武田大佐对你很是尊敬，但是请你不要敬酒不吃吃罚酒。"铁明理此时咳嗽起来，咳得很用力。铁胜兰给铁明理抚背："爹爹，我扶你回房休息。"铁明理摆手："不碍事。"山本一郎一直冷冷地看着铁明理，又色眯眯地看着铁胜兰。

山本一郎扭曲了脸："铁先生，你不想当县长也可以，只要你说出一个秘密。"铁明理看着山本一郎，没有说话。山本一郎凑近铁明理："告诉我太平天国的宝藏藏在哪里，把宝藏献给大日本天皇，一切都好商量。"铁明理突然大笑："哈哈哈，这种江湖传言，没想到你们也信，可笑至极。"山本一郎怒拍桌子："八嘎牙路，皇军的忍耐是有限的。"铁明理淡然地站了起来："既然如此，送客。"

铁胜兰怒目相瞪，做了个请的姿势。山本一郎一把抓住铁胜兰的手："如此，我就不客气了。抓起来，把她带到那小屋里去，她是你们的了。"两个鬼子兵淫笑着把铁胜兰抓了起来，往小屋拖去，铁胜兰大叫着："放开我，爹……救我。"

"混蛋。"铁明理气得浑身发抖，想要冲上去，但被山本一郎一把挡开。来福也冲上来："你们快放开小姐。"山本一郎突然拔出了刺刀，挥手一刀，刀尖从来福的脖子上划过，顿时一股鲜血喷了出来。来福瞪大着眼睛，倒地死去。铁明理愤怒地大叫："屠夫，畜生。"山本一郎阴阴地一笑："铁先生，我给你最后一次机会。"

"呸，我铁明理就算是死，也不当汉奸。"铁明理义正词言。山本一郎朝着鬼子兵右手一挥，鬼子兵迫不及待地将铁胜兰推进了小屋，屋子里传出来鬼子的淫笑声，和铁胜兰恐惧的叫喊声："不要，救命啊，爹，救救我。"铁夫人对着山本苦苦哀求："求求你，放了我的女儿啊，求求你们了。"屋子里传来铁胜兰挣扎的声音："救命，救命啊……"

铁明理极其痛苦地挣扎着，突然，他用尽全身的力气徒手夺下了身边一个鬼子兵手中的刺刀，向山本一郎猛刺过来："小鬼子，去死啊。"眼看着刺刀已经逼近山本一郎，山本一郎惊慌地退后了一步，拔出手枪。子弹穿过了铁明理的胸膛，铁明理看着山本一郎，手中还紧紧地握着刺刀："小鬼子，我铁明理做鬼都不会放过你们的。"山本一郎彻底被激怒，对着铁明理又开了两枪。铁家老小都惊恐地叫了起来，铁夫人扑在铁明理的身上痛哭："老爷，老爷你醒醒啊。"

"日本人杀了我们老爷，我们跟他们拼了。"铁家人奋起反抗，山本一郎杀红了眼："关上大门，不准任何人出门去。"

铁家小丫鬟喜子吓得往后躲去，却被一个冲向日本人的铁家壮汉撞倒，脑袋撞在了水缸边，晕了过去。

大门被重重地关上，鲜血染红了整个铁宅。

而在诸暨县的另一端，有这么一伙人正风尘仆仆地操办着一件大事。

崇山峻岭，悬崖峭壁，对于普通百姓来说，这是人烟罕至之地，但对于土匪而言，恰恰是天时地利的老巢首选，这就是令诸暨县百姓闻风丧胆的黑虎山。

黑虎山大当家王天霸率领着二当家刘彪、三当家花千朵、四当家豹子头、五当家毒狼、六当家童阿发一干土匪下山来。花千朵一副英姿飒爽的样子，在一堆男人中，显得尤其夺目。王天霸他们几个土匪当家人骑着大马，呼啸着，手拿双枪，如烈风一般，疾驰而下。

一列疾驰的火车开向诸暨县。

火车车厢里，燕京大学青年教员铁胜男和她的同事马致远正坐在这列火车上。铁胜男一身男装，显得格外的清秀隽美。三个日军士兵背着枪，从铁胜男他们身边走过。马致远看了一眼日军士兵，轻声道："胜男，我听说诸暨县已经被日军攻破。"铁胜男一脸无惧的样子："怎么，怕了？我又没叫你跟来。"马致远笑了笑："有什么好怕的，我马致远是良民。"铁胜男有些鄙夷地看了一眼马致远，没有接话。不知为何，这几日她总是心神不宁，也不知是否是因为这个马致远非要跟着她回家拜见她的父母。想到这，铁胜男又看了眼马致远，心生反感。

就在这时，一声女人的尖叫声传了过来："啊——救命啊，放开我。"一个鬼子抓着一个年轻女孩，放荡大笑："嘿嘿，花姑娘，你的，别想逃走，跟我们一起来，好好的，玩玩。"女孩被日军追赶着在车厢奔跑，一个跟头栽在铁胜男面前，鬼子顺势扑了上来。女孩害怕地挣扎着，柔弱的身躯在鬼子面前是如此渺小。铁胜男瞪大着眼睛，眼看鬼子们已经撕开了女孩的衣服，女孩声嘶力竭地哀嚎："救命啊，救命啊。"铁胜男满脸通红，忍无可忍，正要站起来，却被马致远一把拉住："不关我们的事，你不要冲动。"

铁胜男一听却更加生气，"噌"的一声站了起来："日本鬼子之所以敢在光天化日之下为所欲为，就是因为你们这些看客坐视不理，无视就是纵容！"铁胜男说完，整个车厢里的中国乘客们却很是害怕地低下头去。但在车厢后座，一个意味深长的眼神看向了铁胜男。他的拳头已然紧握，似乎还在等待着时机。他的手下阿魁刚要站起来，也被他的一个眼神制止了。

铁胜男说完，大步走到鬼子面前，对着这个叫犬养健的施暴者大声怒吼："听着，你们脚下踏着的是我中华大地，在这里为非作歹，你也要问问我们泱泱中华数万万人民同不同意？"犬养健怒骂："你的？不想活了？"马致远害怕地跟在铁胜男身后："铁老师不要管这事了。"

"哼，今天这事我管定了。放开她。"铁胜男说完去扳犬养健的手腕，犬养健发怒，一把甩开了铁胜男，铁胜男差点摔倒，戴在头上的帽子掉落下来，秀发披肩散开。众人惊讶地瞪大眼睛，他们没有想到铁胜男竟是个女子。犬养健更是瞪大了狼一样的眼睛，他重重地咽了一口口水："呦西。"

向前进一直静静地观察着这一切，但是他还是保持着一副镇定的模样。他的手下小四川、阿魁、周杰、石英他们已完全按捺不住，眼巴巴地等着他们的队长向前进发出号令。

而此刻，王天霸带着一众土匪埋伏在了虎扑岭上，他的嘴巴上含着一根狗尾巴草，一副悠闲的样子。火车疾驰而来，带起了一阵风声。风声顺着火车吹向虎扑岭。

犬养健淫邪地看着铁胜男，向铁胜男扑了上去，铁胜男一低身，抓来了犬养健腰间的手枪，她假装转身要逃走，被犬养健一把抓住，铁胜男顺势挣脱，摔倒在地上，犬养健还想扑上来，铁胜男用枪对着犬养健："别动，不然我开枪打死你。"犬养健停住了脚步，但他脸上毫无惧怕之色："花姑娘，呦西呦西，我喜欢。"铁胜男拉响枪栓："退后，往后退。"马致远紧张地劝着铁胜男："胜男，不要，不要开枪啊。"铁胜男怒吼："闭嘴。"

向前进看着铁胜男，顿时对这个女老师的气魄有了些敬佩之情，他的拳头再次握紧，随时准备出手。

犬养健吃准了铁胜男一副斯文的样子不敢杀人，朝着铁胜男步步紧逼。铁胜男紧紧地握着枪往后退了几步，虽说日本鬼子人人得而诛之，但她毕竟没有杀过人，手开始不由自主地颤抖，她开始害怕："你不要逼我……"犬养健吃准了这点，淫笑着扑上来："花姑娘，来吧。"犬养健正要扑到铁胜男的身上，突然"砰"的一声枪响。

火车车厢里，空气顿时凝固住了。

枪声顺着风声，隐隐传来。王天霸吐掉嘴里的狗尾巴草，转头对四当家豹子头说："老四，干活了。"豹子头兴奋："得令。"王天霸看着火车的方向，一副淡定的样子。

犬养健瞪大着惊讶的眼睛，他至死都不敢相信自己会被一个小姑娘杀死，他低头看着自己的胸口，胸前冒出鲜血来，如同盛开了一朵漂亮的花朵。铁胜男也不敢相信自己竟然会扣动扳机，手枪从她的手中掉落下来。马致远还愣在那里，他颤抖抖地说出一句话来："铁老师，你杀人了。"犬养健慢慢地倒下去。顿时整个车厢一阵骚乱。这时，一队日本兵从另一节车厢进入这节车厢，带头的是日军中尉武田信玄。

鬼子向铁胜男扑过去，马致远终于冲过来，拉住铁胜男："快跑。"铁胜男和马致远想要逃出去，武田信玄看到了他们，一个飞身过来，已挡在了他们面前："八嘎。"武田信玄拔枪瞄准铁胜男，铁胜男瞪大了眼睛，突然，一个杯子向武田信玄飞了过来，正好砸中武田的手枪。向前进一个飞身，一脚踢向武田信玄，武田信玄连连往后退了几步，向前进对着铁胜男大喝了一声："快走。"铁胜男看着向前进，猛地点点头，转身往后退去。武田信玄还想去抓铁胜男，向前进挡住了他的去路。武田信玄气急败坏地攻击向前进，向前进一低身，躲过了武田的拳头。

"队长，我们来帮你。"阿魁见状向武田信玄撞了过去，武田被撞倒在车窗边。周杰带着铁胜男和马致远往后面撤退："快走，往这边走。"

"别让他们逃走。"武田信玄突然一把抢过身边日军手中的枪，对着向前进射击。车厢里的乘客乱做一团，恐慌的尖叫声和孩子的哭声在枪声中穿梭。

子弹忽然飞向一个小孩。向前进奋身扑了过去，抱着小孩子避开了子弹，随后把孩子交到孩子妈怀里："快，往后退。"

武田信玄猛冲了上来。向前进和小四川、阿魁往后退去。众多鬼子向他们围攻过来，向前进命令道："小四川，你带着他们先撤退。这里交给我和阿魁。"

"是。"小四川应道。向前进说着向冲在前面的鬼子攻击过去。小四川一个翻身，已跳到铁胜男他们那边，他顺势还击倒了一个鬼子。小四川带着铁胜男他们往另一节车厢逃去。

向前进见铁胜男他们已退到另一节车厢，他对着冲上来的两个鬼子，猛地来了一个扫荡腿。这两个鬼子扑倒在前面，向前进一把夺过了鬼子手中的枪，迅速地把一把手枪扔给了阿魁："阿魁，接着。"

一阵激战。

埋伏已久的土匪花千朵觉得情况有异："不对，怎么会有枪声，难道有人先我们一步下手了？"王天霸一脸不屑："行动。驾——"

王天霸蒙上了脸，其他土匪也蒙上了脸。王天霸一鞭子打在马屁股上，胯下的烈马顿时奔跑起来。

"大当家的，等我。"花千朵说完跟了上去。刘彪他们一干土匪亢奋地跟着王天霸奔跑起来，紧接着传来他们欢快而狂妄的呼啸声："唔，唔——"

马队向铁路轨道的方向呼啸而去。此时，向前进和阿魁已经撤往另一节车厢，武田信玄带着日军士兵追了过来，正准备二轮交战，一个小鬼子朝着窗外惊呼："有敌人。"

王天霸率领着土匪们向火车追过来。火车在快速飞驰，土匪们骑着马在追赶。率先抵达的几个土匪已开始攀爬火车。

日军机枪手迅速反应过来，打开车厢大门，把马克芯重机枪架在了那里，对准了冲上来的土匪。王天霸看到了火车里面露出来两架重机枪，立即发出号令："有危险，停止进攻。"

土匪们急忙拉住马缰绳，但已经来不及，鬼子机枪手已开始对着土匪们扫射。冲在前面的几个土匪被子弹打到，从马上摔了下来。王天霸一阵口哨，土匪队伍分成三队散开，一队正面进攻火车上的鬼子，一队往前追赶，另外一队绕到了后面。王天霸使出双枪，躲闪着射过来的子弹，竟然从正面向鬼子机枪手杀了过去，王天霸左右开弓，两颗子弹先后向鬼子机枪手打了过去。

火车上的机枪手一个侧身，躲过了一颗子弹，但随即另一颗子弹飞射过来，打在了他的脑袋上，机枪手倒地身亡。王天霸得意地仰起了身子，吹起一阵长口哨。

向前进伺机来到铁胜男和马致远的身边："快从火车上跳下去。"马致远看了一眼疾驰的火车："这，这，这怎么可能？会摔死的。"向前进怒："那就等着被鬼子打死。"

铁胜男一脸担心："那你们怎么办？"向前进道："我们自有办法。你们先跳。"这时，传来阿魁的声音："队长，我快挡不住了，没子弹了。"向前进一边狙击着前面的日军，一边催促铁胜男："快，来不及了。"铁胜男既感激又内疚地看了眼向前进，然后打开车门，拉起马致远的手："就算摔死，我也不能连累他们，再见。"铁胜男说完，毫不犹豫地闭上了眼睛，跳下火车，马致远吓得大声喊叫："啊啊啊……"铁胜男和马致远被重重地摔下火车，铁胜男突然看到王天霸的马队向火车追了过来，她被眼前的景象吸引住了，此刻，她似乎忘记了疼痛。

王天霸又是一阵口哨声，示意土匪们上火车，刘彪一马当先，挥动着手中铁链子，钩住了火车，随后一跃身，跳到了火车上，随后又有几个土匪跳到了火车上。花千朵把枪咬在嘴里，从马背上站了起来，一个漂亮的飞跃动作后，她也跳上了火车。王天霸对着花千朵竖起了大拇指。

向前进见铁胜男他们已成功跳下，随即发出号令："听我命令，迅速撤退。"众人接到指令，纷纷往后撤退，向车窗外跳下去。

武田信玄气急败坏地大吼："一个都不能让他们跑掉。"鬼子向向前进包围过来。向前进打光了枪中的子弹，他刚要往车窗外跳出去，武田信玄扑上来，抓住了向前进的脚，向前进一个翻身，已跃上了火车车顶。

武田信玄和向前进在火车顶上交起手来。这时，王天霸也向火车上跳上来。武田一惊，向前进抓住机会一个拳头打向武田信玄，武田差点摔下火车去，但他很快用手抓住了火车上面的手把，一跃身又回到了向前进面前。

王天霸看着向前进和武田信玄打斗了一阵，笑了笑："你们慢慢玩。"王天霸说着往火车车窗里面跳了进去。刘彪见到王天霸，便上来汇报："大当家的，军火就在最后两节车厢里。"王天霸开心："好样的，老五，你去把最后两节车厢的链钩断开，保证前面车厢里老百姓的生命安全。"毒狼道："是。"

火车司机正看着前方，突然他惊讶地张大了嘴，闸弄口的位置上，正燃烧着熊熊烈火。火车司机连忙拉下了刹车，火车顿时慢了下来，火花在铁轨上四溅开来。豹子头带着几个土匪等候在闸弄口，兴奋地准备干架。

火车恰到好处地停在了烈火前端，豹子头带着众土匪冲向了藏有军火库的车厢，刘彪也随后赶到，几乎不费吹灰之力，就将守备军火库的几个小鬼子全部消灭了。军火库车厢里摆满了机关枪、手枪、汤姆森冲锋枪，还有小钢炮、手雷等武器。王天霸又是一阵口哨。土匪们都"哈哈"狂笑起来。王天霸拿起身边一把勃朗宁手枪，把玩了一下，随后插在了皮带上。

武田信玄和向前进还在交手，他已经有些筋疲力尽。当武田信玄看到军火库被劫持，他完全暴怒了，对着向前进怒吼："你们到底是什么人？"向前进擦掉了嘴角边的血丝："呵，中国人。"

"八嘎牙路。"武田信玄继续向向前进猛冲过来。向前进差点被武田信玄甩到火车外，向前进抓住了火车顶部，武田抓起了地上的刀子，对着向前进再次刺过来。

千钧一发之际，王天霸冲着向前进喊了一声："兄弟，接枪。"

王天霸迅速把刚才那把勃朗宁手枪扔给了向前进，手中那块虎头牌也不小心一起扔了出去。手枪和虎头牌都落入了向前进的手中，武田信玄的刀子已经逼近向前进的眼睛。向前进迅速扣动了扳机。一声枪响，子弹击中武田信玄的脑门。武田信玄往后倒去，刀子也飞了出去。

天色已近黄昏。

铁胜男往小山坡跑去。马致远在后面追赶，关切道："铁老师，胜男，你慢点跑，当心点。"铁胜男跑到小山坡上，有些忧虑地看向远方，自言自语："他们应该不会有事吧？"马致远安慰道："放心吧，贵人自有天助，我们先休息下，这离诸暨县应该不远了，天一亮我们再赶路吧。"铁胜男遥望着远方，若有所思地点了点头。

武田信玄的死讯很快传到了武田正雄的耳朵里，武田信玄是武田正雄唯一的亲弟弟，瞬间，日军指挥部的气氛降至冰点，武田正雄手握军刀，怒目圆睁，杀气蔓延开来。

而黑虎山上的聚义厅里却一片欢腾，中间堆放着王天霸他们抢夺来的冲锋枪、小钢炮等武器，很多土匪第一次得见，都好奇地围看着。

王天霸得意洋洋地坐在虎皮椅子上，他的身边跟着他的两个女人花好和月圆，她们穿着旗袍和高跟鞋，分外妖娆。

众土匪欢呼起来："大当家的威武，威武。"王天霸格外高兴地端起酒杯："来，给大家上好酒，今晚上咱们兄弟不醉不归。"底下又是一阵欢呼声："不醉不归。"

夜幕降临，向前进和小四川他们来到诸暨县县城外，观察着城门口的动静。城门口，大批的鬼子兵在把守着。

这时，城头上的探照灯照射过来。向前进他们连忙低下头去，灯光转过去后，向前进小声道："走，离开这里。"

"去哪？"小四川问。

"黑虎山。"向前进说完，看了下手中的虎头牌。

酒过三巡，聚义厅里杯盘狼藉。豹子头已喝得醉醺醺，一副要和人打架的样子，花千朵在一旁拉架。刘彪喝了酒也壮了胆，偷偷看向月圆坚挺的胸部，忍不住咽了口口水。

这时，王天霸站了起来："兄弟们，酒足饭饱，爽不爽。"聚义厅里的土匪又躁动起来："爽。"王天霸站了起来，亢奋道："那现在我王天霸说，还要干一票大的，大家觉得怎么样？"

众土匪都相互看着，窃窃私语。豹子头的酒也醒了一半："大，大当家的，难道你还要去劫鬼子的军火？嗨，这回别叫我去放火了，我要爬火车。"王天霸摆了一下手："鬼子军火不劫了。"花千朵好奇道："那大当家的，你要劫什么？"王天霸笑了笑："嘿嘿嘿，宝藏。"众土匪开始窃窃私语。

王天霸继续高谈阔论："对，有了这批宝藏，我们不但可以购买大炮，还能买飞机，买坦克，还有，我要建造学校、医院、教堂，在这方圆千里，不，万里，建成一个理想国。"

众土匪面面相觑。

铁胜男和马致远也踏上了行程，他们坐在一辆牛车上。虽是秋日了，但天气还是很热，铁胜男满脸是汗水，她有点焦急，心虚得厉害："大伯，到枫桥镇还要多久啊？"老汉宽慰道："哎，丫头，你也别着急，再过两个钟头就到了。不过我提醒你们啊，现在日本鬼子已经占领了诸暨，你们最好还是小心点。"

马致远看了一眼铁胜男，似乎想说什么，但又把话给憋了回去。牛车继续往前走着。

| 第二章 |

　　当王天霸带着土匪们走进铁宅大院，这个行走在腥风血雨之中，见惯了战争与死亡的土匪头子也被眼前的景象所震撼，只见铁宅上下，尸体横七竖八地躺在地上，有年轻力壮的青年男子，更多的是手无缚鸡之力的老弱妇孺，他们血肉模糊，死不瞑目。

　　"小鬼子可真够残忍的。"王天霸不忍再看，闭上了眼睛。

　　"大当家，那我们还要找宝藏吗？"豹子头问王天霸。王天霸皱着眉头："铁宅刚发生血案，这个时间找宝藏，太没有人性了。不找了。"王天霸说完，环顾四周："铁明理也是个有骨气的人，死后竟没人收尸，豹子头，找块地把他们埋了吧。"豹子头应声："是。"

　　就在这时，传来一阵急促的脚步声，众人望去，只见铁胜男推门而入。看到了院子里的场景，铁胜男震住了，她的脑袋里猛然间一片空白。她不敢相信眼前的一切，瞪大着眼睛，却又是一阵头晕目眩，差点摔倒，用尽全力扶住了大门。

"铁老师，我们到了……"随后赶来的马致远话还没有说完，也看到了里面的惨景，惊恐地叫出来："啊……"铁胜男似乎是被马致远的叫声惊醒，她扑了上来，歇斯底里地大喊起来："爹，娘。"铁胜男往里面冲进来，被脚下一具尸体给绊倒了，她撕心裂肺地叫喊着，顺着血流成河的地面，往前爬着："爹，娘，爹，爹……女儿回来了。这到底是怎么了，到底是谁干的，是谁杀了你们啊？啊——"铁胜男跪在父母的尸体旁，看着惨死的父母，放声悲恸地大哭。

王天霸和花千朵在客厅中看着铁胜男。王天霸深深地叹了一口气。突然，王天霸发现铁胜男正恶狠狠地瞪着自己，王天霸的心顿了一下。她的眼里是悲痛的泪水，却迸发出愤怒的火焰。

铁胜男缓缓地抬起头来，瞪着王天霸："是你们，是你们害死了我全家。"王天霸解释："什么，怎么可能是我们杀的，是小鬼……"铁胜男慢慢地站了起来，凶狠地盯着王天霸："你们这群土匪，为了宝藏，害死了我们全家，是不是？"马致远听到铁胜男说宝藏两字，愣了一下，看了铁胜男一眼，内心不由激动起来："看来宝藏是真的。"

花千朵试图去安慰这个可怜的女人："不，不是的……"王天霸打断了花千朵的话："这个时候你说什么她都不会听的，看来这口黑锅我王天霸是背定了。"

"土匪，我铁胜男跟你们拼了。"铁胜男说着向王天霸冲了上来，王天霸一个闪身躲开，对着铁胜男的后脑勺一记重掌，铁胜男瞬间晕死过去。花千朵赶紧上来扶住铁胜男："大当家的，你打晕她干吗？"王天霸甩了甩手，向门外走去："见不得女人发疯撒泼、无理取闹，她需要冷静，带她回去。"

马致远吓得两腿发软："你们，你们不能带走她。"

王天霸骑上了马，看着这个没用的男人，飞起一脚，踢在了马致远的胸口，马致远足足飞出了三米外，王天霸哈哈大笑。铁胜男迷糊中睁开了眼睛："马老师……"马致远口吐鲜血，他捂着胸口，气息微弱道："你们不能抓走她。"王天霸回头看了一眼马致远："好，你想要回她，带着十万大洋，来黑虎山赎人。哈哈哈。"王天霸说完，骑着马扬长而去。

铁胜男看着倒在地上的马致远和死去的家人，她的视线又模糊起来，昏了过去……

日军指挥部内，武田正雄重重地打了山本一郎两个巴掌，山本一郎灰头土脸地站在武田面前："铁明理虽然死了，但他的母亲还活着。"武田正雄愤怒地看着山本一郎："算你还没蠢到家，铁明理的母亲现在在哪里？"山本一郎指了指门外："在外面绑着呢。"武田正雄又一巴掌打了出去，却在山本的脸庞边停了下来，他收住了手，快步往外面走了出去。

铁老夫人虽被绳子绑着，却一身的正气，毫无畏惧之色。韦二明站在一旁冷冷地看着铁老夫人。武田正雄推门走了进来，二话不说，对着韦二明一个巴掌："混蛋，怎么对老夫人如此不尊重？"山本一郎和韦二明有些不解地看着武田。武田又是一个巴掌扇向韦二明："还不快给老夫人松绑。"韦二明被突如其来的巴掌打蒙了，唯唯诺诺地上前松绑。

武田正雄此刻已上前一步，站在铁老夫人面前，鞠了一躬："老夫人，对不起，我属下犯下滔天大罪还请您原谅，日后，武田一定会好好补偿。"铁老夫人突然哈哈笑起来："哈哈哈，可笑，可笑至极啊。"武田正雄又鞠了一躬："是在下没有管好自己的属下，在下一定会重罚他。"铁老夫人看着武田正雄笑了笑："重罚，怎么重罚？他杀了我们铁家这么多人，活生生的性命，这样的罪，就算他死一百遍也不够。"山本一郎恶狠狠地看着铁老夫人，他不明白武田为什么对这个老太婆还这么客气。龟田英夫似乎看出了山本心里在想什么，他拉了一下他的手臂，示意让他低头。

武田正雄附和道："是的，死一百遍，死一千遍都不够。"铁老夫人面对武田正雄毫无惧色："你这个大鬼子也不要对老太婆假惺惺了，要杀要剐，早点来的好，反正老太婆也活够了。"武田正雄笑："请老夫人息怒，武田发誓，绝对不会杀你。请你告诉我，宝藏在哪里？"铁老夫人又笑了起来："哈哈哈，我说你什么来着，兜这么大圈子，你无非就是想从我的嘴里套出铁宅太平天国的宝藏吧？"武田正雄不作声。铁老夫人故作玄虚："宝藏还真有，不过，你休想知道。哈哈哈。"山本一郎终于忍不住："八嘎牙路，大佐阁下，这个老太婆留着没用，还不如现在就杀了她。"武田正雄突然拔出枪，对着山本一郎脚下开了一枪，山本连忙往后退去。

"韦团长。"武田吩咐着，"给老夫人安排一间上好的房间，两个听话的丫鬟。

另外派一个小队人马保护老夫人的安全。"韦二明点头哈腰："嗨，二明明白。"

铁胜男躺在王天霸的床上。五当家毒狼正在处理铁胜男的伤口，给她包扎。

王天霸关切地问道："老五，她没什么大碍吧？"毒狼答道："大当家放心，只是撞破了皮肉。"王天霸点点头："好，退下吧。"毒狼站到了王天霸身后去。

铁胜男慢慢醒了过来，她有些好奇地看着这个房间，看着王天霸他们。月圆看着铁胜男，又抱住了王天霸的手臂："大当家的，这个小丫头是谁啊？"王天霸笑："哈哈，压寨夫人。"月圆大惊："什么，压寨夫人？大当家是在开玩笑吗？"王天霸笑而不语。

这时，铁胜男似乎想起来什么，猛地坐了起来，对着王天霸："你到底想干吗？"王天霸笑答："我说了，要娶你做压寨夫人。"铁胜男惊呼："不可能。"王天霸："天底下的事，只要我想做，就没有不可能的。今晚上我就让你成为压寨夫人。"铁胜男又要冲向王天霸，但被花千朵制住了："铁姑娘，你就从了我大当家吧。"铁胜男瞪了一眼花千朵："你们这群土匪。"

"三妹，你替我看好你未来的嫂子。"王天霸说完乐呵呵地走了出去。月圆跟在后面，一脸不高兴："大当家的，大当家……"

聚义厅里已是喜气洋洋的氛围，张灯结彩，土匪们都很是开心的样子。王天霸已穿上了新郎官红袍装，笑呵呵地看着众人。

月圆看着此情此景，不由心中愤懑，一脸阴郁，花好自是明白月圆的苦闷，但她也无能为力。刘彪看着月圆伤心的样子，他想上去安慰，但碍着有这么多兄弟在旁边，也止住了脚步。孤零零的月圆寂寞极了，郁结在心中弥漫开来，愈加浓烈。

这时，七当家大耳朵亮着大嗓门喊起来："吉时已到，新郎新娘拜堂喽。"王天霸兴高采烈地走上来，铁胜男此刻已被花千朵她们强行换上了红装，铁胜男瞪大了眼睛，她的左右两手被花千朵她们反握住，没有反抗的力气。

王天霸看了一眼铁胜男，很是满意："三妹，辛苦你了。"

"没什么。"花千朵嘿嘿地笑笑，强扶着铁胜男。月圆站在一旁满眼的妒火。

"一拜天地……"大耳朵喊完，王天霸和铁胜男跪了下来。王天霸拜天地，铁胜男在花千朵的强行搀扶下，也勉强拜了天地。

"二拜高堂。"

王天霸转向众兄弟："这一拜，我王天霸就给众兄弟们拜了，没有兄弟们的齐心协力，也不可能有黑虎山的今天。"众土匪喊起来："大当家威武。"铁胜男愤恨地看着王天霸，她似乎在酝酿着什么。

"夫妻对拜。"

王天霸看着铁胜男，脸上已乐开花："夫人，咱们这一拜下去，从此可要白头到老了……"铁胜男咧嘴邪笑，王天霸正要拜下去，突然，铁胜男猛地挣脱开了花千朵，一头撞向了王天霸，王天霸脚下没站稳，差点摔倒。

"哎，铁姑娘……"花千朵没料到会这样，一时竟不知如何是好。

王天霸担心铁胜男要自寻短见，连忙紧紧地抱住了她："夫人，夫人，你不要这样子好不好，今天是我们大喜的日子。"铁胜男愤怒地挣扎："我不会嫁给你，我要杀了你。"王天霸嘿嘿笑着："杀我，好啊，待会儿去床上。"铁胜男用尽力气想要挣脱："魔鬼，禽兽。"王天霸倒不介意："对，我是禽兽。哈哈哈。"下面的土匪也跟着哄笑。

王天霸说着便将铁胜男扛在了肩上，往新房走去。

豹子头端起酒杯："来来来，大伙儿把酒喝起来。大当家生娃去了，我们就在这里好好喝酒。"众土匪欢腾，痛饮开来。

王天霸把铁胜男抱进了房间，直接扔在了床上，王天霸看着铁胜男："夫人，是我给你脱，还是你自己脱？"铁胜男抓紧自己的衣襟："土匪，别过来。"

"嘿嘿，你骂吧，我就是个土匪。"王天霸说着扑了上去，铁胜男连忙躲开，从床上爬了起来，退到了桌子边。王天霸笑了笑，向铁胜男慢慢地靠近。

铁胜男突然抓过了桌子上的烛台，拔掉了上面的蜡烛，向王天霸猛地冲了过来："土匪，我要给我爹娘报仇。"烛台的尖头刺进了王天霸的肩膀上，王天霸推开了铁胜男，肩膀上顿时冒出鲜血。王天霸的脸色一下子阴沉下来，他涨红了脸，刚想要发怒，但见到铁胜男此刻正害怕地看着他，他控制住了自己的怒气，流露出欣赏之色："好烈的女子。"

王天霸说完又一次向铁胜男走了过去，铁胜男知道，前一次的得逞是因为他的毫无防备，这一次，她绝无可能再占上风，王天霸再次逼近了铁胜男，铁胜男突然冷笑一声，拿着烛台往自己胸口刺去。

"不要……"王天霸拉住了铁胜男的手，但烛台的尖头已经刺入铁胜男的胸口。铁胜男脸色苍白，但她还是露出一个笑容："就算死，我也不会放过你这个杀人凶手。"王天霸的语气带着恳求："姑奶奶，我服你了，你是女英雄，你是我的爷。我保证，再也不非礼你。"

"我，我要报仇……"铁胜男用尽全身的力气说完，昏了过去。

好好的洞房花烛夜就这样莫名其妙地被搅黄，王天霸倒也不生气，脸上反而多了份担心，小土匪们很是诧异。

花千朵在毒狼的指导下，给铁胜男敷上了金疮药，留在房间里照料着铁胜男，月圆则站在一旁幸灾乐祸。王天霸见铁胜男已无大碍，交代了几句便走出了房间，对于如此刚烈的女子，既心疼又欣喜。

王天霸从房间里走出来。刘彪紧跟着走了过来："大当家，有句话，不知当说不当说？"王天霸："讲。"刘彪道："我觉得铁胜男这个女人不祥。"王天霸没有作声，月圆在旁边看着他。刘彪继续说着："她才刚上山，和大当家的洞房花烛夜，就差点闹出了人命，这样的女人对大当家不吉利啊。要是她这样待下去……"王天霸心中不快，打断了刘彪："好了，别说了。该怎么处理，我心里有数。"刘彪无奈："是，大当家。"

马致远自从跟铁胜男分开之后，也是愁眉不展，倒不是担心铁胜男的人身安全，更多的是怕影响到他的寻宝大计。铁家灭门，唯一可能知道宝藏下落的铁胜男也落入土匪之手，马致远当下决定，无论如何，都要营救铁胜男。马致远边想边走，看到眼前的电话亭，计上心来。

电话很快被接通，对方是汪伪政府的要员，也是马致远唯一的亲舅舅，马致远简明地说清了事情的大致经过，但电话那头的舅舅文正仁似乎不怎么会意："十万大洋？为了一个虚无缥缈的传说，值得吗？况且那是群杀人不眨眼的土匪。"马致远苦苦劝说："舅舅，且不说这个传说是真是假，好歹那也是我心爱的女子，万一是真，我们就富可敌国，就算是假，您就当是给您侄媳妇的见面礼不行吗？"

文正仁经不住马致远的软磨硬泡："我有个朋友就在诸暨县，叫韦二明，刚刚听说他当上了皇协军团长。"马致远脸上露出喜色:"太好了,我这就找他去。"文正仁不放心地交代道:"还有,当年你父母开药店的时候,在诸暨县也有一家分店,你要是没有安身之处,可以去那里。"马致远开心道:"是是,舅舅,我知道了。"马致远开心地挂了电话,看向远方,眼神复杂。

铁胜男醒来已是第二天晌午,王天霸早已守候在她的身边。铁胜男尝试着起身,但浑身无力,她用尽全力推开了上前帮忙的王天霸,眼泪不争气地掉落下来,恨自己竟如此无能。王天霸见不得女人的眼泪,急忙安慰:"妹子,你不要哭啊,我知道你刚失去了家人,心里难受,这样,你就安心地待在黑虎山,想吃什么,就跟我说。"铁胜男冷眼斜视:"你救了我,就不怕我向你寻仇杀了你?"王天霸拍了一下大腿:"嗨呀,我说了多少遍了,你全家真的不是我杀的,是小鬼子,日本鬼子。"铁胜男目光坚定:"我一定会找到证据,不管是谁,我都要替爹娘报仇。"

门外,月圆听到了他们的对话,悄悄地退了出去。月圆走到刘彪的门口,犹豫了一下,还是推开门进去了。月圆径自坐下,刘彪殷勤地给月圆倒茶:"月圆姑娘,你找我?"月圆开门见山道:"二当家的应该很清楚我此行的目的。"刘彪故作糊涂:"刘某真的不知,还请月圆姑娘明示啊。"月圆慢慢抬起腿,一只雪白的大腿从旗袍中露出来,她双手勾住了刘彪的脖子,对着他的耳朵哈气:"特别简单,只要二当家帮忙,除掉铁胜男这个狐狸精,我就是你的。"刘彪看着月圆,虽然他早料到月圆一定会找上门来,但亲耳听到还是不由得一惊。月圆对着刘彪阴阴地一笑。

艳阳高照,黑虎山屹立在群山之巅,地势险峻,古树参天。向前进、小四川、阿魁走到了一块石碑前,上面写着"黑虎山"三个大字。小四川仰望高山:"队长,我听说这黑虎山不容易上。据说光是上山,就要过三关。"向前进嘱咐道:"见机行事吧。记住,能不和他们动手,就不要动手。"小四川他们点点头:"嗯。"说完,向前进带着小四川、阿魁往山上走去。

他们没有发现,就在旁边的一棵大树上,大耳朵正趴在树上一动不动地听着向前进他们的谈话,只见他一个飞身跳到了小山坡上,飞速地往山上奔去。

大耳朵用异于常人的速度快速地奔向聚义厅,王天霸饶有兴致地听完,大笑："哈哈哈，好大的胆子，行，那就让他们闯三关。"大耳朵抱拳："是。"说完，大耳朵拿出身边的两面黑虎山旗帜，对着山下的人挥动起了旗帜。骰子关守关者六当家童阿发看到了山上的旗语，对着山上也挥动了两面旗帜，示意收到信息。

向前进和小四川来到黑虎山的第一关骰子关。山林中，传出一阵阵骰子摇动的声音，随即一个男子吆喝着："来来来，押押押。"向前进停下脚步，示意大家小心："看来这就是黑虎山的第一关，骰子关。"向前进话还没有说完，突然，飞出三颗骰子来，向前进一把推开了小四川："躲开。"向前进和小四川、阿魁闪身躲开。三颗骰子像三颗子弹一样打进了一棵大树里面。向前进和阿魁回头一看，不由惊叹："好厉害的功夫啊。"

"哈哈哈，让我猜猜，这是大还是小。"童阿发的声音传了出来，但还是没有看到他的身影。

"六当家，这也能猜得到？"一个小土匪说。

"当然，我是谁啊，我是黑虎山的六当家。是六六六，大顺啊，大。哈哈哈。"童阿发自信而得意。

小四川凑近看了眼骰子："哇，果然是三个六。"

向前进上前拱手："六当家的身手果然是名不虚传。在下浙东游击纵队诸暨支队队长向前进，前来拜见黑虎山大当家王天霸。"

童阿发继续摇着骰子："新四军？好大的胆子，我们大当家的名字也是你们可以直呼的吗？兄弟们，给我干掉这三个不要命的。"童阿发一声令下，几个土匪已杀了出去。

向前进和小四川、阿魁对视了一眼，一个箭步向土匪冲了过去，向前进一把夺下了冲在前面的两个土匪手中的枪支。阿魁正要用枪对付眼前的土匪，向前进喊过来："阿魁，不要杀人。"阿魁说着把枪插回了腰间，随后两记拳头，落在了土匪的身上，不到十分钟，土匪们都已趴下。关上，大耳朵一直在默默观战，然后悄悄地转身向山上跑去。

童阿发看着向前进他们，笑了笑："哈哈哈，好身手。"阿魁捏捏拳头，咯咯咯地响："你要不也试试？"童阿发道："不了，我阿发喜欢玩骰子，但不喜欢打架。黑虎山第一关你们过关。三位请。"向前进对童阿发拱手："谢六当家。

阿魁、小四川，走。"向前进带着阿魁、小四川往山上走去。

大耳朵用最快的速度汇报完毕，王天霸的兴致愈加浓烈："新四军，有意思，去，继续探。"

"是。"大耳朵说完，快速地消失在丛林之中。

小四川旗开得胜，心情极佳，边走边说："嗨，队长，这闯关跟过家家似的，一开始还来唬我们。"向前进："我们不能放松警惕性，这闯关，肯定是一关比一关难。"小四川笑了笑："好玩，不知道这第二关是什么关。"这时候，狼嚎声传来。小四川吓了一跳："队长，有狼。"

向前进和阿魁、小四川立刻提高警戒，三人呈梯形向前方移动，突然，在向前进他们面前山坡上的灌木丛中，探出十多只狼来。

"队长，真的是狼。"小四川已拔出了枪，向前进按住了小四川的手中的枪："别慌。"狼群嚎叫起来。向前进笑了一声。小四川纳闷："队长，都啥时候了，你咋还笑得出来？"

向前进起身拱手："前面的狼，在下向前进，无意冒犯，只想见你们大当家议事。"小四川不解地看着向前进。毒狼也披着狼皮，他骂了一声："妈了个巴子。"阿魁立刻会意大笑："哈哈，这狼竟然还会骂娘。"毒狼一声令下："野狼阵，摆阵。"

六只"狼"向向前进他们扑了上来。以一敌二，向前进抓过一只"狼"的爪，把他往后一拉，掀开了他的狼皮，露出人脸来。一只"狼"一爪子袭向小四川，利爪划过肩膀，渗出鲜血。阿魁见状一记重拳将那头"狼"打趴下去。小四川向阿魁感激一笑。毒狼见阿魁是个厉害角色，便从上面跳下来，他的身后跟着三只"狼"，摆出了罗汉阵的阵势，从上而下将阿魁击倒。小四川和阿魁都受了伤，毒狼把目标锁定向前进，土匪围向向前进，向前进击倒了面前的两个土匪，随后一闪身，躲入身后的一棵大树后面。毒狼带头扑了上来，想要抓住向前进，但向前进灵活地闪身躲过，向前进笑："好，那我也来个擒贼先擒王。"

向前进话音未落，向毒狼跳了过来，毒狼始料未及，竟被向前进挟持住。毒狼身后的土匪转身想要来袭击向前进，阿魁和小四川迅速起身，攻向这些土匪。土匪们拔枪，小四川也拔出了枪。

"小四川，不要开枪。"向前进说完又反手扣住毒狼，对着毒狼说道："这位当家的，多有得罪。这一关，我们应该是过了吧。"

"请吧。"毒狼无奈，恶狠狠地看着向前进他们的背影消失在树丛中。

在如此短的时间内连过两关，王天霸顿时心生敬佩，竟有点迫不及待地想要亲自切磋。

美人关没有关口，景色却不同于别处，鲜花盛开，异常艳丽。花丛中有一间草棚搭成的茶屋。向前进和阿魁、小四川来到茶屋，花千朵一身女仆打扮，提着一把大茶壶，笑脸迎了上来："三位，来来来，里面请。"

向前进环顾四周不作声，小四川看着花千朵，心生好感，不由自主地走了进去，阿魁见有茶喝，也兴奋地跟了进去。向前进知道有诈，但还是决定不动声色，进去一探究竟。

三人坐了下来。花千朵给向前进他们倒茶："来来，这可是明前的龙井，三位尝尝。"小四川拿起茶碗，笑嘻嘻看着花千朵："姑娘真是好人。"小四川说完正要喝，被向前进拦住，向前进摇了一下头。

"三位怎么不喝，难道怕我下药不成？"花千朵故意反问。向前进解释道："姑娘，不是这个意思，我们有纪律，不拿群众一针一线。"

"既然如此，就不能糟践这些个好茶。"花千朵说着一口气把茶碗里的茶喝了个精光。小四川看着花千朵喝茶的样子，不禁咽了口口水。花千朵喝完，说："你们既然不喝茶，那就请吧。"向前进站了起来，小四川有些不好意思地看着花千朵："姑娘，下回见。"

向前进带着阿魁和小四川走出茶馆，微风徐来，花香沁鼻，小四川和阿魁不由深吸一口气："好香啊。"花千朵听完，哈哈大笑："哈哈哈，当然香了，这可是本姑娘特意为各位准备的。"小四川看着花千朵，眼神迷离："姑娘，我的头好晕啊。"小四川的脚步有些不稳。花千朵得意："一、二、三，倒。"小四川真的倒了下去，阿魁也跟着倒了下去。

"小四川，阿魁。"向前进惊呼，他回头看着花千朵，"这花有问题。"向前进说完也开始犯晕，花千朵得意地笑起来："倒。"向前进倒了下来。花千朵拍拍手："哈哈哈，搞定。春兰、夏荷、秋菊、冬梅。"茶屋后面走出来四个妙龄姑娘，她们动作娴熟地走向向前进等人。小四川、阿魁已经被春兰和夏荷绑住，秋菊和冬梅正要绑向前进的时候，向前进突然跳起来，两个姑娘尖叫了一声。

花千朵愣了一下："你，你怎么没事？"向前进淡然一笑："美人关，不过如此。"花千朵嘴巴一横："哼，那本姑娘就让你见识见识美人关的真功夫。兰荷菊梅上。"

春兰、夏荷、秋菊、冬梅四个姑娘将向前进围住，向前进毫无惧色，三下五除二，便将四个姑娘制服。花千朵一个箭步向向前进踢过去，向前进一回身，一把捏住了花千朵的脚。两人徒手交战十多个回合。花千朵不敌。向前进拿过绳子将花千朵和四个姑娘捆绑在一起："姑娘们，得罪了。"

向前进舀一葫芦瓢水，泼在了小四川和阿魁的脸上。小四川和阿魁迷迷糊糊地睁开眼来，只听见花千朵还在骂娘："放开我，不然这辈子我都不会放过你们的。我要杀了你们这三个狗崽子。"

向前进带着小四川、阿魁走向聚义厅，黑虎山的大门打了开来。站岗的土匪们腰板挺得直直的，城头上隐约可以看见机枪手的影子。

向前进和小四川、阿魁被两个土匪带进聚义厅。王天霸背对着向前进叉腰站立。向前进对王天霸一拱手："浙东游击纵队诸暨支队队长向前进拜见王大当家。"王天霸哈哈哈大笑着转过身来，四目相对，两人竟不由愣了一下，有一种似曾相识的感觉。

向前进看到了王天霸手中缠着的链子，他伸手摸向自己的口袋。向前进拿出了王天霸的那块虎头牌："王大当家的是在找这个吗？"刘彪惊疑："我们大当家的虎头牌怎么会在你手上？"向前进递过虎头牌："既然是王大当家的物件，就应该物归原主。"豹子头一闪身走到向前进面前，将虎头牌拿了过来，交到王天霸手上。王天霸拿着虎头牌，看了看，又将虎头牌缠在了手上。

向前进对王天霸一拱手："多谢王大当家的救命之恩。今日一见，大当家不愧为英雄豪杰。"王天霸大笑起来："哈哈哈，你的身手也是了得啊。不到两个时辰，就破了我黑虎山的三关，好功夫，厉害，厉害啊。"王天霸竖起了大拇指。

两人寒暄了几句，都没有点破那日在火车上的事情。王天霸问："不知向队长今日来我黑虎山，有何贵干？"向前进答："好，既然大当家这么爽快，我向前进也就开门见山地说了。我来，是要和大当家做一笔生意。"王天霸又问："什么生意？"向前进答："打鬼子的生意。"王天霸笑："打日本人，呵，这生意不好做。"向前进答："但这生意大当家已经做过了。"王天霸笑而不语。

刘彪在一旁一脸的不屑："那我问你，你这个游击队有多少人，几杆枪，几颗手雷，有没有小钢炮？"向前进思索了一下，抬起头："不瞒各位，现在我们诸暨县游击队只有四个人，三把枪，没有手雷，更没有小钢炮。"王天霸大笑，整个聚义厅里的土匪也都大笑起来："兄弟啊，你就这么点家当，这生意怎么做啊？"小四川开口："我们共产党游击队有群众基础，所有的百姓就是我们的队伍，诸暨县游击队马上就会兵强马壮的。"聚义厅又是一阵冷笑，阿魁的拳头已握得紧紧的。

向前进义正词言道："王大当家，国难当头，四万万中华同胞理应联合起来抗击日寇，所以我奉浙东游击纵队何司令之命，组建诸暨游击支队，也想请大当家和我们联合抗日。"这一回王天霸没有笑，也没有回向前进的话。刘彪倒是笑了起来："你们八路的队伍，穷得跟要饭的一样，让我们加入进来，你们是想让我们一起去讨饭吗？"

向前进拱手："大家深明大义，自从鬼子入侵以后，我们的老百姓一直在受苦受难，想必大当家也不想看着百姓们生活在水深火热之中，任由日本人践踏，所以请大当家好好考虑一下。"

王天霸没有接话："向队长，你们一路辛苦，外面天色也快黑了，今晚上就在黑虎山住下，过会儿咱们一起喝酒。"向前进拱手感谢："那向某恭敬不如从命。"

聚义厅里王天霸坐在上位，从刘彪到大耳朵，六位当家人坐在各自的位子上。向前进和小四川坐在六位当家人的对面，紧挨着王天霸。桌上已备好了好酒好肉。小四川抬头看见花千朵，竟不由得羞红了脸。花千朵见状得意一笑，一脸吃定他的表情。王天霸拿起酒碗："来，向队长，我敬你一碗。那日在火车上，干得漂亮。"

"谢大当家。"向前进一口气干完，又倒上一碗，向王天霸敬酒去："大当家，这一碗，我敬你。多谢你给我的那把枪。"王天霸摆摆手："小意思。明日你们下山去，我还要送你二十条快枪。"向前进一愣："大当家是不肯加入到抗日队伍中来？"王天霸摆手："不，这小鬼子作恶多端，我王天霸一定不会让他们好过的。只是我们黑虎山的兄弟自由快活惯了，肯定不喜欢你们那一套，到时惹出什么乱子来，大家都不痛快。"向前进知道这事急不来，便也没有强求，一口气又干完了一碗酒。

酒过三巡，花千朵拿着酒碗走到小四川身边，拉住了他的手臂："来，小四川，咱们俩喝一个。"小四川紧张得说不出话来，一口喝掉了碗里面的酒。花千朵看着小四川，醉眼迷人，小四川更加的不好意思。花千朵见他害羞的样子，觉得煞是可爱："要不你就留在咱们黑虎山吧，以后咱们就可以每天在一起喝酒吃肉。"小四川红着脸摇了摇头："这不行，不行，我还要去打鬼子呢。"花千朵已经醉了："什么不行，姑奶奶让你留在黑虎山，你就留下来。"

王天霸开玩笑道："哈哈哈，三妹，你是不是喜欢上这个虎头小子啦？要不大哥给你们做媒，择日成亲得了。"小四川吓了一跳，酒也醒了半分："我吃好了，谢大当家的热情款待，告辞告辞。"小四川说完，吓得赶紧逃出聚义厅，花千朵觉得特别没有面子，紧跟着追了出去："小子，你跑不掉的。"

众人见状，哈哈大笑起来。唯有向前进若有所思，他清楚王天霸的性格，不是三言两语就可以说动他的，既然如此，下一步又该怎么走？好在王天霸深明大义，不与日寇为伍，想到这，向前进不由放心了许多。

| 第三章 |

　　夜已深，铁胜男坐在房间里，毫无睡意。这几日她是不吵也不闹，好让土匪们觉得她已死心。她窥探着外面的一举一动，伺机离开。门外，守门的小土匪响起了鼾声，铁胜男拿起花瓶蹑手蹑脚地打开了门，铁胜男闭上了眼睛，用尽全力，砸向了土匪脑袋，土匪竟晕了过去，她自己也吓了一跳，看四下无人，轻声离开。

　　铁胜男小心翼翼，一路惊慌地逃跑到院子里。刘彪正带着一队土匪在巡逻，铁胜男赶紧躲进草丛，慌乱中，不小心被树藤绊住倒下，她吓得大喊一声："啊。"声音惊动了刘彪他们，刘彪大喊："谁？"铁胜男忍着痛继续跑。刘彪举起枪向铁胜男方向开枪，铁胜男害怕地躲开了子弹。

　　枪声惊动了其他土匪，毒狼带人跟刘彪会合，毒狼一阵口哨，所有的土匪都出来开始警戒状态，小土匪们像渔网般撒向黑虎山。

　　铁胜男强迫自己冷静下来，她发现旁边有条小路，赶紧钻进小路旁的丛林内。

　　向前进他们听到枪声，立刻穿上衣服，拿起枪刚想向外面走去。刚一开门，铁胜男竟推门而入。

"是你？"向前进和铁胜男异口同声。小四川和阿魁吓了一跳，惊呼："你不是火车上那姑娘吗？"铁胜男也吓了一跳："是你们？"

向前进听到远处土匪的声音，赶紧把铁胜男拉进门里，迅速地关好门，铁胜男见了他们，像抓到救命稻草般，紧紧地拉住向前进，轻声道："求求你们，救救我，救救我。"

向前进听到土匪的脚步声渐近，下意识地把铁胜男拉在怀里，示意她不要说话，铁胜男会意地点点头，眼泪竟刷刷地流落下来，他的怀抱是这几日她能感受到的唯一温暖。

待到土匪走过，向前进才松开自己的手，他有点不好意思："姑娘，这到底怎么回事？"铁胜男哽咽道："这帮土匪，简直禽兽不如，杀了我全家，将我劫上山，王天霸还逼婚，我宁死不从，他们就把我关了起来。"小四川愤怒："我就知道这帮土匪不是什么好东西。"铁胜男跪下哀求道："灭门之仇不共戴天，我铁胜男一定要亲手杀了他，好汉大哥，求求你们，救我出去吧。"向前进赶紧扶起铁胜男，刚想安慰，刘彪竟破门而入："我就说藏在这里，怎么着，跟我去见大当家吧。"

聚义厅灯火通明，向前进三人被绑着站在厅中间，土匪们列队严正以待。王天霸坐在高处，俯视着："新四军兄弟，你们不厚道啊，我王天霸好意招待，你们为什么还要拐跑我女人？"铁胜男大喊："谁是你女人？你杀我全家，我就是死，也不会嫁给你。"

向前进劝说道："大当家，你敢与鬼子为敌，是真英雄，向某佩服，可是，铁姑娘既不愿意嫁给你，你何苦强人所难？"王天霸不高兴："这姑娘老子喜欢。"向前进又劝道："强扭的瓜不甜。用武力去征服一个姑娘这不是大当家的作风啊。"

刘彪在一旁煽风点火："你住嘴，大当家的，我看这小子，就没安好心，铁胜男就是在他的房间找到的，谁知道他们是不是早就认识，在这设计咱大当家呢。"毒狼附和着："没错，大当家的，杀了这三个新四军，敢从我黑虎山带走女人，传出去丢人。"小土匪们举枪对着他们大喊："杀。"

铁胜男急："王天霸，此事与他们无关，是我逃跑时，误闯进他们的房间，一人做事一人当。"阿魁愤怒地瞪着小土匪们。花千朵赶紧跑到小四川跟前，放下了小土匪们的枪："干什么，都放下。"小四川感激地看了眼花千朵。王天霸大怒："好一个一人做事一人当。"王天霸说完举枪瞄准向前进，向前进毫无畏惧之色，花千朵居然挡在小四川面前求情："大当家不要。"

铁胜男急："王天霸，你再不放人，干脆就把我杀了，不能为家人报仇，我也不愿独活。"王天霸收起枪："杀你，老子舍不得。这三个新四军我也不会杀。向队长，我敬你是条好汉，今天的事，就此打住，你们走吧，若有下次，可别怪老子翻脸。"

向前进看了眼铁胜男，眼神复杂："多谢大当家的手下留情，今日之事，向某得罪了，只是希望大当家不要为难铁姑娘。"王天霸说："这个我自有分寸。"

铁胜男怕连累向前进，不敢多说，只盼望向前进三人平安离开。

向前进带着小四川和阿魁离开黑虎山后，回到了花蒋村游击队驻地。在向前进离开的这几日内，周杰已经招募了十几个村民参加游击队，向前进对此大为赞赏。小四川还是担心着铁胜男，向前进却选择相信王天霸的为人，他信王天霸重情重义，既然之前没有为难铁姑娘，之后他也不会为难她，至少，这短时间内，她是安全的。向前进想着，继续对着地图仔细琢磨。

华坪县城恢复了往日的热闹，人们安详地走在马路上，看不出任何战争的痕迹。来福酒楼的包间内，马致远毕恭毕敬地端坐在餐桌前，对着韦二明阿谀奉承："舅舅经常提起您，今日有幸结识，是我的荣幸。"马致远说完从口袋里拿出两根金条来，放到韦二明面前。韦二明两眼发光，一脸贪婪地接过金条："马先生的朋友就是我的朋友，营救之事，义不容辞，只是……"马致远连忙表态："韦团长，只要能把人救出来，我一定另加重酬。"韦二明大笑："这帮土匪太嚣张，还常扰民，是该给他们点颜色瞧瞧，明天你就带上钱，跟我上山吧。"马致远大喜："谢谢韦团长，谢谢韦团长，这杯我敬您。"马致远说完，一饮而尽。

韦二明收了钱，办事的效率果然提高。次日一早，他就纠集了人马和马致远带着十万大洋一起来到了黑虎山山门口。小土匪们见这仗势，倒也觉得好玩，摆好了阵仗堵在那里。

韦二明看着王天霸，双手抱拳："您就是王大当家吧？"王天霸打量着韦二明，又看看马致远，不说话，众土匪虎视眈眈看着他们。韦二明又道："在下是诸暨县皇协军团长韦二明。"豹子头一听哈哈大笑："二明，干脆叫二狗算了，给鬼子当狗。你爹娘这名字起得可不够好，哈哈。"小土匪们也跟着嘲笑。

韦二明有些尴尬，这时，铁胜男跟着花千朵走到了寨门口。铁胜男看到了马致远真的来救自己，感动又担心地喊道："马老师，马老师。"马致远奔向铁胜男："胜男，对不起，我来晚了，他们没有为难你吧？"铁胜男感动："我很好，他们不敢把我怎么样。"马致远一脸心疼样："没事就好，看你都瘦了，我今天来，就是带你下山的。"

王天霸不屑一顾道："韦团长，就凭你跟这小白脸，就想从我这里把人带走？"韦二明对着手下一挥手："把箱子打开，王大当家，您看，这是十万大洋，还望王大当家可以高抬贵手。"王天霸见满满两大箱子大洋，有些心动，脸上却装作满不在乎的样子，把玩着手里的双枪："不就是十万大洋么，这女人，老子已经收了当压寨夫人了。"马致远握着铁胜男的手，恨恨地看着王天霸："当初说好的，我拿十万赎金来赎人，作为大当家，怎么可以出尔反尔？"

豹子头冲出来用枪指着马致远："小白脸，敢对我大当家无礼，信不信我崩了你。"铁胜男本能地护住马致远。刘彪心动："大当家的，十万大洋，够兄弟们吃香喝辣一阵子了，不捡这便宜就亏大了，这个女人，天天想杀你，只怕留着也是个祸害。"

王天霸狐疑地看向韦二明，他冲着韦二明使了个眼色，韦二明会意，命人将箱子抬到了王天霸的跟前。王天霸见两个瘦弱的皇协军竟能不费吹灰之力将十万大洋抬起，他知道其中有诈。

王天霸对着刘彪等人使了个眼色，众人会意，韦二明也敏锐地觉察到顿时变化的气氛，他一步上前，抓起一把大洋丢向王天霸："哈哈，十万大洋，如假包换。"韦二明说完，他跟手下的皇协军同时从身上拔枪，对准了王天霸一阵猛射。

王天霸早有防备，迅速躲过了子弹，拿出双枪，打死了两个皇协军，嘴里还不忘骂娘："他奶奶的，狗汉奸，敢暗算老子。"瞬间，土匪们跟皇协军交起火来，一片混战。马致远对于这一切始料未及，他怎么也料想不到韦二明竟会在背后摆他一道，他吓得拉住铁胜男的手，在一边躲了起来，一片流弹飞向铁胜男，王天霸一个飞身下来，将铁胜男揽在怀里。铁胜男用力想推开王天霸，但王天霸却搂紧了铁胜男的腰："别乱动。子弹不长眼睛。"王天霸一边开枪，一边还要照顾铁胜男，一时分了神，竟没觉察到背后一颗子弹飞了过来。铁胜男见状，毫不犹豫地拉着王天霸转身，王天霸反应及时，又抱着铁胜男避向一侧，但子弹还是划过铁胜男的肩膀，铁胜男痛得大叫："啊。"

这时又一颗子弹飞了过来，王天霸抱着胜男无法顾及，肩膀也被打中，但他却不顾自己的安危，一手开枪打死了那个皇协军，一手将铁胜男牢牢抱在怀里。土匪们见大当家受伤，奋起还击。韦二明显然低估了土匪的实力，没一会儿皇协军损失大半，他也受了伤。韦二明拉起马致远："马少爷，我们走。"马致远不肯离开："不，胜男受伤了，不能丢下她。胜男。"铁胜男吃力地喊："马致远，我没事，你快走。"几个皇协军拖起哭啼的马致远，架着他跟韦二明向山外撤去。王天霸一心想着铁胜男受伤，也无心恋战，任由韦二明离去。

王天霸抱着铁胜男向房间奔去，铁胜男脸色惨白，但还是咬紧牙关，用微弱的气息一字一句道："你的命，必须由我亲自来取。"铁胜男说完晕了过去。

花千朵在旁边细心照料着，对于这个刚烈的女子，她不由得惺惺相惜起来。

毒狼处理完铁胜男的伤口，赶紧为王天霸取子弹，花好在一旁掉眼泪。月圆见是好时机，便开始煽风点火："大当家的，我早说过，这狐狸精迟早会祸害了您，要不是她……"王天霸心烦地打断："闭嘴。"月圆委屈得不敢再说，刘彪看着心疼，忍不住为月圆说话："大当家的，我看，这女人确实不祥。"王天霸不耐烦道："行了，我有数，你们都下去吧。"月圆眼含热泪，满腹委屈地走了出去。刘彪看着月圆委屈的背影，暗自心疼。

韦二明好不容易摆脱了马致远的纠缠，马不停蹄地赶往日军指挥部，添油加醋地渲染了一番，果然得到了武田的嘉奖。韦二明自鸣得意，他哪里知道，在日本人的眼里，这无非就是狗咬狗的一场戏。

铁胜男在花千朵的细心照料下，已经可以下地行走。对于花千朵，铁胜男还是心存感激："千朵，谢谢你这段时间的照顾，我只是皮外伤，没事。"花千朵笑："跟我客气啥，这山上都是一大帮子男人，不下山打仗，我都闷坏了，跟你聊聊天，就当打发时间了。"铁胜男由衷地说道："这山上，也就只有你一个好人。"花千朵连忙替王天霸说话："大当家才是对你最好的人，他为救你，被子弹射中了都不顾，看你没事了，才肯去取子弹。"

铁胜男的内心也开始动摇，这个大土匪似乎并不坏，可她明明亲眼看到他们血洗了铁家，难道真的是场误会？

刚巧，王天霸走进来，翠儿端着药碗也到了门前。王天霸赶巧拿起药碗："正好，我来喂你。"王天霸很开心，端着药向铁胜男走去，他细心地拿起汤匙，往铁胜男嘴边送去。铁胜男扭过头去，不理王天霸，王天霸耐心地哄着："别逞强了，来，我喂你。"铁胜男拿过药碗："我自己会喝，你走开。"推搡中，药碗掉到了地上，摔得粉碎，汤汁洒在地上，竟然冒着泡。翠儿吓得扑通一声跪在了地上，铁胜男和花千朵也瞪大了眼睛。

在翠儿的招供下，花好和月圆被抓了过来，两人双双跪下，浑身发抖。王天霸冷着脸，要将两人枪毙。铁胜男不顾枪伤挡在了花好和月圆的身前，替她们求情："王天霸，你搞错了，要杀我的人不是她们，是你！若不是你口口声声要娶我当压寨夫人，她们才不会出此下策，说到底，她们只是怕被你始乱终弃。"跪在一旁的花好、月圆拼命点头。铁胜男一鼓作气，继续说道："堂堂黑虎山大当家，要是连自己的女人都杀，还是不是男人，传出去，还不怕别人笑掉大牙啊。"

王天霸不解："她们想杀你，你还变着法儿替她们求情？新鲜。"铁胜男道："总之，今天你要是敢杀她们，就先杀了我。"王天霸看了看已经哭成了泪人儿的两姐妹，喝了一声："把她们带去黑木崖面壁三天。"铁胜男如释重负，深深地呼了一口气，花千朵朝着铁胜男竖起大拇指："大气。"

王天霸看着这个谜一样的女人，愈加的摸不透，却愈加的喜欢。

花蒋村游击队驻地内，新兵训练正如火如荼地进行着，年轻的新兵们模仿着阿魁的动作拿木刺刀刺着面前的稻草人。乡亲们的支持让向前进充满了希望，他决定去趟游击纵队驻地，向何司令汇报情况，当然，他也有另外的盘算，如果能要些枪支弹药回来就更好了。

果然不负所望，几个大箱子的枪支弹药摆在了他的面前，只是让向前进没有料到的是何司令不仅给了枪支弹药，还硬是给他配备一个大活人，一个看上去有点弱不禁风的随行医生，这个决定不容拒绝。

向前进和医生韩露见面的时候，两人都吓了一跳，这不是自己在延安学习时候的同学吗？虽然熟人相见，向前进也很开心，但他始终觉得行军打仗带个女人不方便，一旁的周杰却表示出极大的热情，向前进有点纳闷。

向前进带着韩露回到了花蒋村驻地，韩露一路上异常的兴奋，向向前进问这问那，充满好奇，向前进暗忖，这样的女孩要如何适应枯燥的战地生活，他不明白这个何司令到底是怎么想的。

一进村子，小石头哭着跑向了向前进，原来石头娘的旧疾复发，韩露一听，收起笑脸，一脸严肃："走，带我去看看。"韩露脱胎换骨般，竟和刚才判若两人。

石头娘虚弱地躺在床上，韩露仔细地为她诊治完毕，拿下听诊器，替石头娘盖好被子。向前进关切地问道："她怎么样？"韩露面露心疼之色："是长期吃不饱，营养不良，引起了严重的贫血。"石头乖巧地拿来一个番薯，剥给娘吃："娘，我刚从山里挖来的，给你吃。"石头娘有气无力道："石头，娘不饿，你吃吧。"

韩露把石头娘扶起，让她靠在自己身上，向前进喂石头娘吃番薯："大嫂，你先吃点吧。我答应你们，一定让你们尽快吃上米饭。"石头娘感激地抓着他们的手，含泪拼命点头："我信，我信你们。"向前进眉宇间又添了一份新的忧愁，韩露暗暗地看在了眼里。

从石头家出来，向前进立马召集了大家，他得到了可靠的消息，明天下午，日军会有一批军用物资到达诸暨县，主要是过冬的衣物与粮食。众人一听，摩拳擦掌，来的可真是时候。向前进却眉头紧锁，敌军对这批物资也极为重视，所以他们肯定会派重兵保护，他深知不能硬抢，只能智取。

向前进看着地图，部署着作战计划："你们看，粮车明天从东西大道开来，一路进城，这一带地势平坦，不适合埋伏，要把他们引到这里，虎爪山，这儿地势险要，易守难攻……"

虎爪山不愧为大自然的神来之笔，怪石林立，鬼斧神工，异常险峻。向前进带着游击队员们埋伏在虎爪山上，两旁都是高山怪石，山下只有一条狭窄的道路。

向前进已经得到确切的消息，鬼子共有两辆军用卡车，由一个小队负责运送。大约会在两小时后到达。小四川带着几个同志，已经从山上绕了过去，在东西大道埋好了地雷，就等鬼子的车一来，对着车放几枪，把他们引到山坳里来。阿魁、石英他们也已经将四百米以内所有的大石全部搬除，扫清了射界。周杰则挖了两个大坑，在巨石边埋上了炸药，万一鬼子逃跑就炸了石头，阻断他们去路。

一切准备就绪。

城门口内，武田正雄带着两个小队的日军，坐在摩托车内，韦二明骑着高头大马跟在车后面，一百多名皇协军步行跟着他，队伍浩浩荡荡地出城。

向前进跟队员们身上用树叶伪装，埋伏在那里。听到了动静，众人迅速提高了警戒。向前进拿起望远镜一看，向众人摇了摇头："这是城里的日军联队，看行军路线，怕是要去黑虎山。"阿魁请示道："鬼子去打土匪，队长，咱要不要去通知他们一声？"向前进迅速分析着："阿魁，你抄小路去黑虎山，通知王天霸，有情况立即回来报告。"阿魁小声："是。"

黑虎山上，铁胜男天马行空地对着花千朵从什么是新女性、新思想一直讲到当今的政局，俨然一副说书先生的架势，花千朵一边吃着水果一边托着腮，听得如痴痴醉，眼神里充满了崇拜。铁胜男滔滔不绝，花千朵听得入迷，旁边的大耳朵、童阿发跟几个小土匪也都当起了听众。王天霸也悄悄在小土匪后面加入了听书的队伍。

讲到精彩处，众人鼓掌叫好。王天霸倒了碗茶递给铁胜男："说了那么久，润润嗓子吧。"铁胜男没理会，拿起另外一碗茶咕咚咕咚喝了起来。王天霸倒也不尴尬，赞赏道："这喝过墨水的，学识就是广。"

这时，豹子头来报："大当家，游击队派人来通知，鬼子要来打咱黑虎山，已经在路上了。"紧接着，刘彪来报："大当家，有个武田正雄的在山下，说是来拜山头。"

王天霸看了看铁胜男："新鲜，鬼子拜山头，上次铁宅的事儿，让老子背了黑锅，老子还没地方说，他们倒自己送上门来了。"铁胜男若有所思地看了眼王天霸跟其他的土匪们。王天霸带着土匪们离开，铁胜男没跟去，疑惑在脑子里弥漫开来。

武田正雄抬了三个箱子放在王天霸的面前打开，三箱分别是枪支、大洋、珠宝。武田正雄客气道："小小意思，请笑纳，我手下的皇协军上次多有得罪，我替他们向你道歉，另外，我是有心与王大当家结为朋友。"王天霸心如明镜却口是心非："哈哈，大佐真是太客气了，既然这样，那我就不客气了，来人，把东西收下。"

武田得意，他没料到收编一事会如此顺利。王天霸留武田正雄喝酒，没喝几碗就已经大醉："武田正雄大佐，来，我再敬你一碗。"武田正雄象征性喝了一口："王大当家，饮酒作乐，日后有的是机会，只要你跟我大日本帝国合作，我保你享不完的荣华富贵。"王天霸跌跌撞撞走到武田正雄跟前，拍着武田正雄肩膀，大笑："武田正雄大佐，你真够意思，以后记得多送点金银财宝来，哈哈，把酒满上，来。"龟田太郎在一旁确认："这么说，王大当家已经答应收编了？"

王天霸大笑几声后，突然醉倒在地，酣睡起来。众人愣在那里，铁胜男站在暗处有些惊讶，武田正雄跟龟田也显得措手不及。

| 第四章 |

　　向前进截取物资的行动竟异常的顺利，日军还没反应过来，就被突如其来的炸弹炸得七零八落，火光四溅之下，十几个鬼子被炸得人仰马翻，运粮官冈村也在混战中被炸死。游击队员清点着战利品，衣服、棉被、罐头应有尽有，旗开得胜，众人异常兴奋。

　　这一切，武田浑然不知，当武田正雄离开聚义厅，走到半山腰，酒也醒了半分，才觉被骗。缓过神来的武田一把抽出腰间的刺刀，心生杀意，将带路的小土匪一刀毙命后，决定带着大部队杀一个回马枪，打他个措手不及。

　　武田正雄带着士兵悄悄地摸了上来，日军士兵训练有素地绕开了黑虎山上的暗哨，将那些无法避免的小土匪一刀毙命。武田正雄阔步向前，这时，子弹从山上扫射下来，走在前面的几个小鬼子全部脑袋开花，血花四溅。武田正雄在龟田的掩护下，躲到了石头边，抬头一看，王天霸正带着人马在等候着他们。

　　王天霸一边往下走一边开枪："他奶奶的，武田正雄，老子早就知道你不是个东西。"武田正雄朝着王天霸开枪：

"王天霸，你最好投降，山下可是我们大日本帝国的精锐部队。"王天霸怒："投降个屁，老子今天就送你回老家。"王天霸居高临下，占据了天时地利，冲上来的鬼子几乎成了王天霸的靶子，枪枪毙命。这时，花千朵跟刘彪、毒狼他们呈弧形向日军包抄过来。武田正雄很快就处于弱势，无奈一路向山下撤去。武田正雄灰溜溜地撤退，王天霸见好就收，便没有继续追击。

等候在山下的韦二明听到了枪声，却按兵不动，土匪的亏他吃过，他可不想在这时候给鬼子当炮灰，白白去送命。

当天夜里，铁胜男噩梦连连。她看到自己父母惨死在家中，妹妹衣衫不整，死不瞑目，铁家血流成河。当铁胜男从梦中惊醒，已满脸泪痕。她握紧了拳头，她知道，不管谁是自己的杀父仇人，想要报仇雪恨，必须先让自己强大，她暗暗做了个决定，黑暗中的目光明亮而坚毅。

第二天一大早，铁胜男便起床向黑木崖走去。

王天霸此时正叼着烟，在靶场练枪，他手拿双枪，连续射击，子弹穿过左右两个靶子，靶心被打得稀巴烂。

铁胜男走近鼓掌叫好："果然是好枪法。"王天霸见到铁胜男，很开心地凑近："你怎么来了？"铁胜男退后了几步："王天霸，我要跟你学双枪。"王天霸大笑："什么？你想学枪？哈哈哈，难道你想明白了要当女土匪做我的压寨夫人？"铁胜男生气："国难当头，日本人侵略我中华，害我同胞，我学了枪，既可以保家卫国，又可以报仇雪恨。"

王天霸哈哈大笑："好，我就喜欢你这股拗劲，这枪老子教你。"铁胜男开心一笑，看到铁胜男笑起来的样子，王天霸情不自禁，趁她没防备，飞快凑近，在她脸上亲了一口，然后哈哈大笑。铁胜男气得一把将他推开："你，你混蛋，王天霸，我，我一定要杀了你。"王天霸此时已经转身走远，背对着铁胜男大喊："我等着，先把枪练好了。"

武田正雄在黑虎山吃了败仗，随即又接到军用物资被劫的消息，大为恼火，当下命令山本一郎，集结队伍，在虎爪山一带展开搜捕，直到消灭敌人为止。

向前进将鬼子的物资全数分配给了花蒋村的百姓，百姓们喜上眉梢，对新四军更是感恩戴德，一批批年轻的村民纷纷加入了游击队的队伍当中。向前进很是欣慰，却不免有些担心，鬼子的军用物资就在这光天化日之下被劫，无论如何，小鬼子肯定不会善罢甘休，接下来必须未雨绸缪，尽快转移。

向前进看着地图，目光锁定在了白马湖湿地。这种时候，越危险的地方，就越安全。

山本带领着日军在山里展开搜捕。士兵们举枪前进，像捕捉猎物般寻找着蛛丝马迹。向前进没有料到日军竟来得如此之快，敌众我寡，不能硬拼。时间紧迫，向前进用最快的时间做好了部署。他带着周杰、阿魁等人去引开小鬼子，小四川和韩露带着其他人一起做好乡亲们的安抚工作，将乡亲们转移到李村，最后在猴头山会合。

密林内，向前进、周杰和李旺正在布雷，周杰手法娴熟，串线极其隐蔽。不一会儿，大功告成。

向前进举起手中的三八大盖朝着天上开了两枪，日军那边，听到了枪声，立刻保持了高度警惕状态，朝着枪声方向，进入密林。

向前进掐准了时间，带着周杰等人撤退，不一会儿，他们的身后传来巨响，密林内爆炸声和着小鬼子的惨叫声，如鬼嚎般响彻山林。

天色渐暗，向前进他们一路跑来，韩露他们已经在焦急等候，看到向前进回来了，韩露激动地迎上去："向队长，你……你们总算回来了。"向前进询问道："我们没事，一切都顺利吗？"小四川道："队长，乡亲们全都安全了。"向前进点头："好，但是小鬼子设下了大范围的包围圈，估计很快会到这里，我们赶紧撤。"

向前进带着游击队员们又撤出了猴头山。夕阳下，山本看到密林内日军横七竖八的尸体，惨不忍睹，怒火中烧。

夜黑风高的半夜，向前进带着游击队员走进白马湖湿地，湿地内雾气笼罩，道路泥泞，杂草丛生，一不小心就会落入沼泽，阿魁跟杨大鹏在前面轮番挥舞着砍刀，披荆斩棘，开出了一条小路。

微弱的手电在前方探路，所有的人都紧紧地跟着，保持警惕。

山本带着队伍到了白马湖湿地外，湿地上方雾气弥漫，一望无际，犹如仙境一般。日军士兵们全部头戴手电，在湿地外整装待发。山本派了一支小分队先行探路，几十个日军进入了湿地，队伍很快就消失在杂草中。

日军小分队很快就发现了向前进他们开辟的小路，沿着小路快速地向向前进他们靠近。向前进也意识到了这个问题，立刻制止了在前面辟路的阿魁。

前无退路，后有追兵，敌众我寡，武器装备又不如敌军。好在游击队员个个都愤慨激昂，视死如归，黑暗中，向前进充满了力量，不到最后一刻，绝不认输。向前进观察着周围的环境，只见不远处高地有一片树林，向前进一笑："我有办法了，同志们，跟我来。"小四川率先跟着向前进过去，其他人全部跟上。

所有人在树林内埋伏完毕，居高临下地监视着下面。很快，日军小分队一点点向前搜索，进入了他们的伏击圈。

日军士兵们举着枪四处张望。突然，几个士兵踩到地上的草堆，却踩空掉进了沼泽，还来不及喊出声，就沉没了，接着，又有几个士兵陷进旁边的沼泽。

其余几个日军士兵眼睁睁看着沼泽吞没了同伴，陷入了惊恐之中，不敢轻易向前。游击队员们看着，都暗自高兴，小四川赞道："队长，你真是神机妙算啊，怪不得让我们开条路出来，原来是给小鬼子下套，让他们往里钻，哈哈。"向前进微微一笑："鬼子沿着我们脚印一路追来，早放松了警惕，所以才会轻易踩上我们铺的草堆。"

敌明我暗，鬼子正是恐慌之际，向前进见时机成熟，一个手势，游击队员一齐向鬼子扫射过来，鬼子毫无防备地倒了下去。

天色渐亮，山本带着队伍进入湿地，他们沿着脚步看到了同伴的尸体，非常恼怒："八嘎牙路。游击队果然藏在这里。继续搜。"

向前进他们一路沿着湖边走去，湖边全是杂草，太阳升起，湖对面突然一道强光射来，向前进眼睛一遮："不好，鬼子追来了，快隐蔽。"向前进跳入芦苇丛，众人跟着跳了进去。

很快，十几个鬼子跑过来搜索，却没有任何发现，鬼子狐疑地观察着。芦苇丛内，向前进他们屏住呼吸，握着枪支，听着外面的动静。鬼子望了眼芦苇丛，没发现异常，继续向前方搜去。等鬼子散去后，向前进他们拨开芦苇，从里面走出来。谁知众人还没喘上气，又是一股小鬼子发现了他们，密集的子弹对着游击队员疯狂扫射。

众人躲进了芦苇丛，仓促中接敌，好几个队员受伤。其他的鬼子们听到枪声，越来越多地集结到这里，山本一郎也亲自赶到，双方激烈地交战。

向前进这边，弹药不足，火力渐弱。

山本这边，一个会说中国话的士兵拿着喇叭开始喊话："游击队员，你们被包围了，识相的，赶快投降，皇军会优待你们。"

向前进利用这个间隙快速地部署着："大鹏，阿魁，你们跟我一起，干掉过来的那几个鬼子。等一下鬼子的大部队马上会过来，小四川，你跟李旺负责去引开他们。周杰，你在湖边布雷，韩露，你们带着其他队员，先躲进芦苇丛。所有人分头行动。"

行动紧锣密鼓地有序展开。没多久，四个小鬼子慢慢凑过来，警惕地搜捕，等到了游击队员的跟前，向前进等人冲了出来，向前进用刀轻松地解决了两个，阿魁迅速用手将鬼子的脖子给扭断了，大鹏捂住小鬼子的嘴巴，用短刀利索地割断他脖子的动脉。

向前进他们将小鬼子尸体全部扔进湖里，他们也钻进芦苇丛，所有人都屏住呼吸，观察外面。

山本带着队伍过来，凑近芦苇丛，却发现已经空无一人，两个小鬼子举枪上前，到湖边，不料踩到了地雷，"轰"的一声炸得鬼子飞溅开来。

那几个日军士兵的尸体浮在湖面上，血染红了湖水。山本恼怒："藏到湖里了，哼，给我射击！"小鬼子开始对着湖面扫射，山本也一把夺过士兵手中的轻机枪，对着湖面一阵狂扫。但是，湖底下没有任何反应。

这时，小四川跟李旺故意出现，被日军发现，他们飞快地若隐若现出现在芦苇丛中，逐渐跑远！山本带着兵一路狂追，小四川和李旺却人间蒸发般消失在芦苇荡。

天上下起了倾盆大雨，向前进带着队员们在芦苇地中躲雨，韩露穿得单薄，早已浑身湿透，她双臂交叉抱着身体，向前进将自己外套脱下，给韩露披上，韩露下意识地靠近了点向前进。

游击队和日军的猫捉老鼠游戏足足玩了三天。游击队员们的干粮逐渐耗尽。日军在外围设下了天罗地网，好在湿地地形复杂，鬼子不敢贸然前进，但现在游击队员死的死，伤的伤，他们急需修整，接下来的仗要怎么打，向前进陷入了迷茫。

　　黑虎山上恢复了往日的平静，铁胜男正拿着驳壳手枪对着枪靶练习射击。她按着王天霸教给她的办法，准星、枪口、目标，三点连成一线，手稍微往上抬点，人站直，向靶心打去。天资聪慧的铁胜男果然在短暂的练习之后，正中靶心。铁胜男开心得几乎跳了起来。

　　王天霸坐在离她不远处的大木椅上，边喝茶边看着她，在王天霸的眼里，这真是道独特的风景。

　　马致远自从黑虎山一别，心情低落，日日买醉。他惦记着铁胜男为何要替土匪挡子弹，莫非她真的当了土匪的压寨夫人？尽管想不通，但他清醒，当务之急，还是要将铁胜男救出来，毕竟宝藏才是他目前最关心的。

　　韦二明趁机而入，将武田正雄引见给马致远。当马致远看到能帮他救出铁胜男的人竟是日本鬼子，他犹豫了。

　　武田正雄急需有识之士为他所用，对于马致远这种高材生，他很欣喜："马先生，像你这样的俊才十分难得，我非常诚恳地邀请你，出任诸暨县治安会会长。"马致远有些惊讶，却反应极快地推辞："承蒙大佐厚爱，可是致远不才，怕不能胜任。"武田正雄没为难："好，既然如此，来日方长，我就耐心等候马先生，有朝一日，你一定会成为我大日本帝国的好朋友。"

　　这时，龟田太郎进来，手里拿着几张画像："大佐阁下，经过目击士兵的回忆，画像科已将杀害武田大尉的凶手，画了出来，请大佐过目。"

　　马致远看到画像，不由得暗吃一惊，这几位不就是火车上大战鬼子的英雄吗？马致远不由得想着，要是能再见到这些游击队员，说不定，他们能帮自己救出胜男。

　　游击队员在湿地内缺医少药，体力开始下降，也没了往日的神采。几个受伤的同志开始发烧，韩露在为伤员忙前忙后地换药，向前进内疚道："让你一个女孩子跟着我们受苦，实在是委屈你了。"韩露微微一笑："能跟你们在一起打鬼子，我觉得一点也不委屈。对了，你伤口怎么样了，我帮你看看。"向前进："我已经没事了，他们的伤怎么样？"韩露："我带的药，都用完了，可这几个伤员，一直高烧不退，伤口已经严重感染，我想去县城弄些药回来。"向前进起身，语气不容置疑："不，你留下，药我来想办法。"

韩露无奈点了点头，心里却有了主意。

向前进带着小四川悄悄摸到了湿地入口，日军已经临时搭起了帐篷，驻守在此。

月黑风高，趁着换岗的空档，周杰和小四川利用杂乱的毛草，迅速地穿过岗哨，韩露身影矫健地跟在了后面。

刘彪寂寞难耐，近几日月圆不愿意搭理他，于是便在马尾的怂恿下私自下山，来到了迎春楼。迎春楼包间内，花灯通明，四个妖艳风骚的女人在伺候着，刘彪觉得这才是人间天堂。

这时两个皇协军正好经过门口，他们上过黑虎山，认出了刘彪，风花雪月中的刘彪哪里能料到危险就要来临。

韦二明带着一支皇协军，持着枪闯了进来，一同来的还有山本一郎。刘彪和马尾还在吃喝玩乐，纵情女色，当韦二明带人端着十几杆枪对着他们的时候，这才惊呆了。

喝得微醉的刘彪和马尾被韦二明轻而易举地缴了枪，刘彪根本来不及反抗，就被皇协军反手扣在了桌子上。

韦二明冷笑："黑虎山二当家，别来无恙啊。"刘彪顿时酒醒："哦，是，是，原来是韦团长，您别来无恙。"山本黑着脸："韦团长，这次你做得很好，把人带走。"韦二明点头哈腰："嘿嘿，谢谢太君夸奖。"

刘彪被押着带走，马尾吓得浑身哆嗦。韦二明用枪顶着马尾脑袋："滚回去告诉王天霸，二当家在我手上，是死是活，就看他这当哥哥的腿脚快不快了。"马尾早吓得尿了裤子："是，是。"

聚义厅内，气氛骤紧，众土匪都聚集在大厅内，铁胜男跟着站在花千朵身旁。王天霸阴着脸不说话，样子很是可怕，底下小土匪们没人敢吱声。

马尾跪在地上，战战兢兢地找着借口："小的……小的跟二当家，进城添点山上要用的东西，谁知被韦二明盯上了，那小鬼子让小的，带话给大当家，说要救二当家的命，就看大当家腿脚快不快了。"

豹子头怒："大当家的，鬼子实在欺人太甚，进犯我们黑虎山，抓我们二当家，这口恶气，兄弟们憋不下去。"毒狼也是怒火中烧："大当家的，我这就带着兄弟们，杀进城去救二哥。"其他小土匪们齐声："请大当家的发话，去救二当家。"

王天霸站起来拔出双枪，气场威武："都是好兄弟，一条心，好，今天夜里，我跟四当家的，各带一支队伍，分别从前后门进监狱，杀光小鬼子和二鬼子，救出二当家。"土匪们高呼："救出二当家，救出二当家。"

铁胜男上前一步走到王天霸跟前，大喊："不行。"所有土匪都望向铁胜男，花千朵想拉都拉不住。铁胜男分析道："诸暨县已经被鬼子占领，城内有多少兵力部署在等着你们，就这样贸然前去，不就是送死吗？"王天霸急："不去送死，难道眼睁睁看着老二被抓，见死不救吗？"铁胜男喝到："城内戒备森严，鬼子正在等着你们自投罗网，为救一个兄弟，你就带着这么多兄弟去寻死，这些兄弟的命就没一个二当家的值钱吗？"

豹子头不满："你怎么跟我们大当家说话呢？大当家的，这姑娘满嘴胡说八道，你别听她的，来人，把她带下去。"两个土匪上前准备拉铁胜男，她大喝："敢？"小土匪吓得不敢上前。王天霸这下反而淡定地坐下："那你说说看，我该怎么做，才配当这个大当家。"铁胜男胸有成竹地做了一个非常自信的手势："两字：智取。"

众土匪顿时安静下来，铁胜男邪邪一笑。

刘彪此刻正被绑在木桩上，被鞭子抽得满身是血，痛得直嚎叫。武田正雄满意地看着，等待着大鱼自投罗网。

向前进带着小四川、韩露乔装后来到了城门口，鬼子正在检查进进出出的百姓。城墙边，正贴着向前进等人的通缉令，向前进意识到，上次火车一战，已被人认出。

向前进镇定情绪压低了帽檐，拉着牛车向城内走去。韩露坐在车上，小四川躺在上面，用被子捂得非常严实。

牛车果然被鬼子拦下。韩露下车，装作一副可怜的模样："太君，我男人病了，我们进城看大夫。"二鬼子上前掀开被子一看，马上捂住鼻子。韩露一副抱歉的模样："他得的是肺痨。"二鬼子吓得马上远离一步挥手道："滚。"韩露暗自得意："谢谢太君。"

就这样，向前进他们混进了城。

向前进来到文惠大药房，这是诸暨县最大的药房。药房内拿药问诊的人熙熙攘攘，向前进他看似随意地四下张望，打探着周围的情况。马致远站在柜台边，一眼就认出了他们。马致远凝神屏气，他觉得这是上天在助他一臂之力。

韩露拿出一张单子，交给掌柜："掌柜的，我想要这些药，麻烦您了。"掌柜的看了看单子，仔细盯着韩露一会儿，面露难色："姑娘，恕老朽直言，您要的这些药，不是寻常的西药，而且数量又多，本店实在拿不出，不知您这些药，是要给谁用的？"旁边小四川听了，赶紧过来："掌柜的，你就说你家有多少，我们就要多少。"掌柜的一见小四川，突然有些害怕，怔在那里。

这时，一行鬼子拿着画像在店门口排查，眼看就要进店，马致远见状，赶紧拿起药单，对着向前进等人小声道："快跟我来。"

| 第五章 |

　　马致远将向前进他们带进房间，随后他马上关上了门："几位请放心，这里很安全。"向前进拱手致谢："多谢先生救命之恩。"马致远笑："您不记得了？你们在火车上救过我们，还让我们跳火车来着。"向前进笑："我想起来了，原来是你啊。"马致远伸出手与向前进握手："我叫马致远，这家药房是我父母留下来的产业，其实，刚才一进门，我就认出你们了。"说话间，马致远已在快速地备药，他按着清单把药品叠放在一起，推到向前进面前："都是为了救我们，你们才被通缉，现在就让我来帮助你们吧。"

　　韩露查看完药品，然后对着向前进点了点头，向前进感激道："马先生，今天的事感激不尽，以后若有机会，定当竭力相报。"马致远摆手道："向队长客气了，我就佩服你们这样的英雄好汉，正好我也有事相求。"向前进道："马先生请说。"马致远一脸诚恳："我请求向队长，让我加入你们游击队。"向前进疑惑："加入我们，为什么？"马致远叹了口气："我同事铁胜男，就那天跟我跳火车的女孩，她被黑虎山的土匪抓了，我要去救她，向队长，求您帮帮我。"向前进的眼前突然出现了铁胜男的画面，竟毫不犹豫地答道："我答应你，如果向某能逃过此劫，定会救出铁姑娘。"马致远喜："真的？"向前进点头："但是此时加入游击队很危险，你可以留在诸暨县，如果鬼子跟皇协军有什么行动，你就通知我们。"马致远想了想："好，我一定协助你们。时间差不多了，我带你们走。"

铁胜男在王天霸面前立了军令状，不救出刘彪任凭处置。铁胜男、花千朵等人等候在小巷子里，她手里拿着枪，心里竟觉得痒痒的。练了许久的枪法，今日终于可以实战，铁胜男想，每进步一点，离自己报仇雪恨的机会就近了一点。

这时，伙夫带着两个打下手的推着车朝他们走来。豹子头手一挥，大耳朵带着土匪跑上去给每人后脑勺一记重拳，伙夫们晕了过去，他们连车一起掳了过来。

铁胜男带着豹子头、马伟换上了伙夫的衣服，推着车朝监狱走去。花千朵带着土匪们走进巷子深处。

铁胜男他们推着车到了门口，守卫的皇协军照例检查。两个皇协军打开盛饭菜的大桶一看，又看看铁胜男："今天怎么是你啊，老赵头呢？"铁胜男轻描淡写地回答："回长官的话，他病了，让我替他。"

皇协军没有怀疑，大手一挥，铁胜男他们顺利地走进了监狱，她舒了口气，继续前进。监狱内，鬼子跟皇协军正在值守，有鬼子在，皇协军不敢偷懒，打个哈欠都立马打住。

铁胜男他们开始挨个给狱中的犯人盛饭，眼睛却不时地打量着鬼子这边，只见钥匙都在那个大鬼子的腰里别着。

小鬼子看着一桌的酒菜，坐了下来，皇协军殷勤地为他倒酒。狱中的小鬼子跟皇协军都大吃大喝起来，铁胜男微微一笑，继续给犯人盛饭。

马尾很快就找到了刘彪，循着马尾手指的方向，铁胜男见刘彪在最角落那个牢房里，浑身是伤。

花千朵他们一直等候在监狱后门。童阿发有些沉不住气，开始心烦意乱。

武田正雄此刻正跷着腿等待着猎物进入围捕圈。监狱已布下重兵，只要王天霸他敢来，那就量他插翅也难飞，武田正雄想着不免得意起来。

武田正雄的如意算盘的确打得精细，只是他小瞧了土匪的秉性，他没料到只会喊打喊杀的土匪王天霸竟也玩起了计谋。

放了蒙汗药的饭菜不一会儿就发挥了药效，小鬼子跟皇协军在酒桌上倒下。铁胜男跟马伟赶紧从鬼子身上取下钥匙，迅速地跑到刘彪被关的门口。铁胜男打开牢门，马伟一个箭步，背起刘彪，跟着铁胜男，快速地撤离。

小巷子内，铁胜男他们将刘彪带到花千朵身边，花千朵关切地看着刘彪："二哥，你怎么样？"刘彪很虚弱地回答："我……"豹子头道："二哥，什么都别说了，你有难，我们是不会见死不救的。铁姑娘，这次的事，你干得漂亮。"铁胜男谦虚道："四当家的过奖了，此地危险，我们赶紧撤吧。"

豹子头他们急匆匆地撤去，铁胜男故意走在最后，她眼看着他们走远，转身飞快地溜进一条小巷子。铁胜男边跑边机灵地一笑，做了个手势："再见啦，土匪们。本姑娘走咯。"

土匪们正撤离着，花千朵突然回头，没发现铁胜男："慢着，胜男姐呢？"此刻，哪里还有铁胜男的身影。

铁胜男快步跑着，还不时看看背后有没有人追来，她拐进一条小巷子里，停下来回头看了看，然后松了口气，总算是自由了。还没喘口气，脚上却踩上什么东西，她吓得跳了起来大喊："啊。"这时，被她踩到的那人也吓得大喊："啊，你不长眼睛啊。"

铁胜男连忙道歉："哦，对不起，对不起，我不是故意的。"只见那人缓缓起身，矮小的身材似曾相识："喜子？"喜子大惊："大小姐？"铁胜男看着眼前这个邋里邋遢、十二三岁左右的小乞丐，不敢相信："真是喜子？"喜子拼命点头，喜极而泣："对，大小姐，我是喜子啊，我就是您家的小丫鬟喜子。"铁胜男也跟着大哭起来："啊，喜子，真的是你，你怎么会在这儿。怎么成这个样子了？"喜子激动起来："大小姐，都是那小鬼子干的，呜呜呜。"铁胜男心口一紧，瞪大了眼睛："喜子，你快告诉我，我爹娘到底是怎么死的？"喜子哭着回忆起那日可怕的情形。铁胜男听得直掉眼泪，她暗暗发誓，一定要手刃仇人，为父母报仇。铁胜男握紧了喜子的手，现在，她就是自己唯一的亲人。

铁胜男带着喜子离开，她回头望了眼黑虎山的方向，暗自愧疚："对不起，王天霸，我一直误会你，把你当成仇人，以后若有机会，我一定向你请罪。"

小巷外两边，大批日军已经举枪埋伏在那儿，豹子头他们还浑然不觉。

马致远带着向前进他们走到了城门口，铁胜男也跟喜子朝这里走来，小四川眼尖，发现了："队长，你看，那儿有人。"向前进他们警惕地躲进巷子。

铁胜男她们走来，喜子告诉她，城门口有个狗洞，可以爬出去。但铁胜男堂堂燕京大学老师，钻狗洞，她始终放不下那个身段。两人推搡中，马致远听出了铁胜男的声音，激动地跑了出去："胜男。"铁胜男没想到马致远会出现，也很惊讶："马老师，怎么是你？"

两人紧紧地握住了手，向前进他们也走了出来，铁胜男看到向前进，轻轻推开马致远，随即擦了下眼泪："我是趁机溜出来的，对了，你怎么在这儿，还跟他们一起？"

马致远笑："你平安回来就好。我来送送向队长他们，还记得吗，上次是他们救了我们。"向前进微微一笑："看来，不用我们帮你救人了。"

铁胜男看到向前进，突然有些高兴："向队长，怎么你们也在诸暨？"向前进抱歉地说："我们有任务进城，铁姑娘，上次情况紧急，是我考虑不周，没带你离开黑虎山，实在抱歉。"马致远听得云里雾里："胜男，你们？这是怎么回事？"铁胜男笑："一句两句说不清楚，以后再慢慢跟你说，马老师，你怎么会跟他们在一起啊？"马致远解释着："我想先加入游击队，然后上山去救你。"铁胜男感激："马老师，你变得勇敢了。"

突然，枪声想起。铁胜男大惊："不好，一定是王天霸的人跟鬼子打起来了。"马致远拉起铁胜男的手："胜男，这里危险，我们赶快走吧。"铁胜男满脸坚毅："我爹娘都是鬼子杀的，我误会了王天霸，而且王天霸救过我，我不能见死不救。"

铁胜男拿起驳壳枪，向向前进等人简单地说明了下情况，不顾马致远的反对，当下决定去救人。向前进当机立断，尽管韩露反对，他还是义无反顾地加入到救人的队伍。韩露则负责将药品安全地送回到白马湖湿地。

向前进和小四川随着铁胜男、喜子快速跑去城里。马致远有些不甘心地望着铁胜男跑去的方向。

鬼子集中了火力，小土匪们死伤一片，现场惨烈。花千朵、毒狼、童阿发、大耳朵几个当家的也不示弱，个个枪法精准，也令鬼子死伤一片。

鬼子的援兵在增加，土匪们逐渐开始吃紧，身边不断有人倒下。激战持续着，山本一郎兴奋地向土匪们扫射："射击，加强火力射击。"

铁胜男跟向前进他们赶到时，鬼子已围困住了豹子头等人，他们躲进一条小巷子里，站在鬼子背后，向前进举枪对准一个小鬼子，一枪爆头。铁胜男面对小鬼子，恨得咬牙切齿，她瞄准山本，一枪打了过去，山本的右侧肩膀被击中，山本痛得扔掉了枪："啊，后面。"

一部分鬼子转身，跟铁胜男他们交起火来。铁胜男一看没打死山本，很懊恼，她紧握着枪，朝着鬼子疯狂扫射："该死，怎么不准了，我打死你们。"几个鬼子接连被击中，铁胜男顿时燃起了信心。但毕竟弹药有限，向前进等人打光了弹药，鬼子发现了这一事实，端着机枪朝着巷子里面一步步走来。

四个小鬼子小心翼翼地走进巷子，对着巷子一阵扫射，可是，空无一人！鬼子乱了头绪，突然间，向前进和小四川从巷子上空一跃而下，趁他们不备，利索地用刀解决了这四个鬼子，夺下了他们的武器。

鬼子前后夹击，腹背受敌，花千朵大喜："是向队长和胜男姐，哈哈，兄弟们，我们有救了。给我狠狠地打。"

土匪们情绪高涨，在向前进等人的掩护下突破了鬼子的包围圈。向前进带着众人向城外撤去。警报响彻诸暨县，武田正雄气急败坏，他亲自率领队伍朝着交战的方向奔来。向前进等人再次陷入了鬼子的包围圈。

危急时刻，向前进凑到小四川耳边紧急交代着。小四川会意，在众人的火力掩护下，他飞快地跑了出去。

向前进等人火力减弱，武田正雄也停止了攻击，开始喊话："前面的中国人，你们已经被包围了，赶快放下武器投降，否则，格杀勿论。"

向前进快速地交代着豹子头等人，毅然起身走出巷子。鬼子的大灯照向他的脸，他扔下了手中的枪，慢慢向前走了几步，停下，双手举了起来。

武田正雄认出了向前进就是画像上的人，目露凶光："是你？"向前进昂首挺胸："没错，武田大佐，我就是你们要找的人。"武田正雄阴冷一笑，咬牙切齿一字一句地问道："还没有请教尊姓大名。"向前进道："向前进。"武田正雄大笑："应了一句中国的古话，踏破铁鞋无觅处，得来全不费工夫。哈哈哈。"

突然间，不远处传来了激烈的枪炮声。向前进气定神闲："你听到了吧？那是我们的援军到了。我们中国还有句话，叫螳螂捕蝉，黄雀在后，武田正雄大佐，你们已经被包围了。"武田正雄有些紧张，但是很快冷静下来："你们中国人极其狡诈，这点伎俩，是骗不了我的。"向前进笑："那我们就拭目以待。"

这时候，一辆大卡车疾驰而来，车上的大灯眩得武田正雄他们用手遮住了眼睛，同时向前进一个手势指向武田正雄那边的大灯，豹子头跟花千朵一起开枪，打灭了大灯。车子开到了向前进跟前，是小四川："快，上车。"

向前进一个翻身捡起地上的枪，跃身上车，一边对着鬼子开枪，一边号召众人："都快上车。"

小鬼子朝着大卡车疯狂扫射，众土匪们冒着枪林弹雨爬上了车，童阿发口吐鲜血，他没有上车，转身朝着鬼子的方向疯狂地扫射。卡车启动，豹子头大叫："老六，快上来。"阿发回头望了眼豹子头，悲情地一笑："兄弟们，保重。"阿发说完，又中了两枪，倒在了血泊中。花千朵湿润了眼眶，不由得握紧了手中的枪，她咆哮着向鬼子扫射。武田正雄碍于援军，不敢贸然去追，等卡车远去，一个士兵才来汇报："报告大佐，刚刚城西方向，并没有发生任何战斗，属下查过了，是敌人放的鞭炮声。"武田的眼睛迸发出弑人的火焰。

脱离了敌人的包围圈，向前进如释重负，和铁胜男相视一笑。太阳已经升起，众人在路口准备道别。豹子头对着向前进感激地挽留："向队长，不如，跟我回黑虎山吧，大当家的见到你们，一定很高兴。"花千朵看着小四川也是一脸的期盼："是啊，跟我们一起吧。"向前进婉拒："我们还有要事在身，改日再上山拜访。四当家，向某上次提到，与黑虎山合作共同抗日，希望大当家再考虑一下。"豹子头："鬼子杀我那么多兄弟，与我黑虎山有不共戴天之仇，这仇一定要报，向队长，咱也算是过命的兄弟，今后要用到咱黑虎山的，吱一声便是。"向前进微微一笑抱拳："多谢。"向前进说完，又转身对铁胜男道："铁姑娘，现在已经脱险，你接下来有什么打算？"

铁胜男心有不舍："向队长，我还有要事没办，如果有机会，说不定，会去找你们。"向前进点头，微微一笑："诸位，那就此别过了。"豹子头等人拱手："后会有期。"向前进跟小四川离开，花千朵痴痴地望着小四川的背影。铁胜男的心中升起了一股暖流，她有种预感，她很快又会再次见到这个男人，心中竟有些期待。

铁胜男再次踏上黑虎山，土匪们都视她为救命恩人，王天霸亲自带着众兄弟在寨子口迎接，众土匪为铁胜男欢呼。铁胜男一脸严肃，她径直走到王天霸面前，跪了下来。王天霸惊讶，想要扶起铁胜男，铁胜男却长跪不起："鬼子杀我铁家满门，我却误会是大当家所为，多次冒犯大当家，不仁不义，但胜男身负血海深仇，爹娘在天之灵，恐无法安宁，求大当家的，将双枪绝技传授于我。"王天霸高兴地扶起铁胜男："我答应你，会把双枪绝技全部传授于你，跟着我好好学。"铁胜男开心地点头："谢谢大当家。"

底下，传来众土匪热烈的欢呼声。

武田正雄接连吃了败仗，怒火冲天，眼下唯有剿灭湿地内的游击队才能泄他心头之恨，计上心来，武田阴险一笑。

短短几日，在王天霸的耐心指导下，铁胜男的双枪进步神速。铁胜男看着靶子，默默领会王天霸的话：要枪人合一，眼力很重要，你眼睛看哪里，枪就朝哪里打，打出去左右手会有快慢，但是不能超过一秒。铁胜男把手臂抬高，保持双臂平衡，两只眼睛看中心点，双枪同时开打，正中靶心。

这个勤奋的身影穿梭在艳阳下、月光里，刮风的时候练习与风合作，下雨的时候让子弹在雨中穿梭，水桶、苹果、树枝……身边的一切都成了她的靶子。王天霸心疼又欣慰地默默守在旁边，把一切都看在眼里，放在了心里。

又是一个艳阳高照天，王天霸带着众兄弟来到黑木崖，众土匪全部在不远处列队等候着，看上去架势十足。

正在练习双枪的铁胜男转头看向在一旁陪练的花千朵："大当家的在干

吗？我们是要去打鬼子吗？"花千朵吐了吐舌头："估计比打鬼子要艰难得多啊！"铁胜男诧异："哦？"花千朵看着懵懂的铁胜男，哈哈大笑："提亲。哈哈哈。"铁胜男听完，心吊到了嗓子眼儿。

王天霸缓缓地走到铁胜男身边，然后俯瞰黑虎山："这里是整个诸暨县最高的地方，站在高处看风景，自然有种俯瞰天下的感觉。十五年前，我单枪匹马闯荡江湖，第一次经过黑虎山，便被这里的风景深深迷住，再也走不动了。"铁胜男由衷的敬佩："大当家是江湖好汉，黑虎山就像当年的水泊梁山，胜男真心佩服。"王天霸深情望着胜男："英雄也有寂寞的时候，多年来，我身边就少一个陪我看风景的人，幸亏，老天让我遇上了你。"

铁胜男似乎有所明白，急转话锋："大当家，你看，你有这么多出生入死的兄弟陪着，哪里会寂寞？"王天霸突然满眼的温柔："丫头，我今天，就想宣布一件事，当着我所有兄弟的面。"铁胜男急接话茬："正好，我也有事要跟各位兄弟说。"铁胜男说完转身，一手拉起花千朵，一手拉着王天霸，对着众人说："各位兄弟，今日我铁胜男，要与大当家、三当家结拜为兄妹，请大家做个见证。"

这下子所有人都呆住了，王天霸也瞪大了眼睛，底下土匪们议论纷纷："大当家不是想娶她么，怎么成兄妹了？"铁胜男高举双手："没错，大家亲眼看见，我曾为大当家挡下一枪，也算得上是过命的兄弟，大当家，千朵妹子，不知我铁胜男，配不配与你们结拜？"王天霸无奈，只能硬着头皮说："妹子看得起，我求之不得。"

所有人聚集在厅外，结拜的东西一切准备就绪，祭台上摆了关公像、香炉。王天霸、铁胜男、花千朵，三人持香下跪。

王天霸首先发话："请关二爷作证，各位兄弟听音，今日我三人，结为兄妹，有福同享，有难同当，不求同年同月同日生，但求同年同月同日死。"铁胜男、花千朵齐声道："有福同享，有难同当，不求同年同月同日生，但求同年同月同日死。"

三人端起酒杯，相互敬过，一饮而尽。聚义堂一片沸腾，没人发觉，刘彪的眼里闪过一丝阴郁。刘彪悄悄地退了出去，眼尖的月圆不由暗笑，也悄悄地跟了出去。

众兄弟都集合在聚义堂，黑虎山上一片寂静。刘彪听着自己的脚步声在地上摩擦，突然，身后传来一阵尖酸的笑声："都火烧眉毛了，还有工夫在这散步？"刘彪心中郁闷，没有搭理月圆，月圆煽风点火道："他们结拜的事，很快就会传遍九山十六寨，那妖精跟大当家结拜，故意拉扯上三当家，不知道的，当她是二当家，还以为你死了呢。"刘彪眼里闪过一丝冷光："找机会，一定要除了她。"

月圆听完，这才满意地一笑，满眼狐媚地看向刘彪。

皓月当空，屋外亮得跟白天似的，一个黑影，从假山上跃下，身轻如燕，双腿矫健地轻点草丛，落到了刘彪门口，马伟蹲在地上呼呼大睡。

小草见门口还有小土匪把守，断定里面住着的人，一定是黑虎山的大土匪，里面肯定有好吃的。小草轻轻来到窗前，用手点破窗纸一看，里面没有动静，她轻手轻脚地翻进了房间。

房间内，刘彪跟月圆正在床上纠缠着，小草靠近桌边，抓起一个鸡腿啃起来，听到床上传来的声音，她赶紧后退一步，却不小心撞到了凳脚，这下惊动了刘彪，衣衫不整的月圆惊慌失措躲进被窝，刘彪赶紧从床上起来："谁？"

小草咬着鸡腿起身往门外跑去，刘彪已经看到她，飞快从床上下来，拿起了枪，追了出去。月圆趁机赶紧从后窗溜走。

枪声惊动了马伟和其他的土匪，小草被轻而易举地抓住。

黑夜里，小草被吊了起来，身下堆起了很多木头，马伟手中拿着一个火把。小草在心中惊呼："完了，完了，完了，我小草，看来今天要报销在这土匪山了，怎么办？不能死，我不能死，不能当个饿死鬼。"

马伟拿起火把准备扔下："你也不看看这里是什么地方，敢来偷东西！我烧死你！"小草吓得赶紧大呼："别，别烧，我穿着红鞋子，你们要是把我烧死，我会化成厉鬼，来向你们索命的。"小土匪们慌了神，马伟的手停住了，站在一旁的铁胜男暗忖道："这丫头倒是很机灵。"

刘彪怒从马尾手中抢过火把，铁胜男阻止道："且慢，区区一个毛贼怎能让二当家亲自动手，把她交给我怎样？"马伟道："铁姑娘，这贼是来偷东西的，二当家抓了她，凭什么要交给你？"铁胜男笑："二当家的，今日，我与大哥、三妹刚在此结拜，大喜的日子，若是杀生，怕不吉利，还请二当家的成全。"

　　刘彪心中不快，却不露声色："铁姑娘是刘彪的救命恩人，只要您开口，就算要天上的星星，刘彪也要摘给您，放人。"铁胜男拱手："谢二当家。"

　　众人散去，喜子帮小草解开绳子，小草跪下，轻声抽泣起来："谢谢，谢谢姑娘救命之恩。"看着瘦骨嶙峋的小草，铁胜男心中一紧，又是个可怜的人儿啊。铁胜男扶起小草："以后，你就是我的妹妹，快点起来，我们都是身份平等的人，可不许动不动地下跪啊。"小草早已热泪盈眶。

| 第六章 |

自从和铁胜男一别，马致远再也没有铁胜男的消息，他想不通，为什么当日她竟弃自己不顾，去救八竿子打不到一起的土匪。马致远想着，既然铁胜男可以不顾自己的生命安全去救土匪，这就证明她现在与那帮土匪交情匪浅，如此，他再上一趟黑虎山也未尝不可。

马致远上山一路并不顺畅，刚进山就被豹子头逮个正着。豹子头存心要戏弄这个小白脸，他捆住马致远的手脚，马致远整个人被吊在了树上。等铁胜男赶到的时候，马致远几乎快热晕过去了。

铁胜男有些愧疚："马老师，为了救我，你连土匪窝都敢闯了？"马致远抓住铁胜男的手："胜男，这些日子，我天天都担心你，梦里全是你，没有把你救下山，我活着还有什么意思？"铁胜男轻轻抽回手："你看，我现在不是好好的么，你不用为我担心。"马致远劝道："胜男，黑虎山的土匪，凶神恶煞的，我今天就带你离开这里。"铁胜男拒绝道："我还有事没办完，不能走。马老师，你跟我一起到诸暨，我家突遭变故，还差点连累你，作为同事，我真心觉得对不起你，你还是先回去吧，这样我也能安心点。"马致远激动起来："回去？我怎么可能把你一个人留下呢？胜男，你是不是有什么苦衷，你告诉我啊。难道，那大土匪跟你……"胜男打断马致远的话："没有，你别瞎猜了。"马致远苦笑："我早该猜到了，你为他挡子弹，那天在城里，又不顾危险去救他的人，现在山上的土匪都很敬你，原来，你已经做了那土匪的女人。"胜男没有说话，转过身去。

马致远的眼神愈加深邃，他知道今天定是带不走铁胜男，他话锋一转，打探着宝藏的消息："既然如此，我尊重你，胜男，我现在是你在这个世上唯一的亲人了，你还有没有要交代我去做的事情，我马致远定要竭尽全力。"铁胜男感激地看着马致远摇了摇头。马致远不肯死心："比如你的家里，你的父母还有没有未完成的遗愿？"提到父母，铁胜男愁绪万千，她陷入了沉思，不再说话。马致远心生郁结，心中暗忖："铁胜男……你居然这么对我。"

在诸暨县的这一端，武田正雄也为着宝藏的事情发起了愁。他看着地图，心有疑惑："这个太平天国宝藏难道真的只是一个传说？"

第二天一早，花千朵陪着铁胜男来到铁宅后山。小草、喜子紧跟在铁胜男的身边。她们的身后还跟着花千朵的四个手下，春兰、夏荷、秋菊、冬梅。

花千朵领着铁胜男来到几座新坟面前："是大当家派人把你的父母亲人安葬在了这里。"铁胜男强忍住悲痛，脚步似乎迈不开了，她一步一步往前跪了过去，一直跪到父母亲人的坟头前，她终于歇斯底里悲痛地大哭出来："爹，娘……女儿不孝。"

而此刻，武田正雄带着山本一郎和两个日本兵穿着普通百姓的服装，来到了铁宅。铁宅里还是一副凌乱的样子，地上的血迹已经变成了黑色的污垢。客厅里结起了蜘蛛网。

武田正雄举起右手，他摸了摸铁宅的柱子，又敲了敲另一根柱子："果然是大户人家啊，铁宅已有一百多年的历史，这柱子真是上好的木料啊。"

太阳照了下来，武田正雄看着铁宅的屋顶，眯起了眼睛来。武田缓缓地睁开了眼睛，若有所思地望着铁宅里面："这千柱屋真的有一千根柱子吗？"山本答道："这屋子虽有前院后院，但不可能有一千根柱子的。大佐阁下，我一直想说，这千柱屋宝藏，会不会只是一个传说呢？"武田正雄回过身，往铁宅的后山方向望去，一阵烟雾飘上天空，武田和山本对视了一眼，迅速往铁宅后山方向走去。

铁胜男正在父母的坟头前烧着纸钱。纸灰往天空中四处弥漫。花千朵在一旁安慰道："胜男姐，时间差不多了，我们回去吧。"铁胜男点了一下头，但还是跪在那里。

兰荷菊梅四人巡视着周围的情况。她们没有发现，此刻，武田已经爬上了小山坡，正朝着她们望了过来。

山本一郎惊讶地开口："是黑虎山那个匪婆子。"武田冷笑一声："正是冤家路窄，这样也能碰上。"山本得意："他们来烧纸钱，却不知今天也是他们的死期。哈哈哈。"山本说着已拔出了手枪。

小草突然看到小山坡上的人影，她叫了一声："三当家，那边有情况。"小草的话音未落，山本那边已开枪射击。花千朵迅速地将铁胜男扑倒。小草也闪身躲开了子弹。武田正雄他们杀了过来。

铁胜男躲到了父亲的坟头后面，她抬起头看到是武田正雄他们，眼中的怒火顿时冒了出来："小鬼子，今天我要你们的性命来祭奠我爹娘和亲人们。"

双方一阵激战。武田正雄这边明显占了优势，他们步步紧逼，花千朵劝道："胜男姐，我们不是鬼子的对手，来日方长，先撤退。"铁胜男执拗道："不，今天就算是死，也要跟鬼子作战到底。"

花千朵无奈，她看着山本一郎他们凶猛地攻击过来，有些不知所措，她奋身从大树后面跳出去，对着山本这边射击，一个鬼子被花千朵击毙。武田正雄也瞄准花千朵开了一枪，花千朵连忙闪身躲避，但还是被击中了手臂。

夏荷和冬梅上来掩护花千朵，花千朵退到了铁胜男身边。铁胜男看着受伤的花千朵，心怀愧疚。花千朵安慰道："胜男姐，如果你要跟鬼子拼到底，我花千朵也不是怕死，就陪着你。"铁胜男眼含热泪："好妹妹，是我错了。留得青山在不愁没柴烧，撤。"花千朵微笑着点了点头。

铁胜男扶着花千朵来到铁宅后山，春兰她们一边撤退，一边还击着武田正雄他们。武田正雄对山本一郎做了一个手势，让山本往另一条小道绕过去。

秋菊被击中，她捂着腹部："胜男姐，你先走，这里交给我们。"铁胜男道："不，要走一起走。"铁胜男说着，对着武田正雄这边又开了三枪，枪中子弹已消耗完毕。这时，山本一郎从小道包抄过来，铁胜男她们背腹受敌："跟我走，那边有一扇小门。"铁胜男她们撤退到山坡下。此时春兰、小草和冬梅的子弹也打光了。小门内，秋菊躺在地上，再也走不动了，她吃力地说："三当家，胜男姐，我已经不行了，你们走，我留下。"花千朵握住了秋菊的手，眼中含泪："不行，秋菊，我不会把你丢下的。"秋菊笑了一下："三当家，姐，我知道你对我好，我是个苦命的孩子，是你救了我，没有你，我早就饿死了。这辈子恐怕我再也不能报答你了，下辈子做牛做马，我秋菊还要跟着姐。"花千朵早已泪如雨下，拼命摇着头："不，不……"铁胜男也眼含热泪。此刻，山本一郎已经逼近小门口。秋菊大喊一声，推开了花千朵："走啊。"

夏荷忍住眼泪，她们拉着花千朵往后山转弯处的小道上退去。秋菊微笑着，她拔出了枪，对着门口的山本一郎，打光了最后的两颗子弹。武田冲到了门口，秋菊已经奄奄一息。武田正雄正要对着秋菊开枪。秋菊拉开了藏着的手雷环扣，一阵青烟冒出来。

日军士兵扑向了武田正雄："大佐，小心。"山本一郎也连忙往外扑倒。手雷爆炸开来。秋菊悲壮地牺牲。铁胜男的心随着爆炸声揪了起来。

一片废墟中，山本一郎竟爬了起来。武田正雄将保护他的那个日军士兵的尸体推开，从废墟中露出狰狞的脸。

铁胜男她们已经奔逃到后山小树林。受伤的花千朵体力不支，摔倒在地。铁胜男毫不犹豫地背起了花千朵。花千朵难过："胜男姐，这样我们都跑不了，你把我放下吧。"铁胜男决然："跑不了，那就死在一起。"喜子开始轻轻地抽泣。铁胜男背起花千朵加快了步伐，突然铁胜男她们脚下的一块地塌陷了下去。小草、喜子她们都惊叫起来："啊……"

武田和山本一步步逼近："哈哈哈，她们跌进了一个凹坑里，逃不走了。"

武田和山本走到凹坑前，看着铁胜男，突然他也看到了铁胜男她们身边的砖石。山本也看到了："大佐，这个凹坑好像不是普通的坑。"武田从塌陷下去的地方捡起了一块青砖，他的脸上露出了笑容："呦西，这地方难道是一道通往宝藏之路的秘道？"

铁胜男和花千朵等人的手紧紧地握在了一起，一副视死如归的样子。

就在这千钧一发之际，枪声响起。山本看到了前面的来人，大叫一声："大佐，不好，是游击队。"山本和武田迅速地躲到了一块大石头后面。铁胜男和花千朵对视一眼，露出欣喜之色。

向前进带着小四川、阿魁向武田他们冲杀过来。武田和山本自知不敌，迅速地撤退。

当向前进将铁胜男救出的那一刻，铁胜男竟一把上前抱住了向前进。向前进没有料到，一时不知道该把手往哪里放。花千朵也趴在小四川的肩头呜呜呜地哭了起来。

向前进把铁胜男她们送到山脚下，两人默默地对望了一眼，铁胜男低下头去。花千朵对着小四川依依不舍。看着向前进远去的背影，铁胜男的心中划过一丝的暖流，她能感觉到向前进心中也一同划过的悸动。

向前进他们往白马湖湿地走去，今日，他的心中竟泛起了涟漪，不能平静。小四川打趣道："那个铁姑娘你救了她三次吧，她每次看你的眼神可都不一样，我猜啊，她肯定是看上你了。"向前进装作镇定的样子，严肃道："小声点，注意警戒。"小四川吐了吐舌头，做了个鬼脸。向前进的眼前又浮现出铁胜男的脸。

武田正雄吃了败仗，但这次不同于以往，竟然没有在他的脸上看到怒气。山本一郎和龟田英夫却低着头，站在一旁战战兢兢。

武田拿出了那块从铁宅凹坑那里带来的青砖，在灯光下仔细地查看，灯光下，依稀可以辨认两个文字——"咸丰"。武田心潮澎湃，清朝咸丰年间正是太平天国兴起之时，铁宅外面有这条密道，难道宝藏不在千柱屋下面，而是在千柱屋外面？武田想到这，不由笑出声来。

而武田自从发现了宝藏的秘密，便加紧了对游击队的围剿，必须扫除一切障碍，以保挖宝行动万无一失。

韦二明正在紧锣密鼓地集结着兵力，他接到指令，马上就会有一场大的行动，他好奇，可又不敢多问，揣测着是要端掉王天霸这个土匪窝。来不及多想，他又要赶赴下一站，龟田英夫交代了一个任务，要在明日天黑之前弄到五百公斤的汽油，分装在两百只小桶里。如此大量的汽油，可不是件容易的事情。

夕阳西下。白鹭从芦苇中低空飞过。鸟叫声划过天空，打破了白马湖湿地的寂静。

韩露和向前进走到了白马湖的一个湖心岛上。只见芦苇在秋风中摇摆，几个野鸭子从水面上游过，平静而祥和。

韩露沉醉于眼前的美景，向前进似乎也陶醉于眼前的景色，不由得赞道："好景色。"韩露笑着看着向前进："是啊，这景色真是太美了！"向前进感慨道："只是这战乱破坏了祖国的大好山河。"韩露似乎不想和向前进讨论战争问题，继续陶醉地呼吸着这里的空气："要是我们一辈子生活在这片芦苇地，那该多好啊。"韩露话有所指，深情地看向向前进，可向前进似乎没有明白韩露的意思，只是陶醉地看着眼前的美景。韩露低声怒嗔："木头。"

日军做事的确高效，山本已经着手带着工兵队挖起了凹坑的密道。但是密道尽头，却毫无发现。山本只能收兵回了指挥部。但此事非但没有打击到武田的寻宝热情，反而让他更加坚定地认为宝藏存在的真实性。他觉得这可能就是铁家的祖先留下来的障眼法。

此时，马致远也为了宝藏的事情夜夜买醉。他无法得到铁胜男的心，也无法知道宝藏的秘密，但他却不甘心就这样空手回去。他醉死在酒楼里，没有了方向。

韦二明带着属下刀疤强也走进了这家酒楼。因为他有了个重大的发现，一开始他以为鬼子要对王天霸下手，但那山本让他去弄汽油，他突然开窍，鬼子要火烧白马湖，把游击队消灭掉。他为自己的聪明得意，必须要喝上两杯以示庆祝。

韦二明刚进酒馆，就看见了烂醉的马致远："呦，这不是马少爷吗？"马致远抬头看了一眼韦二明，本不想理睬他，但还是礼节性地点了点头。韦二明和刀疤强在同一张桌子坐了下来，给马致远倒酒："马少爷，还在为你未婚妻的事情发愁啊，来来来，喝酒，说不定过两日，我们就能把你未婚妻抢回来了。"马致远狐疑："哦？"韦二明故作神秘："嘿嘿，不过得等我们先把游击队消灭掉。"马致远惊讶地问道："你们要消灭游击队？"韦二明甚是得意："是啊，这次游击队要完蛋了，我们已经调集了大批的兵力，还给游击队准备了五百公斤汽油，哈哈，肯定能把他们统统都烧死在白马湖。"

马致远听完酒醒了三分，一个冷战，不寒而栗。

趁着夜深人静，马致远已经出了城门，他回头看了一眼城门口，深深地松了口气，快步地往前走去。

马致远摸黑进了白马湖湿地，他轻声叫着："向队长，向队长，你们在这里吗？"除了蛙鸣鸟叫，没有人回应。马致远看不清脚下的路，突然一脚踩在了一个泥坑里，陷在了那里，拔出来的时候，差点摔倒，脚上的皮鞋已经不见了。马致远有点害怕，他轻声地呼唤着："向队长……"还是没有人回应。马致远有些失望，他已经没有勇气继续往前行走，刚要转身离去，这时芦苇丛中跳出了一个黑影。

天色破晓。武田正雄亲自带队从城门口出来，后面跟着韦二明率领的皇协军。皇协军一副懒洋洋的样子，睡眼蒙眬，打着哈欠。山本一郎生气地看着，一把揪起一个打着哈欠的士兵，一记响亮的耳光下去，顿时皇协军一下子提起了精神。到了岔路口，日军和皇协军向白马湖湿地各个方向分开行军，包围过去。

向前进接到马致远的消息后，紧锣密鼓地准备着撤退。他率领着游击队撤离驻地，往西走去。韩露带着几个游击队伤员，拖慢了游击队撤离的速度。

大批的日军和皇协军向白马湖包围了过来，越来越近。武田正雄用望远镜对着白马湖望了望："这个向前进真是太狡猾了，藏在这么隐秘的地方，要想抓住他们还真够难的。"

此时，皇协军士兵们已经开始向芦苇上泼洒汽油，大火弥漫开来，在芦苇丛中凶猛地跳跃着。

小四川看到了白马湖湿地里面烧起来的火势，他惊呼出来："队长，你们快看，里面着火了。"向前进叹道："果然是鬼子来了。"小四川暗自庆幸："嘿，这回幸亏有马先生来送情报，不然我们还真要被武田给一网打尽了。"

　　火势已经从三面烧了过来，但白马湖内除了几只飞鸟惊起，却没有了其他的动静，武田正雄有些疑惑地看着白马湖。这时，有个皇协军士兵拿着一只皮鞋过来："报告太君，我们在湿地里面发现一只皮鞋。"武田看了一眼这只皮鞋，眼睛里都是火焰。

｜第七章｜

　　游击队顺利地撤出了白马湖，却在撤退的途中遇到了龟田英夫。激战的枪炮声瞬间吸引了大批鬼子的注意。武田等人朝着开战的方向围了过来。敌我实力的悬殊，正面的交锋让游击队员打得很是吃力。偏偏这个时候，向前进受伤了。阿魁连忙上前搀扶，却被向前进一把推开，继续对着鬼子射击，手却不由得颤抖起来。交战中，小四川等人和向前进被冲散。

　　阿魁留在了向前进的身边，此时，他想不了那么多，能做的就是奋力背起向前进，拼命地往前跑。向前进的身体愈发虚弱，用最后的意识命令道："阿魁，往黑虎山方向撤退。"

　　日军已疯狂地扑了上来。向前进他们退守到凤凰寨，武田带着日军死死地咬着他们不放。鬼子兵对着前面的游击队员开枪，几个游击队员又倒了下去。

　　游击队眼看着要被鬼子追上，他们躲到了一座废弃的老屋里，开始和鬼子交战。日军迅速迎战，火力凶猛，压得游击队员都抬不起头来。

枪声惊动了黑虎山。王天霸深知唇寒齿亡,如果游击队被消灭,那么,鬼子的下一个目标必定是黑虎山。况且,向前进对黑虎山有恩,于情于理,他也不能见死不救。

铁胜男、花千朵主动请缨,带着一帮子土匪下山营救。铁胜男骑在白马上,手持双枪,奔下山来,一副威风凛凛的样子。她的身边跟着花千朵、豹子头、小草。花千朵扬起马鞭:"小四川,千朵来救你了。驾。"众人在铁胜男的带领下往凤凰寨方向飞奔而去。

游击队员在奋力还击着,突然一颗子弹飞来,击中了向前进的肩膀。韩露心痛地开始抽泣:"向大哥。"向前进忍着疼痛安慰道:"没事。韩露,不要哭。我们的子弹已经不多了,这样下去,我们一个都逃不走。韩露,我们掩护你逃出去。"韩露一边摇头一边流泪:"向大哥,我说过我不走。"向前进忍着疼痛道:"再这样下去,我们会全军覆没。韩露,你听着,这是命令,如果小四川他们还活着,去找到他们,把队伍重新建起来。"韩露突然举起枪对着自己的脑袋:"向大哥,就算死,我也要和你死在一起。如果你再赶我走,我现在就开枪自杀。"游击队员们此时也异口同声:"对,我们要死就死在一起。"

向前进感动却无奈地点了点头。武田正雄他们已包围上来,阿魁也打光了枪中的子弹,向前进的肩膀不断地流着血,韩露用手按着向前进的伤口,眼泪止不住地往下流。

武田冷冷地一笑,胜券在握:"弟弟,今天我就处死向前进,用他的鲜血,祭你的在天之灵。"韦二明带着皇协军一边对着游击队员开枪射击,一边包围上来。游击队员的情势已岌岌可危。

就在千钧一发之际,铁胜男手持双枪,骑在白马上,率领着队伍,从后面杀了上来。日军和皇协军都有些措手不及。后面的一批鬼子完全被打乱了阵脚,好几个鬼子还来不及转身,就被干倒了一片。

铁胜男开枪打死了一个鬼子,又开了一枪,打掉了刀疤强的帽子,吓得刀疤强趴在了地上。小四川他们也撤退到了凤凰寨附近,他们听到了枪声,也赶了过来。

铁胜男很快冲破了敌人的防线,骑马奔到了向前进身边:"向队长,上马。"四目相对,温情交汇,这一幕被韩露看在了眼里,不是滋味。向前进被铁胜男拉上了马，豹子头带着韩露，准备冲出去。花千朵找不到小四川很是着急："小四川，小四川，你在哪里？"

"千朵，花千朵。"小四川从后面杀了过来。花千朵兴奋地回头："小四川。"这时，韦二明看到小四川，正要对着他开枪，花千朵愤怒地射击。韦二明差点打中了小四川，但为了躲避花千朵射来的子弹，身子一闪，没能击中小四川，子弹从小四川的手臂处擦过。

花千朵向着小四川飞奔过来："小四川，拉住我的手。"小四川拉住了花千朵的手，花千朵一把将小四川拉上了马，花千朵大喝一声："驾。"花千朵带着小四川冲出了鬼子的包围圈。铁胜男他们一边还击着日军，一边往黑虎山上撤退。

铁胜男他们越跑越远，眼看着煮熟的鸭子飞了，武田大怒地吼了一声，连着对向前进他们消失的方向开枪，直到打光了枪中的子弹。

一到黑虎山，韩露就开始替向前进取子弹，铁胜男等候在外面满心焦急。向前进满头是汗，他的嘴里咬着一根木棍，愣是没有哼唧一声。

铁胜男一脸土灰，煮好了一锅鸽子汤，小草和喜子一起进来，想去喝一口鸽子汤，却被铁胜男拍打开来。小草和喜子心领神会地会意一笑，铁胜男不去理会，端着鸽子汤走了出去。

休息了一夜，向前进的状态大为好转，韩露细心地照料着向前进，替他换药、擦背。向前进有些不好意思地拒绝，却被韩露以医生的身份给挡了回去。

铁胜男端着鸽子汤过来，听到房间里韩露温柔的声音："向大哥，不疼吧？"铁胜男靠近窗口，向前进正裸露着上身，韩露在温柔地为他擦拭着手臂。铁胜男站住了脚，心里竟有些不是滋味。

黑木崖上，峭壁林立，寒风萧瑟，寨旗被呼呼的大风撕扯着。一排酒缸子整齐地摆在百米开外，上面摆放着用来练习射击的小葫芦。铁胜男握紧手枪，迎风对着酒缸子方向胡乱地扫射着。王天霸一直默默地站在暗处，任由铁胜男发泄着。

"啪啪啪啪"枪声响彻黑木崖。被铁胜男打掉的废弃弹壳已经丢满一地，酒缸子零零散散地碎了好几个。

王天霸走了过来："心神不定练枪，就是在浪费子弹。"铁胜男否认道："谁说我心神不定，是你打扰了我好不好。"王天霸表情夸张："哦？你真的是在练习射击啊？我还以为你这是小孩子在玩过家家呢。"

铁胜男瞪了一眼王天霸，生气地转身要走。王天霸却突然表情坚毅："我甚至可以不用眼睛看就可以百发百中，没有别的，就是因为我把双枪当成我的生命，把子弹当作我的灵魂。而你，手里握着的只是你的发泄工具。"

铁胜男回过头来看王天霸。王天霸突然从口袋里抛出去三个大洋，随后拔出双枪，对着三个大洋连着开枪，眼睛却始终没有离开过铁胜男。三个大洋在半空中飞舞，不断地被子弹打着，没有落地。王天霸挥手一枪，一颗子弹射中了三个大洋，将这三个大洋钉在了对面的一棵树上。铁胜男看呆了。王天霸收起了双枪，转身下了黑木崖。

铁胜男缓过神，看了看钉在树上的三个大洋，又转过身默默地注视着王天霸的背影，眼睛里又多了些敬佩。

武田一夜未眠，他回忆着事情发展的所有经过，此次行动绝对保密，但是为什么游击队却像是得到了消息，提前撤退出了白马湖，莫非是有奸细？武田目光深邃地看向放在桌子上的那只皮鞋。

韦二明战战兢兢地跪在武田正雄的面前，他微微抬头，害怕地瞟了眼武田，他的眼前突然闪现在小酒馆遇到马致远的画面。

马致远走在小巷子里，身后跟着两个穿长褂的大汉。马致远没有发觉，走到巷子拐角处，突然被一个大汉重击敲晕了脑袋。

当马致远醒来的时候，他已经被绑在了冰冷的老虎凳上。马致远被冷水激了个寒战："你们，你们是谁？这是哪里？为什么要抓我？"武田正雄背对着马致远，他慢慢地转过身来，阴冷一笑："我们又见面了！"马致远惊恐："武田……"武田正雄冷笑："你是聪明人，你应该知道我为什么要请你过来。"马致远很是害怕，身子微微发抖："我不明白你在说什么……"武田正雄一脸阴森："哦？白马湖一战你应该很清楚吧？"马致远强装镇静，但仍控制不住发抖的身体："你……你说什么白马湖，我，我不知道是什么地方？"

武田转过身，山本把那只皮鞋扔到了马致远旁边。马致远惊恐地看着这只皮鞋。一记鞭子随后雨点般落了下来，从小娇生惯养的马致远哪受得了这般苦，嗷嗷直叫地连声求饶："啊，啊，别打了，别打了。我说。是我，是我向游击队报了信。"武田正雄举手示意，皇协军收起了皮鞭。

武田正雄阴笑道："我大日本皇军重视人才，胸襟也是大大的，虽然阁下做过一次对不起皇军的事，但我们可以原谅你。"武田说着，顺手拿起了火盆上的铬铁，在马致远的心脏处随意比划着，尿液竟从马致远的裤裆里顺着老虎凳流了下来。

休养了几日，向前进的伤势好了许多，王天霸前来探望，英雄和英雄之间又多了份惺惺相惜之感。

向前进又动了动员王天霸加入游击队的想法，他找了个机会劝说道："大当家的如此深明大义，此时，鬼子人员充足、武器精良，数量也是我们的数倍之多，我们急需要做的就是化零为整，把游击队和黑虎山的兄弟们都集结在一起……"

而王天霸知道向前进接下去要说什么，却接过话茬，来了个先下手为强："对，向队长说得太对了，我王天霸今天就是为这事来的。"向前进不可置信地看着王天霸。王天霸拍了一下向前进的肩膀："兄弟，只要你肯加入我们黑虎山，这二当家的交椅就是你的了，怎么样？以后怎么打鬼子，什么时候打，我王天霸统统听你的。"

向前进苦笑："大当家的，你误会我的意思了。游击队有自己的规定，我的意思是……"王天霸打起了太极："向队长，你不会是看不上我这土匪窝，嫌弃了吧？我王天霸占山为王也十多年了，要吃有吃，要喝有喝，在这黑虎山已经扎下了根，是死是活我跟兄弟们都不打算挪窝了。向队长要是想跟我们一起打鬼子，黑虎山的大门随时为你敞开，但向队长要是有其他想法，那我王天霸爱莫能助啊。"

向前进看着王天霸，知道王天霸心意已决，继续游说意义不大，向王天霸抱拳道："向某在此谢过大当家的美意。但我们游击队员有自己的纪律和信仰，等我伤好便下山继续抗战。我也还是那句话，游击队的队伍随时欢迎黑虎山的兄弟们加入。"

花千朵很快就得知向前进要下山的消息，她心急如焚地闯入小四川的房间，等小四川反应过来，花千朵已经拉住了小四川的手："小四川，我不许你走，你去跟你们队长说说，你不做八路了，以后你就留在我们黑虎山，和我成亲，生一窝小土匪。"小四川吓得语无伦次，直摇手："不行不行，不行不行……我们游击队……"

花千朵娇嗔地说："游击队、游击队，你们游击队有什么好的呀，吃不好穿不暖的，连个安生窝都没有，在我们黑虎山就不一样了，保证把你养得肥肥的。"花千朵说完，害羞地走近小四川，依偎在小四川的胸口前。

小四川大气都不敢出，手也不知道往哪搁，红着脸支支吾吾："千，千朵姑娘，那，那我还有事，我，我要先走了。"小四川说着连忙把花千朵推开，竟急得爬上身后的窗子，跳窗而逃。

花千朵气得直跺脚，冲着小四川的背影大喊："小四川，你个胆小鬼，这辈子，我花千朵嫁定你了。哼。"

铁胜男自从那天看见韩露与向前进亲密的样子，近日来一直魂不守舍，她觉得必须得找一件正事来做。她寻思着，凤凰寨一仗，虽然赢得是大快人心，但黑虎山也损失了不少弟兄。所以，当务之急，应该壮大队伍，补充新鲜的血液。黑虎山强大了，鬼子也就不敢轻易来犯。她的决定得到了王天霸的认可，铁胜男开始付诸行动。

铁胜男信心满满，带着花千朵、小草和几个兄弟前往凤凰寨，架起了黑虎山的旗帜，开始招兵买马。招兵的过程并不顺利，所有经过的群众都是看了他们一眼，便匆匆走过，甚至有些壮汉如瘟疫般躲开了他们。

已过晌午，铁胜男还饿着肚子，花千朵的肚子更是夸张地咕咕直叫。此刻，麻雀寨大当家海东青正在啃着烧鸡喝着酒，嘲笑着铁胜男："区区一个小丫头，招呼也不打一个，胆敢在我们的地盘招兵买马。"

果然一天过去了，铁胜男一无所获。她坐在山坡上，沉思着，突然，她似乎明白了什么，重重地拍了下自己的脑袋，如梦初醒。

一个声音从背后传来："铁姑娘在想什么呢，这么投入？"铁胜男回头，看到向前进走了过来，心里又是一阵涟漪："是向队长啊。你的伤好点了吗？"向前进笑答："好多了，多谢铁姑娘关心。"铁胜男报以灿烂微笑："这就好。"

月光下，铁胜男笑靥如花，向前进第一次觉得女孩子笑起来原来可以这么好看。一瞬间，向前进恍惚了一下。铁胜男拍了拍向前进的肩膀："向队长？"向前进这才不好意思地缓过神来，尴尬一笑："铁姑娘，不好意思，刚才在想事情。"铁胜男不明所以："以后就叫我胜男吧，总是铁姑娘铁姑娘叫，多见外啊。"向前进略显尴尬："胜男。呵呵。"

铁胜男开心，露出了久违的纯真笑容，向前进也跟着笑了起来。

第二天一早，铁胜男便带着花千朵等人上了麻雀寨。黑虎山的弟兄们一行十多人，敲锣打鼓，在麻雀寨中停了下来。铁胜男气宇轩昂："兄弟们，用点力，让麻雀寨沸腾起来。"

"得勒。"众人加大了力气，顿时锣鼓喧天。

海东青在沉睡中被突如其来的锣鼓声吓得拔枪而坐。他决定亲自出马好好地教训一下铁胜男这个丫头。

此时，铁胜男的周围已经聚集了很多人。铁胜男见时机成熟，右手一挥，示意手下停止击鼓。众人停止击鼓，铁胜男大声道："各位父老乡亲，兄弟姐妹，我叫铁胜男，是一名大学教员，我们全家老小惨遭鬼子杀害，我迫不得已才落脚在黑虎山。"

百姓们看着铁胜男，指指点点。铁胜男笑了笑，拱手示意："我铁胜男今天之所以会来麻雀寨就是为了给黑虎山招兵买马。大家都知道，凤凰寨一战我黑虎山虽然大获全胜，但同时我们也损失了很多兄弟。"百姓们看着铁胜男，都赞同地点点头。铁胜男继续说："咱们黑虎山的兄弟以前有可能欺负过山下的百姓，但是他们在日本人面前毫不畏惧，奋勇向前，杀鬼子，救同胞，哪一个都没有含糊，个个都是英雄好汉。"百姓们赞同道："对，黑虎山的兄弟个个都是好汉。"

铁胜男继续说："各位父老乡亲，现在我们的国家正处于危难之际，大好河山正在被小鬼子践踏，我们的同胞，我们的家人正处于水深火热之中。乡亲们，躲避只会带来更大规模的残害，只有举起武器，跟鬼子抗战到底，才可能阻止他们的欺凌和残杀，才能真正保卫我们的家园，保护我们的家人。乡亲们，加入我们的队伍中来，让我们一起保护家园，将日本鬼子赶出中国。"众人听得热血沸腾，纷纷叫好。

果然不出铁胜男所料，海东青带着手下赶到。众人自动开道，海东青走到铁胜男面前，假惺惺地鼓掌："好，好，好。说得真是精彩啊。"铁胜男看了海东青一眼，知道来者不善，但还是面带微笑："想必您应该就是麻雀寨大当家海东青，海大当家吧？"

海东青故作轻蔑状："对。这是打哪来的野丫头啊？"

花千朵生气："海东青，你……"铁胜男挥手示意花千朵不要发火，微笑着对海东青说："海大当家的，我是铁胜男，在麻雀寨是为招兵买马，抗日救国，保卫家园。"

海东青大笑："哈哈，一大早的就听兄弟们说不知哪里来了个野丫头在我麻雀寨撒野，原来是个疯丫头啊。"

黑虎山的兄弟们怒气冲天，小草忍不住说道："海东青，嘴巴放干净点。"铁胜男拉回小草，笑了笑："我铁胜男虽一介女流，没有海大当家的那么见多识广，但对于海大当家的为人还是略有耳闻。"

海东青轻蔑地看了眼铁胜男："哦？"铁胜男一脸钦佩地看着海东青："听闻海大当家的侠肝义胆，义薄云天，视兄弟如手足，从不欺凌百姓，九山十六寨中，就属麻雀寨的百姓生活最自在，无论百姓做什么决定您也从不干涉，而且还会支持他们。"海东青自鸣得意地点点头。铁胜男继续添油加醋道："所以麻雀寨的百姓也都很敬重您，敬您是大英雄。海大当家的，我说得对吗？"

海东青被铁胜男这么一夸，竟飘飘然，振臂一呼："我麻雀寨的百姓哪个不敬重我海东青。啊？哈哈哈。"周围的百姓纷纷地低下了头，有些不自觉地后退了几步。铁胜男看在眼里："海大当家不愧为九山十六寨的英雄豪杰。现在正是国家危难之际，鬼子在我们中国人的地盘肆意撒野，对于这种行为，像海大当家这样的英雄，必定不会容忍吧？"海东青道："那是，要是鬼子敢在我的地盘撒野，还不把他们打地屁滚尿流啊，哈哈哈。"

铁胜男使劲地夸着："海大当家的果然如传闻所言，勇猛、大气。海大当家，现在我们的国家我们的人民，非常需要像您这样的英雄人物的支持，还请海大当家务必忙里抽闲，助我等弱女子招兵买马，把日本侵略者赶出我们的国土去。"

海东青被夸得已经不知道爹娘是谁，连连答应道："好说，大家伙的听好了，打鬼子人人有责，从现在开始，家里有壮汉的都必须去铁胜男这里报到，胆敢违抗命令的，我海东青必定……"铁胜男赶紧打断海东青的话："乡亲们，我铁胜男虽然希望大家能踊跃参加，但绝不会强迫你们任何人，加入抗日的队伍是自愿的、主动的、积极的。"铁胜男故意顿了顿，再看了眼海东青："就像海大当家的一样。"海东青跟着说："对，自愿，自愿。"铁胜男立即接过话茬，大声地说："乡亲们，海大当家都表态了，他会全力支持你们加入黑虎山一起打鬼子，所以，想要打鬼子的现在就跟我报名吧。"

花千朵、小草和众兄弟高声欢呼："海大当家英明威武，谢谢海大当家。海大当家英明威武，谢谢海大当家。海大当家英明威武，谢谢海大当家……"海东青对着众人得意地招手，花千朵忍住笑，对着铁胜男竖起了拇指。

寨门口摆上了一张桌子，铁胜男坐在那里作登记。花千朵他们热情地招揽着百姓加入黑虎山。

在人群中响起一个响亮的声音："你们黑虎山收女人吗？"铁胜男抬头，身材壮硕的寡妇朱大花无比坚定地看着铁胜男。

铁胜男激动地跑过去握住朱大花的手："当然，女人当然可以打鬼子，而且不比男人差，欢迎你。"这时，朱大花的背后走出来一群女子："我们也要加入黑虎山。"黑虎山的土匪们惊呆了。

这时，会武功的一丈红耍了套少林拳，然后朝着铁胜男拱手："黑虎山匪婆子，我叫一丈红。我的亲人都被鬼子杀死了，我要加入黑虎山，打鬼子，替我们死去的亲人报仇。"一丈红说完，众女子竟哽咽起来。面容姣好的沈二妮抹了抹泪："我们的亲人都死在鬼子的手里，现在我们满腔仇恨，却又报仇无门。我们……"

铁胜男感同身受，眼眶也不由得湿润了，她拉紧沈二妮的手："姐妹们，我跟你们一样，家人惨遭鬼子杀害。虽然我们是女儿身，但我们不能比男儿差。从今天起，我们就是亲姐妹，就是一家人，我会把我所有的本事都教给你们，我们一起打鬼子。"众人开始高呼："一起打鬼子。一起打鬼子。"铁胜男激动得热泪盈眶。

铁胜男带着朱大花等人回到聚义堂，黑虎山的土匪们围着铁胜男带回的女人们，乐开了花。王天霸虽然也对铁胜男招回来一群女人表示不解，但觉得只要铁胜男开心，他愿意无条件地支持她。

铁胜男当着大家伙的面，正式决定组建女子双枪队，她三令五申："不许打女子双枪队成员的主意。不许看不起女人。必须给她们每人发两把手枪。"

王天霸一一答应着。刘彪一直坐在那里沉默着，一副冷冰冰的表情，旁边的毒狼也不说话。王天霸的脸上却是带着开心的笑容。

| 第八章 |

女子双枪队成立后，首要任务就是对她们进行集训。朱大花、一丈红两人在对着木桩练习搏击。花千朵在一旁给她们演示，铁胜男亲自参加了训练，除了朱大花和一丈红外，另外队员似乎都没有章法，毫无进展。

铁胜男的眉头不由皱了起来，她知道，这方面她和千朵都不专业，真的要将她们在短时间内训练得有模有样，还得靠专业的训练。铁胜男似乎有了主意。

向前进的伤势恢复得很快。韩露在为向前进换药："向大哥，你的伤也好得差不多了，咱们什么时候下山？"向前进答："我也在考虑这件事，只是……"

"咚咚咚"门外传来一阵急促的敲门声，韩露不由得眉头一皱。韩露起身开了门，铁胜男见是韩露，稍显尴尬："韩露也在啊。"韩露勉强一笑，铁胜男走了进来。

向前进倒茶："来，坐。找我有事吗？"铁胜男："还真有事找您。向队长，这件事对于胜男难如登天，但对于向队长，就特别简单。"向前进饶有兴趣："哦？"只见铁胜男一本正经地对着向前进说："我代表我们双枪队，请向队长给我们当教官。请教我们伏击敌人的本领。"韩露面露不悦:"可是,我们已经决定下山了。"向前进却说:"下山不急于一时,铁姑娘,我答应。"铁胜男高兴地握住向前进的手:"真的?谢谢向队长。"

向前进尴尬地握着铁胜男的手,铁胜男意识到自己失态,赶紧抽回自己的手:"那向队长,你今天先准备下,没什么事情我就先走了,明儿一早,我们黑木崖见。"

韩露看着铁胜男远去的背影,生气地一屁股坐在了凳子上。

向前进的魔鬼集训开始了。

第一课竟然是围着黑木崖蛙跳十圈。队员们抱头开始蛙跳,铁胜男叉腰看着蛙跳的队员们满脸欣慰。向前进一脸严肃,死死地盯着铁胜男。

铁胜男不解,她不好意思地摸了摸自己的脸。向前进严厉道:"我命令双枪队的全体队员蛙跳,你为什么不去?"铁胜男一副难以置信的表情,用手指了指自己:"我也要跳十圈?"向前进眼神坚毅:"不,队长加倍。"旁边的花千朵笑得直不起腰:"没想到,真是没想到,黑虎山最聪明最古灵精怪的铁胜男也会有被下套的时候。哈哈哈。"

铁胜男意识到向前进没有开玩笑,拍了拍花千朵的肩膀:"副队长,一起吧。"花千朵一脸错愕:"啊?"铁胜男和花千朵无奈地抱头开始蛙跳。向前进看着她们的背影会心一笑。

众人虽是大汗淋漓,气喘吁吁,但毕竟都是农家出身,身子骨结实,都顺利地跳完了十圈。黑虎山的春兰、夏荷、冬梅等人伸展着腰肢。沈二妮累得躺在了地上。小草却是一点都不感觉疲惫的样子。铁胜男虽枪法进步神速,但大小姐的身子毕竟没有磨练过,全场只剩下铁胜男一个人没有跳完。

烈日高照,铁胜男眼冒金星,她咬紧牙关,努力地往前跳着每一步。向前进却丝毫没有让她停止的意思,他提高分贝,向着铁胜男吼道:"如果要当我的学员,那这个就是最基础的入学考试,通不过,不管是谁,都给我滚回去。"铁胜男看着向前进的方向,强撑着:"我铁胜男可以的。"铁胜男说完,咬着牙,顶着烈日一下一下地往前跳着。众人心疼地看着,却无能为力。铁胜男一个踉跄,跌倒在地,朱大花等人想上前搀扶,向前进大吼:"谁都不许过去。"

铁胜男还剩下最后半圈。此时，她眼前已是一片漆黑，整个黑木崖都在晃动着。她隐约可以听到姐妹们在一旁为她加油。

"胜男姐加油，加油。队长，加油，快了，队长，加油。"众人在一旁鼓励着。

王天霸得知消息怒火冲天地来到黑木崖，来到向前进面前，揪起向前进的衣襟："向前进你个混蛋。我的胜男以前是大小姐，从小娇生惯养，她能经得住这样的折腾吗？早知道就不救你了，让你死在鬼子的手里算了。"王天霸说完，恨恨地放开向前进，转身跑向铁胜男，想要搀扶起她。向前进道："她是大小姐，你们都可以照顾她，优待她。但是她现在是双枪队的队长，她要带领着队伍和鬼子作战。鬼子会照顾她吗，会优待她吗？"

铁胜男眼中含泪地看着向前进，然后甩开了王天霸的手，咬着嘴唇，继续向前跳着。众姐妹有的哭了起来。向前进当没看到，继续看向前方。

铁胜男在她顽强的意志支撑下终于跳完了二十圈。众姐妹围住了铁胜男，抱头痛哭。铁胜男艰难地抬眼看着向前进："向前进，我可以。"铁胜男说罢，累到极点的她中暑晕了过去。

第二天一早，铁胜男撑着疲惫的身躯，起床洗漱，准备去黑木崖训练。这个时候，韩露端着鸡肉粥过来看望铁胜男："这个向大哥也真是的，你说你一个姑娘家的，还让你累成这样，换成我们这些旁人都看不过去，这简直就没把你当女人看嘛。"韩露说完，特意停顿了下，观察着铁胜男的表情："不过你也别难过，我昨晚已经狠狠地说过他了。"

铁胜男诧异："昨晚？"韩露害羞一笑："是啊，你也知道，向大哥在这里，人生地不熟的，也没个贴心人，只能跟我说说心里话，他肯教你们完全就是为了报答你们的救命之恩。"铁胜男极力地掩藏着内心的不悦："谢谢你的粥，不过我现在真的得走了，否则迟到了就又该挨你向大哥的罚了。"

铁胜男说完径直走出房间。韩露露出胜利的微笑。

接下来的训练不是跑圈就是蛙跳，众人开始满腹牢骚，铁胜男虽然对向前进有气，但在队员面前还是选择维护向前进。向前进早已预料到今天的局面，有备而来："你们觉得跑跑步没意思是吗？"

众人大声回答："是。"向前进笑："那今天我开始教你们练习射击。"众人听罢开始兴奋起来。向前进露出旁人不易觉察的邪笑，他从小四川手里拿下狙击枪，突然扔向了铁胜男，狙击枪猛然间丢到了铁胜男的手里。铁胜男不开心地瘪瘪嘴。向前进当作没有看到："听闻铁队长双枪枪法了得，但不知道阻击枪使得怎么样？"铁胜男握住阻击枪："没问题。"

向前进手指山头方向："要想把狙击枪的用处发挥到最大，首先就是寻找绝佳制高点，伏击敌人。那个山头，不但视线开阔且利于隐蔽，我现在命令你用最快的速度抢占制高点，一枪制敌。"向前进说完将一个人形箭靶安插在黑木崖中央。

众人这才反应过来："又要跑啊？"铁胜男也有点不服气地看着向前进，赌气地抱起狙击枪，向山头跑去。向前进随后拿着另一把狙击枪，从另外一条小道也往山头跑去。

向前进迅疾地在山间穿梭。铁胜男则吃力地奔跑在山间的小路上，终于到达山顶制高点。铁胜男如释重负地一笑，气喘吁吁地架起狙击枪，颤抖着双手准备射击那个箭靶。正当铁胜男努力地让自己的手不颤抖，准备瞄准目标的时候，一个冰冷的东西顶住了她的后脑勺。铁胜男回头，向前进正拿着枪指着她。

向前进道："我足足等了你一刻钟。如果我是鬼子，这个时候你已经死了。"铁胜男终于生气地摔枪，爆发出心中所有的愤怒："这不公平，你这是在刻意地针对我？"向前进却一脸平静："如果此刻我就是日本人，你还会不会跟我讨论公不公平？"

铁胜男赌气道："你怎么说都对，反正你也不是真心想要教我们，无非想报答我的救命之恩罢了。"向前进据理力争："我知道你现在很生气。你觉得我很不近人情，我很冷酷，我不体贴你是女人。可是，从你决定要打鬼子的那一刻开始，你就应该要做好最坏的打算。"

铁胜男把头别过去，不想听向前进的话。向前进动情地说："以前，你只是一个人，死了大不了就是一条命。可是现在呢，这么多人跟着你，就你们这样弱不禁风的样子，鬼子还没跑到你跟前，你们就累死在半道了，还怎么跟鬼子持久战？你队员的性命你就不珍惜吗？"铁胜男被问得无话可说，但仍然倔强地没有回头。向前进开始语重心长地说："铁姑娘，我没有刻意地针对你，我只是想让你明白战争不是儿戏，战争非常残酷。"

铁胜男已经心软，把头转过来。向前进的语气开始自责："当我亲眼看见那些跟着我出生入死的兄弟一个一个地死在自己的面前，而我却无能为力，我就痛恨自己当初怎么就不对他们严格点。要是他们能跑得再快一点，枪法再准一点，也许他们就不会死。"向前进说话间，握紧了拳头，重重地砸在了一棵树上，热泪盈眶。铁胜男赶紧双手握住向前进的拳头，检查着，眼泪在眼眶里打转："向队长，你没事吧，痛不痛？对不起，都是我不好，是我误会了你，我……"

向前进抽回拳头，拍了拍铁胜男的肩膀："没关系，我只是想告诉你，现在你不是一个人在战斗，你的身后是一群你的姐妹，身为双枪队队长，你肩上的担子很重。只有你强大了，你才有能力去保护你的队员，领导她们走向胜利。"铁胜男哽咽着，重重地点头："向队长，我知道错了，对不起。"

铁胜男和向前进回头，双枪队的队员也已经站在了身后，一个个都擦着眼泪，红了眼眶。

日军指挥部内，铁老夫人躺在太师椅上闭目养神。该吃吃，该喝喝，日子似乎是逍遥快活。武田正雄终于耐不住性子，想要加快步伐撬开她的嘴。

韦二明一副狗仗人势的模样，带着刀疤强他们几个大摇大摆地走进铁老夫人房间。闭目中的铁老夫人吓了一跳，但很快恢复了镇静，自语："该来的总算来了。"

韦二明的手下将桌子上的食物丢到了门外，并用脚狠狠地踩碎。两个皇协军架起铁老夫人，往大牢拖去。

年迈的铁老夫人被绑紧双手吊了起来，浑身是血，昏迷了过去。韦二明拿起一盆冰水，泼向了铁老夫人。铁老夫人打了个冷战，艰难地睁开了眼睛。

武田正雄"啪"的一声，给韦二明一个响亮的耳光："好你个韦二明，我让你好生招待铁老夫人，你看你把铁老夫人弄成什么样子了！"韦二明被突如其来的耳光打蒙了过去，顿时愣住了。

武田正雄亲自解开了绑住铁老夫人的绳子，假惺惺地迎上去，将铁老夫人扶坐在椅子上："老夫人，您请坐。"铁老夫人假意对着武田正雄微微一笑。

武田靠近，铁老夫人"呸"的一声吐了口痰在武田脸上。

武田极力掩饰着怒气，阻止韦二明扬起的鞭子。韦二明赶紧拿出手帕替武田正雄擦干净唾沫。

铁老夫人大笑："哈哈哈。"武田正雄不死心："老夫人，武田不忍心看着您这一把年纪的还要受这种苦。"铁老夫人轻蔑道："哼，我已经活够了。"武田正雄道："不不不，你可以活到一百岁。只要您肯说出宝藏的秘密，我保证你颐养天年。"铁老夫人又是一口唾沫吐在武田的脸上："我宁可做鬼，咬死你们这些日本人。"

武田愤怒地用手拭去唾沫，右手一挥，韦二明随手拿起皮鞭，狠狠地抽在了铁老夫人的身子上。

铁胜男睡在床上，梦魇困着她，大汗淋漓。铁胜男死死地抓住被子，嘴里念着："奶奶，奶奶。"铁胜男极其痛苦，想醒来却又睁不开眼睛。突然，铁胜男坐了起来，大叫："奶奶。"

铁胜男瞪大了双眼，她环顾四周，月光透过门窗，撒在她的房间。铁胜男知道自己只是做了个噩梦，但她却再也没有了睡意。

次日，韦二明带着一批皇协军拿着铲子、铁锹之类的挖掘工具进入了铁家老宅。韦二明进门，打量了下四周："皇军有令，铁宅上上下下掘地三尺，务必找到宝藏。"

众人拿着各种挖掘工具开始将铁家老宅掀了个底朝天。

黑木崖上，铁胜男对这一切浑然不知，双枪队员在向前进的帮助下进步神速。此时铁胜男已经可以不被花千朵摔倒，有时候还能挡住花千朵几招，偶尔还能打个平手。

有了点进步的队员们纷纷开始手痒，厌倦了纸上谈兵，想着跟鬼子正面地厮杀一场，来练练手。

向前进严厉地打消了众人这个念头，他告诫铁胜男，现在城中戒备森严，到处都是鬼子的巡逻岗，明哨暗哨数不胜数。况且，女子双枪队员们从来没有作战经验，保不准会发生什么突发事件。铁胜男无奈只好妥协。

但是，不安分的因素始终在众人心中盘旋，被撩起的涟漪久久不能平静下来。直到喜子带来的消息，又将表面的安分激荡出一片波澜。

喜子气喘吁吁："胜男姐，他们说他们说我们铁家被一群黄皮狗给扒了。"铁胜男大惊："什么？"喜子继续说："好像说找什么宝藏之类的。"

"岂有此理，真是欺人太甚。"小草听不下去了，愤怒地锤着桌子，一丈红也怒火三丈："一群狗仗人势的东西。队长，你就带着我们去给他们点颜色看看。"

"胜男姐，你可要为老爷报仇啊。老爷就是被那个叫山本一郎的鬼子给害死的。"喜子说完，哭了起来。铁胜男惊呼："山本一郎？喜子，你为什么不早说？"喜子抽泣着："我不知道他的名字，刚才我下山去的时候，听到铁宅附近的村民说，当时屠杀铁家的，是一个叫山本的日本人。我这才想起来。"

花千朵催促道："队长，你就发话吧。"一丈红也附和道："是啊，队长，我们双枪队新加入了这么多成员，都没有实战经验，也该让大家伙练练枪，顺便练练胆子，以后真到了战场，也不至于没有任何的心理准备。"铁胜男握紧了拳头，全然不顾向前进的告诫："也好，咱们就去找几个鬼子练练枪。记住，这件事情不要告诉任何人。"众人重重地点头："嗯。"

铁胜男暗中调查到，山本每天早上必去一家酒馆——太白居喝酒。太白居用的是中国名字，却是一家日式的酒馆。

铁胜男乔装成拄着拐杖、满头白发的老太婆出现在了酒馆门口，不仔细看，根本看不出她是铁胜男。双枪队的队员们乔装成普通农妇在酒馆四周行走。山本一郎果然如期出现，他的身后跟着两个卫兵。喜子眼神示意就是此人。铁胜男会意，她轻轻扬起手指头，用约定的暗号指了指东西街口。沈二妮等人微微点头，自动分成两组，一组由沈二妮负责，一组由朱大花负责。向东西两个街口方向散去。花千朵和一丈红两人装作若无其事的样子在酒馆门口旁坐下，闲聊起来。山本一郎落座，卫兵把守在酒馆门口。

铁胜男看着山本一郎，眼睛里迸射出杀人的火焰。她极力保持镇静，拄着拐杖一拐一拐地走进酒馆，还没走到山本一郎旁边，一个日本侍女过来，用蹩脚的中文说："你，不能进来，出去。"

铁胜男装作耳聋："啥？你说啥？"日本侍女推搡起来："快出去，出去。"

　　守在门口的卫兵听到动静，端着枪走了进来。花千朵和一丈红马上提高警惕地看着里面。山本一郎不耐烦，手一挥，示意手下把铁胜男拖出去。鬼子兵架起铁胜男把她往外拖去。正当两个士兵将铁胜男拖出门口，将铁胜男扔出去的时候，铁胜男一个眼神示意，花千朵和一丈红两人风驰电掣般地将两个鬼子的手反扣，一掌劈在他们的脖子上，两人还没来得及叫出声，就已经晕死过去。

　　酒馆的侍女大叫起来："啊……"

　　山本一郎回头，见两卫兵被打晕，刚想起身拔枪，此时，铁胜男已经掏出双枪瞄准了山本一郎，"啪啪"两声，山本一郎还没来得及摸到枪就被打中脑袋，瞪大着眼睛，倒地死去。太白居瞬间乱作一团。

　　铁胜男双眼含泪："爹、娘，女儿给你们报仇了。"花千朵拉了拉铁胜男："胜男姐，赶紧撤。"

　　听到枪声，附近的鬼子和皇协军迅速地聚集过来。乔装打扮的沈二妮等人迅速向路口散去，掩护铁胜男她们迅速撤退。一队巡逻的鬼子从街口东边跑了过来，沈二妮等人推着一辆装满白菜的车子，见鬼子过来，便故意往马路中间推去，待鬼子靠近，沈二妮等人加快了步伐，向鬼子撞了过去，被撞的鬼子暴怒："八嘎。"

　　沈二妮她们立刻拔出手枪，对着他们的后脑勺，一枪一个击中脑袋，还有几个站在后面没被击中的鬼子迅速反击，躲到旁边的掩体后面，准备回击。街道上乱成一团，百姓吓得四处逃散。

　　沈二妮等人也躲在了掩体后面，双方对峙着。这时，铁胜男和花千朵、一丈红已经赶到，看到躲在柱子边的鬼子，铁胜男她们立刻藏了起来。铁胜男手势示意一丈红和花千朵，左边的鬼子由她们负责，然后指了指右边的鬼子，她负责搞定。铁胜男一个手势，四枪齐发，鬼子没想到后面竟然还有人。没来得及开枪，就全部毙命。

　　小草拉响了代表一切顺利的绿色烟雾弹。守在西边街口的朱大花见姐妹们行动成功，松了口气："撤。"

　　这时，一大队皇协军跑了过来。朱大花们装成若无其事的百姓，给他们让道。待皇协军跑过，朱大花等人迅速地离去。

　　铁胜男带着二妮等人和朱大花她们会合。众人兴奋地互相拥抱，一个个眉飞色舞地讲述着作战经历。没有损兵折将而能大获全胜，铁胜男也满心欢喜，她带着队员走向黑虎山，准备接受每个土匪的顶礼膜拜。

铁胜男和队友们喜气洋洋地回到黑虎山，踏入聚义厅，准备向那些土匪们大肆炫耀的时候，发现气氛不对。王天霸正襟危坐，神情威严。向前进也坐在旁边，表情严肃。众兄弟也是一脸的严肃。

铁胜男诧异："大当家，你们这是怎么了？发生什么事情了？"王天霸怒嗔："怎么了，你倒好，不声不响地去打鬼子了，留下我们在这里替你担惊受怕，你说是怎么了？"铁胜男笑了笑："嗨，我还以为是什么事情呢。"铁胜男说话间瞟了眼黑着脸的向前进："你看，我和我的队员们不是毫发未伤地回来了吗？"

向前进冷着脸说："这次胜利是侥幸，要是你们真出点事，大当家的都准备要倾巢出动去营救你们了。"铁胜男内疚而感激地看着王天霸："谢谢大当家。"王天霸受不了这种煽情的场面，本来生气的他反而局促起来："哎，回来就好，回来就好。"

花千朵见状兴奋地大叫："好了，都别坐着了，今天你们是没见到，真是太过瘾了。姐妹们今天可是杀了鬼子的英雄啊。兄弟们，好酒好菜的给我们拿上来，不醉不归。"

铁胜男和向前进无意间眼神交汇，对视了几秒，意味深长。站在一旁的韩露面露不悦，悄悄地退出了聚义厅。

铁胜男回到山上，对着自己家的方向，摆着火盆，喜子和小草含泪烧着纸钱。铁胜男双眼噙着泪水，磕头道："爹，娘，奶奶。女儿终于给你们报仇了。"

向前进和花千朵等姑娘站在铁胜男的身后。铁胜男压抑了许久的感情爆发了出来，大哭。花千朵和小草等人上前抱住铁胜男哭成一团："队长，以后我们就是你的亲人。"

"双枪老太婆"的名号就此传遍了整个诸暨县，也同样传到了武田的耳朵里。

韦二明带着皇协军四处张贴双枪老太婆的画像。画像上面写着大大的"悬赏通缉"四字。

虽说大获全胜，但毕竟是私自下山，铁胜男决定有必要向向前进当面道歉。

夜已深，铁胜男徘徊在向前进的房间门口，刚想敲门，不料向前进开门出来。两人会心一笑。铁胜男先开了口："我来，就是想当面跟向队长说对不起的，对不起，是我们擅自行动，让你跟着担心了。"

向前进道："事情都过去了，平安回来就好。我也听说了，你的双枪队又收了很多新队员。胜男，你肩上的担子更重了。以后无论做什么决定都不能意气用事，凡事慎重。"铁胜男认真道："我记住了。我会对队员们负责。"向前进道："嗯，今后凡事需要我向前进的地方尽管说。"铁胜男调皮一笑，伸出手指："好，一言为定。"向前进笑了笑铁胜男的孩子气，但也伸出手，跟铁胜男勾了勾手指："一言为定。"

两个人勾着手指的背影印在窗台上。窗外的韩露看到，失落地离去。

第二天一早，铁胜男找到了花千朵，在她内心盘旋已久的计划似乎是时候落实了。

花千朵跟着铁胜男来到凤凰山，已累得气喘吁吁。铁胜男倒是兴奋着，不觉得累。花千朵一脸疑惑："胜男姐，一大早来爬什么山啊？"铁胜男俯视着群山，心旷神怡："千朵，我想在这里安营扎寨。"花千朵显然被这话惊到："你这是要另立山头啊。"铁胜男点了点头，继续往前走着："对啊，是时候了。"花千朵不解："为什么呀？黑虎山不好吗？"铁胜男答道："黑虎山当然好啊，就是太好了，所以我们必须另立山头。"花千朵不明白，一脸的疑惑。铁胜男笑道："以后你就明白了，快走吧。"

说话间，两人来到了山顶。花千朵一脸嫌弃地看着破败的尼姑庵，铁胜男却异常兴奋："太好了，还有现成的房子。"花千朵难以接受地看着周围的环境："胜男姐，你不会真打算在这鸟不拉屎的地方安营扎寨吧？"铁胜男四处转悠着："千朵，以后这凤凰寨就归我们双枪队了。"

花千朵嫌弃地看着满是蜘蛛网的破庙，铁胜男拍着花千朵的肩膀，语重心长："不过千朵你放心，我不会勉强你跟着我。毕竟你在黑虎山住了那么久，肯定有感情。我能理解。"花千朵怒嗔："胜男姐，你说什么呢，我可是双枪队副队长，你去哪，我就去哪。"

铁胜男听罢开心地握住了花千朵的手。

| 第九章 |

深夜，蛐蛐叫得很欢。

王天霸房间的灯还亮着。灯光透过窗台，洒向户外。

铁胜男徘徊在王天霸房间门口，抬起手，想敲门，可又没有了勇气，她收回了手。

铁胜男在王天霸门外的台阶上坐下，她仰起头看向天上的月亮，思绪飘回到以前。铁胜男回忆起和王天霸相识的点点滴滴，失神地竟"扑哧"笑了出来。王天霸敏锐地听到外面的动静，他拿起双枪："谁？"铁胜男回过神："大当家，是我，胜男。"王天霸开门："丫头，怎么是你啊？快进来。这么晚了，有事吗？"铁胜男摆手："我就不进去了。"王天霸进屋披了件衣服，走了出来："那我们就出去走走。"

王天霸和铁胜男并排走在黑虎山的小道上。王天霸见铁胜男吞吞吐吐，就直截了当地问："丫头，有什么话你就说吧。"铁胜男答道："大当家，今天我和千朵去了趟凤凰寨。"王天霸疑惑："凤凰寨？去那干吗？"铁胜男停住了脚步："大当家，我就直说了。现在我们女子双枪队日益壮大，一群女人留在黑虎山也不太方便，所以我决定带着双枪队去凤凰寨安营扎寨。所以……"王天霸没有接话，铁胜男着急地看着一脸严肃的王天霸，不知如何是好。

沉默许久，王天霸苦笑："傻丫头，你能自立山头是好事，我当然全力支持。你聪慧、勇敢，谋略也远在我王天霸之上，我早就知道会有这么一天，只是没想到会这么快。"王天霸说完露出不舍的表情。

"谢谢你，大当家。"铁胜男眼眶湿润，这辈子能有幸遇见王天霸，对于铁胜男来说，这就是上天的恩赐。王天霸目不转睛地看着铁胜男，铁胜男连忙回避了王天霸炽热的眼神。

只有向前进得知了这个消息后表示了反对，凤凰寨地势平坦，不利于防守，一举一动都在敌人的眼皮底下，在那里扎寨实在危险。铁胜男此刻哪里听得进去。向前进也只能无奈作罢，他也希望，一切都是自己想得太多。

王天霸叮嘱着铁胜男自立山头的一些事情，向前进过来辞行。王天霸见到向前进，也明白了三分，起身道："看来，又是一个来向我道别的。"

铁胜男不舍地看着向前进。向前进点头道："对，今天来，我是向大当家辞行的。这段日子以来，多亏大当家的照顾，这份恩情向某铭记在心。"

王天霸摆手："我是个粗人，大道理不会讲，但我知道好兄弟之间，不需要谢来谢去。还是那句话，以后要是用得着我王天霸的地方，开口便是。"向前进谢道："好，要是黑虎山有难，我向前进也定会竭尽全力相助。"

向前进和王天霸击了下掌，两只手紧紧地握在了一起，向前进的内心响起来一个声音："王天霸，总有一天我会让你加入游击队，那里才是属于你的舞台。"

铁胜男看着向前进，若有所思，没有说话。

临行前，铁胜男邀请向前进去凤凰寨看看。铁胜男带着向前进漫步在凤凰寨的山路间。寨子里进进出出的老百姓看上去自给自足，是一派难得的祥和景象。

铁胜男郑重地对着向前进，诚恳地挽留，但向前进拒绝了铁胜男的好意，国土沦丧，凤凰寨之外，还有更多的老百姓身处水深火热之中。如今，江浙地区战况危急，诸暨县是战略要地，他必须尽快重整队伍。心中纵是万般不舍，铁胜男也只能藏于心中。

花千朵可就没那么淡定，她听说小四川要走，就开始了她胡搅蛮缠的计划。小四川吓得无处闪躲，一边跑一边求饶："我说千朵姑娘，姑奶奶，您能不能别老缠着我啊，算我求您了。"花千朵不依不饶道："不行，除非，你马上跟我成亲。或者，我马上杀了你，省得你将来娶别的姑娘。"小四川一时不知如何作答，只得搬出游击队做挡箭牌："我们游击队是有组织有纪律的。结婚得组织审批。"花千朵："那行，你赶紧去申请。"小四川说："只是这报告需要一层层往上递，所有领导都需要签字同意，一时半会儿，恐怕很难批下来。"花千朵急问："要多久呢？"小四川慢慢地伸出三根手指，看上去很是为难委屈的样子。花千朵问道："三天？"小四川摇了摇头。花千朵面露不悦："三个月？"小四川还在拨浪鼓似的摇头，小声地说："是，三年……"花千朵听完暴跳如雷："什么，让老娘等三年？什么狗屁报告，你要我呢。"

小四川见状撒开腿就往外跑，花千朵骂骂咧咧地追了过去。

夕阳下，向前进拿着树叶放在嘴边吹奏小曲，声音清冽婉转，他双眼出神地望着远方。韩露轻轻走到他身旁，深情地望着专注吹奏的向前进，霞光照亮了他们身旁，微风吹来，分外静谧。

一曲完毕，韩露轻轻地将一个果子递给向前进："向大哥，这曲子真好听。"向前进接过果子微微一笑。

两人都没再说话，只是静静地望着远处，各有所思。

终究是到了离别的日子，铁胜男没去送行。老天爷似乎也有挽留之意，下起来蒙蒙细雨。铁胜男倚靠在窗前，看着雨点拍打着窗前的芭蕉叶，神情失落。她的眼前又浮现出向前进的样子。她使劲地摇了摇自己的脑袋，拼命地克制着自己的情绪。铁胜男看向窗外："向队长，希望，今后还能遇到你，跟你一起打鬼子。"

而在另一边，花千朵抱着小四川哭得稀里哗啦，她知道，再见也不知道是何年何月。向前进时不时地看向远方，没有见到那个熟悉的身影，不免有些失落。韩露见向前进一副心不在焉的样子，心里也明白了几分。

日军指挥部内，武田跟龟田在练剑比试，武田的剑术水平很高，龟田步步后退，最后被逼进死角。比试完毕，两个人互相行礼，摘下头盔，两人皆是满头大汗，他们席地而坐。

龟田夸道："大佐阁下，您的剑道造诣又精进了，卑职佩服。"武田说："刺杀山本君的凶手，至今毫无线索，我想还是我们不够了解中国的缘故。"龟田答道："嗨，我们已经在尽力追查。"武田摸着剑说："剑道，即人道，精深之处在于，无形之中掌控全局，诸暨县已在我帝国手中，要想实现长久的统治，必须彻底收拢民心。我们当前要做的，就是先控制一部分人，蚕食他们的意识，让他们彻底成为帝国的工具。"龟田领会："就如马致远，还未真心归顺，但他是个人才，我们要对其掌控得收放自如，令其彻底为帝国效力。"武田满意地点头："呦西，龟田君，我果然没有看错你。"

马致远虽说不想当汉奸，但事已至此，他骑虎难下，况且，他现在急需有人帮助他去灭了黑虎山，抢出铁胜男。所以，在龟田的面前，马致远还拍了胸脯："龟田太君放心，致远一定尽力，帮助皇军消灭黑虎山的土匪，剿灭游击队。"

马致远约了龟田在酒楼门口见面，两人有说有笑，这一幕刚好被进城的小草跟喜子看到。小草机灵地拉起喜子躲进对面一家小店墙角。

铁胜男听到这个消息，难以置信。小草和喜子描述着事情的经过，并再三保证绝对没有看错，铁胜男眉头紧皱，她不知道这些日子到底发生了什么，她暗自祈祷这一定是一场误会。

马致远自从投靠了日本人，便开始监视起黑虎山的一举一动。这一日，马致远在柜上帮忙，一个小伙计进店，凑着马致远耳边说了几句。马致远警惕地看了看周围，轻声道："你跟我进来。"他们进入偏厅，小伙计汇报说："少爷，都打探清楚了，我问了山里的樵夫，铁小姐她们已经离开黑虎山，去了凤凰寨，寨子里的人说，凤凰寨来了一支队伍，个个都是双枪的神枪手，是专门来保护他们的。"马致远思忖着："神枪手，双枪？"

马致远立刻将这一消息汇报给武田，果然得到了武田的嘉奖。马致远固执地以为，只要借助日本人的力量，消灭了王天霸，铁胜男就会乖乖跟他走，这次，他势在必得。

夜空似藏青色的帷幕，点缀着闪闪繁星。凤凰寨的夜宁静而祥和，铁胜男带着花千朵、小草举着火把在巡夜。这时，溪水边的草丛中发出窸窸窣窣的声音，小草眼尖，指了指溪水边的草丛，轻声道："你们看，有情况。"众人向那边望去，只见草丛中的确有不明物体在移动。

花千朵拔起双枪大喊："是谁，快出来！"铁胜男她们警觉地望着草丛。这时候，马致远穿着粗布衫，从草丛里走出来："别，别开枪，是我。"铁胜男她们举起火把仔细瞧了下，惊讶道："马致远，怎么是你？"马致远走了出来："胜男，我，我是来找你的，我有事。"

铁胜男示意花千朵她们放下枪，小草一副不相信他的样子，警惕地看着马致远。铁胜男明白小草的意思，眼神示意她少安勿躁，然后说："千朵，小草，你们先回去。"花千朵跟小草看了看马致远，转身离开。

铁胜男带着马致远来到溪水边的一块大石上坐下。铁胜男试探地问道："马致远，你怎么知道我在凤凰寨，还穿成这样？"马致远答："胜男，我打听到，你从黑虎山下来，到了凤凰寨，就想来找你，我是怕被日本人跟踪，才乔装上山的。"铁胜男望了他一眼，没有说话。

他们没发现，在不远处，草丛里，有两个人正暗中观察着他们的一举一动。

铁胜男沉思了片刻，还是决定开口："前几天有人亲眼看到，你跟一个日本人一起从酒楼走出来。"

马致远没有料到这一出，虽是惊讶，但马上抵赖，装作无辜地说："对，跟我在一起的，是那个叫龟田的日本人，日本人下令，以后药店要严控消炎类药品，那天，我是为了我家的大药房，才去见的那日本人。"铁胜男捕捉到马致远一刹那的迟疑之色，心中虽有怀疑，但是她没说破："原来是这样。"马致远见铁胜男没有深究，转而深情地说："胜男，我这次来，就不准备走了，我要留在你身边保护你。"铁胜男有些怀疑道："什么，你想留在凤凰寨？"马致远深情款款地说："对，不过，你放心，我不会逼你答应跟我在一起的，我就想留在你身边，仅此而已。"

铁胜男起身，义正词言道："马老师，日本人血洗我们铁家，我失去了所有的亲人，这里就是我的家，是我可以感受他们最近的地方，但是，你不属于这里。况且,我还有很多事没完成,不能一走了之。"马致远急:"有什么事,我们可以一起面对啊。"铁胜男别过身去:"诸暨县真不适合你,你还是回上海吧,我的事我会处理好。"

这时,马致远看到了胜男腰间别着的双枪:"胜男,你会双枪了?"铁胜男握了下枪,没有回答。马致远疑惑地问道:"现在整个诸暨县,都在盛传双枪老太婆,难道是……"铁胜男打断了马致远的话:"你别瞎猜了。"

马致远继续打探道:"我听寨子里的人说,来了一支女子双枪队,个个都是神枪手,胜男,到底是怎么回事?"铁胜男装作听不懂的样子:"什么怎么回事?"马致远继续套话:"那个山本是不是你杀的?小鬼子不好惹,你别去冒险啊。"

听到马致远问鬼子的事情,铁胜男立即提高了警惕:"马致远,你真的别再继续想象了,我做事,自有分寸。你听我的,快走吧。"马致远不死心,拉住胜男,做伤心状:"胜男,你变了,变得好陌生,为什么会这样?"铁胜男拿开马致远的手:"对不起,马老师,我心意已决,你快走吧。"

铁胜男说完快步离开,留下马致远一个人呆在原地,他的脸上全是不甘与愤怒,扭曲着脸庞轻声道:"铁胜男,既然你不仁,就别怪我不义了,总有一天,我要让你后悔。"

马致远一下山,便去了日军指挥部。马致远向武田汇报情况:"我发现,凤凰寨驻守着一支女子双枪队,她们不是土匪,也不是共产党。队长叫做铁胜男。"

"双枪?"武田一把抓住马致远衣领,拿枪顶着他脑袋:"八嘎牙路。马致远,你是大大的奸细,为什么不早说?双枪?说,山本君是不是她杀的?"马致远求饶道:"大佐饶命,大佐饶命,我真的什么都不知道,我不知道啊。"武田愤恨地说:"她们是帝国的敌人,必须消灭。"马致远连忙说:"大佐,不要,不能杀她。"武田枪顶着马致远脑袋:"那先杀你。"马致远急忙解释:"她是铁明理的女儿。"

武田听到铁明理,思考了下,放下了枪,马致远松了口气,瘫坐在地上。武田扶起紧张过度的马致远,客气地说:"马先生,刚才是我太激动了,我向你道歉,你放心,我不会伤害她的,你是帝国最忠实的朋友。"马致远一脸谄媚："谢谢武田太君。"马致远暗自一笑，一副奸计得逞的样子。而武田的心中自是有了新的打算。

诸暨县城内各个大街小巷，醒目处、墙壁上贴满了告示，人们纷纷围起来观望，韦二明当众宣告："大家都来看啊，皇军宽厚，优待犯人，铁老太太年事已高，明日上午，武田大佐要昭告全诸暨的父老乡亲，亲自送她回铁宅养老。"围观的乡亲们没人敢发表言论。

谁也没发现，拿着糖葫芦的小草正在人群中，她悄悄跑到不起眼的街道，趁人没注意，撕下了墙上的告示，揣进怀里，离开了。

当铁胜男拿到告示，整个人都颤抖了。她起身，竟激动得一阵眩晕，小草跟喜子连忙扶住她。铁胜男眼泪直流，轻轻推开她们，激动地说："奶奶，奶奶，原来您还活着，孙女不孝。到今日才得知，是武田这畜生抓了您，奶奶，我这就去救您。"铁胜男说完，就要跑出去，花千朵她们抱住了她，小草劝道："姐，你先别冲动。"铁胜男抓起告示："我奶奶真在他们手上，我一定要去救，你们谁也别拦着。"花千朵大声说道："你就这样冲出去，别说救不了奶奶，还把自己搭进去，这不就便宜了小鬼子吗？"

铁胜男被花千朵的话骂醒，她冷静了下来，行尸走肉般走出大厅，喜子默默跟上。花千朵她们一脸的担忧。

第二天一早，花千朵委托大耳朵去打探消息。大耳朵不负众望，确认了铁老夫人的确还在人世，就关押在日军指挥部内。铁胜男此时也冷静了许多，脑袋里不断地闪现着如何救人的片段。但有一点她特别清楚，这件事情绝不能让王天霸知道，断不能因为她的事情再连累王天霸。思路逐渐清晰开来，铁胜男的心中燃起了熊熊的火焰。

在铁胜男的指挥下，花千朵带着一批女子队员，趁着夜黑风高，悄悄摸进了山林。不出所料，沿途果然驻守着一批准备伏击双枪队的皇协军。

花千朵带人用短刀利索地将制高点的皇协军割破喉咙，旁边的二狗子发现后刚想大喊，就被花千朵捂住嘴巴，一刀割喉。队员们身手敏捷，一小队皇协军就在无声无息中结束了生命。花千朵等人将皇协军的尸体全部支了起来，把他们摆放成拿枪对着山下的样子，看上去就跟活人一样。

太阳冉冉升起，城楼上，日军跟皇协军已经严阵以待，武田正拿着望远镜朝城外观望。

阳光下，女队员们英姿飒爽，她们手握着双枪，整装待发。铁胜男神情严肃，跪地敬香："爹，娘，请你们在天之灵保佑女儿，将奶奶平安带回来。"铁胜男说完郑重地磕了三个头。

城楼下，围观着很多老百姓，日军举枪拦截，老百姓无法上前，豹子头跟毒狼、大耳朵他们已经混入了人群。尽管铁胜男反复叮嘱过大耳朵，但大耳朵思量再三还是把这个事情告诉了王天霸。来看热闹的百姓越聚越多，大耳朵不免担忧起来，真要打起来，怕是要伤及无辜，鬼子可真够歹毒的。

铁胜男带着队员们，骑马行进在山路上。一行人浩浩荡荡。

龟田接到消息，报告给了武田："大佐阁下，据哨兵来报，女子双枪队已经距城不到一公里了。"武田得意一笑，摆手示意韦二明，韦二明马上殷勤地上前，拿起喇叭，叫喊着："诸暨的父老乡亲们，铁明理，犯下滔天大罪，如果按照前清朝的律例，是要株连九族的，但皇军宽仁，罪不及父母，念及铁母年事已高，今日，武田太君，要亲自将老太太送回铁宅。鼓掌，鼓掌。"韦二明带头鼓掌，下面老百姓却没人响应。

铁胜男她们来到距城门不到一百米的地方，眼见城门大开，百姓聚集，城楼上下全是日军跟皇协军，铁胜男示意大家停止前进："这么多百姓在场，我们不能贸然开枪。"众人点头："是。"

城楼上，韦二明喊话过来："铁胜男，终于来了。"铁胜男举起双枪："少废话，快把我奶奶放了。"话毕，队员们全部朝城楼举起双枪。

此刻，向前进也带着小四川他们已经伪装进城，只见向前进一副老头打扮，打探着四周。

武田对着铁胜男的方向，大声喊道："铁小姐，今天，我专门送你奶奶回家，你们可以团聚了。"铁胜男气愤地大喊："武田，你个王八蛋，别假仁假义了，快把我奶奶放了。"武田冷笑："我好心放你奶奶，可你却装神弄鬼，扮成老太婆，杀我帝国勇士，铁小姐，我想，不仁不义的人是你吧！"铁胜男道："你们日本人滥杀无辜，自然会得恶报，少废话，快放了我奶奶。"

这时，武田右手一挥，两个士兵将铁老夫人押了过来，铁老夫人拽着佛珠站到城楼上。铁胜男见到她，赶紧下马，跑上前大喊："奶奶。"铁老夫人一副气定神闲的样子："孩子，别担心，我好得很。"铁胜男看着老太太全身带着伤，憔悴不堪，她心疼得眼泪落下来，跪地大哭："奶奶，孙女不孝。让您受苦了。"

城楼下，豹子头对着小土匪们使了个眼色，众人会意地点了点头，向四周散了开来。

| 第十章 |

铁老夫人看着痛哭的孙女，不免露出心疼之色。武田正雄见时机成熟，走到铁老夫人的面前假惺惺道："铁老夫人，只要你肯说出太平天国宝藏的下落，我马上放你回去，让你跟孙女团聚。"铁老夫人沉默了一会儿，语气缓和道："好，我可以告诉你宝藏的下落。"武田满意地点头。铁老夫人又说："你让下面的老百姓都散了吧，我可不想在外人面前闹笑话。"武田迟疑了下，点头："可以。"

龟田开始驱散围观的百姓，百姓们陆续散开。人群中，马致远也在，他一直看着铁胜男。铁胜男捕捉到马致远的眼神，一种不好的预感弥漫开来。

城楼上，武田正雄看着四处散去的百姓，说："铁老夫人，现在可以说了吧？"铁老夫人不放心："我要是说了，你们不会害我孙女吧？"武田保证道："铁老夫人请放心，大日本帝国的皇军，向来守信用，只要你说出宝藏的下落，我马上就放你们走。"铁老夫人点头道："好，老太婆就信你这一回，但是我孙女，恐怕不会信你，容我跟她说几句吧。"武田做出了请的姿势："请。"

铁老夫人上到城门前高喊："孩子。"铁胜男眼含热泪："奶奶。"铁老夫人高喊道："我的好孙女啊，你已长大成人，你给我听清楚了，你是我们铁家的顶梁柱，今后要挺直了腰杆，做个顶天立地的人，要对得起天地良心。"铁胜男含泪点头："奶奶，胜男记住了。"

铁老夫人继续说道："古往今来，花木兰、穆桂英，巾帼英雄比比皆是，保家卫国从来不是男儿的责任，女儿家，照样可以上阵杀敌。"武田微怒："老太婆，你不想活了？"铁老夫人冷笑一声继续说道："如今国破家亡，百姓受尽这些倭奴的欺凌，你记住，要好好活着，用你手里这两把枪，奋勇杀敌，才能不辱门楣，奶奶在九泉之下，也会为你骄傲。好孙女，奶奶一副残躯，就不连累你了。"

武田震怒，他用枪把敲击着铁老夫人的后背："老太婆，闭上嘴。"铁老夫人忍痛含笑："孙女，还记得奶奶小时候教你唱的那首儿歌吗？"

铁胜男听了铁老夫人的话后，含着眼泪唱了起来："宝宝快睡觉，数呀数柱子，九百九十九，梦里去戏水，看见老祖宗……"铁胜男此时泪流满面。马致远听着铁胜男唱着的童谣，心生同情，不免有些愧疚。

铁老夫人笑起来："哈哈哈，唱得好，唱得好，孙女啊，这首歌，你要永远记在心里。"武田一个巴掌打了过去，铁老夫人对着武田轻蔑地笑了笑，纵身一跃，从城楼上跳了下来。

铁老夫人含笑坠下，铁胜男两脚发软，瘫在了那里，所有人都呆住了，佛珠坠地，四散开来。

铁胜男疯了一样冲上前："不，不，奶奶，奶奶。"

城楼上的武田也因为铁老太的行为不知所措，但他马上反应过来："她要抢尸体，快，抓活的。"

龟田、韦二明他们迅速往铁胜男这边包围过来，豹子头赶紧朝天开了三枪。老百姓吓得全都乱窜。马致远想跑到铁胜男身边，但他看了上面的武田一眼，便隐没在人群里。

大耳朵听到了枪声后，立马吹了一声长口哨，带着众土匪加入了行动。

鬼子跟皇协军已经朝双枪队开打，铁胜男不顾枪林弹雨，跑上前，她满脸是泪，疯狂地朝着鬼子，双枪左右开打，花千朵她们跟在后面掩护着，双方开始激战。

因为武田活捉的命令，鬼子们也不敢对铁胜男正面开枪。但鬼子的兵力在不断增加，双枪队员在不断地倒下。铁胜男一边冒着枪林弹雨跑向奶奶的尸体，一边朝着武田开枪："小鬼子，去死吧。"

大批鬼子围了上来，在城门外将铁胜男她们包围，鬼子慢慢靠近，一看都是清一色的女子，小鬼子们露出淫邪的笑。小鬼子越靠越近，铁胜男她们渐渐有些不敌了。

武田伺机喊道："铁小姐，我劝你不要再抵抗了，如果你束手就擒，皇军会优待你们。"铁胜男看着倒在血泊中的姐妹，很是愧疚："姐妹们，我铁胜男对不起你们。武田，你要抓的是我，把她们都放了。"

花千朵急："胜男姐，大不了一块儿死。"众人道："对，我们不怕死。"

战斗继续着。

此刻，大耳朵带着小土匪们开始在城内制造混乱，见到巡逻的鬼子就是一阵轰打。打完就溜，城内开始动乱。

毒狼这边吹起一声口哨，他们在军火库后门附近，干掉了守在那里的鬼子。毒狼一个手势，小土匪们将炸药包扔进了军火库。

军火库被炸的声音响彻全城，城内的动静，惊动了武田："怎么回事？"

这时，朝着铁胜男她们围过来的鬼子突然背后中弹，倒下了十几个。就在这时，城楼上的炮兵被一枪击毙，武田一惊。铁胜男看见向前进他们已经出现在了城楼下，向前进朝着小鬼子连续扔两枚炸弹，鬼子血肉横飞。

武田这才看清楚："是游击队！快射击，别让他们跑了。"铁胜男激动："是向队长他们。"花千朵开心道："是小四川来了，胜男姐，我们有救了。"

向前进冒着枪林弹雨，来到铁老夫人尸体旁，他一把抱起尸体，一边开枪射击着日军，小四川在后面进行掩护。铁胜男跟向前进等人，消灭了一边的鬼子，会合到一起。

向前进心疼地看着铁胜男，小心翼翼地将铁老夫人交给了铁胜男。铁胜男悲伤地抱着奶奶的尸体，痛彻心扉。铁胜男的双手沾满了铁老夫人的鲜血，她回想起当日铁宅被血洗的场面，眼神中充满了仇恨，她背起奶奶，起身往城外退去。

日军又集结了一批火力，向前进掩护着铁胜男边打边撤。这时，蒙着面的王天霸正率领众土匪策马赶来，精准的双枪同时打爆了两个小鬼子的脑袋，小土匪们看到大当家的行动，迅速开始攻击鬼子。

花千朵认出了王天霸，激动地大喊："是大当家的。"

武田看着救兵前来，急忙下令："她们的救兵来了，一个也别放跑，炮击。"城楼上，炮兵架起火炮朝着王天霸他们开始轰炸。

与此同时，城内接连响起了枪炮声，这时龟田上来汇报："大佐阁下，不好了，军火库被炸，粮仓被烧，目前，急需派兵救援，否则，我们将损失惨重。"

武田正雄大怒："谁干的，谁干的？"龟田战战兢兢道："据报，是一批蒙着面的人，看不清。"武田推开龟田，暴怒。

鬼子兵撤退了一大批。王天霸他们击退了小鬼子，跟铁胜男会合，这时，豹子头、大耳朵、毒狼也全部回来了。

王天霸看到铁胜男抱着铁老夫人的尸体，痛心道："哎，丫头，我们还是晚到一步啊。"

回去的路上，铁老夫人的尸体被放在木板车上，用白布盖着。看到铁胜男悲痛万分，王天霸随后打了在后面马上的豹子头一巴掌："混蛋，怎么不早点动手，要是你们利索点，铁老夫人怎么会？哎呀……"铁胜男难过道："是胜男自己没用。"

向前进走到铁胜男身边："铁姑娘，人死不能复生，你也别太难过了。"铁胜男感激地看着向前进："谢谢你，替我把奶奶抢回来。"王天霸说道："向兄弟，今天多亏你们及时出现。"小四川说："这释放铁老夫人的事，小鬼子全城昭告，一看就是鬼子的毒计，队长就让我们来救人了。"

向前进拱手告辞："既然大家已经脱险，那我们就先走了。"花千朵还想挽留，但看着小四川坚毅的眼神，愣是说不出口。

铁胜男望了眼向前进，尽是不舍与依赖。

日军指挥部内，所有人正襟危坐，武田气得摔文件："一群废物，军火库和粮仓，是军事重地，负责的人呢？玩忽职守，我要送他们上军事法庭。"龟田起身汇报："回大佐，负责军火库的大尉川岛、负责粮仓的吉野，自知罪大，已经切腹自裁。"

武田听罢，坐了下来："帝国的物资损失惨重，为今之计，只有尽快找到铁家的天国宝藏，才能挽回我们的损失。"所有人异口同声："嗨。"武田又说："铁胜男是唯一知道宝藏秘密的人了，一定要不惜一切代价，把她抓回来。"龟田主动请缨："大佐阁下，她据守在凤凰寨，凤凰寨不像黑虎山地势险峻，容易袭击，属下愿领兵前往。"

武田起身指着墙上的地图："双枪队，是从黑虎山下去的，而凤凰寨，与黑虎山，只有一山之隔，我们明着攻打，必定会引来黑虎山的援兵，那些蒙着面的人，不是别人，正是王天霸他们。"一个军官问："那大佐阁下的意思是？"武田邪笑："奇袭。"

铁胜男自埋葬完奶奶后，一门心思地扑在了训练上面。烈日下，女子双枪队员们手举双枪，一动不动地保持着射姿，铁胜男跟花千朵在一旁指导着她们。

朱大花有点力不从心："队长，能开枪了吗？都举了一个时辰了。"

"枪要在你们心里，变成你们身体的一部分，才能得心应手去杀敌，你们看着。"铁胜男说完，双眼蒙上，双枪齐发，子弹全中靶心。

队员们拍手叫好。

队员们继续练习，铁胜男对花千朵说道："千朵，最近要加强警戒，鬼子肯定不会善罢甘休。"花千朵点头道："嗯，明白，我已经加设了好几道机关。"铁胜男点了点头，看向群山。

山脚下，十几个猎户打扮的人出现在了凤凰山。带头的武田拉低了帽子，往山上走去。

一个老农迎面走来，武田上前礼貌地问："老大爷，请问这里是凤凰寨吗？"老农见他们猎户打扮："是啊，这就是凤凰寨，你们是来打猎的？"武田礼貌地说："是啊，我们是莫干山的猎户，常年打仗，山里已没什么吃的，听说凤凰寨有许多野猪、兔子的，所以想上山，不知道大爷可否带路？"

老农热情地说："哈哈，我们这里，的确有吃不完的野味，看你也是个老实人，走，跟我来。"武田帮他拿起了背篓："谢谢大爷，来，我帮你拿。"

武田在老农的带领下，轻车熟路地向山上走去。在他们的后面，一批身形矫健的便衣日军也跟了上来。

危险在逐渐靠近，可是寨中人却丝毫没有察觉。

老农将武田他们带到了寨门口，老农指着寨子说："你们看，这里就是凤凰寨了，你们要打猎，就从这条小路翻下山。"武田突然变了脸，满脸阴森道："好的，谢谢你了。"老农还没来得及说话，一个士兵对着老农，一枪击毙。

枪声惊醒了整个寨子。双枪队员们全部进入了备战状态。武田步步逼近，好几个巡逻的队员受伤。铁胜男当机立断，当务之急，就是要尽量多争取一些时间，让乡亲们转移。

但是，铁胜男没有料到，小鬼子的目标竟不是突袭双枪队，而是第一时间把寨子里的老百姓给抓了起来。凤凰寨所有的老百姓，被武田抓来，聚集到训练场，由日军持枪看守着，他们吓得不敢动。

龟田拿起喇叭大喊："铁胜男，如果不想让他们死，你最好马上现身。"武田手一挥，几个老百姓被带上前，士兵用刺刀抵住他们的脖子，在场所有的老百姓们吓得大哭："别杀我们，别杀我们。"武田阴毒地说："铁胜男，你看看，他们会因你而丧命。"

铁胜男她们又气又急，眼前这画面，让铁胜男又回想起亲人倒在血泊中的场景，此刻她慌乱了，怔住了，甚至有些胆怯，只是呆呆地望着训练场。

武田料定了铁胜男的心思，步步紧逼："铁胜男，我的忍耐是有限的，如果你再不出来，休怪我不客气了。一分钟后，我每数一个数，就杀一个人。"

武田说完开始计时。时间滴答滴答过去。

密林内，队员们心急如焚，花千朵催促道："胜男姐，你说话呀，怎么办啊？"小草急："干脆杀上去跟他们拼了吧。"铁胜男一颗大大的泪珠掉落下来，她整个人也随之清醒，铁胜男起身："我去。"

小草立刻拉着铁胜男的手："不行，姐，你不能这样去送死，姐妹们，快拉住她。"花千朵也拉住铁胜男的另一只手："胜男姐，你不能去。"铁胜男挣扎着："武田要抓的人是我，你们别拦着，快放开我。"朱大花一脸决然："我们不会看你去送死，大不了跟他们拼了。"

训练场内，武田一声令下："时间到了，一。"话音刚落，一个士兵一刀下去，一个老人流血倒地。

武田："二。"又是一刀，鲜血直溅，一个壮年男子被刺死。

武田面不改色："三。"一个女人肚子被刺破，口吐鲜血，睁大了眼睛倒了下来。

铁胜男和队员们，一个个表情痛苦，心如刀绞。

铁胜男挣脱了她们，正欲跑出去，她起身刚想大喊，却被一只极为有力的大手摁住了肩膀。铁胜男回头一看，只见戴着黄色脸谱的王天霸和兄弟们不知道什么时候已经站在了她们的身后。

这时，训练场上，武田又拉出几个老百姓来，拿起刀架着他们："铁胜男，不要怪我心狠手辣，人是因你而死。"

铁胜男因为王天霸的到来，淡定了很多。只见王天霸举起双枪，对着训练场射击，子弹呼呼飞出去，正中持刀的士兵，他们双双胸口中弹倒下。

王天霸吩咐道："都听着，有把握不伤着百姓的，才能开枪。"众土匪点头，开始行动。小鬼子被射倒了一片。王天霸低声道："丫头，抛开杂念，你要杀的是鬼子，看清楚了，手要快。"铁胜男举起双枪，想着父母、妹妹、奶奶惨死的画面，她毫不犹豫地双枪齐发，子弹"嗖嗖"地飞了出去，擦伤了武田的肩膀。

武田捂住伤口，推出一个百姓，用枪顶着他的脑袋，哈哈狂笑："铁胜男，你是凤凰寨的罪人，今天，因你的怯懦，这里的人会相继死去。"

铁胜男停止射击："简直是禽兽不如。你们别再拦着，我现在必须马上出去。"王天霸一把拽住了铁胜男："丫头，别天真了，就算你出去，今天，他们也是不会放过我们的。"铁胜男此刻已顾不上许多，她挣脱着往外跑："就算是死，我也要去。"

王天霸无奈，用力地在她后颈敲了一下，她突然眼前一黑，然后晕倒在王天霸的怀里。王天霸扛起铁胜男，说："我们快撤。"花千朵问："可是，乡亲们怎么办？"

王天霸拍拍大耳朵肩膀。大耳朵会意，探出头大喝："武田，就算你杀光所有人，我也不会交出铁胜男，宝藏是我的，你就别做梦了。"

武田正雄眉头一皱，用枪顶着一个七旬老汉："铁胜男，你要当缩头乌龟吗？"大耳朵道："别他娘的嚎叫了，跟你说了，铁胜男在我手里，你杀他们，关我屁事。这周围已经被我们的人包围了，不想死，快滚！"武田狐疑："王天霸，我知道是你们，戴着脸谱，是想当缩头乌龟吗？"大耳朵狂笑："这九山十六寨，谁不想要宝藏，王天霸算什么，你爷爷我，今天能将你们全灭了，信不信？"武田皱眉："莫非真是他们，否则这铁胜男早该现身了。"

武田一把推开老汉，老汉一个踉跄往后退去。

王天霸带着女子队员跟土匪们往密林后撤退，大耳朵和几个小土匪冲着训练场附近狂丢炸弹，顿时，山石乱飞，浓烟滚滚。

黑虎山上，树叶被轻轻吹起。

铁胜男在惊恐中醒来，满脸是泪。她对着窗外，无论王天霸怎么安慰，她就是不肯原谅自己。哪怕是睁着眼睛，脑海里也是乡亲们惨死的场景。她回想起向前进当初劝过她的话，无限地自责。当初若不是自己一意孤行，驻扎在凤凰寨，也许那些百姓就不会死去。

人是因她而死！铁胜男闭上了眼睛，她现在应该怎么做呢？以死谢罪？这似乎不能改变什么，鬼子还会继续荼毒其他的百姓。没错，现如今能做的就是替死去的乡亲们报仇雪恨，杀一个鬼子就是救起了另一条生命。铁胜男突然睁开了眼睛，眼神中多了份坚毅。

冷静之后，铁胜男的思维开始清晰，她回顾着事情的来龙去脉，惊觉，武田之前，并不知道她的真实身份，这到底是谁告诉他的？铁胜男的眼前浮现出马致远的身影，神情凝重。

武田正雄视察着训练营，士兵们正在进行特训。龟田请缨攻打黑虎山，夺取天国宝藏。武田否决了这一想法，铁老夫人的死和王天霸的闯入，让他更加坚信，这不是传说。现在他只需按兵不动，让王天霸去寻找宝藏，而他们只需坐收渔利。

武田把目标锁定在游击队，这才是他的心头大患，向前进一日不除，就多了一日的危险。武田计上心来。

诸暨县的小村庄里，韦二明正带着手下，穿着便衣在强行抢夺村民的粮食、牲畜。皇协军们抓着鸡鸭，牵着猪，一对老夫妇跪地相求："不要啊，求求你们快住手，这是我家所有的家当了啊。"韦二明狠狠地将老头一脚踹开："滚。我们游击队辛辛苦苦打鬼子，收你们点东西是应该的。兄弟们，还有什么值钱的，全部带走。"

两位老人抱头痛哭，眼睁睁看着他们将自己家的东西搬空。韦二明带人继续在村内疯狂扫荡，村民们敢怒不敢言。韦二明临走前还特意强调："都听着，我们游击队打鬼子，全都是为了你们。"

紧接着，韦二明又带着刀疤强等人在其他村庄强取豪夺。

当向前进带着队员进入村子时，村内已是一片冷寂萧条，村民们漠视着他们，有些老百姓则赶紧躲开。

小四川看到一个男子，上前询问："老乡，我们是游击队的，我们……"小四川还没说完，男子就躲瘟神般快速躲开了。向前进无奈，走近坐门口的一位老人，他蹲下身："老婆婆，我们是游击队的……"没想到向前进还没说完，老人就大喊起来："游击队来了，大家快回家。"她喊完赶紧回家紧闭了大门。此时，路上已经空无一人，门窗紧闭。

向前进揣测道："一听到游击队，老乡全是这样的反应，这里一定有误会。"这时，一个挑着粪担的壮年村民朝他们走来，小四川他们捂着鼻子，但向前进还是上前询问："大哥，请问，为什么大家听到游击队这么害怕？"村民警惕地看了看向前进，见他不像坏人，答道："你们还不知道吧，游击队可凶狠了，他们进村就抢东西烧屋子，还打人，你们看，现在村里，人人都吓怕了。"向前进惊讶："你是说，游击队进村抢劫？"小四川也张大了嘴巴："不能吧，大哥，你是不是搞错了？"村民一脸的气愤："怎么会，他们亲口说的，队长向前进，带领他们征东西，是为了打鬼子。我劝你们快走吧。"

游击队员们听完很是惊讶，向前进站在一旁紧锁了眉头，他的脑海里迅速地分析着，这伙人打着游击队的旗号，频繁滋扰百姓，除了让百姓憎恨游击队，另外就是逼着游击队现身，可以一举歼灭。而此刻那么想消灭游击队的人，除了他，还有谁！既然如此，那就来个螳螂捕蝉，黄雀在后。向前进想到此处，不由暗暗一笑。

游击队滋扰百姓、强抢豪夺的事情很快也传到了铁胜男的耳朵里，事出蹊跷，铁胜男担心向前进的安危，便托大耳朵打听游击队的消息。

韦二明得到了武田的赞赏，开始变本加厉地在各个村庄肆意妄为。这一次，韦二明带着皇协军又踏进了一个村，但此次同行的还有一支日军小队，小队长木村坐在高头大马上。

韦二明谄媚地说："木村太君，让兄弟们进村扫荡，如果能引出游击队，就发信号弹。"木村点头："我们就在此等候，让他们快去。"韦二明点头哈腰地说："啊，是，是，你们快走。"十几个皇协军朝着村子进发。

皇协军浩浩荡荡地走进村庄，神色极其嚣张。早已伪装成村民的游击队员在此等候，向前进对着小四川等人使了个眼色，众人点了点头。

这时，一个皇协军扯着喇叭大喊："乡亲们，游击队来征粮了，快把家中能吃能用的主动交上来。"村民们顿时慌乱成一片，他们纷纷跑回家："啊，游击队来了，快跑啊。"

几个皇协军下了马，准备踢开门，突然，脑袋，腰间分别被枪顶住，很快，这帮皇协军就被全部制服。他们被下了武器，绑到一起。

一个皇协军惊慌道："你们是谁，凭什么抓我们？我们可是游击队。"阿魁一巴掌下去："敢冒充游击队，我打死你们。"这时，村民们全部都走了出来，个个义愤填膺："就是他们，抢我们的东西。就是他们。"向前进这时提高了分贝："乡亲们，他们是皇协军，打着我们游击队的旗号，进村扫荡，我们游击队是绝不会做对不起百姓对不起人民的事情。"

"游击队同志，对不住啊，我们冤枉好人了。"村民们纷纷自责道歉着，然后开始你一脚我一拳地打骂起皇协军。皇协军开始求饶："乡亲们，别打了，别打了，看在大家都是中国人的分上，我们也是被逼的啊。"杨大鹏一听，气不打一处来，揪起一个说话的皇协军就是一拳头："你们尽欺负中国人，还有脸提自己是中国人？"

误会澄清，游击队员们绑着皇协军走在村后山路上。一个皇协军悄悄地松开了绳索，趁他们不注意，溜进草丛。向前进微微一笑，装作没看到，故意放大声音："走，去白龙山，把他们都看好了。"

一行人继续赶路，逃跑的皇协军消失在了树林深处。

　　韦二明跟木村还在等待。木村有些按捺不住，开始冲着韦二明发脾气："怎么还没回来？你的人怎么回事？"韦二明解释道："木村太君，少安勿躁，要是发现游击队，他们肯定会发信号的。"

　　这时，一个皇协军狼狈地逃了回来："团，团长，不好了，兄弟们全被抓了。"韦二明气得对着那个皇协军就是一脚："饭桶，为什么不发信号？"那个逃跑的皇协军被打蒙了："兄、兄弟们还没反应过来，就被游击队给绑了，我是趁他们没发现，才溜回来的。"韦二明下马，拎起他衣服："他们往哪儿去了，有多少人？"皇协军答道："大概十几个，往白龙山那边去了。"

　　木村急促地催道："快追。"

　　向前进他们身披树叶，藏身在丛林深处，占据了制高点。皇协军全被绑在树上，嘴巴被捂得严严实实。韦二明跟木村带着士兵赶到，他们一眼就看到了被绑着的皇协军。

　　皇协军举枪，慢慢走近，绑着的皇协军摇着头，示意上面有埋伏。木村发现了异样的气氛："有埋伏，警戒。"日军跟皇协军举枪迎战。这时，在高处的向前进下令："打。"队员们朝着敌人开火了，阿魁跟大鹏扔下了手榴弹，手榴弹在敌人中间炸开了花。游击队员情绪高涨："打死小鬼子。"

　　一大片皇协军士兵倒下，木村跟韦二明仓促接敌，地势不利，很快败下阵来。

　　韦二明见形势不妙，大声下令："你们几个掩护，掩护太君。"木村跟韦二明在手下的掩护下，骑马逃走。

　　向前进见日军撤退，便带着队员们去清理战场，游击队员们兴奋地拿起敌人的枪支武器。韩露清点着战果："向大哥，歼灭敌人三十人，我方轻伤三人。"向前进点头："我们走。"

　　木村跟韦二明灰头土脸地汇报完，等待武田的训斥。武田却意外的平静："木村君，韦团长，你们辛苦了，先下去休息吧。"韦二明有些不敢相信，但木村行礼后就退了下去，他也狐疑地跟着退下了。

　　韦二明如释重负，这时刀疤强迎了上去，殷勤道："团长，您辛苦了，辛苦了。"韦二明却没有搭理刀疤强，他实在是想不通，这武田大佐葫芦里到底卖的什么药，人明明没抓住，还死了那么多弟兄，他却一句也没责怪。这可不像是武田的作风。

刀疤强见韦二明神情凝重，便讨好道："队长，兄弟我，在迎春楼为你摆下了一桌酒菜，给您压压惊。"韦二明想着武田反正没有怪罪就好，于是开心道："也对。算你小子有心，走。"

夜幕降临，几个皇协军跟小鬼子守着据点，样子有些懒散。向前进他们摸黑进入据点内，轻而易举地用短刀将其全部歼灭。他们拿光了军火武器，离开时顺手炸毁了据点。

龟田对于这些似乎是在他的意料之中："大佐阁下，城外三个据点已被捣毁，看样子，是游击队所为，我们是否可以执行下一步计划？"武田点头："有劳龟田君了。"武田说完闭上了眼睛，龟田识趣地退下。

夜深人静，武田打开了抽屉，拿出一张照片，满目狰狞："弟弟，马上，哥哥就能杀了向前进，祭奠你的在天英魂。"

韦二强自从和向前进交战之后，就不再挨家挨户地强取豪夺。他奉武田之命进村抓壮丁修工事。一大批村民被抓到城外郊野，龟田亲自坐镇指挥，韦二明和刀疤强从旁协助。

韦二明向龟田汇报着："报告龟田太君，搜了城内外各家壮丁，一共是一百二十个。"

"呦西。"龟田站在高处喊道："各位诸暨的父老乡亲，皇军为保护你们的安全，预防破坏分子来袭，武田大佐特命你们在此修筑工事，为期十天，望尽快完成，皇军不会亏待你们。"

老百姓被枪指着，敢怒不敢言。韦二明也不明白这武田是何用意，最近，他越来越揣摩不透武田的心思，言行举止，更加的小心翼翼。

烈日当空，老百姓们在鬼子的监视下辛苦地干活，稍有怠慢，就是一阵鞭刑伺候，百姓们忍气吞声，不敢言语。

高处，看到这幅场景，武田满意地点了点头。

大耳朵受人之托，很快就将事情的来龙去脉打听清楚了。

大耳朵说得绘声绘色："千真万确，铁姑娘，游击队在桃花村将二鬼子抓了个正着，这下子十里八乡，都知道是二鬼子在搞鬼，游击队算是洗清白了。而且啊，不光如此，鬼子在城外的三个据点接连被端了，这事，肯定也是他们干的，向队长，不简单啊。"

铁胜男喜："我就知道，游击队不会干对不起老百姓的事，真是太解气了。"大耳朵又说："但是，诸暨县城有件事情很蹊跷。"铁胜男问："什么事？"大耳朵答道："前天，小鬼子突然在城内外抓了一百多个壮丁，在城门口修筑工事，日夜赶工，不让人停歇，好几个人已经累死，哦，不，应该是被打死的。"

"畜生。"铁胜男攥紧了拳头，转念一想，意识到问题所在，马上正色道："不好，向前进有危险。"

向前进此时也得到了消息，正急得像热锅上的蚂蚁。他当然知道这是武田的圈套，但就如当日铁胜男在凤凰寨一样，他不能眼睁睁地看着这一百多号鲜活的生命就这样死去。他决定，必须得救人。

决定遭到了韩露坚决反对："这明明就是武田的陷阱啊，他挖好了坑就等着我们去钻呢。"众人看向向前进，向前进一脸决然："明知山有虎，偏向虎山行。事已至此，我们别无选择。"

韩露分析道："我们端掉了鬼子城外的三个据点，武田故意按兵不动，让我们掉以轻心，又以抓壮丁修工事为名，等着我们去自投罗网，这个时候起正面冲突，不是在以卵击石吗？"向前进严肃地看着韩露，眼神不容置疑："我不能眼睁睁地看着百姓们死去，韩露，就这么决定吧。"

韩露无奈，她知道再怎么劝也于事无补，只好说："那行吧，我们接下来计划下怎么营救才能减少伤亡。"

向前进看着韩露，感激地点了点头。

百姓们有的扛着石头，有的在挖着土。一不留心，监督的鬼子就是一记鞭子，一个男子不小心跌倒在地，鬼子又是一鞭子下去，男子口吐鲜血，躺在地上浑身抽搐。

另外一个男子扶住他，向鬼子求饶："太君，别打了，我哥他快不行了，就让他歇会儿吧，他的活我替他干。"鬼子用蹩脚的中文大骂："去干活，不干活的，死啦死啦地。"工人们敢怒不敢言，继续干活。

不远处，向前进拿着望远镜在看，他皱起了眉头。

诸暨县城内，铁胜男带着花千朵等人乔装成老妇的样子，相继出现在一条小巷子内。

花千朵压低声音："胜男姐，城内走了一圈，没什么情况。"小草也压低了声音："我们也是。"铁胜男环顾四周："这两天，向队长他们肯定会来，大家密切观察。"

众人点头，然后各自散开。

铁胜男还是扮成老太婆的样子在街上走动，花千朵背着烟盒，在吆喝着卖烟，喜子扮成了乞丐，朱大花挑着一筐菜，小鬼子城内巡逻的队伍穿梭在大街上。

夜色下，向前进他们已经换上了日军的制服，他们排成一队，与鬼子巡逻的队伍照了面，双方行礼示意，没被察觉。他们向修筑工事的地方悄悄靠近。

向前进低声道："大家分头行动，我进去跟鬼子交班，小四川，你去把工人们救出来，阿魁，你负责接应，周杰，一旦发生交火，你负责佯攻，转移鬼子的注意力，时间紧迫，所有行动五分钟内完成。"众人会意地点了点头，随后立即按照部署，分头行动。

小四川带人悄悄爬入工事区域。他们悄悄地干掉了几个小鬼子，将他们的尸体拖进壕沟内。杨大鹏示意工人们不要说话，工人们放下手中的工具，一个个在李旺的指引下从隐蔽处有序离开。向前进带着韩露他们走向监督的日军士兵菊池，向前进向他行礼，用标准的日语问候："辛苦了。大佐交代，让我们来接替你们。"菊池点头回礼："那就劳烦你们了。"菊池吹响哨子，小鬼子们很快聚集过来。

就在这时，小四川这边，有个工人一脚踩空，他叫出了声音，小四川暗叫："不好。"

这下惊动了其他的小鬼子，小鬼子举枪大喊："有情况，警戒。"向前进这边，菊池正准备举起枪对着向前进，向前进眼疾手快，迅速缴了他的枪，并挟持住了菊池，菊池惊声喊出："他们是游击队。"所有的小鬼子都被惊动。他们举枪围了上来。

小四川已经开战，他跟几个队员躲进壕沟，与小鬼子进行近距离射杀。这时，整个工事内，灯亮如昼，武田正站在城楼上，工事外集结了大批人马。

菊池的太阳穴被子弹击穿，血溅在向前进身上。向前进等人开始与身边的小鬼子进行肉搏。

武田满意地看着眼下的画面，朝着向前进这边喊："向前进，你们已经被包围了，今天就是你们的死期。"向前进无暇顾及武田的喊话，继续与身边的鬼子开战。

有几个百姓在逃跑中被鬼子打死，其他人有的逃跑，有的则害怕地蹲下来抱住了头，小四川痛心地叹了口气："唉……"这时，有人在他的后背拍了两下，小四川转头，只见花千朵兴奋地冲着他说："小四川，是我。"小四川不敢相信："千朵。"

花千朵一下子抱住了小四川，激动得流泪："我好想你啊，小四川。我以为再也见不到你了。"小四川拍拍她的背，看到旁边都是自己的队友，不好意思地赶紧推开了花千朵："好了好了，现在不是叙旧的时候，你们怎么来了？"花千朵答道："当然是跟你们一起打鬼子了。"小四川开心："好，大家一起掩护百姓们撤退，对着这边的小鬼子打。"

又是一阵齐心协力的射击，工人们开始有序地撤退。

周杰这边开始发动佯攻。队员们拿起炸弹朝着鬼子包围的方向扔去。武田听到背后有爆炸声，便派了一个小分队前去支援。

越来越多的鬼子围向向前进，情况非常不利。龟田提议："大佐阁下，不如，直接把向前进他们乱枪射死？"武田享受地看着向前进他们跟士兵的搏斗："不，我要看着他慢慢耗尽力气，痛苦地死去。"向前进的胳膊上被鬼子的刺刀刺伤了，武田得意地看着。

突然，向前进身后的小鬼子被扫下了一大片，向前进回头，只见老太婆装扮的铁胜男，带着队员们突破了小鬼子的包围圈，正向他靠近。很快，向前进跟铁胜男会合了，向前进认出来，惊讶地叫到："胜男，是你们！"

铁胜男一见到向前进，就有种说不出的情绪在空气中弥漫开来。战火中，两人四目相对，似乎有千言万语，但是他们马上回过了神。

铁胜男看到了向前进受伤的胳膊："武田为你设了天罗地网，知道你们会来，我带着姐妹们来助你一臂之力。你受伤了。"向前进笑道："没事，皮外伤。"这时，朱大花凑近："向队长，今天让你好好看看，你徒弟们的本事。"向前进顿时充满了力量："好，我们并肩作战。"向前进说完，与铁胜男对视一眼，铁胜男报以微笑："好，并肩作战。"

铁胜男说完，一起努力对着武田这边开打。

武田看到老太婆打扮的铁胜男双枪开打，露出了轻蔑一笑："双枪老太婆，你终于出现了。今天真是一举两得。给我活捉向前进和那个双枪老太婆。"

又是一批日军士兵朝着铁胜男他们包围上去。

天空中发射了三个信号弹，光束盛放在夜空，像烟花般绚烂。向前进看到阿魁的信号，知道营救行动已经成功，那些百姓已然安全，会心一笑。

向前进对着众人大声道："营救成功，我们该突围了。"他们跳进壕沟，对小鬼子一阵扫射，小四川、周杰、阿魁他们也全部都聚集了过来。

一大波小鬼子正朝他们靠近。

武田发动了总攻。小鬼子们举着刺刀一步步逼近。向前进看了四周，随即问道："周杰，让你准备的东西呢？"周杰指指背上的包："都在呢。"

鬼子又朝着他们靠近了些。

突然，向前进举枪打断了电线，周围顿时一片漆黑，接着，一大片浓雾从壕沟升起。鬼子们一下子什么都看不清了。武田怔住了，顿觉不妙，大喊："射击。"

所有小鬼子迷雾中对着壕沟疯狂扫射。待烟雾散去，灯重新亮起，可是向前进他们已经不知去向。

武田气炸了，大声吼道："八嘎，蠢货，蠢货，还不快追，追。"武田亲自带着队伍追赶。他神情愤怒，再也不是刚才那个淡定的指挥官了，他暴跳如雷："向前进，老太婆，我一定要将你们碎尸万段。快，追，快。"

向前进他们早就不知所踪。

| 第十一章 |

青草河边，铁胜男已经拿下了老太婆的发套，她开心地看着向前进："向队长，原来你还留了一手啊，真是厉害。"向前进笑了笑："多亏周杰。"周杰有些不好意思："能派上用场就好，幸亏多备了些药水，不然人多，不够用了。"

小四川嫌弃地用河边的水擦着脸："我说呆子，你给我们脸上涂的是什么呀？怎么有股子骚味？"周杰一本正经道："嗯，因为那就是尿。"小四川顿时大叫："什么，你给我们脸上抹尿，你小子，你安的什么心啊，说，是谁的尿？"

周杰不再理他，加快步子朝前走。小四川不依不饶："你给我站住，说，是不是你的？我，踹你，死书呆子，你大爷的。"两个人在前面打骂，其他人在后面大笑。

向前进笑着摇头："那是防烟药水。"铁胜男听了也笑出声来。向前进被铁胜男的笑声吸引，转头看向铁胜男："胜男，今天谢谢你，没想到，关键时刻，你们出现了。"铁胜男有点不好意思："大家一起打鬼子，谢什么，我得知武田设下圈套等你，便过来跟你们会合，向队长，我都想清楚了，今后，我们想和你们一起消灭武田，不知道，你是否欢迎啊？"向前进高兴："那太好了，我们求之不得啊。那，走，跟我们一起回驻地。"铁胜男高兴地点了点头。

两个人很有默契地并肩走着，有说有笑，谁也没有注意到，韩露在一旁，失落的样子。

铁胜男坐在门外矮墙上，双腿悬着，晚风吹佛她的面庞，铁胜男闭上眼睛享受地呼吸着周围的空气。向前进走来，看到铁胜男坐在那里，夜色下的胜男特别柔美，不觉有些看呆了。

铁胜男转头看到了他："向队长，还没睡啊？"向前进觉得有些不好意思，干咳了下掩饰："睡不着，出来走走，你怎么也没睡？"向前进说话间走上前去，坐在铁胜男的旁边。铁胜男轻笑一下，模仿着向前进调皮道："睡不着，出来走走。"

四目相对，向前进的眼底有着如水的温柔，铁胜男不好意思地赶紧回避，她怕深陷进这种温情，无法自拔。向前进也意识到自己的失态，他抬头望向星空。

感受着身旁铁胜男的气息，向前进有种说不出的情愫。

此刻，武田正雄烂醉如泥，他挥舞着剑，神态中带着失败者的落魄，他一剑劈开了桌子，狂笑："中国人，团结起来，真的太可怕了。"

他继续胡乱挥舞手中的剑，将酒壶中的酒直接往嘴里灌，随后扔掉酒壶，踉跄着舞剑，嘴里还不断地唠叨："向前进，我要将你碎尸万段，向前进，我杀了你。"

武田继续耍着酒疯，他一会儿哭一会儿笑，恨上天不公："我的计划天衣无缝，可是，向前进，总能迎刃而解，中国有句话，叫既生瑜何生亮！向前进，你是我的克星，还有，那个可恶的老太婆，我一定要抓住她！"

这时，龟田拿着一份文件走了进来："大佐阁下，请您冷静，不要因为一个向前进，一个无名老太婆，耽误了帝国的大业。刚刚上级传来密电，天皇特使松井将军，不日将到达诸暨县。"

武田听罢，打了个寒战，一下子清醒了过来。

"天皇特使？"游击队驻地内，众人也都你看看我，我看看你。向前进解释道："没错，据可靠情报，天皇特使松井英夫这两天就会到诸暨县。这个特使，是日本天皇的亲戚，身份尊贵，专门到各地犒赏将士。"韩露担忧道："我听说，日本人对身份尊贵的人，特别敬仰，派这个特使来慰问，小鬼子们肯定会特别卖力打仗了。"铁胜男燃起了战斗的火焰："这个特使，绝不能让他活着离开诸暨。"

向前进认同地点点头："之前，国民党军统、中统，还有各路势力，对他进行了刺杀行动，可是都失败了，所以上级已经下令，让我们不惜一切代价，除掉他。"

铁胜男问："这松井，有什么长相特点？"向前进答："此人四十五岁左右，偏胖、中等身材，左腿有残疾，贪图酒色、美食，还有中国古董，目前所掌握的，就是这些信息。"小四川义愤填膺："反正，不管长啥样，武田拼死要保护的人，肯定就是特使。"花千朵紧接着小四川的话说："没错，杀了他就是。"

向前进指着桌上的地图："现在我宣布作战计划。武田肯定会布下重兵保护这个松井，他们从这里进城，我们兵分两路，胜男，你带着双枪队，在落马桥一带埋伏，吸引鬼子的火力，不要恋战，放这个特使进城，进城之后，就交给我了。"

众人都点头同意。

次日一早，鬼子军队浩浩荡荡地行进在进城路上，皇协军在韦二明带领下，跟在日军后面。武田坐在车里闭目养神，旁边坐着松井特使。

铁胜男她们已经埋伏在落马桥一带的半山腰，鬼子的队伍已经缓缓进入她们的视线。铁胜男拿着望远镜观察，只见武田的旁边坐着一个微胖的圆脸鬼子。

铁胜男断定他就是松井："坐武田旁边的，一定是松井，等他们进入射击圈，我们就打。"

车子在士兵们护卫下，进入到她们的射击圈。铁胜男一声令下："打。"队员们纷纷开枪，往武田的方向丢手榴弹。

鬼子倒下去一批，铁胜男一枪击毙了武田的司机。武田被惊到，下车，拔枪下令："警戒，保护特使阁下。"所有士兵开始迎战，双方又是一阵激战。

武田下令道："龟田君，快，保护特使进城。"龟田带着一队人马，保护车内的特使，在火力掩护下，飞速离开现场。铁胜男一看车子开走了，打了会儿，便下令："车走了，我们撤。"

花千朵却不舍道："胜男姐，我们趁这次机会杀了武田。"铁胜男犹豫了下，拒绝道："不要打乱向队长的计划，撤。"山下，武田带着士兵挡了一阵，山上不再有反应。韦二明询问道："大佐，要不要追？"武田摆手："别追了。"

龟田护送着车子进城，快到城门的时候，车子突然停住，一块巨石挡住了他们的去路。日军士兵们走过去搬石头，突然枪声传来，搬石头的日军士兵中枪倒地。埋伏在路边的向前进带着队员们冲了出来，对着车子就一阵乱扫。龟田保护着松井下车，躲在车旁边，他让两个士兵掩护："你们保护特使阁下，我去搬救兵。"

龟田边跑边进城大喊："快，来人。"这时候，松井在两个小兵的护送下，往反方向跑去。

向前进他们排成一行，气势淡定地追击着特使，两个士兵被击毙，松井正撒腿快跑，结果被石头绊倒了。他转身，用蹩脚的中文求饶："别，别杀我。"此时，向前进他们已用枪口对准了他。

"求求你们，别杀我，我不是，我不是……"松井求饶道。小四川一枪击中他的太阳穴，松井当场毙命："不是啥呀，真是，死胖子，不得好死。"

向前进顿了下："我怎么感觉，好像哪里不对劲。"小四川喜形于色："不对劲啥，我觉得很带劲啊，队长，这狗屁特使已经死了，咱完成任务了。"这时，周杰回头："不好，城内的鬼子追上来了。"向前进来不及细细思考，火速地带着队员离开。

龟田带兵追上来，看着特使已死，竟然毫无悲伤之色，反而阴笑了一下。

夕阳西下，向前进他们回来，与铁胜男等人会合。事情如此的顺利，这是所有人都没有预料到的，众人享受着胜利的喜悦，只有向前进一路愁眉不展。

游击队员们一路说说笑笑，回到驻地，韩露正扶着腿受伤的队员在走路，看到了他们，韩露迎了上去："你们回来了。"向前进看着受伤队员的腿一瘸一拐，猛然想起天皇特使飞快逃命的场景，没错，那个特使双腿非常正常，没有残疾。向前进马上意识到，大叫不好："不好，我们上当了。"

友好饭店是诸暨县最高端的饭店，饭店已经里三层外三层被日军便衣士兵守卫。武田等候在大厅，直到龟田走到武田的身边，耳语了几句后，武田才满意地点了点头。随后，武田他们上楼，径直走到最里面5018房间，龟田敲门，随后他们进入。

武田见到房间内的人，恭敬地行礼："特使阁下，让您受委屈了，请恕罪。"原来这才是真正的天皇特使松井将军，武田早就将他带进了饭店。松井对于这样的安排似乎不领情："武田君，我是天皇陛下派来犒赏前线战士的，你让我留在这里，不许出门，我怎么去鼓舞士气？"武田低头，谦恭地说："特使阁下请息怒，我也是为您的安全着想，您身份尊贵，您的安全重于一切，还望特使阁下见谅。"松井拖着瘸腿踱步，非常不满："哼。你这是囚禁。"

"特使阁下，请少安勿躁，我特意为您安排了一些节目，排遣您的寂寞。"武田说完双手一拍，四个妙龄日本少女分别拿着乐器、美食、古董姗姗而来。松井看到美女、美食、古董，双眼放光。武田带着龟田识趣地走了出来。

向前进意识到被骗之后，决定展开第二次刺杀行动。向前进一副老农民的打扮与铁胜男一起，装扮成年迈的老夫妇，两人在日军指挥处门口晃悠。

只见龟田开车出去，他们迅速地跟上。龟田的车子在城内绕来绕去绕了好几圈。每个路口都有便衣在监视，铁胜男他们故意磨磨蹭蹭，看上去年老体弱，没被发觉。

龟田的车最后停到了友好饭店的后门。向前进带着铁胜男爬到了饭店对面房子的楼顶。向前进拿着望远镜查看，只见龟田正在一个房间内又点头又行礼，向前进道："这武田真有本事，竟然把天皇特使藏在了饭店。"铁胜男接过望远镜看了起来："我们回去准备准备，明天送这个真特使上路。"

友好饭店内，武田布下了重兵，酒店的外围，也是戒备森严。为了保护松井的安全，武田更是不允许任何人接近松井所在的五楼。不能硬闯，只能智取。向前进决定，利用松井是个酒肉贪财之徒，趁着武田为他安排美女美酒这个机会干掉他。

朱大花负责全天候拦截准备给松井送去美食与古董的人；铁胜男带着千朵等人在同一时间，装扮成饭店的服务员。大花一旦拦截成功，便进入饭店，一同换上服务员的衣服，以献古董送小吃为名，进入饭店五楼。松井的房间，屋里所有人，由她们解决。周杰、李旺，负责装扮成饭店的客人，登记之后，即可潜伏到四层。以铁胜男的枪声为信号，周杰和李旺两人迅速解决五层所有的士兵，之后，所有人一起从走廊尽头，立即逃脱。大鹏负责在饭店后门随时接应。

部署好行动方案，众人立即投入到行动当中。

诸暨县日军指挥部内，一只打着蝴蝶结的精美盒子被一个日军士兵带进指挥部，被另外一个士兵拦住："这是什么？"送礼的士兵说："刚有人送来，说这是给武田大佐的礼物。"

士兵简单地查看了下，然后将盒子放到了办公室内。

日军指挥部外面，向前进他们正在隐蔽处观察动静，盒子里装的是定时炸弹，突然间指挥部一声巨响，所有的鬼子一片骚乱。武田正开车过来，看到指挥部爆炸，气得大骂："怎么回事？"

这时，那个拿着盒子进来的士兵战战兢兢汇报道："大佐阁下，刚刚有人给您送来了一个盒子。"武田一个巴掌扇了下去："八嘎，安全科干什么吃的，随便一个盒子就带进了指挥部。"武田说着就走下了车子。

这时，向前进看到武田出来，带着人马冲了过来，对着武田的这边一阵扫射，眼看着子弹朝他飞来，武田一把拉过刚才汇报的士兵挡住了子弹。武田一边往后退，一边拔枪下令："警戒，是游击队，消灭他们。"

向前进也同时下令道："大家拖住武田。"又是一阵激战。

穿着西装的周杰和李旺进入饭店，周围全是便衣的日军，周杰镇定地出示证件："给我一间房。"他们拿到钥匙后，在楼梯拐角处与铁胜男她们相遇，双方都装作不认识的样子，往各自的方向走去。周杰他们上了楼梯，到达四层。

五层楼梯口，铁胜男她们已经换好了衣服，扮成了服务员，推着小车，来到松井房间门口，门卫一一搜身检查。

铁胜男顺利地推车进入了松井房间。房间内，有七八个士兵守卫，松井看到美食跟古董，乐呵呵地瘸着腿过来，拿起古董欣赏。铁胜男她们顺势跟着他往里面走去，然后回头朝花千朵她们使了个眼色，随后她们同时从推酒菜的推车下面取出枪来。花千朵等人迅速地朝着卫兵们开枪，守卫的日军还没来得及反应，便被双枪队员全部击毙。铁胜男举着双枪，对着松井，松井吓得倒在沙发上面，他哆嗦着问："你们是谁？"

铁胜男冰冷地答道："专杀鬼子的中国人。"铁胜男说完，对准松井的脑袋，双枪齐发，松井脑浆涂地。枪声惊动了门外的士兵，铁胜男她们一边撤退一边开枪，周杰跟李旺也打了上来，跟她们一起和鬼子火拼。

武田他们跟向前进打到白热状态，武田才突然意识到，自己中了向前进的调虎离山之计。他赶紧在士兵的掩护下，上了汽车。

向前进看武田走远，也迅速撤退，赶往饭店去接应铁胜男。

铁胜男顺利地解决了饭店内的鬼子，正准备从走廊撤退，武田这时带着人马赶来，双方相遇。

当武田看到地上的尸体，又惊又怒："消灭他们！"铁胜男冷笑："武田，你的死期到了。"武田跟铁胜男同时朝着对方开枪，铁胜男双枪齐发，武田的子弹被铁胜男的子弹挡落在地，另外一颗子弹却打中了武田的胸口。铁胜男又是连发四弹，打在了武田身上，武田一副难以置信的样子，瞪大眼睛倒了下去。小鬼子们群龙无首，很快就被铁胜男等人打得落花流水，七零八落。

枪声惊动了城内的老百姓，他们见枪声停止，便过来围观，铁胜男他们正大摇大摆地走了出来。围观的老百姓看到后不禁称赞："没想到，杀鬼子的，居然是几个这么年轻的姑娘啊。还会使双枪，乡亲们，她们就是女子双枪队。"老百姓们开始欢呼起来："好，好，好。"人群中向前进他们看着铁胜男受到老百姓的称赞，也分外开心。

一个摄影记者，用相机，拍下了铁胜男她们的合影。

铁胜男看到了向前进，两人相视而笑，随后，他们所有人迅速地撤离。

老百姓还在欢呼。随后城内一片混乱，鬼子的援兵赶到现场，铁胜男他们早就离去。

铁胜男的照片被刊印在各大报纸上，传至北平、上海、武汉、重庆等地。各个城市的大街小巷，报童在大喊："卖报卖报，特大新闻，特大新闻，天皇特使遇刺诸暨，双枪女子一战扬名。"

铁胜男可谓是一举成名，她的行动也受到了何司令的亲自嘉奖。当铁胜男从何司令的手中接过印有"巾帼英雄"四字的锦旗时，她心潮澎湃，内心激动，当即表态，一定不负众望，继续努力，抗日到底。

而何司令在带来嘉奖的同时，也带来了新的任务：前往上海，营救武器专家——陈森。

武田一死，铁胜男却似乎没有了生活的重心。她来到父母的坟前，为她的亲人烧着纸钱："奶奶，爹，娘，胜男已经杀了武田，你们在天之灵，可以安息了。"铁胜男郑重地磕头，不由想起了往事，泪眼迷离。

铁胜男抽泣着靠在父母的墓碑上，她倒了两杯酒，一杯洒在土上，一杯自己举起："爹，女儿今天好好陪您喝几杯，这是您最爱的花雕，五年陈的。"铁胜男一饮而尽，继续说："娘，这是您最喜欢的桂花鸭，还有奶奶，这是您最爱的小点心，都是我特地为你们准备的。"

酒一杯又一杯地喝着："奶奶，爹，娘，我好久没这么开心了，小时候我调皮，没少给你们添乱，可惜，再也听不到你们说话了，我好想你们。"

她说着说着，安静地睡着了，脸上还带着泪，嘴角却在微笑。向前进慢慢走近她，将衣服披在她的身上。向前进倒了杯酒，对着墓碑："铁奶奶，铁伯父，铁伯母，请你们放心，我向前进，一定会好好照顾胜男。"他将酒洒在土上，然后静靠在旁边的树上，默默守护着铁胜男。

时间仿佛是静止了，许久之后，夕阳西下，归巢的鸟儿鸣叫，铁胜男醒来，才发现身上盖着衣服。四目相对，所有的言语尽在这眼神之中。

铁胜男和向前进并肩走在山间的小路上，一路上，默默无语，宁静却不尴尬。一直快走到住处，向前进才开口道："胜男，我们已经接到指示，马上要去上海。"铁胜男显然有点惊讶："去上海？"向前进说："是，去上海，组织下达了新的任务，营救武器专家陈森，这比我们在诸暨打鬼子的意义更大。此次前去，面临的局势会更加艰险，更需要你们双枪队这样的力量，所以，我想再次邀请你们加入我们，一起去上海继续作战。"铁胜男开心："你是说，你需要我们？"向前进点头："对，我需要你们，跟你们一起作战。"

铁胜男心里暖了下："原先跟你们合作，就是为了打败武田，现在武田死了，在诸暨县，我也没什么可牵挂的了。这段时间，我也是明白了，只有共产党领导的队伍，才是真正属于老百姓的队伍。何司令说得对，我们可以继续合作，合兵一处。"

向前进高兴："这么说，你答应了，太好了。"铁胜男看着向前进，眼神坚毅，她伸出右手："你去哪儿，我就去哪儿，我们继续并肩作战，一言为定。"向前进伸出右手："一言为定。"

向前进和铁胜男两人的手握在了一起，彼此心间却产生了一些异样的情愫，铁胜男红着脸，马上转移话题："千朵知道了，非开心坏了不可。她一直说要去大上海看看呢。"向前进也尴尬地转移话题："哈哈，看来小四川要惨了。"

两个人笑着往前走。

武田战死，龟田英夫顺理成章地接任诸暨县最高指挥官的职位，他接到指令，暂时按兵不动，休养生息，严守诸暨县，严防游击队袭击。

铁胜男决定跟向前进去上海之后，便回到黑虎山跟王天霸道别。王天霸站在黑木崖上，远眺着风景，满脸的不舍与落寞。铁胜男知道王天霸难过，一时也不知道该说什么。

良久，王天霸转过身，从怀里掏出虎头手牌，塞给铁胜男："丫头，拿着它。"铁胜男知道这手牌的意义非同一般，感动："大当家，这……"王天霸说："看到它，就像我在你身边一样，日后无论遇到什么麻烦，尽管开口，哥我一定倾力相助。"铁胜男握住手牌，感激道："谢谢。"王天霸说："这儿，永远是你的家。"

铁胜男突然一下子抱住了王天霸，王天霸受宠若惊，他幻想过无数次，可这是朋友、兄弟间的拥抱，他非常清楚，但是他的心融化了，柔软了。

大上海，灯红酒绿，繁花似锦。街头上，男的女的，时髦前卫。铁胜男带着花千朵、小草、朱大花站在上海的大街上，没有进过城的姐妹们是乐开了花，对上海的一切都充满了好奇。

上海滩，高楼林立，人来车往，好不热闹。

"哇，有这么多的小汽车啊！"朱大花四处乱走，这时，一辆汽车过来，朱大花机械地让道，碰巧，又一辆汽车反方向开向朱大花，汽车"嘟嘟"地开始鸣笛，朱大花无助地原地打转，不知如何是好。铁胜男过去，牵过朱大花的手，拉向路边："马路中间是车行道，以后我们走路得靠边。"朱大花肃然起敬："这大上海就是讲究。"

这时，小草突然好奇地拉过铁胜男："胜男姐，快看快看，那女的裙子劈叉啦。"铁胜男顺着小草指的方向，看见一个穿旗袍的女子，露着大白腿正走在路上。铁胜男笑："这叫旗袍，上海滩的女子都这么穿。喏，你看。"小草这才发现，街上大部分女子都穿着这种"劈叉"的裙子，露着大白腿在走路。小草捂住了自己的眼睛："少儿不宜少儿不宜。"

花千朵专注地看着穿旗袍的路人的屁股："穿成这样子一扭一扭的真的好看吗？不知道小四川是不是也喜欢这样的？"花千朵不知不觉地跟着扭起了屁股，模样超级搞笑。铁胜男拍了下花千朵的头，嗔怒："大家都别闹了，今天我就是带你们熟悉熟悉上海的地形，对今后的行动会有帮助。时候也不早了，我们回去吧。"众人一脸的不高兴，撒娇道："这么早就回去啊？！"

铁胜男摇着头笑笑，走在前面。众人只能跟着回去。

铁胜男等人来到上海后，被安排住在石库门内。这是上海特有的房子，寻常而隐蔽。

铁胜男等人回到了自己的住处，房间里传来她们嘻嘻哈哈的笑声，向前进推开门进来，见众人开心的样子，便说："嗯，看来大家住得很习惯嘛。"众人异口同声道："习惯，太习惯了。"说完，大家又跟着大笑起来。

向前进说："这几天舟车劳顿的，大家都辛苦了，但现在还不是休息的时候，大家伙都坐下吧。"众人收起了笑脸，点头坐下。铁胜男问："向队长，是不是有任务了？"

向前进这时拿出一张照片："对，他叫陈森，是一位研究高爆炸弹的专家，同样也是位爱国主义者，但现在他的家人全部被鬼子控制，所以他已经被迫答应跟鬼子合作。"铁胜男点头："我明白，这次我们的任务便是营救陈森的家人。"向前进说："没错，时间紧迫，在营救行动开始前，我们首先要做的就是赶在陈森和日本人真正合作之前，和陈森取得联系，一方面让他相信，我们定能将他的妻儿救出，另一方面让他稳住日本人，为我们的营救争取时间。"韩露担忧道："这么说来，陈森此时应该已经受到了严密的监视，想要靠近他，可不是件容易的事情。"铁胜男也皱起了眉头："是啊，不但要靠近他，而且还要在敌人的眼皮底下传递消息，必须得想个万全之策。"

向前进继续讲着："我们地下党的同志在陈森软禁之前就已经跟陈森达成共识，如他遭遇意外，我们这边的同志会以阿霞的身份，跟他联系。"铁胜男突然灵光乍现："太好了，我就是这个阿霞。"向前进正有此意，两人会心一笑："嗯。胜男和我一起去见陈森。韩露，你和周杰一起，带着其他兄弟去调查陈森妻儿被关押的具体位置。"

"是。"周杰说完，看向韩露，微微一笑，韩露苦笑。

陈森的家是一座独栋别墅，四周高墙，铁闸门紧闭。乔装过的铁胜男和向前进藏在暗处观察，几个身穿便衣的日伪军在高墙外警戒。

村妇打扮的铁胜男和向前进两人装作若无其事的样子走向陈森家。铁胜男和向前进靠近陈家大门，日伪军立刻提高警戒，靠了过来。向前进却装作没有注意到的样子，敲响了陈家大门。

一个特务样子的黑衣男子从陈森家走出来："你们是什么人？"铁胜男一副大大咧咧的农妇状："你是陈老哥的管家吧？我们是陈老哥老家来的亲戚。是大嫂让我们来帮工的。"黑衣男子态度恶劣地驱赶："你们找错地方了，快走。"铁胜男故意看了下陈森家的门牌号，然后喊了起来："就是这里啊，陈老哥，陈老哥。我们来投奔你了。"

黑衣男子立即掏出手枪："还不快给我滚。"铁胜男和向前进装成吓倒在地："啊，杀人啦，杀人了。"突然后面传来一个声音："住手。"

铁胜男和向前进抬头望去，陈森走了出来。黑衣男子愤怒地收起手枪。铁胜男趁机赶紧跑过去："陈老哥，是我啊，阿霞，我们来投奔你了。"陈森似乎觉察到铁胜男的身份："阿霞，我陈某现在是身不由己，不能兑现当初的承诺了，对不起了，你们还是回去吧。"铁胜男开始耍泼："陈老哥，不能啊，我们千里迢迢地来投奔你，这盘缠也用完了，脚也累得走不动了，你不能就这样把我们打发了。"

这时，上来两个黑衣男子，架起铁胜男准备往外拖。铁胜男急得大声喊叫："陈森你个崽子，俺们当初怎么就瞎了眼，供你吃供你喝，怎么就把你养成白眼狼啦？"陈森想了想，叫住了铁胜男："住手。这样吧，你随我来，我拿点盘缠给你们带回去。"铁胜男一听，赶紧挣脱，跑到陈森的背后。

黑衣男子准备将铁胜男再次抓回去，陈森怒："难道我连这点权利都没有了吗？"陈森说完，走进别墅，铁胜男紧紧地跟了上去。向前进准备跟上，却被另一个黑衣男子拦了下来。向前进无奈，看着铁胜男的背影，一脸的担心。

陈森带着铁胜男进了书房，黑衣男子紧紧地跟随着，并没有离开的意思。铁胜男观察着周围，一个古董花瓶放置在门口的桌子上。

陈森暗暗地看了眼黑衣男子，他从抽屉里拿出钱，交给铁胜男："阿霞妹妹，我陈森对不起你们，但我也有我的不得已，以后就别来找我了。就当我是你们的罪人吧。"铁胜男看到钱，乐开了花："这么多钱啊。陈老哥，你永远是俺们村最值得尊敬的人，俺们村的乡亲们都相信你不会做出任何对不起俺们村的事情。这不，又给了俺们这么多钱。"

黑衣男子开始不耐烦："拿了钱可以滚了。"铁胜男拿着钱装作爱财如命的样子："那行，陈老哥，我就先走了。"

走到门口，铁胜男故意放慢脚步，走到那个古董花瓶边，表情夸张："哇，陈老哥，这花瓶好漂亮啊。"

铁胜男说话间，已经拿起花瓶，偷偷地将事先藏在袖子里的字条塞进了花瓶里，然后迅速地将花瓶摆正贪婪地看着。黑衣男子夺过花瓶，放回到原处："滚。"

铁胜男装作吓了一跳的样子，向门外快步走去。

铁胜男拿着钱走出别墅，向前进迎了上去："拿到钱啦？"铁胜男挥舞着钱币："拿到了。走，我们去好好吃一顿。"

向前进和铁胜男走出陈森别墅，消失在巷子里。黑衣男子并没有觉察到什么，继续警戒。

陈森见铁胜男走远，关好门，回想起铁胜男拿着花瓶的动作，似乎想到了什么。陈森赶紧拿起花瓶，将花瓶反扣，果然一张很细小的纸条倒了出来。陈森紧张地打开纸条，纸条上写着几个小字："三天后，必救你妻儿，请到别墅后橡树路拐角处，有人接应。"陈森额头上渗出了汗珠，他拿起火柴将纸条烧掉。

静坐了一会儿，陈森平复了下心情，拿起桌子上记载原子武器资料的笔记本："如果失败，三天后，我只能把这个交给鬼子了。"陈森说完痛苦地闭上眼睛。

纸条顺利地传递了出去，接下来的重中之重便是尽快地营救陈森妻儿。韩露和周杰顺利地打听到陈森的家人此刻被关押在金山岭，但是三天后，她们就要被转移运送到秘密基地了。

这是绝佳的营救机会。

韩露带着向前进走在金山岭的小道上。向前进一边走着一边观察着四周，然后，站定在小山坡上看着坑坑洼洼的路面出神。

韩露问道："向大哥，你在想什么呢？"向前进指着路面分析道："所有的通行车辆只要想去金山岭的，都必定会通过这段路。你看，这路面年久失修，坑坑洼洼，有很多大坑，这段路较前后路面要窄许多，路两侧草丛茂密，地势也高出路面许多，非常适合打埋伏。"

韩露会意地点头："我懂了，所以我们只要在这路面设个小陷阱，然后埋伏在两侧，敌人自会自投罗网。"向前进赞赏地看着韩露："没错。"得到赞赏，韩露开心一笑。

天色渐暗，向前进和韩露趴在草堆里，看向金山岭，观察着四周的地形。韩露幸福地朝着向前进的方向微微地挪动了下身体，离向前进更近。韩露目不转睛地看着向前进的侧脸。向前进突然转过头，两人猝不及防地四目相对，向前进和韩露都尴尬地扭过头。

向前进尴尬地转移话题："这金山岭果然戒备森严。"韩露尴尬地答道："是啊，能避免正面进攻也算是我们的运气。"向前进说："嗯，天色也不早了，我们早点回去。"

韩露娇羞地跟在向前进的身后，甜蜜一笑。

韩露和向前进来到小河边，阿魁等人早已在河边等候。阿魁打趣道："队长，你可回来了。去了这么久，不会是和韩露去谈情说爱了吧？"韩露看了眼向前进，竟然娇羞一笑，嗔怒："好你个阿魁，找揍不是？"

"我说在石库门找不到你们，原来都在这儿呢。"向前进说完，尴尬地看向铁胜男，铁胜男当作没听到，面无表情："怎么样了，有收获吗？"向前进答道："嗯，我们已经确定好作战地点，非常适合打埋伏。阿魁、周杰，你们这两天多准备点淤泥和稻草。"

周杰好奇："要淤泥和稻草做什么？"向前进道："到时候你自然就会知道。"周杰点了点头，不再多问。

向前进叫："小草、一丈红。"小草、一丈红答："是。"向前进说："你们俩身手敏捷，一旦鬼子的汽车受困，你们负责用最快的速度将正副驾驶员制服，确保汽车丧失机动性。"小草、一丈红异口同声道："没问题。"

铁胜男接着说："太好了，逃跑的路线我也想好了，我们将陈森妻儿救出之后，直奔小树林和陈森会合，我会提前准备好衣服，将他们乔装成普通山民，往后山走。那片山丛林茂密四通八达，而且布满岔路，就算小鬼子的机动性再强，一旦进山，想找到我们也不是件容易的事。等到他们集结兵力，想要封山，那时，我们也不在山里面了。"

向前进表示赞同："很好。周杰，陈森那边就交给你了，记住，不能出任何意外。"周杰拍着胸脯保证着："队长，你就放心吧。"向前进看了眼铁胜男，铁胜男避开了他的目光，向前进无奈："嗯。大家都辛苦了，都早点回去吧。"

话落，铁胜男心里有气，第一个快步离开，向前进想要解释却找不到机会。

天色微亮，韩露带着周杰、阿魁等游击队员在道路坑洼处填补淤泥和稻草。杨大鹏则负责放哨。小四川抱着草垛快速地忙活起来。在韩露的指导下，众人有条不紊地忙活着。铁胜男带着一丈红、小草等人埋伏在进出金山岭必经小道上。

准备工作就绪，众人迅速地撤回到草垛中。韩露趴在向前进旁边，向前进向韩露竖起拇指，示意她做得好。韩露微微一笑。

汽车的声音从远处传来，众人保持着高度警戒的状态，纷纷调整体位，将枪口对准小道。向前进压低声音，叮嘱道："记住，不到万不得已，谁都不许开枪。"

众人点头，一辆汽车开了过来。

鬼子果然没有发现任何异样，在众人的期待中，汽车行驶到泥潭处，陷了进去。一个鬼子刚探头出来查看，小草和一丈红则从道路两侧翻越下来，迅速地将车门拉开，一记重拳，鬼子还没来得及反应，就被击倒。小草和一丈红得意地将两个鬼子拖出驾驶室。铁胜男和向前进等人兴奋地下来查看。

铁胜男拍着小草和一丈红的肩膀："好样的。"向前进搜了鬼子的身，从一个鬼子口袋里拿出一张密函，打开一看，惊讶道："机场。看来他们是想把陈森家人押运到日本，以达到永远控制陈森的目的。"铁胜男说："真是可恶。"

向前进目光深邃地看向金山岭："接下来，我们就深入虎穴，给敌人来一个出其不意。"韩露抢先说道："那我跟你一起去。"向前进不同意："不行，太危险了。"

"我跟你去吧。"铁胜男说着就开始扒下地上鬼子的衣服，然后催促道："快，拖久了，鬼子发现异常可就前功尽弃了。"向前进没有再说什么，扒下鬼子的衣服快速地往自己身上套。

韩露一脸的担心："向大哥，千万要小心啊。"向前进拍了拍韩露的肩膀："嗯，这里就交给你们了。"韩露点头："放心吧。"

向前进和铁胜男换上日军服装，开着汽车驶向金山岭大门口，守卫的士兵对着向前进敬礼。向前进淡定地出示通行证，士兵查看完通行证，双手奉还给向前进，随后打开大门。向前进将汽车开进金山岭，坐在一旁的铁胜男额头已沁出汗珠。

陈森的妻子抱着惊恐的儿子已经被日军押在外面等候着。向前进装作一副高冷的样子下了汽车，铁胜男跟上。向前进把密函交给日军军官，日军军官查看了密函，然后还给了向前进："阁下辛苦了。"

向前点了点头，然后手一挥，示意他们把陈森家人押到车上去。日军士兵会意，将战战兢兢的陈森妻儿押到了汽车后座上。向前进向日军军官鞠躬以示感谢："非常感谢。"向前进说完准备走向汽车。

日军军官突然叫道："等等。"

向前进和铁胜男停了下来，保持着镇定的情绪，回过头看向日军军官。日军军官说："他们两个人非常的重要，不能有任何的闪失。为了保护你们的安全，我特意调遣了一支精英小队护送你们直到机场。"日军军官说完，指了指全副武装的十二个日本士兵。这完全出乎向前进和铁胜男的预料。但此时向前进只能表示感谢："谢谢。"

向前进和铁胜男短暂地对视一眼，上了汽车。汽车驶出了金山岭大门，那十二个鬼子跳上了卡车跟在了后面。

| 第十二章 |

三天之期已经到来。陈森不知道自己的妻儿是否被顺利救出，心里忐忑不安。内心深处的爱国之情让他决定必须赌一把。陈森深吸了一口气，将记载各种武器资料的文件装进公文包内，然后拉开门走了出去。

两个黑衣男子跟了上来："陈教授，你这是要去哪？"陈森淡定地说："有个数据我需要去学校的资料室查阅。"黑衣男子拦住了他的去路："何必这么麻烦，我们替你去取就好。"陈森冷笑："资料室那么多书籍，你们知道是哪些吗？要是耽误了皇军的计划，你们担待得起吗？再说，我老婆孩子都在你们手上，还怕我跑了不成？"

陈森假装生气地走了出去。两个黑衣男子只能跟着走了出去。

橡树路两旁是郁郁葱葱的橡树。树荫茂密，少有行人。小四川和花千朵带着几个兄弟埋伏在花坛后面。花千朵花痴般地盯着小四川。小四川被看得不好意思，只能目视前方，不去看她。

突然，小四川低声道："有情况，注意警戒。"花千朵立马回过神："那个秃子就是陈森吧？"小四川瞪了眼花千朵，然后看向陈森后面跟着的两个黑衣男子："就两个。我负责左边那个，你负责右边那个。其余的人随时警戒。"

其余人点了点头，花千朵对着小四川吐了吐舌头，小四川只能装作没看见。

陈森慢慢地靠近，他紧张地微微侧头看了看后面跟着的两个人。陈森走到拐角处，突然，他毫无征兆地加速，黑衣男子刚想加速追上，花千朵和小四川从花坛里蹿了出来，小四川从背后捂住黑衣男子的嘴巴，然后用力敲击他们的后脑勺，黑衣男子当场晕死过去。

花千朵同时反扣住另一个黑衣男子的手，刚想将他敲晕，但这个黑衣男子竟然反手转过身来，掏出了手枪，小四川赶紧一个扫荡腿将手枪踢落，花千朵怒，一掌劈向黑衣男子的脖子，黑衣男子晕死过去。其余人赶紧将两个黑衣男子拖到花坛隐蔽处。

花千朵感激地看了眼小四川，然后跑向陈森："你就是陈森吧，赶紧跟我走。"陈森急切地询问："我的夫人和孩子呢？她们怎么样了？"花千朵安慰道："放心吧，马上就能见到了。走。"

而此时，铁胜男正紧张地看向后面："怎么办？鬼子跟上来了。"向前进安慰道："别紧张，韩露他们看到后面跟了俩卡车，就会都明白的。咱们就让鬼子再试一次泥潭的滋味。"铁胜男因为向前进的一句话，放松了下来。

陈太太抱着儿子见向前进和铁胜男说着中国话，诧异："你们是中国人？"铁胜男转头微笑道："陈太太，我们是来救你的。接下来肯定会有激烈的枪战，记得把头压低。"

听罢，陈太太激动地含着泪直点头："好，我们有救了，有救了。"

向前进将汽车开向了一丈红、小草等人的埋伏处。周杰看到了鬼子的卡车："阿魁，你看，这汽车后面怎么还跟着俩卡车啊？"韩露意识到这个突发状况："不好，向大哥他们肯定是被鬼子给缠上了。"

"看样子，不下十人啊。"阿魁拿出手枪，说道："来得正好，小鬼子，尝尝你爷爷的厉害。"韩露嘱咐道："大家都不要冲动，前面就是泥潭，向大哥肯定会避开，等鬼子的卡车陷进去，我们再打他个措手不及。隐蔽。"

众人打起精神，向前进的汽车小，特意提早往路边上靠去。向前进右手拿枪，左手开车，铁胜男也已拿出双枪，随时准备战斗。向前进的汽车慢慢地绕过了泥潭，卡车在后面跟着。众人的心都提到了嗓子眼。

向前进与铁胜男对视了一眼，微微地点了点头，既是鼓励，也是种心灵相通的默契。

果然，卡车开到泥潭处，右轮陷了下去。

"打。"向前进和铁胜男抓住时机，趁着鬼子还没反应过来的那几秒，迅速地拉开车门，侧身跳了出去，一个漂亮的回转，双脚落地，几乎是同一时间，枪声响起。驾驶员和副驾驶室的鬼子被向前进和铁胜男一枪击毙。陈太太抱着儿子压着身子躲在后座。

阿魁他们听到枪声，瞄准卡车上的鬼子一顿扫射。鬼子顿时死伤大半，还有几个活着的鬼子迅速跳下卡车躲在了卡车的侧门，准备还击。向前进探出脑袋，一枪击中躲在侧面的鬼子。仅剩的两个鬼子腹背受敌，躲在卡车背面一左一右地对峙着。

向前进对着铁胜男做了个向上的手势，铁胜男会意，她悄悄地走出汽车，向前进伸出手对着鬼子的方向快速地开枪，两个鬼子杀红了眼，向向前进的方向扫射过来，铁胜男迅速地翻到车顶，手拿双枪，一枪一个，将两个鬼子同时击毙。

周杰、小草等人欢呼雀跃地下来。陈太太此时抱着儿子已经泣不成声。

花千朵、小四川他们护送着陈森等候在出城的方向。陈森焦急地等待着，不断地抬手看表："怎么还没来？"小四川也是焦急，但他努力做镇定状，安慰着陈森："陈先生，您放心，我们的同志一定会把您的妻子孩子安全地带到您的身边。"陈森点了点头，但仍然焦急。

远处，传来了汽车的声音。花千朵兴奋地指向汽车的方向："看，来了。"

向前进开着汽车快速向陈森处驶了过来，陈森的儿子将脑袋探出了窗外："爸爸，爸爸。"陈森听到了儿子的声音，激动地奔跑过去。汽车在陈森旁边停下。看到妻儿安全地走下汽车，陈森眼含热泪，将妻儿拥在了怀里。

陈太太向陈森介绍向前进、铁胜男："老陈，这两位便是救我们的英雄。"陈森感激又惭愧地握着向前进的手："同志，对不起，当初因为我的犹豫，险些给我们的祖国和人民带来灾难，我陈森惭愧啊。"向前进紧握着陈森的手：

"不，陈教授，我们都是中国人，现在我们的国家急需像你这样的爱国人才，相信你的智慧定能让我们的国家更加强大，总有一天，我们的国家会屹立在世界的东方，为世界的和平做出贡献。"陈森不由得握紧了向前进的双手："陈某定当竭尽全力。"

铁胜男拿出提前准备好的衣服，递给陈森和他的妻儿："陈先生，陈太太，快换上衣服。我们马上进山。"等众人换好衣服，陈森刚想抱起自己的儿子，向前进抢先一步一把抱起陈森的儿子："走。"

陈森感动地看着向前进的背影，扶着自己的夫人往后山方向走去。

特高科内阴森恐怖，一个中等个头的中年男子身穿日军军装，背着手站立着。一个受伤的日本士兵正在低头汇报："那个人穿着我们的军装，神态自若，又拿着通行证，所以，我们才疏忽大意，被敌人钻了空子。"中年男子没有接话。受伤的日本士兵顿了顿，继续汇报："同行的还有一个年轻女人，手拿双枪，且枪法极好。"

中年男子猛地转身，有些惊讶："手拿双枪的女人？"这声音有些沙哑，听上去极为恐怖。受伤的日本士兵吓了一跳："嗨。"站在一旁的日本士兵劝慰道："中佐阁下，您的伤刚好，医生交代不能动怒。"

中年男子眼睛里迸射出嗜人的火焰，面部扭曲，他的嘴里吐出三个字："铁胜男。"

此人攥紧了拳头，头缓缓地抬起。这张恐怖而扭曲的脸，竟然是"死去"的武田正雄。

铁胜男和向前进坐在凳子上，小草和花千朵等人眉飞色舞地讲着各自的作战经过。

小草说得起劲："你们不知道啊，我这一出手，鬼子呀立马就尿了。"花千朵也不甘示弱："我救陈森那会儿，压根就没出手，就这么出来吼了一声，鬼子就吓得魂飞魄散，吐血而亡了。"

花千朵说着，拉开了架势，摆起了夸张的动作。当花千朵碰到小四川的眼神，心虚地扭了扭肩膀，站好："其实，也没什么大不了的，小鬼子而已嘛。"

众人大笑。铁胜男和向前进不由对视一笑。

韩露敏锐地察觉到铁胜男和向前进之间的异常，一言不发地退出了房间。

韩露走到石库门楼下，在门外的木椅子上坐了下来。寒风中，韩露瑟瑟发抖，背影格外落寞。小四川受不了花千朵的呱噪，也走了出来，见韩露一个人坐着，便走了过去："韩露姐，有心事？"韩露笑着摇摇头。小四川笑："还不承认，这里除了队长自己不知道，谁还看不出来你喜欢我们队长啊。"

韩露急了："小四川，不要乱讲。"小四川真心地劝道："论打仗，我们队长是个好手，论感情，那就呆瓜一个。韩露姐，你不说，我们队长永远都不可能知道，到时候，可真就晚了。"

"小四川，我和向大哥之间只有革命情义，不许再胡说了。"韩露说完转身走向自己房间，泪水模糊了双眼："向大哥，连小四川都能察觉到我对你的感情，为什么你就感觉不到呢？"

韩露自从到上海之后，一直闷闷不乐，此时，她的脑海里反复地出现小四川的话："这里除了队长自己不知道，谁还看不出来你喜欢我们队长啊。"想到这里，韩露不禁苦笑。她独自一人漫步在石库门的小巷子里，向前进迎面走来，韩露转身掉头就走，向前进却叫住了她："韩露。"韩露深吸一口气，无奈地转身："向大哥。"向前进见韩露气色不好，关切地问道："脸色怎么这么差？生病了？"

韩露下意识地往后退："我没事。"向前进上前搀扶："还说没事，脸色这么差，我扶你回去休息吧。"韩露本想拒绝，可嘴不由心，她享受着向前进搀扶着她的温暖。

这时，小四川的声音又在韩露的脑海里盘旋了起来："论打仗，我们队长是个好手，论感情，那就呆瓜一个。韩露姐，你不说，我们队长永远都不可能知道，到时候，可真就晚了。"韩露决定给自己一个机会，她鼓足勇气，转头看向向前进："向大哥，我有话要对你说。其实，我，我喜……"

突然，后面传来铁胜男的声音："向队长。"韩露被铁胜男的声音打断。铁胜男跑了过来："韩露也在啊，向队长，刚听千朵说你在找我啊。"向前进回头："是的。"铁胜男问："又有新任务了吗？"向前进似乎忘记了韩露："我也不知道这算不算任务，自己看吧。"向前进递过一个红色信封。

铁胜男拆信封的间隙，韩露苦笑："那你们聊，我先回去了。"向前进关心道："好，那你回去好好休息，有事叫我。"韩露点点头，落寞地转身离开，眼泪不争气地哗哗直落，也许这就是天意吧。

铁胜男没有注意到韩露的变化，她已经在开始看信件的内容，里面赫然写着"邀请函"三个大字。铁胜男快速地看了一遍："国民党也要表彰我？"向前进答："这次是我们。"铁胜男把信甩给了向前进："总之，我是不去了。见不得那些人一个个花天酒地的样子。"向前进故意诱惑道："最先进的武器都不要了？有冲锋枪。"铁胜男一副无所谓的样子："不稀罕。我们打鬼子的时候没见着他们的影子，好不容易打个胜仗，倒要来分享我们胜利的果实了。"向前进故意说："这样啊，那我一个人去好了。"铁胜男诧异："为什么？"向前进似乎话中有话："现在正处于国共合作时期，两党的关系本来就很微妙，我不想到时给他们落下话柄。况且，他们军统上海站副站长郑生还是我黄埔军校的同学，正好借此会会他。"铁胜男双手一摊："好，既然这样，那我也没有不去的道理。"

这是一幢外观及其普通的小别墅，夹杂在众多别墅中间，并无特别。向前进和铁胜男在一个军统人员的引领下，进入到别墅里面。

相对于别墅普通的外观，里面的装修可谓是豪华至极。别墅里歌舞升平，里面的人或端着酒杯谈笑，或搂着香肩跳舞。铁胜男皱了皱眉头，叹息一声："朱门酒肉臭，路有冻死骨啊，唉。"

一个端着酒杯的艳丽女子走过来，撞了铁胜男一下。艳丽女子鄙夷地看了眼铁胜男，嫌弃地拍了拍和铁胜男撞到的部位，然后扭腰走开。铁胜男却是对这个女子微微一笑。

向前进紧张地上前："没事吧？"铁胜男摇了摇头："没事。"

这时传来一个声音："各位各位，请安静一下。"向前进和铁胜男看向台上。一个小个子男人此时已经站在了那里："欢迎各位来参加这次的表彰舞会。郑某不才，受蒋委员长亲自任命，来主持这个表彰大会。现在全国抗日形势是一片大好，我们上海地区也是捷报连连啊。"

郑生故意顿了顿，台下响起一片虚伪的掌声，铁胜男不屑地摇了摇头。向前进则面无表情，看不出到底在想些什么。郑生满足地挥了挥手，示意掌声停下："英雄们在前线奋勇杀敌，党国是不会忘记你们的，所以，受蒋委员长委托，奖励营救陈森专家的英雄向前进和铁胜男共五千大洋。"

此时，大家把目光投向向前进和铁胜男。向前进走向台前，铁胜男跟着走了上去。

向前进伸出手："郑兄，我们又见面了。"郑生握住向前进的手："向兄弟现在可是抗日英雄了，可喜可贺啊。"向前进不卑不亢："抗战还没结束，何来喜贺呢？"

郑生尴尬地抽回手，伸向铁胜男："这位肯定是铁姑娘了，果然是女中豪杰啊。"铁胜男看了眼郑生，只是象征性地抱拳："我是铁胜男。"郑生见铁胜男不跟自己握手，只能尴尬地将手收了回去。

郑生右手一挥："来，把五千大洋抬上来。"铁胜男一脸严肃："不必了。我们来不是为了这五千大洋。"向前进赶紧打圆场："我们此次前来一是为了表示国共合作的诚意，二是希望在接下来的抗战中能精诚合作，共同抗敌。至于这钱，我们心领了。"郑生虚伪地说："这是自然，现在大家都是自己人，你们游击队和双枪队条件艰苦，党国是知道的，所以这钱啊你们务必收下。"铁胜男面无表情："还是算了吧。我们习惯了窝窝头就着白开水，大伙穿着粗布麻衣还更自在。而且小米加步枪照样能打胜仗，况且我铁胜男手中还有双枪。所以，这钱还是你们自个儿留着慢慢享受吧。"

台下一片唏嘘。郑生的脸是红一阵白一阵，很是难看。向前进赶紧补充道："郑兄，现在我们游击队还能自给自足，队员们也过惯了苦日子，贵党的好意我们心领了，若日后我们游击队有打扰到贵党的地方，还望能行个方便，希望有机会我们能携手抗敌。"郑生讪笑："这是自然。现在国共一家，有需要的尽管说，我们定当竭尽全力。"

向前进谢过郑生，他生怕铁胜男再说出什么激烈的措辞，就匆匆告辞了。

音乐响起，众人仿佛忘记了刚才发生过什么，继续歌舞升平。郑生黑着脸退出舞池，他的内心响起了恶毒的声音："向前进，一直以来你都这么嚣张。我一定要让你为此付出代价。"

铁胜男一出别墅大门，就开始牢骚连篇："真看不惯那帮人的嘴脸。尤其是那个叫什么生的来着？一副尖嘴猴腮的样子，一看就不是什么好人。我们战士在前线吃不饱穿不暖，他们倒好，喝着洋酒跳着舞，说什么全国抗日形势一片大好，我呸，这些还不都是我们的兄弟用命换来的，说句屁话就好像仗是他们打赢的。小鬼子敢这么嚣张，还不都是这群人给惯的。真是国门不幸啊！"

向前进没有接话，只是站在她的旁边笑笑，任由铁胜男发泄着情绪。

说话间，他们已经走到了僻静的小巷子里。铁胜男意识到只有自己在唱独角戏，有点不高兴："向队长，你怎么不说话，骂你老同学不高兴了？"向前进摇手："不，骂得好。"铁胜男不高兴："那你怎么不说话？"向前进做无奈状："我倒是想说，没机会。"

铁胜男白了眼向前进，顾自向前走去，向前进追了上去："虽然我也不怎么待见这个老同学，但抗日形势所迫，今后跟他的交道自然少不了，而且他们军统的情报网远超我们的想象，这是我们急需的。所以你还是要委屈下，得继续忍耐这张老脸。"

铁胜男听向前进这么一说，倒也消了一半的气，但是脸上还是一副不高兴的样子。向前进哪懂这些，他掏出一个黑布包裹的东西，一脸讨好的样子对着铁胜男："别生气了，这个给你。"

"什么？"铁胜男打开，眼睛一亮："左轮手枪？"向前进见铁胜男有兴趣，开心道："我的私藏，平时都舍不得用。"铁胜男故意嫌弃："这么小，好不好使啊？"向前进故意装作要拿回的样子："不喜欢啊？那算了，还给我吧。"铁胜男赶紧把手枪藏在了怀里："算了，勉为其难，我就收下吧。"

铁胜男向前走去，脸上喜滋滋的，刚才的不愉快已烟消云散，没走几步，又忍不住偷偷地拿出手枪看了看，然后又把手枪藏在了衣襟里。

向前进笑了笑跟着铁胜男走去。

郑生黑着脸回到办公室。刚落座，一个女声响起："酒足饭饱回来了？"郑生吓了一跳。他的美女特工林雪娇此时正坐在他的办公室里等他。只见林雪娇浓妆艳抹，穿着洋装的身材更显凹凸有致，甚是妖娆。

郑生生气："我说了多少次，没有我的允许，不许进入我的办公室。"林雪娇不屑："喊，既然如此，我走便是。"林雪娇起身，屁股一扭一扭地往门口走去。

"等等。"郑生叫住了她，林雪娇嘴角上扬，得意一笑。郑生说："说吧，什么事情？"

　　林雪娇这才转身，把手里的文件袋递给郑生："下月初三就是汪伪特务丁群的生日，据可靠情报，他要大办宴席，为自己庆生。据说，到时会有众多日军将佐、汪伪高官和商会人士参加，地点就是他们家的别墅。"

　　郑生一边听一边看着资料，他似乎想到了什么，黑着的脸转而变晴，嘴角微微上扬，邪恶一笑："机会来了。"林雪娇觉察到郑生的表情变化："什么？"郑生意识到自己的失态，换了副嘴脸，把资料递还给林雪娇："没什么，我是说除掉丁群的机会来了。这样，你和红莲一起，把这个交给向前进，他现在是抗日英雄，上海滩赫赫有名，有的是智谋，而且他们共产党对这个肯定也感兴趣。"

　　林雪娇一副看不起郑生的样子，她接过资料，嘴里念着："向前进。"郑生催促道："去吧。"林雪娇不解："既然如此，你直接将这个交给向前进不就完了，何必兴师动众，要我和红莲一起？"郑生笑："这你就不懂了，现在是国共合作，你们不参与，还怎么合作？记住了，那伙人肯定会对你们有所排挤，总之，我不管你们用什么办法，一定要留在他们的队伍当中，参与行动。"林雪娇冷笑："呵，明白了，如果成功了，那就是我们的功劳，当然，也就是您领导有方，如果失败了，那就是共产党办事不利，跟我们没关系，是吗？"郑生瞪了一眼林雪娇："好了，出去吧。"

　　林雪娇不满地走出郑生的办公室。红莲已经在门外等她。红莲迎上："怎么样？"林雪娇不满道："唉，当初我们怎么就瞎了眼，跟着这种人。"红莲安慰着："只要能打鬼子，其他的就不在乎了。"

　　林雪娇说完，生气地走了，红莲看了眼郑生的办公室，皱起了眉头，跟着林雪娇走去。

　　双枪队员们过了新鲜劲，开始觉得无聊。这里既没有广阔的山野可以让她们撒欢，也没有黑虎山那么大的房间可以活动筋骨。石库门的狭小空间让她们觉得过于烦闷。

　　"闷死了，闷死了，胜男姐，什么时候有任务呀？"小草托着腮一副无精打采的样子。花千朵也是闷闷不乐："是啊，我都要憋出毛病了。"朱大花等人也朝着铁胜男纷纷点头。胜男安慰道："向队长今天出去了，估计是找上面接头了，说不定又有新任务，大家伙就都等着吧。"

茄茄子一般的众人一听纷纷起身来了劲。

花千朵兴奋地揣测着："不会是让我们去炸了他们的日军指挥部吧？"铁胜男拍了下花千朵的额头："脑子里想的都是什么呀？"

说话间，外面响起了敲门声，花千朵兴奋："肯定是向队长回来了。"花千朵兴奋地跑去开门，但是她愣在了原地。铁胜男诧异地走过去，把门拉开。只见两个身穿洋装的女子站在门外。一个妖娆，一个冷峻。

铁胜男提高警惕："二位找谁？"妖娆的女子便是林雪娇，她直接推开铁胜男，走了进来："我找向前进。"那个冷峻的便是红莲，她也跟了进来。众人拔枪对准林雪娇和红莲。林雪娇和红莲熟视无睹，淡定地坐了下来。铁胜男感觉到她们的不同："请问你们是？"

林雪娇上下打量着铁胜男："郑生派我们来的，你就是铁胜男吧？"铁胜男听到郑生的名字，心生不满："是。你找向队长有什么事吗？可以直接跟我说。"林雪娇摆弄着身姿："那可不行。这可是上头交代的任务。"

花千朵见林雪娇如此嚣张，怒："向队长现在不在，你出去等吧。"花千朵说完，生气地拉起林雪娇，想要把她拉出去。林雪娇顺势起身，反手将花千朵摔了个底朝天。林雪娇得意地再次坐了下来。

众人大惊，拉开了架势准备打一架。林雪娇的身手着实让铁胜男也吓了一跳，花千朵起身，生气地要找林雪娇比试："再来。"铁胜男拉住花千朵："都给我住手。"

这时，门打开了，向前进带着小四川走了进来："怎么回事？"林雪娇一脸媚态，上下打量着向前进："你就是向前进啊，长得倒还俊俏，就是黑了点。"铁胜男不高兴地埋怨："说是你老同学郑生派来的。"向前进觉察到火药味，对林雪娇说："我们出去说。"铁胜男不悦，但向前进此时已转身出去，林雪娇得意地跟了出去，红莲依然冷峻，也跟了出去。

向前进带着林雪娇走到院子里的槐树下。林雪娇一脸媚态地看着向前进，然后递过文件袋："自己看吧。"向前进打开看完，问："你们是怎么知道的？"林雪娇得意一笑："这你就不用问了，郑生觉得这是我们干掉丁群的好时机。"向前进不解："我们？"林雪娇指了指向前进，指了指自己，再指了指红莲：

"对，你、我、她。"向前进收起文件袋："这样吧，你们先回去，现在离丁群的寿宴还有半个多月，这事我得先向组织汇报，到时候再通知你们。"

"好。"林雪娇说完，回头看了铁胜男房间。此刻，花千朵她们正扒着窗户偷听。花千朵赶紧关紧窗户，林雪娇得意一笑，扭着屁股和红莲离去。

向前进眉头紧锁，他拿着文件袋推门进来。花千朵生气地推开向前进顾自走了出去，小草等人也不理向前进一言不发地走了出去。

向前进搞不清楚状况，刚想发问，但铁胜男也满脸不悦地跟着走了出去。向前进云里雾里："这都是怎么啦？"小四川暗自庆幸："这女人果然是招惹不得啊。"向前进拍了下小四川的脑袋，顾自离开。小四川委屈地摸着脑袋："又不是我招惹你。"

此时，向前进眉头紧锁，若有所思。他的脑海里盘旋着在秘密联络点老魏的话语："向队长，这次这么急找你来，是有很重要的任务要交代。现在前线战事吃紧，伤员不断增加，可盘尼西林等西药突然在上海滩蒸发，我们怀疑这事跟丁群有关。再过半个月，就是丁群的寿辰，有可靠消息，军统那边会趁此机会除掉他。所以，务必在这之前找到药品的下落。"

接到任务后，队员们瞬间如打了鸡血般满血复活，个个都处于亢奋的备战状态。铁胜男和花千朵，向前进和韩露，花千朵和一丈红，小草和朱大花等人分成四组埋伏在丁群别墅四周，观察别墅的地形和兵力守备情况。

丁群别墅外，到处都是便衣，明哨暗哨数不胜数。向前进和韩露一组，他们装作情侣坐在咖啡厅里面，观察着马路对面丁群家的情况。

韩露喝着咖啡，压低声音："观察一天了，也没见什么特别之处。"向前进抬了抬眼："看到那边卖烟的没，丁群的爪牙，还有那家茶铺，里外估计都是丁群的人，喏，那个瞭望台，丁群的狙击手肯定在那，说不定这个咖啡厅里，都是丁群的人。"

韩露一听紧张了起来："向大哥，你是怎么发现的？"向前进分析着："卖烟的不招揽生意，只顾着环顾四周；茶铺鱼龙混杂，适合收集情报；瞭望台位置得天独厚，视线开阔，是射击的绝佳位置。还有我们这咖啡店，正对着丁群别墅门口。"

韩露佩服，一脸爱慕地看着向前进："向大哥，你太厉害了！"向前进笑："对了，那天你说有话要说，是什么？"

"没什么。"说完，韩露低下头，喝了口咖啡，掩饰着紧张的情绪。

铁胜男和花千朵已经乔装成普通的上海市民，她们手挽着手，装作路过的样子慢慢地走过丁群别墅。铁胜男透过玻璃窗看到向前进和韩露正在谈笑，竟吃醋地扭过了头。

花千朵也看到了他们："向队长穿上西装还是很英俊的。乍一看向队长和韩露还是挺般配的。是吧，胜男姐？"铁胜男苦笑不作答。这时，丁群管家出来，在大门口张贴告示，见铁胜男她们走过："两位小姐要不要来看看，我家老爷下个月大寿，要招侍应生，待遇从优。"

铁胜男看向告示，上面赫然写着"招聘"两字。铁胜男和花千朵对视一眼，觉得是千载难逢的好机会。铁胜男问："侍应生有什么要求吗？"管家答："机灵点就行，我看姑娘就不错，要不报个名吧，管吃管喝管住。"说完，管家递过报名表。

铁胜男刚想接过报名表，林雪娇跑了过来："表姐，还在这磨蹭呢，快点，电影都要开始了。"林雪娇说完，拽着铁胜男就往前走："快点快点。"

铁胜男在管家面前不好发作，只能和千朵一起无奈地跟着林雪娇走开。

向前进看到林雪娇出现，拖走了铁胜男，他略感诧异："走，去看看。服务员，买单。"向前进走在前面，韩露落寞地跟在后面，小声低语："向大哥，我多希望时间能永远停留在咖啡馆。"

铁胜男见四下无人，生气地甩开林雪娇的手："你知不知道，刚刚我们有机会可以混进丁家别墅，结果就被你这么一搅和……"话还没说完，林雪娇便不屑地接口道："结果就被我这么一搅和，你们俩的小命捡回来了。"花千朵不爽："你什么意思？"

林雪娇骄傲地说："丁家是什么地方，就算是一个扫地大爷都是经过严酷的删选，日军大佐和汪伪高官参加的重要场合，他们管家会随便让你们这些身份不明的人去参加吗？也不用脑子去想想。"铁胜男虽然不高兴，但也不得不服气："是我们大意了。"

向前进赶到："丁群生性多疑、狡猾。这次还真亏了雪娇姑娘。"铁胜男、花千朵见到向前进，顿觉惭愧。向前进问道："对了，雪娇姑娘，你怎么会在那？"

　　林雪娇故意提高了分贝："我早知道你们的行动不会主动通知我，我只好去那边守着呗。"向前进内疚："不是的，我们只是……"林雪娇道："无所谓，我只是想让你们知道，你们的行动还真少不了我。"

　　这时，红莲走了过来，她拉过林雪娇在她的耳朵边耳语一番。林雪娇会意一笑，红莲拿出一份地图："我跟雪娇在丁宅外已经监视了近两个月。对丁宅的地形做了详细的备注，上面有标明丁宅内外明哨、暗哨的大致位置、人数、交接班时间等信息。"红莲接着拿出一个笔记本："上面记载着近两个月进出丁宅的人、车、物以及详细的时间。"

　　向前进佩服地看着红莲："没想到红莲姑娘心思如此缜密，真是雪中送炭啊。"铁胜男、韩露也不由得暗暗佩服。

　　向前进拿过地图和笔记本，想着近两个月的出入记录里说不定有跟药品有关的信息。

　　林雪娇一笑，提出了交换条件："东西都给你们了，从现在开始，我和红莲就要跟你们同吃同住同行动了。"

　　"这不行。"铁胜男直接否决，"我们本来就人多房少，姐妹们都是席地而睡，还真没地方可以腾出来给你了。"

　　"我问的又不是你。"林雪娇转而娇嗔地看向向前进："向队长？"向前进一时为难。一直站在一旁的韩露说："我的房间空着，不介意的话就一起吧。"林雪娇拉住韩露的手："还是这位姑娘人好，长得漂亮还善良。谢谢啊。"向前进感激地看了眼韩露，韩露报以微笑。

　　"时候不早了，回去吧。"铁胜男带着情绪快步离去。

　　死而复生的武田正雄此刻正坐在办公桌前打着电话："嗨。中村将军，请您放心。武田一定会在一个月内抓到行凶之人，为我大日本帝国勇士报仇。嗨！"武田正雄挂掉电话，这时门外响起敲门声，身穿军装的武藤樱走了进来："武田大佐，哦，不，武田中佐，我们又见面了。"

　　武田正雄惊讶道："武藤樱？你怎么在这？"武藤樱笑："怎么，刚才中村将军没跟你说吗？这次缉凶行动由我和你一起负责。"武田正雄不悦："是吗？"

武藤樱冷笑："你在诸暨县，连几个游击队员都没有搞定，中村将军应该对你很失望吧。所以，才派我来协助你。"武田正雄愤怒地看着武藤樱，没有说话，武藤樱见状很是得意，媚笑着离开武田正雄的办公室。武田正雄愤怒地一拳砸在了桌子上。

随后，他的卫兵高崎川走进来，在武田的耳朵边耳语一番后，武田正雄终于露出喜色："呦西，鱼儿正慢慢地上钩了。这样，你去通知丁群，让他不要把网收得太紧，不然鱼儿就钻不进来了。"

"嗨。"高崎川走了出去，武田正雄阴阴地一笑，意味深长。

自武田"死"后，铁胜男又突然消失，马致远多方打听，得知铁胜男来到了上海，便马不停蹄地跟了过来。他在上海的舅舅家落了脚，虽说舅舅对他照顾有加，但毕竟是寄人篱下。马致远心里盘算着，必须尽快找到铁胜男，想办法从她的口中套取宝藏的秘密。

但是，他派出去打探消息的人却始终查不到任何消息，如石沉大海般，没有了音讯。

他把希望寄托在了舅舅文正仁的身上。趁着吃饭的时机，马致远准备旁敲侧击地试探下舅舅的意思。

饭桌上，表妹文雅给马致远夹了一块肉，对马致远笑了笑。文正仁首先开口："致远啊，我听说你在找你的那个同学？"马致远见舅舅首先进入话题，暗自得意："嗯。"文正仁道："上海这么大，要找到一个人谈何容易？"马致远表面平静："有志者事竟成，不是吗？"

此时，一旁的文雅有些不高兴，她耍着小姐的脾气说："我吃好了。"然后，顾自上了楼。文正仁明白女儿的心思，然也不露声色："致远啊，你这样下去也不是办法。现在你既然不愿意回你父母那里打理药店的生意，所以我给你在银行找了份工作，以后你就去银行上班。"

马致远见文雅上楼，便压低声音："谢谢舅舅，但我现在还有件更重要的事情需要你的帮助。"文正仁微怒："帮你找铁胜男？你应该明白文雅的心思，她从小就对你……"马致远劝说着："舅舅，我何尝不了解文雅的心思呢，又何尝不想跟文雅开开心心地过日子呢？可现在时局动荡，这中华大地最后到底是谁当家做主还不一定呢，我们得为将来做好打算呀。"文正仁放下了筷子：

"你到底什么意思？"马致远神秘地说："舅舅，我之前跟你说过的，铁胜男家埋藏着太平天国的宝藏，富可敌国啊。"

文正仁不相信："不过是个传说而已，无凭无据的，谁会相信。"马致远反驳道："舅舅，此言差矣，假如这个传说有假，我们也不损失什么，但如果传言是真，这个铁胜男可就是唯一知情者啊。而且，如果真只是个传说，日本人会这样大费周章地去寻找？"文正仁似乎被他说动，马致远趁热打铁："舅舅，有了这批宝藏，我们一家就可以去美国，远离战火，世代都可以过着逍遥的日子了。舅舅，时局如此动荡，我们必须早做打算啊。"

文正仁心动，内心的欲望开始膨胀，他点了点头。

向前进和铁胜男、韩露、林雪娇等人围坐在桌子前，对着地图研究着。红莲指着地图说："这是丁家大门，看似没有警戒，实则戒备森严，这个位置有个烟摊，这，茶馆、咖啡馆，还有这，是个瞭望台，狙击手 24 小时 360 度监视。"韩露佩服："红莲，你跟向大哥说的竟然一模一样，你们太厉害了。"

向前进笑笑。但红莲依旧面无表情，继续说："丁群的家丁每一个都受过严密的训练，每一个都身手不凡，且忠心护主，而且家丁班子固定，从内部打入可能性几乎为零。我在丁宅盯了两个月，戒备看似松散，实则铜墙铁壁，无论是强攻还是智取都很危险。"

说完，众人的表情陷入了沉重之中。

向前进问："你监视了这么久，有没有发现可疑的人或车辆进出过丁家，或者近段时间有没有发生过一些不寻常的事？"

红莲开始回忆，向前进、铁胜男焦急地看着红莲。良久，红莲说："是有这么一件事，这个月中旬，我照常在丁家盯梢，大概晚上十点多的样子，我看见丁群的车从别墅内出来。"

花千朵好奇："这有什么不寻常的？"铁胜男示意千朵不要打断红莲。红莲说："丁群是个极其注重养生的人，他的生活非常有规律，这个点他的卧室灯就会熄灭，很少会有改变。那晚出去后，一直到第二天凌晨两点多才回来。第二天一早，上海商会会长柳传龙的车就开进了丁家，直到中午才走。"

向前进若有所思："商会会长？"红莲点头："这个柳传龙可不是简单的角

色，在整个上海商界举足轻重，也是日本人在上海最得力的爪牙之一。"铁胜男也似乎想到了什么："对了，红莲，丁群的车最后去了哪里知道吗？"红莲摇头："丁家周围都是暗哨，我也不敢跟踪。"向前进似乎找到了点头绪："红莲，你有这个会长的资料吗？"红莲看向林雪娇，林雪娇娇滴滴地说："当然，晚上给你。"

林雪娇的办事效率果然不同凡响，刚入夜，向前进就已经拿到了资料。他拿着上海商会会长的资料反复查阅着，紧锁的眉头开始舒展开来："药品肯定跟他有关，这就好办了。小四川。"

站在门外的小四川应声，推门而入："是，队长，你叫我。"向前进递过上海商会会长柳传龙的资料："这个你看看，明天一早你带几个兄弟去给我盯着这个人，尽可能打听清楚他近几日去了哪里，见了谁，还有具体的时间。"小四川立正："是，保证完成任务。"

小四川拿着文件袋走了出来，睡不着的韩露见小四川深夜从向前进房间出来，还拿了个文件袋，叫住了小四川："手里拿着什么？"小四川答道："哦，上海商会会长的资料。队长让我调查他。"韩露若有所思："这样，明天行动我跟你一起去。"小四川连忙摆手："这不行。"韩露却一副不容拒绝的样子："这有什么不行的。就这么决定了。"

韩露说完顾自走了。留小四川在原地一脸茫然。

第二天一早，小四川、韩露带着周杰等人乔装打扮后，散落在商会总部的各个角落处。商会的门口站着两个哨兵，凡是进出者都得携带出入证。

小四川急："没有出入证，进不去啊。"

柳传龙的车开了过来，停在了商会总部门口，韩露等人立刻警惕起来。柳传龙在众保镖的簇拥下，下了汽车，压了压帽檐，径直走了进去。

韩露转动着眼珠："商会每天出入的人不少，出入证应该是统一的。这样。"韩露勾勾手指，小四川附耳过来，韩露耳语一番后，小四川会意："得嘞，看我的。"

小四川看一个男子从商会出来，便尾随上去。人群密集处，小四川故意挤了过去，男子毫无防备之心，小四川人不知鬼不觉地将男子口袋里的出入证拿到了手。得手后，小四川得意地回到韩露身边："搞定。"韩露拿过出入证，看了看："好样的。"

"我再去弄一张，等着。"小四川刚要起身，韩露按住了小四川的肩膀："一张就够了，我去，你们在外面等着。"韩露说完，小四川还来不及阻止，她就已经起身走向商会大门。看着韩露的背影，小四川只能干着急。

韩露深吸一口气，在心里给自己打气："铁胜男可以，我韩露也可以。"韩露尽可能自然地走近门口，把出入证递给守门卫兵。卫兵之前没有见过韩露，四下打量着："之前好像没有见过你。哪个部门的？"韩露笑："对，刚来没几天，我是秘书处的。"卫兵询问着："没听说秘书处来新人了呀？这样，你叫什么？我去确认下？"韩露稍显紧张："我，我叫韩，韩小露。"

小四川、周杰他们在外面紧张地看着韩露，额头上已沁出了汗。

这时，商会总部里面传来一个声音："是你？"韩露闻声抬头："马致远。"马致远猜到了八九分，走了过来。韩露像是见到了救星，走了进去挽住马致远的手："致远，你也在这啊，好巧。"

卫兵看向马致远："马先生认识这位姑娘？"马致远说："老朋友了。走，我带你瞧瞧。你们先忙吧。"卫兵打消顾虑，继续守卫在门口。

韩露吐了口气，马致远拉着韩露来到了僻静处。

小四川他们没有看到马致远，但见卫兵放行，不由得松了口气。

"马先生，刚刚真谢谢你了。"韩露感激道，马致远往外看了看："举手之劳而已，对了，你来这里干吗？胜男是和你们在一起吧，快告诉我，她现在在哪里？"

"铁胜男她……"韩露突然想到了什么，戛然而止，"马先生，这可是日本人的地盘，你怎么会在这？"马致远慌忙掩饰："我，我们家药房在上海也有好几家分店，这阵子商会在收集盘尼西林等西药，所以我这段时间是经常出入这里。"韩露问道："盘尼西林？他们收集这么多药品干什么？"马致远答："具体我也不知道，只是奉命上交而已。"

韩露任务在身，便没有细问："马先生，当初你说想要加入游击队，此话还算数吗？"马致远想到了武田，心虚："当然，当然算数。"韩露拍着马致远的肩膀："好样的，马先生，我现在需要进入柳传龙的办公室，你能帮我吗？"马致远惊："你不要命啦？柳传龙的保镖可是杀人不眨眼的。"

韩露示意他小声点："嘘。"马致远压低声音："你到底想干什么？"韩露无奈："人各有志，大不了就是一死，如果你怕我连累你，我也不勉强，我自己去。"

韩露说着要往外走。马致远急忙拉住韩露："行，我想想，我想想。这样，你先在这等着，我出去探探情况，记住，千万不要自己出去乱走。"韩露点了点头。

马致远瞟了眼韩露，他知道眼下也只有通过这个人才能快速地找到铁胜男。

马致远往柳传龙办公室方向走去，刚到拐角处，柳传龙办公室的门刚巧打开，柳传龙走了出来。马致远做贼心虚，心里咯噔了一下，柳传龙似乎没有看到马致远，顾自离开，身后还跟了两个魁梧的保镖。马致远看了眼柳传龙办公室，然后疾步往回走。他离开之后，并没有直接去找韩露，而是找了个僻静的窗台，亲眼看着柳传龙上了汽车，这才放心。

"我要不要帮助游击队？要是被日本人知道，可就完了。"马致远踱步，内心激烈地挣扎着："算了，最后一次，我也是仁至义尽了，以后，不管发生什么，我马致远也不欠你们的了。"

马致远带着韩露走在楼道上，他心跳加速，极力克制着紧张的情绪，往柳传龙办公室走去。这时，迎面走来一男子："致远。"马致远吓了一跳："老张啊。"老张打趣道："想什么呢，这么出神？"老张说完，朝着韩露看了眼，韩露报以微笑，微微地点了点头。

"没什么，没什么。"马致远说完，拉着韩露疾步离开。

马致远前后打量着，确定没人后，嘱咐道："你赶紧进去，记住，要快，我给你把风。"韩露感激地点了点头，毅然转身向柳传龙的办公室走去。

四下无人，韩露把目光锁定在了门把手上。走廊上出奇的安静，韩露仿佛听到了自己的心跳声。她深吸一口气，将手搭在了门把手上，然后轻轻一拧，房门竟然没有落锁。就这样，韩露轻而易举地走进了柳传龙的办公室。此刻，韩露的心情稍显轻松。

"真是天助我也。"韩露暗自庆幸。

韩露打量着柳传龙的办公室，全套的红木家具尽显奢华。韩露没看几秒，就把目标定格在书桌上。韩露走向书桌，小心而快速地翻阅着上面的文件，文件没有什么特别之处。韩露又打开抽屉，快速翻阅着，也没找到有价值的线索。

马致远站在门外是度日如年，他不断地前后瞻顾，希望韩露快点出来。韩露又把目标转移到了书柜上，此刻，她也开始焦急起来。书柜上的一本书被韩露不小心扯了下来，韩露眼疾手快将书接住，她深呼一口气，想要将书塞回去，突然，她发现书柜里面竟然有个暗柜。

韩露赶紧把上面的书全部拿下，果然一个保险柜呈现在眼前。保险柜锁着，需要密码才能打开，韩露的脑袋快速地转动着，她有种预感，要找的东西肯定就在里面。

过了好一会，韩露才开门走了出来。马致远激动地拉起韩露的手："快跟我走。"韩露跟着马致远消失在楼道上，他们走进一间杂物房，韩露快速地关好门。

马致远心急地问："怎么样，找到了吗？"韩露摇头："我找到了柳传龙的保险柜，但是我打不开，我需要你的帮助。"马致远拒绝道："还要进去啊，不行不行，太危险了。"

韩露："目标就在眼前，不能半途而废，你给我准备一小把荧光粉，一个手电筒，还有，帮我整理下和柳传龙有关的数字信息，比如生日之类的。我继续在商会走动肯定会有人怀疑，所以，这个就交给你了，天黑之后，我们再次行动。"

"不行了，不行了，我的心脏都要爆炸了，你还是好自为之吧。"马致远说完想要出去。韩露叫住了他，威胁道："马致远，如果我出了事，你也逃脱不了干系，谁都知道我是你带进来的。虽然我也不想连累你，但是，日本人可不这么想。"

这招果然有用，马致远一时无法反驳："你……"

等候在外面的周杰和小四川等人已焦急得不行，小四川实在担心韩露的安危，提议要进去看看，但是，这一决定被周杰否定，万一暴露，岂不就会连累韩露吗？无奈，他们决定，先去通知向前进再从长计议。

特高科内，武田正雄正在练字，武藤樱走进："武田君真的好雅兴，都这个时候了还在练字。"武田正雄轻描淡写道："我为什么不能有此雅兴？"武藤樱冷笑一声："我只是来提醒你，别忘记你立过的军令状。"武田正雄放下毛笔："樱子小姐，你放心，鱼儿已经游过来了，我们要做的就是把网撒开，静静地等待。"

武田正雄说完，脸上出现了诡异的笑容。

商会总部众人已经下班，整个商会安静了下来。韩露焦急地等待着，她不断地安慰着自己不安的情绪："韩露，你可以的，完成这次任务，向大哥肯定会对你刮目相看。加油，加油。"终于，她听到马致远推门的声音。韩露高兴地迎了上去："终于来了，东西都准备好了吗？"马致远递过一个包裹："都准备好了。"

马致远说："这里面有柳传龙和他妻儿的生日，毕业时间，升迁时间以及他喜好的数字，都在里面了。"

"谢谢。"韩露拿过资料和荧光粉、手电筒，定了定神，走了出去。马致远很是焦虑地看着韩露离开的背影，无奈也跟了上去。

| 第十三章 |

　　夜幕降临，向前进和铁胜男漫步在巷子里。向前进抬头看向逐渐暗下来的天色，不免担心起来："小四川他们怎么还没回来？"铁胜男抬头看了看天："是啊，我说今天怎么这么安静呢，放心吧，不会有事的。"向前进点了点头："马上就是丁群的生辰了，但现在却没有任何进展。"铁胜男说："是啊，这么大一批药品，他们会放在哪里呢？"

　　向前进没有接话，他看着漆黑的夜晚，不免又担忧起来。这时，周杰冲了进来："队长。"向前进看到周杰舒了口气："周杰，你总算是回来了，小四川呢？"周杰气喘吁吁道："小四川没事，是韩露，韩露她……"向前进急："韩露？韩露怎么了？"

　　"来不及了，边走边说。"周杰说完，就拉着向前进跑了起来。铁胜男着急地跟了出去。

　　韩露带上工具，摸着漆黑的走廊，再次来到柳传龙办公室。马致远紧张："这样，我在转角处给你放风，如果有风吹草动，我就学猫叫，你赶紧撤，知道吗？"韩露点了点头，推门而入。马致远跑到转角处躲了起来。

韩露迅速地将书架上的书拿了下来，她对着保险柜定了定神，她拿着一把荧光粉撒在了保险柜上，保险柜上的键盘在荧光粉的作用下，常用的四个数字键因为磨损的原因，突显了出来：3、4、7、9。韩露微微一笑。她赶紧打开马致远提供的资料，但没有这几个数字的组合。

"莫非跟这些无关？"韩露来不及多想，凭自己的直觉快速地猜测着密码，但保险箱无动于衷。空气中弥漫着紧张的味道，韩露的脑袋在快速地转动着。

一辆汽车开向商会总部，停在了大门口。小四川着急："不好，柳传龙回来了。"马致远透过窗户，暗叫："不好，柳传龙回来了。"

柳传龙在保镖的簇拥下走下车来。

马致远很是着急："喵，喵，喵……"韩露听到了马致远传来的信息，汗水从额头上渗了出来。韩露加快动作，快速地按着密码，但密码箱子仍然无动于衷。

气氛愈加紧张。

小四川闭着眼睛祈祷着，可千万不能出事啊。

柳传龙等人的脚步声由远到近，在深夜显得尤为突兀。马致远见韩露迟迟不肯出来，赶紧掉头躲进一间暗房。柳传龙快速地走到了自己的办公室门口，保镖替柳传龙打开了门。马致远静静地听着外面的动静。

这时，小四川清晰地听到一声口哨："吁……"小四川知道向前进来了，循着口哨声快速地跑向向前进。

向前进急切地询问："现在什么情况？"

"队长，对不起。韩露进去已经快一天了，刚刚柳传龙的车折了回来，现在我也不知道韩露怎么样了。"小四川哽咽道。

向前进快速地观察着周围的情况，然后说："好了，都别急，现在整栋大楼只有门口有两个士兵，你们负责外围接应，我去后面看看能不能爬窗进去。"铁胜男诚恳地看着向前进，说："我跟你一起去吧。"向前进点了点头，两人消失在黑夜里。

柳传龙走进自己的办公室，办公室已经恢复了原貌，韩露早已不在那里。他似乎没觉察到异状，拿着电话筒，就开始拨号："丁主任，您放心，上海滩所有的盘尼西林我都收集完毕，已经全部押运到安全地带。是，是。"柳传龙挂了电话，吩咐手下："吩咐下去，把货给我看好了，否则，大家都得掉脑袋。"

保镖大声回答："是。"

柳传龙疲惫地躺在座椅上，闭目养神："你们先出去吧，我还有些公务要处理。"

"是。"黑衣保镖轻轻地走了出去，关好门，守在办公室的门口。

此刻，韩露正抓着办公室外的窗檐，脚下踩着仅几厘米宽的横栏。本就饿了一天的韩露有些体力不支，紧握的手曝出了青筋，寒风中，摇摇欲坠。

韩露咬紧牙关，右脚还是不小心打了滑，发出了轻微的声响，在深夜显得异常清脆。

柳传龙警觉道："谁？"

韩露知道自己已经惊动了柳传龙，她迅速地做出了反应，从二楼高的窗台跳了下去。

韩露紧闭着眼睛，在就要掉落到地面的时候，向前进接住了韩露，韩露喜极而泣："向大哥，真是向大哥吗？"向前进赶紧将韩露拉向墙角处的花坛里隐蔽起来，并同时示意韩露不要出声。

柳传龙拿着枪小心翼翼地开窗，探出头向外看去。窗外一片寂静。一只野猫跑过了草地。

保镖闻声进来："会长，发生什么事情了？"柳传龙摇了摇手："没什么，一只野猫而已。你们出去吧。"

柳传龙说完关好了窗户。

韩露紧紧地抱着向前进脖子，把头埋在了向前进的怀里。因为隐蔽的需要，向前进也紧紧地抱着韩露，一边的铁胜男看在眼里，很不是滋味。韩露却是一副美滋滋的样子。

向前进小声地说："我们赶紧走。"韩露甜蜜地点了点头。向前进观察了下情况，拉着韩露的手快速地离开。被遗忘的铁胜男只能跟在他们两个后面一起离去。

小四川和周杰等人见向前进把韩露带了出来，都高兴地迎了上去。此时，向前进的手还拉着韩露，韩露羞红了脸，向前进意识到后尴尬地放开。

向前进带着韩露等人回来的时候，林雪娇和红莲已经等候在里面。

"你们可算是回来了。"林雪娇娇嗔道。向前进问："雪娇姑娘，这么晚了，是有急事吗？"林雪娇不紧不慢地说："无非是丁群家出了点动静，我倒是不急，就不知道你们急不急。"向前进坐下："哦？说来听听。"

林雪娇一脸骄傲。

原来，这整整一天，林雪娇和红莲一起，一直守候在丁家附近，监视着里面的一举一动。傍晚时分，一辆卡车载着货物驶进了丁家，货物全部用军布包着，看不清是什么东西。一个时辰左右，被卸空的卡车又驶出了丁家大门。林雪娇悄悄地跟了出去，她抄小路快速地跑向丁家马路的拐角处，她知道，这是卡车的必经之地。

卡车果然开向拐角处，林雪娇选择了一个视觉盲区隐蔽，待卡车经过，她猴子般敏捷地跳上了卡车，躲进了卡车的车厢。她在卡车车厢快速搜寻着目标，果然在角落处捡到一块被遗落的纸条。林雪娇捡起一看，可以清楚地看见四个字：盘尼西林。

卡车最后开向了上海商会的郊区仓库。林雪娇见仓库外重兵把守，就提前跳下了卡车，就地寻找掩体藏了起来。

向前进听完，揣测着："这么说，丁群收集了一车的药品藏在自家的别墅里？"铁胜男皱起了眉头："总觉得哪里不对？试想，这么大批量的贵重药品，放在他家里面，而且过几天便是他的寿宴，这不等于自找麻烦吗？"林雪娇解释道："这你就不懂了，俗话说最不可能的地方就最安全。丁群奸诈多疑，不按常理出牌，这么做也不是没可能。"

向前进手里拿着遗落的纸条没有说话，铁胜男也陷入了沉思。

这时，周杰想起了韩露："对了，韩露，你去了柳传龙的办公室，有没有什么发现？"大家这才把注意力转移到韩露的身上。向前进开始批评道："韩露，你知不知道你这样擅自行动有多么危险。下次再这样，我就向组织申请，将你调离游击队。"

"好了，向大哥，我不是平安地回来了吗？"韩露说完，骄傲地炫耀着她偷拿到的资料："看看这些是什么。"

向前进接过资料，翻阅起来，韩露在一旁讲述着她所了解的一切："柳传龙近日忙于召集上海各大药房、医院的负责人，收集各种盘尼西林等西药。上海的西药几乎已经被他收集完毕，应该是今晚被运到他认为安全的地方。"林雪娇点头："那就对了，药之前肯定就藏在商会的仓库，现在是被运到丁群家了。"韩露表示同意："我藏在柳传龙办公室窗户外的时候，清楚地听到他叫丁主任，应该就是丁群没错了。"

"奇怪。"向前进看着资料，"韩露，这些你是怎么拿到的？"韩露答："柳传龙保险柜里面拿的。"向前进佩服地说："保险柜？你这丫头还会撬保险柜？"韩露指了指脑袋："当然不能用撬的，用这打开的。"

向前进赞赏地看着韩露，然后转向文件："这张是鬼子命令丁群下的通牒，这些是各大药房和医院供给药品的名称和数量，这个就有点奇怪了。"向前进说罢拿出一张图纸。

"这是张大楼的结构图。"铁胜男接过："不过，大楼的结构图怎么会和这些东西放在一起？"韩露也凑近看了下："上面这么多圈圈点点是什么意思？还有这么多数字？"

"我看看。"林雪娇接过看了下，然后递给红莲。红莲快速地翻阅着："这个应该是哈尔滨大楼内的结构图。"向前进觉得有点不可思议："你这么肯定？"林雪娇说："上海滩几乎没有红莲没有去过的地方，凡是红莲去过的地方，就算是角角落落都不可能忘记。"

红莲紧接着说："不过这大楼内部还是做了很大的调整。"向前进凑近："哦？"红莲指着图纸："本来这，这，还有这，都有出口，但现在全部被封死了，只能从这边一个地方进入。"

向前进问："这个大楼是做什么用的？"红莲说："之前是洋人办公的地方，后来鬼子占领上海后，洋人撤退，房子也就荒废了，现在就用作难民营。"向前进满腹狐疑："既然是难民营，那为什么还要改造？"铁胜男分析道："俗话说狡兔三窟，会不会是丁群根本就没把药品放在自己家里，林雪娇看到的只是他的障眼法？"

林雪娇不同意："如果是障眼法，丁群也不会笨到把你们引到自己家中，这不是自找麻烦吗？"向前进陷入沉思："图纸被盗，敌人很快就会发现，胜男，明天你和我一起去哈尔滨大楼打探下情况，林雪娇你和红莲一起继续监视丁群的一举一动。"

韩露主动请缨："向大哥，我也一起去。"向前进想了下，点头："好，你也一起。"韩露开心地拉起了向前进的手。

铁胜男一声不响地退出了房间。韩露看在眼里，心里似乎有了主意。

铁胜男紧皱着眉头漫步在巷子里。向前进追着跟了上来："怎么出来了？"铁胜男说："我总觉得哪里不对，但又说不上来。总觉得背后有双眼睛在盯着我们。"向前进点头："对，以往的行动不管怎么艰难，至少目标很明确，如你所说，这是敌人的障眼法。"铁胜男道："这么说，丁群已经知道我们在追查药品，无论药品放在哪里，只要我们进入任意区域，他都已经布下天罗地网，等着我们去钻。"

"既然如此，我们就来个排除法。"向前进理了理事件的始末，他觉得目前这是唯一可行的办法，他意味深长道："明天先去哈尔滨大楼看看再说。"

这时，韩露上来："铁队长，原来你在这啊？向大哥也在啊。"铁胜男好奇："韩露，你是找我吗？"向前进又夸赞道："你这丫头，平时看着文文弱弱的，今天的表现倒有几分巾帼英雄的风范。"韩露撒娇状："向大哥，以后可不许小瞧我。"

向前进笑："岂敢，对了，那保险柜你是怎么撬开的？"韩露故作神秘："下次再慢慢跟你们细说，铁队长，其实，我之所以可以顺利地取得图纸，是因为有人相助。"

铁胜男诧异："哦？"

"而且这个人你很熟？"韩露故意顿了顿，然后看了眼向前进，故意强调说："是你的朋友马致远。"铁胜男诧异到极点："致远？他怎么会在上海？"韩露点头："对，我能进入商会总部，全靠你朋友的帮忙。还有撬开密码箱，他也是功不可没。"

向前进心情复杂，没有接话。

铁胜男感到奇怪："就算致远在上海，他怎么会在日本人的地方出现呢？"韩露说："这个我也没来得及细问。造物弄人，你们的感情那么好，要是没有那些变故，你们这个时候都应该已经在一起了吧？"

铁胜男和向前进对视一眼，苦笑："韩露，你误会了，我和致远只是单纯的朋友关系。"韩露不依不饶道："恐怕马致远不是这么想的吧，不然，他怎么会为了你，做这么多事情？现在这样的男人很难得，你可要好好珍惜才是。"

铁胜男没有解释，只是笑着离开。向前进注视着铁胜男，心情复杂。韩露观察着两人表情的变化，微微一笑："普通朋友？我才不相信。"

次日一早，马致远不知道韩露有没有成功脱险，想知道又不敢打探。马致远走在商会楼道上，留意着四周的异样。似乎一切都风平浪静，马致远暗暗地舒了口气。

大街上，铁胜男乔装扮成老太婆，拄着拐杖，向前进和韩露扮成难民，搀扶着铁胜男走进哈尔滨大楼。当铁胜男他们走进，大楼里面的难民纷纷把目光投向了他们。

向前进故作虚弱状："这就是难民收容所吧，我们的家被鬼子给烧了，现在无家可归，能否在这借住几天，等我们找到新的地方，就搬走。"铁胜男配合地咳嗽了几声："咳咳咳。"

有些难民饿得已经没有了力气，抬了下眼皮，就又闭上了眼睛，不去理会他们。另外有些难民则打量着他们，似乎不怀好意。向前进见他们都没吱声，便和韩露搀着铁胜男走了进去，向前进用余光打量着周遭的人群，他的脑海里瞬间闪现出图纸上所画的圈圈和数字，并在现实中寻找所对应的景物。

向前进想要进入三楼的一个废弃仓库，一个难民阻止："那里不能上去。"向前进解释说："我母亲身体不好，要找个清静点的地儿。"难民绘声绘色道："据说里面闹过鬼，进去的人没一个是活着出来的，而且死状极其恐怖。"

"哦？"向前进和铁胜男装作害怕的样子，做出要出去的动作："咳咳咳……走，走。"

铁胜男极其害怕地往外退去，向前进和韩露搀着铁胜男走了出去。

向前进等人从远处打量着哈尔滨大楼："哈尔滨大楼绝对有问题，你们都发现了吗，有一些难民是假的。"铁胜男点头道："是的，真正的难民个个面黄肌瘦，而部分难民虽然衣衫褴褛，脸上抹满了灰，但壮硕的身材却没办法掩饰。"向前进同意："对，那些受过训练的眼神是一眼就能分辨出来的。"

回到驻地，向前进召集了铁胜男、韩露、林雪娇、红莲和一众游击队员、双枪队队员，聚集在房间内。

向前进说："原计划，我们要在丁群寿宴那天除掉他，但情况有变，我们不得不提前行动。"林雪娇提出了不同的看法："提前？丁群这个老家伙，平时出行十分谨慎，随行保镖得有个小分队了，想要干掉他可不容易。寿宴那天虽说戒备力量会加倍，但他的戒心会降低，反而是个机会。"

向前进摇头："不，我们不是干掉他，而是活捉他。"林雪娇一副不可思议的样子："活捉？你疯了？"向前进却一本正经道："韩露拿了哈尔滨大楼的图纸，柳传龙暂时还没有发现，如果药品真藏在哈尔滨大楼，那这个图纸会让我们事半功倍。当然，我们首先要排除药品不在丁群家，既然丁家我们进不去，那只能让丁群来告诉我们这个答案了。"

铁胜男说："好，你说怎么做吧？"向前进说："根据红莲提供的资料，丁群每周末都要去一趟圆觉寺礼佛。"红莲点头："没错，但那寺庙已经是丁群专属，只服务他一个人，所以圆觉寺内外全是丁群的人，外人不许进出。"

韩露皱眉："周末？那就是明天。"向前进点头："对，所以晚上大家伙都不要睡了，打起精神，这次我们要速战速决，打敌人一个措手不及。"

花千朵觉得麻烦："何必这么麻烦，半道上截下来不就好了。"向前进说："不行，丁群家到寺庙的距离，都属上海繁华地带，人烟密集，一来容易打草惊蛇，二来也容易伤及无辜。况且，只要枪声一响，就会有大批的鬼子包围过来，所以绝对不行。"

铁胜男眼珠子一动："既然如此，我们就出个险招吧，小草、一丈红，你们过来。"小草和一丈红诧异地靠了过去。众人看向铁胜男，铁胜男神秘一笑，她压低声音，众人聚集过来，附耳倾听。

天还没有亮，向前进、铁胜男就带着游击队和双枪队众人全体出动，埋伏在寺庙周围。铁胜男和向前进埋伏在寺庙大门正中央，其他队员则环形匍匐在寺庙外面。小草和一丈红一袭黑衣，身手敏捷地跳上寺庙城墙，消失在黑夜里。

清晨，圆觉寺的晨钟敲响，寺庙内的和尚开始了早课。向前进他们打起精神，一双双眼睛盯向圆觉寺。

众和尚进入大殿，一个个整齐地坐好，闭目诵经。住持带着两个小和尚往门口方向走去，准备迎接丁群的大驾。

向前进等人匍匐在草丛做的掩体下面，只露出两只眼睛，一动都不敢动。

远处一辆卡车开了过来。众人顿时提高了警惕。卡车在寺庙门口停下，一队士兵手持机枪列队下来，将寺庙包围了起来。不一会儿，丁群的汽车随后也停在了寺庙门口。一士兵上前将车门恭敬地打开，丁群走下车来。住持听到汽车的声音，加快了脚步。

丁群整了整衣冠，亲自上前叩门："咚咚咚。"住持恰巧赶到，两个小和尚一左一右地拉开门栓，将大门慢慢地打开："阿弥陀佛。"住持给丁群行礼，丁群合手还礼："有劳方丈了。"

住持侧身给丁群让开了道。此时，小草和一丈红正躲在墙门两侧的树荫里面，一动不动地等待着时机。丁群抬起右脚，跨进了寺院大门，就在丁群把左脚也抬起，刚放到地面，他的士兵还没进入寺庙之时，小草和一丈红瞅准时机，从墙上一跃而下。小草和一丈红以迅雷不及掩耳之势，将手枪同时对准了丁群的脑袋。丁群先是一愣，但马上就镇静了下来。丁群的士兵也是愣了几秒，迅速地端起机枪，对准了小草和一丈红。

与此同时，向前进和铁胜男等人迅速地拿掉掩体，端起手枪向丁群的士兵包围过来。丁群的士兵们见腹背受敌，一时不知道该把枪指向哪里。

"都别动，不然我一枪崩了他。"一丈红说完拿枪顶了下丁群的脑袋。丁群举起双手："都别动，你们到底是什么人？"

"少废话，让你的那群孙子们把枪给我放下。"说话间，一丈红扣动了扳机，丁群举着示意着手下："冷静冷静，大家把枪都给我放下。"

丁群的副官紧盯着一丈红和小草，故意将枪慢慢地放下，然后眼神知会旁边另一个士兵。就在枪要着地的时候，两个人突然一跃而起，将枪口分别对准小草和一丈红。

"啪、啪"两声响，铁胜男和向前进将两人手中的枪击落，阿魁和小四川迅速上前将两人反扑压倒在地。

向前进跑了出来对着丁群说："都别动，把枪放下，大家都是中国人，我不想杀同胞，只要大家愿意，就可以重新做人，永远摆脱和日本人、汉奸为伍。"丁群挣扎着，小草用手肘狠狠地抵住丁群的背部："老实点。"向前进劝说着："佛语云，放下屠刀立地成佛。放下手中的枪，你们依然是中国人。"

一个士兵放下枪支："我不要当汉奸。"其他人纷纷效仿："我也不要当汉奸。我也不要当汉奸。"众士兵纷纷丢下枪支，向前进和铁胜男等人会心一笑。花千朵带着众人将机枪捡了回来。

向前进说："很好，脱下你们这身汉奸服，就都回家吧，记住，我们是中国人。"众士兵纷纷脱下军装，丢在了地上，然后落荒而逃。

丁群这才慌神："你们、你们到底想要怎么样？"

"倒也没什么，只是想请教你个问题。"铁胜男不紧不慢地说，"其实，我们盯你已经很久了，你家里的那些木盒子里面到底装的是什么，其实大家都清楚。"

丁群开始冒冷汗。丁群急忙解释道："我也是奉命行事而已，其他的我也不知道。"铁胜男问："奉谁之命？"丁群犹豫着不开口，一丈红用手肘又猛地顶了丁群后背，丁群痛得叫出声来："啊……我说，我说还不行嘛。那个日本特高科新调来一个特别行动组组长，一切都是他的指使。"

铁胜男诧异道："特高科，特别行动组？"丁群说："是是，我不敢对你们说谎啊。"铁胜男又问："这个鬼子叫什么名字？"丁群说："这个我真不知道，他太神秘了。"

向前进问："这么说，你们早已料到我们会追查药品的下落，就故意假借你寿宴之名，把目光吸引到你的身上，然后再给我们来个障眼法，其实，药品早已转移到哈尔滨大楼了是吗？"丁群大惊："你们是怎么知道哈尔滨大楼的？"向前进笑："看来药品果然是在哈尔滨大楼。"丁群知道上当："你们在套我的话？"向前进又是得意一笑："现在你只需要告诉我药品具体放置在大楼的哪个位置就可以了。"

丁群开始求饶道："这个属于绝密，都是日本人亲自处理的，也绝不允许我们过问。我知道的我都会告诉你们，我们都是中国人，你们别杀我，别杀我。"向前进义正词言："我们共产党人不会随便杀人，等行动结束，我会将你交给组织去处理，是非自有公断，走。"

向前进带着众人离去，一双毒辣的眼睛从他们的背后浮现了出来。武藤樱拉下帽檐皱紧了眉头，快速转身向特高科走去。

武腾樱把她的所见告诉了武田，武田正雄兴奋地开始踱起步："呦西，鱼儿果然上钩了。"武藤樱不解："丁群都被抓走了，你竟然还笑得出来？"武田正雄冷笑："丁群只不过是我的一个鱼饵而已，死不足惜。"武藤樱反问道："这么说你是料定丁群不是向前进和铁胜男的对手？"武田正雄说："铁胜男和向前进可不是那么好对付的，不割点肉撒个饵的，他们怎么会乖乖地上钩呢？"武藤樱看向武田："看来武田君是有必胜的把握了。"武田正雄攥紧了拳头："这一次，我定将他们一网打尽。"

向前进展开了一张哈尔滨大楼的平面图，他用手一指："现在所有的证据都证明我们需要的这批药品就藏在哈尔滨大楼里，这里看似是难民营，但其中混杂着大量的鬼子。图纸上画着的圈圈应该就代表此处有日军守备，数字应该就是人数，所以，整个哈尔滨大楼内已经埋伏了近一百个鬼子，分守在各个角落。"

众人听罢倒吸一口凉气。

林雪娇补了一句："这还不包括附近的大批日本海军。一旦进入战斗模式，日军海军，还有鬼子的警备力量会在短时间内快速地往这边包围过来。"

铁胜男皱着眉头："此次行动除了把盘尼西林药品抢出来，更重要的一点，就是把那只幕后黑手引出来。"

向前进微微点了一下头："对，引出那只幕后黑手。还有一点，哈尔滨大楼内外有大批的难民，我们不能伤及无辜。据图纸显示，哈尔滨大楼经过改造，只有一个出入口，易进难出，撤退将会是个大问题。我已经和上级取得联系，到时候会有我们的同志帮助接应，快速地转移药品。"

铁胜男说："太好了。"

向前进叮嘱着："尽管如此，这次的任务，每一步都不能有任何差池。一丈红、花千朵、红莲、雪娇，你们分别带相应数量的兄弟根据这图纸上标示的位置和人数，将他们迅速解决，保证其他队员拿到药品的时候可以快速地撤离。朱大花，你负责疏散难民。胜男，你就带着其他队员负责去寻找药品。"

一丈红、花千朵、红莲、雪娇异口同声："是。"

铁胜男也点了一下头："嗯。那我们分头行动，向队长带着游击队，我带着双枪队。务必将盘尼西林药品抢出来。"

这时，韩露急："向大哥，那我呢？"向前进说："你留在石库门，万一有伤员撤下，就需要你的帮助。"韩露不甘心："我既然可以拿到图纸，也就有能力参加行动，韩露请求参加。"向前进严厉地说："韩露，后方更需要你，这是命令。"

"我……"韩露还想说什么，但向前进已经低下了头，继续研究着图纸。

夜已深，花千朵、朱大花等双枪队的队员们还在擦枪。花千朵对着枪口吹了一下气，然后又亲了下，想着明天又可以杀鬼子，她实在是兴奋。

铁胜男在屋子里徘徊着，她有种预感，这个日本人不简单，就像是阴魂一样，徘徊在他们的身边，而且对于双枪队和游击队，似乎都很了解。铁胜男陷入了沉思。

而同样有此直觉的还有向前进，他总觉得在他们每次的行动中，有一双神秘的眼睛一直在盯着。他有种不祥的预感，鬼子已经设下了圈套，正等待着他们。但事已至此，就算是计，也只能是将计就计。

天色大亮，哈尔滨大楼外躺着大批的难民，街道上还有几个日本浪人大摇大摆地走过。一小队日本兵在巡逻。

女子双枪队出现在哈尔滨大楼外，铁胜男又化装成老太婆的样子，一副羸弱的样子，小草和林雪娇搀扶着她。花千朵带着自己的手下站在街口，她们穿上了难民的衣服。铁胜男她们往哈尔滨大楼里面走去。

铁胜男她们刚走到大门口，两个日本浪人拦住了她们。铁胜男害怕地咳嗽了几声，小草也装着有些害怕的样子："我们无家可归，想在这找个落脚的地儿。"

"无家可归？"日本浪人淫笑着，摸了一把林雪娇的脸蛋，"呦西，这姑娘还挺不错。"

小草哀求着："求求你，让我们进去吧。"日本浪人盯着林雪娇："让你们两个进去可以，不过她得留下。"日本浪人指了一下林雪娇，另一个浪人也淫邪地笑笑："是的，她得留下。"林雪娇和铁胜男对视了一眼："娘、小草，你们先进去吧，放心，我相信这两位先生不会为难我的。"铁胜男和小草往里面走去，铁胜男还有些担心地回头看了一眼林雪娇。

日本浪人往林雪娇身上摸去。林雪娇故意往后退了退："长官，我们有话外面去说。"铁胜男和小草已经走了进去。林雪娇将两人引到拐角处，然后迅速地转身将藏在衣袖中的短刀拿了出来，以迅雷不及掩耳之势抹了两个日本浪人的脖子，日本浪人瞪大着眼睛倒地身亡。

林雪娇环顾四周，见没人，便将两个日本浪人的尸体拖向角落，然后快步走进哈尔滨大楼，追上铁胜男她们。

大楼的走廊上也躺着许多难民。但他们的中间却隐藏了很多的鬼子，他们化装成了难民，正偷偷地盯着铁胜男她们。铁胜男低着头，咳嗽着，但她的目光却极其犀利，她快速地分辨着哪个是日本人，哪个才是真正的难民。

伪装成难民的日本人似乎也发现了铁胜男的目光，迅速地低下头去。铁胜男她们继续往前走去。小草扶着铁胜男，铁胜男发现小草的手在颤抖，铁胜男拍了拍小草的手，对她微微一笑。小草镇定下来。

向前进等人此刻正坐在一辆吉普车里，等待着时机。

花千朵等人按照原先的部署等候在鬼子周围，花千朵有些按捺不住，焦躁不安地在楼下踱步，不时朝楼上望去。

铁胜男来到仓库前，她观察了一下周围环境，药品应该就藏在这个仓库里面，但是奇怪的是周围一个人也没有。

三个人还是决定走进仓库。铁胜男一眼就看到了储藏盘尼西林药品的箱子。小草迅速走上去，打开了箱子："姐，你看，是这些药品吧？"铁胜男拿起了一盒药品，打开来看了一下："是盘尼西林。"

"我去把副队长她们叫上来。"小草话音刚落，铁胜男她们背后响起了一个沙哑的声音："你们果然来了。"

林雪娇迅速拔枪："谁，给我滚出来。"但是，没有人出现，只有笑声，阴冷的笑声。

铁胜男意识到情况不妙："我们先撤出这里。走。"她们快步往门口走去，刚走到仓库外走廊，走廊的一头已站好了一队难民，他们脱掉了身上的衣服，露出日军军装来，目光凶狠而残暴。

林雪娇惊声叫出来："我们上当了。"这时，那个沙哑的声音又响了起来："这地方是你们想来就来、想走就走的地方吗？"铁胜男喝了一声："你是谁？"沙哑的声音说："我是谁不重要，但我知道你是谁。哈哈哈，你是双枪老太婆。是不是？"

铁胜男辨别着声音发出来的地方，突然她看到了藏在角落里的一个小喇叭，她挥手就是一枪，打掉了那个喇叭。随后，铁胜男一声令下："杀出来。"

那批鬼子正要举枪射击铁胜男她们，铁胜男已使出了双枪，对着鬼子开射，林雪娇和小草也迅速地朝着鬼子开打。铁胜男一颗子弹干掉一个鬼子，很快那批鬼子就挡不住了，开始往后退。铁胜男带着林雪娇、小草杀到了楼梯口。真的难民们听到枪声，慌乱中四处乱串，朱大花大叫："快，跟着我，往这个方向走。"难民们听到一个指令，变得有序了很多，跟着朱大花快速地撤离到外面。

铁胜男对小草说："小草，你赶紧离开这里，去告知向队长他们药品的具体位置。"

"好。"小草说着已经飞身向窗户边跑去，从窗户跳了出去。

鬼子越来越多，铁胜男和林雪娇躲在门口奋力还击着。

一丈红、花千朵、红莲等人听到枪声，迅速地拔枪进入作战状态，与伪装成难民的鬼子和守在各个角落的鬼子开战。

因为提前对他们的位置和人数有了了解，双枪队员先发制人，很多鬼子正准备拿抢，就被双枪队的队员们打死。守备的日军迅速地被消灭。

花千朵等人往楼道上冲去，向着铁胜男的方向支援。

小草从窗户上跳出来，直接从三楼飞身下楼。跳到大街上后，快步往向前进他们停车的位置跑去。

和哈尔滨大楼面对面的大楼里，武田正雄拿着望远镜观察着哈尔滨大楼里发生的一切。川岛正站在他的身边。武田放下了望远镜，他冷冷地一笑："这次这个铁胜男是逃不出我们的手掌心了。"川岛笑了一下："是啊，他们让武田君丢了大佐的军衔，再不报仇，何以为人啊。"武田强忍住怒气："哼，我会报这个仇。"说完，又拿起望远镜看了起来。

铁胜男和林雪娇和鬼子激烈地交战着。突然响起一声轰鸣声，鬼子中间一颗手雷炸开，鬼子血肉横飞，随后一阵枪响，又一批鬼子倒了下去。

铁胜男笑："哈哈，肯定是千朵来了。"这时，花千朵喊过来："胜男姐，你没事吧？"铁胜男大声回答："当然没事，就这些鬼子，怎么能伤得了我铁胜男。"

鬼子的子弹向铁胜男这边射击过来，铁胜男闪身一躲，躲进屋子里。花千朵集中火力打向鬼子，走廊上的这批鬼子开始腹背受敌。

武田通过望远镜看到了哈尔滨大楼里的情况："这个铁胜男是越来越厉害了。"川岛拿过旁边的一架望远镜，也观察了起来："这群没用的东西，连一群女人都打不过。"武田笑："现在你知道双枪队的厉害了吧。"川岛说："她们已经钻进了组长您的渔网里，难道还逃得出去？"武田摇了一下头："逃不出去了。"武田站了起来："我们是时候去和双枪队会面了。"

川岛跟在了武田正雄的身后走了出去。

小草顺利地上了向前进他们的车子："向队长，药品都在三楼的仓库里，胜男姐也确认过了。"向前进却一副不骄不躁的样子："好，小草，你辛苦了。"小草急："向队长，你们也该出手了，我担心大批鬼子过来了，会把胜男姐她们包围在大楼里。"

向前进却是一副镇定的样子："再等等。"小草更加地着急："向队长，我不明白你的意思，为什么还要再等？"阿魁也有些焦急："队长，还要等多久啊？"

"等那只幕后黑手伸出来。"向前进淡定地说着，静静地看着哈尔滨大楼那边的情况。

武田正雄压低着帽子，带着一队日军向哈尔滨大楼包围过来。车子里，向前进看到了武田的身影，却看不清武田的脸。

这是个熟悉的身影，向前进却一时想不起是谁，但直觉告诉他，这个人他肯定交过手。

向前进在脑海里飞快地搜寻着相似的身影，突然，武田一个侧脸转了过来，向前进惊讶地张大了嘴巴："武田。武田竟然没有死。"

"什么？武田没有死，难道他死而复生了？"车上的其他人看向了武田，向前进不说话，心里多了一些担忧。

铁胜男和花千朵等人已顺利地解决掉了走廊上的鬼子，她们向楼下走去。小四川带着几个游击队员过来。

"小四川。"花千朵叫道。后面一阵子弹打了过来。小四川连忙把花千朵拉到了一边。可花千朵身后的一个双枪队队员被不幸击中。

武田和川岛他们出现在哈尔滨大楼楼下，对着花千朵她们这边疯狂射击。

铁胜男已下到楼下，看到了武田的身影，但她还没有发现是武田，她手中的双枪已对着武田这边开火。铁胜男带着女子双枪队，和武田的队伍开始正面交锋。

铁胜男边打边说："我倒要看看，这个鬼子的幕后黑手到底是什么人？"

小草听着激烈的交战声，催促道："向队长，已经打起来了，你们还不出手？"向队长按捺住情绪："我们马上就能知道答案了。"

"哎呀，什么答案啊？我管不了了，我要去帮助我们队长。"小草说着便开门出去，阿魁急忙阻止："哎，小草，小草，你别去啊。"

但小草已经跳出了车子，向铁胜男她们那边跑去。

一群日本海军士兵带着武器，从铁胜男她们背面方向包围上来。武田得意地一笑："这一回看你们往哪里跑。"

铁胜男快速地调整着作战方案："千朵、小四川，我们从正面攻击这伙鬼子。"花千朵、小四川异口同声："好。"

小四川向武田这边冲了过来。武田对着小四川开枪，小四川躲避着子弹，继续攻击。铁胜男带着女子双枪队，也向武田这边冲杀过来。铁胜男她们很快杀到了武田这边。

武田带着鬼子追了上去。日本海军士兵也追击上来。女子双枪队冲出武田这边的火线后，往破庙方向开始撤退。

向前进看着铁胜男已经将日军的主要火力引了过去，一声号令："行动。"向前进踩着油门，把车子开到了哈尔滨大楼楼下。

铁胜男她们撤退到了破庙，隐藏了起来。武田带着队伍杀了上来，日本海军士兵也跟着谨慎地包围上来。

　　铁胜男突然飞身出来，对着武田这边就开枪射击，那个日本海军队长来不及躲闪，竟被铁胜男一枪毙命。武田闪身一躲，戴在头上的帽子落掉。

　　铁胜男瞥见了武田的脸，她很是惊讶地叫了出来："武田正雄？"花千朵也是惊讶到极点："是武田，胜男姐，他不是被你打死了吗？"

　　武田躲在柱子后面，传来沙哑的声音："铁胜男，你们逃不走了。"铁胜男气："武田老狗，你没死？"武田大笑："我有天照大神保佑，当然不会死。"铁胜男怒："武田正雄，在诸暨县我可以杀你一次，在上海滩，我照样可以取你的性命。"

　　武田右手一挥："你以为你能活过今日吗？大家给我冲上去。"日军的火力凶猛异常，日军都咆哮着要为队长报仇。

　　日军的火力压得铁胜男她们抬不起头来。

　　铁胜男顺利地转移了武田的注意力，哈尔滨大楼内几乎没有日军防守，向前进等人顺利地进入了废弃仓库。

　　游击队员们火速地开始搬运盘尼西林等药品，往楼下走去。

　　日军已包围到铁胜男她们眼前。花千朵奋力射击着，两把手枪中的子弹已消耗殆尽。

　　铁胜男迅速地探出身子，对着武田这边就是一枪，武田躲过了子弹。武田得意："哼，这回就是向前进出现也救不了你。"铁胜男冷笑："就算没有向前进，有我铁胜男一人就足够对付你了。"突然，武田瞪大眼睛，自问："向前进？向前进在哪里？不好，我们中了调虎离山计。"

　　上海游击队的同志老魏此时已经带着人开着大卡车守在了哈尔滨大楼下面。老魏等人迅速地进入作战状态，老魏见到了向前进，迎了上去："快，装车。"

　　向前进带着其他队员火速地把盘尼西林等药品装到了车子的后备箱里，老魏他们火力掩护。这时，川岛带着一队鬼子扑了过来，川岛对着向前进他们这边就是一阵射击。两个正在装药品的游击队员被打中。阿魁连忙开枪还击。

　　老魏大叫："火力掩护。"老魏带来的同志冲在第一线，掩护着游击队员们迅速地搬运药品。向前进他们一边快速将药品装到卡车上，一边还击。

　　老魏见药品装车完毕："大家都不要恋战，赶紧撤退。上车。"向前进跳上了车子，阿魁对着川岛这边又打了几枪。

武田对日本海军士兵们命令道："这些双枪队女子交给你们。其余人，跟我返回哈尔滨大楼。"武田想要带着自己的人马折返回哈尔滨大楼。铁胜男看出了武田的目的，对着众人大喊："拖住武田，给向队长他们多争取些时间。"

铁胜男带着女子双枪队的队员们奋勇地向武田这边杀了过来。刚转身要折返的几个鬼子被铁胜男干掉。

武田愤怒地又回转身来："铁胜男，好，我先将你消灭了，再去消灭向前进。"武田歇斯底里地带着自己的手下又扑向铁胜男。

向前进开动车子，猛踩油门，车子飞速往前。川岛他们开着枪冲了上来，阿魁对着鬼子扔过去一颗手雷。川岛大叫一声："卧倒。"

等川岛他们爬起来的时候，向前进等人已开着车子远去。川岛恨恨地对着开远的汽车，连着打了几枪。

| 第十四章 |

　　铁胜男和武田的激战进入了白热化阶段。鬼子的援兵和武器在持续增援。但游击队和双枪队的队员和武器却在逐渐耗尽。铁胜男清楚地知道，此时不撤退，怕是要全军覆没。

　　铁胜男抬头看了眼蓝天，她想，此时，向前进他们应该顺利地拿到了药品，平安地撤退了吧。铁胜男对着蓝天微微一笑，然后用不容置疑的语气命令道："千朵，你带着姐妹们先撤，我留下来掩护你们。"朱大花、小草等几个双枪队员异口同声地拒绝："我们和队长在一起。"花千朵边打边说："要走一起走。"

　　铁胜男知道这群姐妹的执拗脾气，于是说："武田的目标是我，他只要看我还在，就不会想着要去追击你们，但如果我跟着你们一起走，那大家只能死在一起。所以你们先撤，我一个人目标不大，反而可以四处逃脱，快，不然谁也走不了。"

　　花千朵等人只能点点头："胜男姐，你要小心。"铁胜男继续对着武田开枪射击。花千朵和小四川带着春兰、夏荷、冬梅等人撤退下去。武田看着花千朵撤退，对着日本海军士兵命令道："不能让她们逃跑。"日本海军士兵冲杀上去，众人奋力抵挡。花千朵和小四川等人往破庙外撤退。

武田对着铁胜男这边猛烈射击，朱大花被武田射过来的子弹击中了胸口。朱大花瞬间倒地。铁胜男大叫一声："大花……"朱大花强忍着痛苦，还露出一个微笑："队长，你们走，别管我。"铁胜男此时已泣不成声："不。"朱大花笑着安慰："我朱大花已经杀了这么多鬼子，这辈子值了，如果有下辈子，我还跟着队长你。"铁胜男扶着朱大花，朱大花猛地口吐鲜血，睁着眼睛死去。

"大花……"铁胜男撕心裂肺地喊着，然后用双手让朱大花合上了眼睛。

武田带着人步步逼近，铁胜男像是发了疯一样，用双枪连着对着冲上来的鬼子射击。武田大怒："用手雷炸死这个女人。"

几个日军同时拉开了手雷的环扣，向铁胜男的方向扔了过来。

破庙接连着一阵巨响。

硝烟散去，武田他们冲了上来，地上躺着几具被炸烂的尸体，面具焦糊，衣着成灰，完全辨别不出谁是谁了。

等武田回到哈尔滨大楼，此时已人去楼空，武田强忍着怒气，他命令所有日军时刻保持作战状态，对上海的各个交通要塞严密监视，一旦发现有可疑人物和车辆，立即抓捕、扣押。

向前进他们已回到了石库门驻地，韩露、周杰站在向前进身边，他们在焦急地等待着铁胜男等人凯旋的消息。

门终于打开，千朵和小四川等人走了进来，垂头丧气，走在最后面的冬梅叹了口气，缓缓地将门关上。

向前进看到花千朵她们中间没有铁胜男，顿时有了种不好的预感，他焦急地询问："胜男呢？"

花千朵低着头，没有说话。向前进把目光转向了小四川，小四川眼含热泪："队长，铁姑娘她们为了掩护我们撤退，没有跟上来。"向前进一个踉跄："什么？胜男没有跟上？"小四川难过地点点头。双枪队员们开始抽泣起来。向前进抡起拳头，捶在了桌子上，喝了一声："好了，都别哭了，如果胜男是被鬼子抓住了，鬼子那边肯定会有动静。"

"但如果胜男姐已经……"花千朵没有说下去，已大哭了起来。小四川拍拍花千朵的肩膀，安慰她。

这时，林雪娇走了上来："向队长，有句话我不知道当讲不当讲，这次我们闹出这么大动静，武田肯定会派人全城搜寻游击队，这地方怕是待不下去了。所以我的意思是，最好迁到一个僻静的地方去。"向前进没有说话，韩露问："我们还能去哪里？"林雪娇说："我知道有个地方绝对隐秘，在安福路八号，是一位国民党高官的小洋房，上海被日军占领后，他带着家人逃跑了。我们可以去那栋小洋房里。"

向前进点点头，此刻他已顾不了许多，脑海里都是铁胜男有可能碰到的各种遭遇，他头痛欲裂。

黑虎山上，王天霸喝掉了一碗酒，醉醺醺地靠在虎皮椅子上睡了过去。睡梦中，他看到了铁胜男的笑脸，王天霸很开心，想要过去来个热情的拥抱，可偏偏，铁胜男却飘了起来，越来越远。王天霸大声地叫着铁胜男的名字，可铁胜男却对着他挥了挥手，消失在天际。

王天霸大叫着铁胜男的名字，然后从梦中惊醒，站在外面的大耳朵赶紧跑了进来，王天霸这才意识到这是场梦。他的心中突然有种很不好的感觉，此刻，他睡意全无，披了件衣服往外面走去。

大耳朵扶着王天霸随便瞎逛着，他是真想铁胜男了，也不知道这丫头过得好不好，想到这，王天霸的心揪了起来。突然，大耳朵听到月圆房间里传出月圆的呻吟声和一个男人的喘气声。王天霸看到大耳朵表情的变化，似乎也听到了什么。

月圆和刘彪在被窝里云雨。突然，房门被一脚踢开。月圆发出一声尖叫。刘彪从被窝里跳了起来，月圆连忙用被子捂住了自己赤裸的身子。王天霸指着刘彪和月圆，竟一时说不出话来。

刘彪和月圆战战兢兢地跪在聚义厅里。王天霸坐在虎皮椅子上，不去看刘彪和月圆。

待黑虎山的当家们全部到齐后，大耳朵开腔道："这对狗男女，被我们捉奸在床，现在大伙儿都已到齐，大家说说，应该怎么处置？"毒狼沉默地看着刘彪和月圆。几个土匪喊起来："沉猪笼，沉猪笼，对，沉猪笼。"

王天霸不说话，但是一脸的怒气。

刘彪说："大当家，我知道我刘彪对不住你了，要杀要剐，任你处置。"王天霸怒："你以为我不敢杀你吗？"这时，马尾等人连忙站出来："大当家，念在二当家对黑虎山没有功劳也有苦劳的分上，你就放过他这一次吧。"另外有几个土匪也劝道："是啊，大当家，放二当家一马。"

王天霸看向毒狼："老五，你认为应该怎么处置？"毒狼揣测不透王天霸的意思，只好说："大当家，这件事我真不好说，说白了是您的家事，我不敢妄加……"王天霸突然加大嗓门："我的家事，你也可以说，说。"毒狼站了出来："女人都是祸水，二哥是自家兄弟，您应该相信他。"

月圆听罢跳了起来："毒狼，你这个混蛋，你是想要大当家杀了我是吧？"毒狼不说话了。豹子头指着月圆骂道："你这个骚娘们，真是太不要脸了，伤了我们兄弟的和气，真该枪毙。"

此刻，月圆反而不害怕了，抬头看了一眼豹子头："哼，你们这些臭男人，把我们女人当狗一样看，想要就要，厌了倦了，就一脚踢开。哼，你王天霸也是一个大混蛋，无论我月圆怎么讨你的欢心，你只是把我当成一条狗，而面对铁胜男，你却是一条狗了。我月圆哪里不如她，如果你给我把枪，我也可以去打鬼子。"

王天霸一掌击打在椅子上："闭嘴。不许你说我的丫头。"月圆冷笑："我要说，我就是要说，反正我已到了这般地步，自我月圆到了这黑虎山后，我一心想做你的女人，想要你王天霸娶我为妻，我想为你生很多孩子，但是你呢，从来没有把我放在心上，尤其是铁胜男来到山上后，你就更加不把我放在眼里了。"

王天霸听着月圆的话，头慢慢地转了过来。月圆继续说："人家二当家对我月圆却是真心的，我月圆也是甘愿把身子给他。"

"月圆……"刘彪看了一眼月圆，突然跪向王天霸："大当家，你杀了我，放过月圆。千错万错都是我刘彪混蛋，干了对不起你们的事。"

王天霸缓缓起身，他拿起了双枪，对着刘彪和月圆，在场的人屏住呼吸，不知如何是好。

"啪啪"枪声响起，刘彪和月圆都吓得面色铁青，子弹落在了两边的柱子上。

王天霸收起双枪："这件事到此为止，今晚上在场的各位，谁也不准对外面透露出去半个字。"众人都一副惊讶的表情看着王天霸，王天霸继续说："我王天霸确实有不对的地方。无论怎样，我们黑虎山兄弟的情谊不能破，女人如衣服，兄弟如手足，衣服破了可以缝，可以换新的，手足断了，就接不上了。老二，既然你和月圆两情相悦，好，那我成全你们。我把月圆送给你。"

刘彪一脸的感激："谢大当家的成全。"

月圆抬头看着王天霸，她的嘴唇在颤抖，内心的怨恨非但没有散去，反而越聚越深。

刘彪回到了自己的房间，惊魂未定，月圆紧接着跟了进来，随手把门带上。刘彪低着头："以后我们还是不要见面了，大当家的大人不记小人过，放了我们，我们就应该感恩于他。"月圆阴笑起来："哈哈哈，好一个感恩于他。你以为这样，就能得到王天霸的原谅？"刘彪低下头："我会将功赎罪的。"月圆扭曲着脸："将功赎罪？呵，太可笑了。他王天霸现在不杀你，是因为看在众兄弟的面子上，不好下手。"刘彪开始犹豫："大当家不是这样的人。"月圆趁热打铁，怂恿着："刘彪，你醒醒吧。你可是睡了他王天霸的女人。"

刘彪心虚："月圆，你到底要我怎么样？"月圆一脸的干脆："怎么样？我们反了。"刘彪惊了一下："反了？"月圆决然："对，反了他王天霸。"刘彪一屁股坐下："不行。我刘彪不能做出这等猪狗不如的事情来。"

月圆突然叫了一声："马尾，你进来。"马尾从外面走了进来，对着刘彪说："二当家，月圆姑娘的话我都听到了，我觉得她说得很对。大当家迟早容不下给他戴过绿帽子的人，所以，我们就不如反了。你来当大当家。"刘彪沉默了一会儿，说："你怎么也这么想？"马尾煽风点火道："二当家，我马尾说句公道话，咱们兄弟几个，对黑虎山的贡献，绝不比王天霸要小。凭什么让王天霸当了这么多年的大当家，而你刘彪却一直屈居人下，而且还差点被铁胜男这个臭娘们给害了。"

刘彪沉默了。月圆见状，来了个激将法："好，算我月圆看错了人，你刘彪既然愿意当狗，我也不勉强。"月圆说着就要走出去，马尾也叹了口气："我马尾也跟错了人。"马尾也要跟着出去。

"你们等等。"刘彪叫住了他们，月圆和马尾对视了一眼，站住了脚步，刘彪问："怎么个反法？"马尾朝外面看了一下，随后关上了门。

月圆、马尾走到了刘彪身边，三人低声细语起来。刘彪微微点着头，犹豫的脸庞一瞬间变得阴森了起来。

一个黑影走过刘彪的房间外，她听到里面的谈话声，却不敢再听下去，匆匆忙忙地离开了。

游击队已转移到了小洋房。周杰等人打探了一天的消息，一无所获。哈尔滨大楼已被封锁，破庙也已经被炸毁，但就是没有发现铁胜男的踪迹。

而日军除了在各个车站、码头布置了大量的兵力想要拦截药品外，似乎也没有其他的动静。

向前进极力地让自己冷静下来。以老魏在上海的势力，自有办法将药品顺利地运走，现在要做的必须要尽快确定铁胜男到底是生是死。想到这，向前进不禁自责起来，当发现幕后黑手就是武田时，他就应该带人去支援胜男的。胜男如果真的牺牲了，那他将会内疚一辈子。他握紧了拳头，暗暗地祈祷着奇迹的发生。

上海的街道上，熙熙攘攘的人群中，不时有巡逻的日本士兵走过。武田独自一人开着车朝破庙那个方向而去。他的耳中不断回想着武藤樱的话："破庙的那几具烧焦的尸体，经鉴定，里面没有铁胜男。"他想不通，为何这个铁胜男总能在他的天罗地网中奇迹般地逃脱，想到这，武田正雄青筋开绽、血脉喷张。

武田把车子停在了破庙那里的一条河边，河水湍急，清澈见底。武田望着奔流的河水，幽幽地说了句："难道是跳入河中逃走的？"

武田想到这一点，迅速地走上了车子，开车离开了破庙。他一回到特高科，就立即命人去上海周边的乡下，尤其是破庙往南方向的乡镇，去仔细搜找。铁胜男还活着的直觉愈加强烈起来。

鬼子突如其来往乡下调兵，这一举动让向前进瞬间警觉起来，直觉告诉他这事肯定与铁胜男有关。

向前进带人一路跟上了小鬼子，丛林密处、溪水河边、杂草丛中，小鬼子一处都不放过，向前进判断，鬼子一定是在找人，而且一定是胜男，否则，鬼子不会这么急切，想到这，向前进的心中燃起了一丝的希望。向前进带着队员们经过一片贫瘠的山丘，鬼子在前面走着，向前进等人找不到掩体，就趴在后方暗中观察，待鬼子走远，向前进向队员们做了一个向前出发的手势，刚要起身，一双温暖而有力的手按住了他的肩膀。向前进转头，铁胜男正趴在他的身后，向前进等人见状，惊喜地瞪大了眼睛，向前进刚要说话，铁胜男"嘘"了一声，示意他小声。四目相对，一切竟在不言中。向前进一把搂住了铁胜男的肩，两人用尽了全力，紧紧地相拥在一起。

向前进轻声低语："我以为再也见不到你了。"铁胜男紧紧的依偎在他的胸前，喜极而泣："嗯，我们又见面了。"

小四川和小草他们望着铁胜男和向前进，众人感动得掉下了眼泪。过了好一会儿，他们才发现众人都在看着自己，这才不好意思地松开对方，尴尬地看向别处。

众人怀着喜悦的心情悄悄地撤了回来。

向前进和铁胜男坐在一辆货车里面，一路上，众人是欢声笑语。坐在前面的阿魁打趣道："铁姑娘，你不知道啊，自从你失踪后，我们队长是茶不思饭不想，整整两个晚上没有合眼呢。"向前进不好意思地看了眼铁胜男，对着阿魁骂道："阿魁，闭上你的臭嘴。"阿魁笑："嘿嘿嘿，队长，你别不好意思承认嘛。"

铁胜男乐呵呵地跟着笑着。向前进看了一眼铁胜男，说："胜男，说实话，我还真以为你在爆炸中牺牲了。"铁胜男得意："怎么可能，你都说了，我铁胜男战无不胜的嘛。"

记忆回到了战斗那天，几颗手雷滚到了铁胜男她们身边，就在爆炸开来的一瞬间，小草拉着铁胜男往河边飞身过去，跳到了河里面，随着剧烈的轰响，铁胜男她已潜入了河水中，顺着河水逃了出来。而武田看着遍地的尸体，极度自负的武田料定铁胜男已被炸死，所以，才没对周边进行搜捕。她们这才侥幸地逃过一劫。

阿魁入神地听着，啧啧称奇："嗨，铁姑娘，真是吉人自有天相。大难不死必有后福啊。"向前进全程目不转睛地盯着铁胜男，生怕她又会在他眼前消失一样，阿魁见状，又打趣道："队长，你说是不是？"

向前进这才回过神来，尴尬地笑了一声，众人这才跟着哄笑起来。

马致远在商会总部的大楼里游手好闲地晃悠着。铁胜男的事情毫无进展，韩露却跟人间蒸发般消失得无影无踪，马致远不由得觉得自己这买卖亏大了。

这时，马致远身后有一个人拍了一下他，马致远吓了一跳，回头看了看："你是谁？"此人是川岛秀吉，他对马致远礼貌地笑了笑："我叫川岛秀吉，是武田组长的手下。"马致远难以置信地问道："武田，哪个武田？"川岛秀吉又笑了笑："和你认识的那位武田先生。"

马致远怀着诧异却激动的复杂心情，跟着川岛走去，莫非真是天要助他找到铁胜男吗？马致远想着，已经从商会大厦走到了一家咖啡馆内。马致远一眼就看到了带着帽子的人，他认出是武田正雄的身影，但他还是有些不敢相信。

武藤樱看到了马致远，看着他这副战战兢兢的样子，眼神中露出了不屑。马致远慢慢地坐了下来，看着戴着帽子的人。武田发出了沙哑的声音："马先生，我们又见面了。"马致远似乎吓了一跳："你，你真的是武田太君？"

武田慢慢地将帽子拿了下来。马致远虽说有心理准备，但还是吓得往后退了一步，差点摔在地上。武田笑了笑："马先生为何这么怕我？难道我比鬼还要恐怖吗？"马致远颤抖着声音说："不不，我没有想到，武田太君，还……"

"还活着是吧？"武田反问道。马致远点点头。武田指了指自己的脖子，上面有一道难看的伤疤："哈哈哈，没事了，我武田正雄有天照大神保佑，有九条命呢。不过你的女朋友，铁胜男，确实是厉害。"武田说着还竖起一个大拇指。

马致远尴尬地笑笑："武田太君，她，我倒也希望她是我的女朋友，只是，我们之间已经没可能了。"

武田笑："哦？可惜，可惜啊。"武藤樱一直观察着马致远，没有说话。武田继续说着："马先生，我们在诸暨县的时候，本来应该有很好的合作了。现在我们都来到了上海，如果马先生愿意的话，我们可以继续合作下去。"

马致远惊讶，一时犹豫不决："我……"武田淡然一笑："我现在在特高科，担任特别行动组组长。如果马先生考虑好了，可以到我那里坐坐。"武田说着已站了起来，和武藤樱、川岛走了出去。

马致远一个人坐在那里愣神，好一会儿才反应过来。马致远回过头去，武田他们早已消失在咖啡馆。

刘彪自从听信了月圆和马尾的怂恿后，开始了他谋反的计划。

刘彪摆好宴席，负荆请罪，以谢王天霸的不杀之恩。王天霸落座，月圆看了眼王天霸，心虚地低下了头。花好也在月圆的旁边，很是紧张的样子。

刘彪举杯对着王天霸说："大当家，今日我和月圆特意准备了这一桌酒席，一是向你赔罪，二是表示对你的谢意。"月圆也举起酒杯："是的，大当家，我们知道错了，知道对不住你。"王天霸大气地说："都是过去的事，你们都别放在心上了。"刘彪讪笑："是是是。大当家大人有大量。"

王天霸举起酒杯："你们今天都是怎么了，喝酒喝酒。"月圆极力地掩饰着慌张："对对对，喝酒。来，大当家，我给你倒酒。"月圆给王天霸倒上了一杯酒，王天霸拿起了酒杯。

花好急忙地拿过酒杯："大当家……大当家，酒喝多了伤身子。"王天霸拿过了杯子："哈哈哈，我还没喝酒呢。"月圆和刘彪听到花好的话，对视了一眼。

"花好，你别神神叨叨的，这不妨碍大当家喝酒的兴致嘛。"月圆不满道："哎呀，大当家，我们不要理她了，我们喝。"月圆说完给自己倒了一杯酒："来，大当家，我敬你一杯，先干为敬了。"

王天霸觉察到气氛异样，他注意着月圆倒酒的动作。只见月圆一口气喝掉了杯子里面的酒。花好有些惊讶地看着月圆，月圆把杯子亮出来，给王天霸看。王天霸拿起酒杯："好，既然月圆妹子这么爽快，我王天霸也喝了这杯酒，这日后啊，咱们就不许再提以前那些不开心的事了。"

刘彪、月圆站在一旁，焦急地看着王天霸，盼望着他快点把酒喝掉。只见王天霸正要拿着酒杯往嘴巴里送，突然将酒杯送向刘彪："二当家，这杯酒，是不是应该你替我喝了？"刘彪心里大惊，他瞪大了眼睛，看着王天霸："大当家，这，这酒是月圆给您倒的。"王天霸笑了笑："不，老二，你就喝我这杯酒。"王天霸把酒送到了刘彪的面前。刘彪极力地保持着镇定，但面色已经变青，都说不出话来："大，大当家……"

就在这时，马尾在旁边喝了一声："我们反了。"马尾说着拔枪要对着王天霸开枪。王天霸一杯酒泼到了马尾的脸上，以迅雷不及掩耳之势拔枪，一声枪响，聚义厅里的空气凝固住了。马尾还来不及喊一声，就慢慢地倒了下去。

刘彪看着马尾被打死，知道事情掩盖不住了，飞身往后退去，也拔出了手枪，对身后几个自己的亲信说："谁干掉王天霸，谁就是黑虎山的二当家。"刘彪在说话间，已对着王天霸开枪。王天霸闪身躲开了刘彪打过来的子弹，迅速地躲入了柱子后面。豹子头带着一群土匪和刘彪的人马交战。毒狼不动声色，暗中观察。只有大耳朵大叫着："大家都别打了，都是自家兄弟……"刘彪这边的子弹向大耳朵飞射过来，从他的耳朵边擦过，大耳朵叫了一声，捂住了耳朵，大骂一声："哪个王八羔子？"

刘彪对身后的土匪喽啰喊着："兄弟们，今天我们一定能拿下黑虎山，日后跟着我刘彪，吃香的，喝辣的，人人都有女人玩。"被刘彪鼓动的土匪们都欢呼起来："跟着二当家，我们都有女人玩。杀了王天霸，杀了王天霸。"

王天霸大声道："前面的兄弟听着，我王天霸没有做过亏待你们的事，现在就算你们做错了事情，我照样还是拿你们当成自己的兄弟，我知道你们是被煽动的，所以我只要刘彪的狗命就可以了。"刘彪叫着："别听他的，我们杀过去。"

土匪们向王天霸冲杀过来，但是被豹子头这边的火力抵挡住，冲在前头的几个土匪被打死。王天霸阻止道："老四，不要伤他们的性命，毕竟他们跟了我王天霸这么久。"

"大当家，他们都反了啊。你还可怜他们做什么？"豹子头不解，但明显开始手下留情。刘彪叫嚣着："给我冲，杀了王天霸，成败在此一举。"

几个土匪冲杀过来，王天霸对着他们的大腿处开枪，被打中的土匪摔倒在地上惨叫。刘彪身边的土匪吓得不敢继续往前冲，刘彪大叫着："给我冲，给我冲啊，不然我打死你们。"

　　刘彪这边的土匪已经人心涣散，不听指令，转过身要逃跑。眼看着自己要失败了，他对着王天霸开了几枪，往聚义厅外面撤退出去。

　　王天霸看了一眼刘彪，摇了一下头。豹子头他们追击上去。刘彪和月圆等人退到了聚义厅外面，此时刘彪身边只剩下他的五个亲信。

　　其中一个亲信说："二当家，我们打不过大当家，投降吧？"杀红眼的刘彪看了这个亲信一眼，竟一枪崩了他，凶相毕露："谁要是还敢说投降，这就是下场。给我打。"

　　刘彪他们负隅顽抗，月圆也叫嚣着："杀了王天霸，打死王天霸。"豹子头这边一阵子弹打过来，月圆吓得躲到了刘彪的后面。

　　王天霸心寒地问："刘彪，我一次次原谅你，把你当兄弟，你为何要反我？"刘彪冷笑一声："呵，你把我当兄弟？我刘彪为黑虎山打拼这么多年，你王天霸就只是把我当成你放出去咬人的狗。"

　　"你自己要当狗，那我王天霸也没有办法。"王天霸摇摇头，说话间对着刘彪这边连开两枪，刘彪躲过了一颗子弹，另一颗子弹从他的手背处擦过，刘彪惨叫一声，手中的枪掉落在地。王天霸又接连开了两枪，两颗子弹分别射中了刘彪的两条腿。王天霸一个飞身上去，刘彪还没反应过来，已被王天霸踢倒在地。刘彪捂住受伤的腿叫着，已无法逃脱。另外几个刘彪的亲信还想反抗，豹子头他们一个箭步冲了上来，用枪顶住了他们的脑袋。

　　王天霸看着刘彪，恨铁不成钢，痛苦道："我现在只要扣动扳机，你的脑袋就会开花。"刘彪此时闭上了眼睛。月圆却跪到了王天霸身边，求饶道："大当家，大当家，求求你，不要杀我，不要杀我啊。"王天霸一脚将月圆踢翻："老四，将这个贱人拉开。"

　　"是。"豹子头一把将月圆拖开，边上，传来月圆鬼哭狼嚎般的惊吓声。

　　王天霸对着刘彪继续说："刘彪，我王天霸再给你一次活命的机会，但这黑虎山已容不得你，你下山去自谋生路，好好做人。"刘彪看着王天霸，一脸的不可置信。王天霸一字一句道："从此后，我们不再是兄弟。"刘彪竟痛苦地流下泪水来。

　　王天霸看了一眼月圆："我知道，很多事情都是这个贱人挑唆起来的，这个贱人今日必须处置。老四。"豹子头："在。"王天霸义正词严："你替我杀了她。"月圆大哭着:"大当家,不要杀我,不要啊……"王天霸此时已转身离去。背后响起一声枪声和月圆的惨叫声。

王天霸深叹了一口气,自言自语:"丫头,你要是在黑虎山就好了,我真想看着你,和你好好说说话。"

上海滩的街头,弥漫着恐怖的气息。日本宪兵队撒开网来在巡逻搜捕铁胜男和向前进等人。

两个宪兵队士兵看到一个戴帽子的中国人,指着他说:"你的,共产党,抓走。"戴帽子的中国人哭喊着挣扎:"我不是共产党,我不是,放开我。"宪兵队士兵用枪托重重地打了一下这个中国人:"带走。"

铁胜男出现在街口,看到了刚才的情景,她恨恨地瞪了一眼那些宪兵队的鬼子,拳头握得紧紧的。

马致远坐在人力三轮车上,他突然看到了铁胜男的身影,惊叫了一声:"胜男?师傅,快停车,快停车。"三轮车夫连忙停下车来,马致远从车上跳了下来。

铁胜男这边,她的背后一个人拍了一下她的肩膀,铁胜男迅速回转身,却发现是向前进:"向队长,怎么是你?"向前进低声示意:"回小洋房去,不知道现在日本人到处在搜寻我们吗?"铁胜男点了一下头,然后转身离去。

马致远看到了铁胜男和向前进在一起的背影,愣了一下神:"他们真的在一起……"

向前进和铁胜男回到了双枪队驻地,韩露、小四川等人都在。向前进在屋子里徘徊:"越是在这样的时候,我们越不能乱了阵脚,必须沉住气。"铁胜男无奈:"那我们就这样袖手旁观了?"向前进点头:"走一步算一步吧,最近,大家都留在这小洋房里,尽量不要在外面走动。"

小四川和韩露这边的人都点点头。铁胜男无奈地叹了口气。

| 第十五章 |

　　自从向前进命令减少外出后，众人几乎都宅在了小洋楼里。铁胜男趴在窗口的书桌前正认真地写着入党申请书。

　　花千朵百无聊赖地走了上来，看了一眼铁胜男在写的内容："入党申请，姐，你要入什么党啊？"铁胜男看了一眼花千朵："当然是中国共产党了。"花千朵不解："那以后不是都要听向队长的了吗？"

　　铁胜男放下笔耐心解释着："对于中国共产党，其实在很早之前我就有所了解，他们奉马克思、恩格斯思想为基本思想，主张消灭资本私有制，建立一个没有阶级、没有剥削、没有压迫，人民当家做主的社会，我相信，在中国共产党的领导下，这一天，一定会实现。"花千朵摇了摇头："听不懂。"铁胜男笑："终有一天，你会明白的。对了，你来找我有什么事？"花千朵双手一摊："也没什么事，就是我现在还蛮想黑虎山的兄弟，蛮想大当家的，也不知道他们现在过得怎么样。"铁胜男点点头："是啊，我也蛮想大当家的，不过你放心好了，大当家肯定过得很好。"花千朵也点了点头:"好了,我就不打扰你了。"

花千朵说着走了出去,铁胜男继续伏案写了起来。

当铁胜男把写好的入党申请交到向前进的手中,向前进先是惊讶,但很快就露出了笑容,两双手紧紧地握在了一起,是革命的情谊,也是彼此间的惺惺相惜。

门外站着韩露,她刚才看到了铁胜男走进了向前进的房间里,她本想一同进去,但听到了铁胜男在说话,她停住了脚步。

铁胜男说:"作为女子双枪队队长,我铁胜男也是希望领导她们走上正确的道路,所以我这个队长,必须端正思想,服从准确的领导方针。"向前进鼓掌:"好,胜男,我为你感到高兴,因为你已经长大,已经成熟。我们中国共产党欢迎你。我向前进愿意成为你的入党介绍人。"铁胜男笑了一下:"谢谢你,向队长。"

这时,韩露从外面进来:"我韩露也愿意做铁队长的入党介绍人。"铁胜男惊讶:"韩露?"韩露说:"铁队长,刚才的话,我都听到了,我韩露必须承认,你为抗战事业所做的贡献,比十个韩露都要多。"铁胜男不好意思:"你千万别这么说,打鬼子人人有责,只是我们的分工不一样。"韩露笑:"铁队长,你还没说,愿不愿意让我韩露做你的入党介绍人?"铁胜男笑了笑,拉住了韩露的手:"当然愿意,我听说你还在游击纵队骆司令那里工作过,以后在思想问题上,我还需要请你多多指正呢。"

向前进看着铁胜男和韩露两人如姐妹般亲昵,心里很是开心,脸上露出了笑容。

马致远被川岛秀吉带进了武田的办公室。正在跟武田正雄汇报工作的武藤樱见马致远进来,狐疑地上下打量着他。武田上前握住了马致远的手:"马先生,我知道你会来的。我相信马先生这次对我武田正雄,对天皇,是绝对的忠心。"

马致远不说话,但还是点了点头。

武田说完,对着武藤樱点了点头,然后带着马致远走了出去。武藤樱会意,跟着他们一起出去。

虽然是白天，但特高科的刑房里却很是阴暗。时不时地传来痛苦的呻吟声，空气中夹带着血腥味。武田带着马致远过来，马致远捂住了鼻子。

突然，传来一阵撕心裂肺的叫喊声："你们杀了我吧……"马致远吓了一跳，他抬眼望去，那个人被绑在受刑的架子上，已被打得遍体鳞伤。马致远只看了他一眼，便不敢再去看他。

武田观察着马致远的表情，说："马先生，他是真的共产党。"这个受刑的人大叫一声："小鬼子，你们杀了我吧。"武田阴阴一笑："好，我们今天就会满足你的要求。"马致远站在那里，不作声。突然，武田转过身对着马致远："马先生。"马致远开始结巴："太，太君……"武田对着武藤樱使了个眼色。武藤樱不知什么时候，手里已多了一把枪，她把枪递给了马致远："马先生，你说你要对大日本天皇忠心？"马致远微微点了一下头。武藤樱冷峻道："好，现在就是你表现的时候了。"

马致远这时却不敢去接枪，手颤抖着："太君，你让我杀人？让我杀了他吗？"武田笑着看着马致远，没有否认。马致远浑身颤抖："但是，但是……"武藤樱冷笑一声："呵，武田君，我看这马先生说的对天皇忠心，只是嘴上说说而已嘛。"马致远害怕："武田太君，您还是放过我吧，我可以干别的事情，就是不能杀人。"

武田激将道："哼，铁胜男没有看错，你确实是一个懦夫，你来找我不就是为了变成一个真正强大的男人吗？但是，你这个样子，永远都成不了强大的男人，因为你的内心是那么的弱小、胆怯。你还是当你的懦夫吧。"武田说完，轻拍了一下马致远的肩膀。马致远握紧了手枪，突然大叫一声，闭着眼睛，对着那个共产党员的脑袋开了一枪。一股鲜血崩到了马致远的脸上。马致远吓得瘫倒在地上，惊恐地又大叫了一声："啊……我杀人了，我杀人了……"

马致远跪在地上抽泣着，不敢去看武田，更不敢去看那个被自己打死的共产党员。

武田走到了马致远的身边，又拍了一下他的肩膀："马先生，你现在已经是大日本天皇的英雄了，日后我们精诚合作，将铁胜男收服了，让她乖乖地成为你的女人。"马致远抬头，含着眼泪看了武田一眼。武田淡然一笑，在离开刑房的时候，又回头说了句："哦，对了，铁胜男已来到上海了，不知你们见过面没有？"马致远有些惊讶，但很轻声地回答："我们，我们没有见过面……"武田笑："你们要是还没有见过面，也没关系，因为你们很快就会见面的。"

武田得意地笑了笑，走了出去。马致远跪在地上，神情复杂，内心痛苦。

马致远通过这次考验，被武田委任为特工总部的副主任一职。马致远惊魂未定，本想推辞，武田却告诉他，今后的行动不需要他直接露面，只要在总部里面运筹帷幄。而且他的身份可以完全保密。话已至此，马致远根本没有了推脱的借口。

见武田正雄费如此大的劲，去收服一个看似弱懦无能的人，武藤樱实在不解。武田却很得意，对付中国人，就要用中国人。对付铁胜男和她的双枪队，就要用马致远。

武田加紧了对游击队员的围剿，上海街头，大街小巷，四处都是日军的爪牙。向前进长衫马褂，一番乔装后，来到了一家叫"花样年华"的裁缝铺。裁缝铺老板刘松年迎了出来，看到向前进，上前问了句："先生，你是为自己做衣裳，还是为太太定制旗袍？"向前进答："我是来给我孩子做衣服的。"刘松年提高了警惕："哦？先生的孩子多大了？"向前进用正常的语速说："过了新年，就十六岁了，女大不中用了，能找到好人家，就把她嫁了。"刘松年继续问："先生是在和我开玩笑吧，您看上去也就三十多点，女儿怎么可能这么大了。"向前进严肃道："没有开玩笑，我们都是在为下一代做嫁衣裳。"说完，向前进和刘松年对视了一眼，跟着刘松年走进里屋去。

刘松年握住了向前进的手："向队长。"向前进也很激动："刘松年同志。"

刘松年说："盘尼西林等药品都已顺利运达。骆司令对你们游击队，还有双枪队的评价很高。"向前进点了一下头。刘松年边说，边给向前进倒了杯水："以后上海这边的地下工作，就由我和你来对接，这家花样年华裁缝铺就是我们的联络站。"向前进点头："明白了。"

刘松年道："今天找你来是有项紧急的任务要交给你。"向前进看着刘松年说："好，什么任务？"刘松年说："据可靠消息，日本人在上海组建了大型毒品生产基地，所以你的任务便是尽快找到基地的具体位置，然后一举销毁。"

向前进诧异："毒品基地？"刘松年点头："对，日本人现在经费紧缺，他们借助于毒品，既可以卖给中国人谋取利益，又可以腐蚀国人作战的决心。可谓机关算尽啊。"

"是啊，"向前进说，"这些钱到了日本人手里，他们又能在战场上配制更多的武器弹药来对付我们。请组织放心，我们会尽快找到毒品的生产基地并将它摧毁。"

刘松年："好。"

向前进压低了帽檐，从裁缝铺走了出来。他前脚刚到双枪队驻地，郑生后脚便跟了进来。

郑生笑眯眯地走了进来，林雪娇和红莲马上迎了上来，林雪娇媚眼一笑："郑站长来了呀，我还以为郑站长贵人事多，早把我们给忘记了。"郑生摸了一把林雪娇的小脸："我当然不会忘记你们了。"

铁胜男看了一眼郑生，冷漠地转过身去和小草说话。郑生似乎看到了铁胜男的动作，他离开了林雪娇，来到向前进和铁胜男面前。向前进看了一眼郑生："不知郑站长此次前来所谓何事啊？"郑生摸了一下鼻子："你们为新四军运送药品的事情，我都听说了，干得很漂亮。不过啊，这个我也听说了，最近日本特高科来的那个行动组的组长叫武田，据说和你们在诸暨县就是老对手了。"

铁胜男转过身来看了一眼林雪娇："郑站长的情报可真够及时的啊，看来郑站长的眼线不少嘛。"郑生讪笑："哪里哪里，你们这么大动作，我们毛局长那里都知道了。不过啊，我还是很支持你们的，只是以后干这种事，还是要同我讲一声，还有，千万要记住了，要减少伤亡。你们女子双枪队的队员，可个个都是宝啊。"

"好了，郑站长，你有话快说，有……"铁胜男不耐烦地脱口而出，讲到一半自己捂住了嘴，没有把话说完。郑生不经意地笑了一下，咳嗽了一声，清了一下嗓子："好，跟各位兄弟姐妹，我郑生也没有必要把话藏着掖着了，那我就直说了。据可靠消息，小鬼子现正在上海某处生产大批的毒品。"

"毒品？"众人皆诧异，只有林雪娇站在一旁调侃道："郑站长您这是又玩空手套白狼啊？"郑生有些恼怒："林雪娇，你要有政治觉悟，现在是国共合作时期，国共一家，怎么能分彼此？"林雪娇阴阳怪气地答了一声便不再理他。铁胜男虽不待见这个人，但也被他带来的消息给震惊到了，毕竟，毒品事关民生大计，弄不好家破人亡，国将不国，但向前进却是一脸了然于胸的样子。

旭日初升，马致远穿着中山装，早早地来到特工总部报到。经历过生死，他竟然看开了很多东西，瞬间觉得汉奸之类的称呼都已经不再重要。他坐到了自己的位子上，权力和贪婪在他的内心膨胀开来，竟有些飘飘然的感觉。

武藤樱走进武田的办公室，近期，游击队和双枪队的人，像是人间蒸发了一样，消失在大上海，没有任何的线索。武藤樱揣测着他们是不是已经离开了上海？武田的直觉却告诉他，他们就在自己的身边。而现在能做的就是敌不动，我不动，静观其变。只要游击队不生出什么幺蛾子，武田也只能任由他去。

当务之急，毒品的销量才是他的心头大患。当前战事吃紧，但经费紧缺，前线急需用钱。武田提议必须把这些毒品销售到全中国各地，尤其是长江沿线一带的城市，迅速回笼资金，用作支援帝国的圣战事业。

他清楚地知道，能快速实现这一目标，光靠他一人之力绝对不行，武田这时想到了青龙帮。

向前进等人迅速地投入到侦察的工作当中，在码头工作的同志有消息传来，老西门那里有个废弃的工厂，平日里有日军出没，非常神秘，而且我们的同志也在那里看到过武田。他怀疑毒品生产基地就在老西门。铁胜男主动请缨，决定带着花千朵、小草她们去刺探一下情况。但向前进还是决定派周杰和韩露去，一来他们面生，二来他们做事也谨慎。铁胜男虽说不悦，但还是尊重了向前进的决定。

韩露和周杰装成了一对情侣，一直对韩露有好感的周杰看了一眼韩露，脸上露出喜色来。突然，韩露看到了不远处有两个日本人从废弃的工厂里走了出来，两人赶紧躲在了芦苇丛后面，观察着这两个日本人。日本人撒了泡尿，又有说有笑地进了工厂。

　　韩露又抬头望了望工厂上方，在这工厂的顶层上，竟然有鬼子的机枪手布置在那里。韩露皱眉："这废弃工厂布置了很多鬼子的兵力，我们如果再靠近肯定会被发现，周杰，我们得想办法把情况弄明白。"周杰托了一下眼镜，观察了一番周边的环境，他看到了一条小水沟从工厂那里流出来。周杰眉头一皱计上心来，笑了笑，轻声地："有了。"

　　周杰和韩露潜到了废弃工厂下游的小水沟处，水沟是从废弃工厂流出，颜色混杂，深绿色夹带着乳白色。周杰像是变戏法一样，从身上拿出两个小瓶子，从水沟中取了两瓶子污水，包好后对韩露说："韩露，我们走吧！"

　　韩露不明所以，有些不解地看着周杰，跟着周杰回去。

　　一回到驻地，周杰便拿着玻璃试管投入到实验当中。小四川、花千朵，还有小草她们都好奇地看着周杰。小四川按捺不住好奇心："我说书呆子，你都捣鼓了半天了，到底能捣鼓出来个啥，到时别把我们这秘密驻地给炸了啊。"

　　周杰没有理睬小四川，而是认真地看着试管，突然他兴奋地叫了出来："我验出来了，果然含有生物碱成分。"向前进和铁胜男走了过来，铁胜男惊讶："生物碱，就是鸦片所含的主要成分了。"周杰点点头："嗯，铁队长说得对。而且我可以肯定这生物碱就是吗啡，可以确定那里就是日本人生产毒品的基地。"

　　花千朵气急："他娘的，小鬼子这毒品危害了我们多少中国人，胜男姐，这一回，我们必须把它一锅端了。"

　　向前进取出了一张上海地图，看到了老西门那个位置，在这上面画了一个圈："老西门，这一带的地盘都是青龙帮的。"

　　"青龙帮？"铁胜男没有听说过，好奇地问。向前进点头："对，青龙帮，以前我在黄埔军校的时候就听说过这个帮派了，他们的帮主叫余黄桥，此人虽说身处黑帮，但为人却很仗义，江湖上的兄弟也都敬重他。"铁胜男："既然如此，我们就先摸清余黄桥这边的底细，如果有可能将他争取过来，和我们合作。"

　　向前进正有此意，两人一拍即合，决定从余黄桥的情人凤来仪这里入手。

青龙帮，上海第一大帮派，黑白两道，无不受人敬重。余黄桥黑白分明，为人仗义，深受江湖中人的爱戴。

此刻，余黄桥正坐在大堂的上位，喝着茶，他的大弟子刚刚来报，有个日本特高科女子前来求见，被余黄桥一口回绝。他知道，日本人上门必定没有好事，但兵来将挡水来土掩，他悠闲地又喝了口茶。

比起武藤樱，向前进要高明许多，他提前布置了两套方案，第一套方案，他带着韩露和小四川前去拜访，以礼相待。

向前进三人被带进了青龙帮的大厅里，他们比武藤樱幸运，见到了余黄桥。向前进对余黄桥拱了一下手："余帮主，在下向前进，多有打扰，还望海涵。"

余黄桥坐在上位，没有开口。

一旁的何力说："打扰我们帮主可是要付出代价的。"

向前进接着说："余帮主，向某确实是有件大事需要您的帮助，听闻余帮主侠肝义胆，而这事成功与否直接关系到千万中国同胞的性命，想必余帮主定不会袖手旁观。"余黄桥冷笑一声："不必给我戴高帽，我不吃这套，说吧，是什么人派你们来的？"向前进一脸诚恳："明人不说暗话，在余帮主面前，我们也不想隐瞒自己的身份。我们是共产党。"

何力诧异："共产党？"余黄桥却是不动声色，观察着向前进。向前进继续说："余帮主，我们查到，现在日本人正在你的地盘上生产毒品……"小四川接过话茬："都说余帮主您深明大义，但此刻您睁一只眼闭一只眼，这跟与鬼子勾结无异。"

余黄桥的脸色突然一变，他大喝了一声："将他们三个人抓起来。"何力和另一个保镖迅速地冲到向前进面前，小四川大喝："你们要干什么？"小四川说着便开始反抗。向前进没有反抗，命令小四川："小四川，不准动手。"小四川急："队长，他们要是杀了我们怎么办？"

向前进已被何力制服，但仍然一脸的淡定："我相信余帮主不是这样的人，他不可能杀我们这些抗日英雄。"韩露被一个保镖挟持着，她大叫："向大哥，救我。你们放开我。"向前进这时对余黄桥说："余帮主，我听闻您向来讲究江湖道义，没有必要对一个女孩动手吧。"

"放了她。"余黄桥一挥手，他脸色平静，波澜不惊，看不出此刻他正在想些什么。保镖放了韩露,韩露突然叫起来,冲向何力:"你们放了我向大哥!"何力一把提住了韩露,韩露挣扎着。向前进劝道:"韩露,我和小四川不会有事的。你先走。"

韩露明白向前进的意思,她看着向前进,不舍地离去。韩露离开后,余黄桥就命人将向前进和小四川关押了起来。

韩露回到了小洋房驻地,把向前进他们被抓的事情告诉了铁胜男等人。铁胜男当机立断,决定开启第二套行动方案。

武藤樱失利后,武田正雄决定亲自去拜会这个余黄龙。在青龙帮不远处的街角,阿魁和李旺等人在那里监视着,见到武田,两人险些乱了分寸。

阿魁粗中带细,让李旺先回小洋房驻地,将此事告诉铁胜男。其他人继续跟他守在这里,他想起铁胜男的叮嘱,越是这样的时候,就越不能冲动。

武田见到了余黄桥,只见余黄桥缓缓起身,不卑不亢:"是武田先生吗?"武田拱手:"是在下。余帮主,久仰了。"余黄桥笑:"哈哈哈,请坐。上茶。"

武田坐了下来,川岛侍立在他身边,武田说:"余帮主真是神龙见首不见尾啊。"余黄桥当然明白武田的来意,他开始打起了太极:"哪里哪里,我余黄桥只是不喜欢热闹而已,也不喜欢搀和外面的事。不知武田先生来找余某,所谓何事?"

武田笑了笑,看了看余黄桥身边的人。余黄桥明白武田的意思,一个眼神示意,余黄桥的手下都很听话地退了下去,只留何力一人在余黄桥的身边。

武田说:"我很欣赏余帮主的作风。此次,我来拜见余帮主,一来也是要感谢你长期以来对我们大日本的关照;二来是想和余帮主有更深入的合作。"余黄桥问:"合作?"武田说:"我们大日本帝国一直在您的地盘生产一种产品,我想将这种物品运输到长江沿线的各大城市去,我知道有很多码头,还有船舶,都是余帮主的。所以想请余帮主行个方便。当然我们也不会让余帮主吃亏,所有的盈利我们可以分给您两成。"

余黄桥也站了起来:"哈哈哈,武田先生,你可真是太会做生意了。"武田反问:"余帮主是嫌分利太少了?"余黄桥推脱道:"这个嘛,得容我也想想,怎么个合作法。没人会跟钱过不去,啊,哈哈哈。"武田高兴:"好,余帮主果然是爽快之人,我武田很是敬佩。"

武田见事情如此顺利，得意地从青龙帮走出，何力送客。阿魁他们看在眼里，见没有带走向前进，不由松了口气。

何力送走武田后，走回到了余黄桥身边。

何力不解，他迫不及待地询问："这日本人摆明了是在我们的地盘生产毒品，为何我们还要跟他们合作？"余黄桥冷笑一声："我余黄桥这点气节还是有的，怎么可能跟日本人合作。"何力糊涂了："可是刚才，您不是已经……"余黄桥笑了笑："何力啊，你跟了我这么长时间了，难道这一点都还没有学会吗？凡是都要给自己留一点退路，日本人这边就拖延着，他们也不敢拿我余某人怎么样。"何力点头："是是。帮主，那两个共产党怎么处理？"余黄桥笑："先关他们两天，然后就放了吧。"何力问："就这样放了？"余黄桥说："没有必要跟任何一方过不去。"何力点头："是。"

凤来仪，一个仪态万千的女子，虽流落于风尘却似青莲出淤泥而不染。只见她细眉凤眼，朱唇皓齿，一动一静间尽是风情万种。

寒风吹进，凤来仪贴身丫鬟小月轻声走进，将门窗关了回来。就在这时，一个黑影飞身进来，小月吓得尖叫一声："啊……"

凤来仪看着小草，脸上却没有惧怕之色，反而是点了一根烟。这时，响起了敲门声。小草迅速地过去打开了门。铁胜男和花千朵、韩露走了进来，花千朵随手把门关了回来。

凤来仪抽了一口烟，款款道："你们是什么人？"铁胜男抱歉地说："放心，我们不是坏人。"凤来仪抬眼瞟了眼铁胜男："说吧，找我有什么事？"铁胜男试探地问："我听说凤姑娘并不是上海人，而是从南京那里逃难过来的。"凤来仪没有说话，但铁胜男已从她脸上看出来悲伤的神情。铁胜男继续说："你的亲人都死在南京大屠杀这一场劫难中。"凤来仪湿润了眼眶，她掐灭了手上的烟："好了，别说了。"

铁胜男动情地讲述着她的切身经历，凤来仪感同身受，两人不禁潸然泪下。铁胜男给凤来仪递过去一块手绢，凤来仪擦掉了泪水。

铁胜男动情道："鬼子已经毁了我们的家园，我们不能在让他们继续祸害其他的同胞。此次前来，就是想请凤姑娘带我们去见余帮主，请他放了我们的两个朋友，他们可都是抗日英雄啊。"

　　凤来仪擦干了泪水，起身看向窗外，寒风凛冽，小月赶紧拿起披肩往凤来仪身上套去，凤来仪两手一推，拒绝了披肩，这凛冽的寒风重新唤起了她对鬼子的所有仇恨，不能将鬼子手刃，救下能手刃鬼子的英雄未尝不是在雪恨。

| 第十六章 |

天色才蒙蒙亮。

青龙帮传来一阵急切的敲门声。

余黄桥听闻凤来仪来了，急忙起床，匆匆地披了件外套往大厅走去，嘴里还兴奋地叫着："小凤，小凤，你来了。"

此时，凤来仪等人已经站在了大厅，凤来仪一脸孤傲的样子，面无表情地站着。铁胜男等人环顾四周，很是焦急。余黄桥走到凤来仪身边，很是温柔地抱住了凤来仪："小凤，真是没有想到，你会亲自来找我，怎么也不提前说一下，我好亲自来接你。"凤来仪依然高傲："我怎敢劳余帮主大驾。"余黄桥看着凤来仪说："小凤，怎么了，是谁惹你生气了？"凤来仪说："没有人惹我生气。只是我凤来仪看错了人。"

余黄桥看了看铁胜男她们，也看到了韩露："怎么，是不是这些人，对你说了什么？"余黄桥说着，让凤来仪坐到了自己的位子上，凤来仪却不坐："余帮主，如果你真的抓了她们的人，就请你放了他们。"余黄桥笑："既然小凤开口，这人自然是要放的。不过现在你得陪我喝个早茶。"凤来仪这才露出了笑容。余黄桥高兴,一把搂过凤来仪往大厅的一道侧门走去。

花千朵想要冲上去:"哎,人还没放呢。"铁胜男拉住了花千朵:"千朵,再耐心等一下。"

向前进和小四川已被关押整整一夜。此时的小四川已经焦躁不安,他在房间里不断地徘徊着:"哎呀,队长,你倒是想想办法啊,我们都被关了一晚上了,余黄桥那里一点动静也没有。"向前进却一脸的淡定,坐在椅子上没有说话。小四川急:"队长,要不我们冲出去,跟他们拼了?"向前进不紧不慢地说:"小四川,你坐下。既然余黄桥没有当场杀了我们,就代表我们还有机会取得余黄桥的帮助。此事,势必会牵扯到余黄桥的诸多利益,给他点时间考虑也是应该的。"向前进说完,竟微微一笑。小四川气:"哎呀,我的大队长啊,你到现在还笑得出来,我小四川真是太佩服您啦。"

向前进又笑了笑,闭上了眼睛不去理他。

铁胜男等人等候在大厅,此时的花千朵已和小四川一样,焦躁不安。

"怎么还不来?喝个早茶要这么长时间吗?"花千朵走到青龙帮的一个弟子身边:"喂,你去看看,你们帮主怎么还没有喝好?"这个弟子目不斜视,没有理睬花千朵。花千朵急,想要冲进去看个究竟,被余黄桥的弟子拦了下来,铁胜男赶紧上前拉住花千朵。

这时,余黄桥牵着凤来仪的手走了出来。花千朵冲着余黄桥说:"终于喝好了。你可以放人了吧?"余黄桥已回到自己的座位上,和凤来仪坐了下来:"我说过放人可以,不过我这青龙帮,可不是说来就来,说走就能走的。"

铁胜男面向余黄桥,对他拱了拱手:"余帮主,我们多有得罪,还望您大人不记小人过。"

余黄桥问:"唔。你叫什么?"铁胜男答:"在下铁胜男。"余黄桥看着铁胜男:"看上去像是有两下子的人,我这青龙帮有一条规矩。闯入者,必须闯关,才可以离开。"

凤来仪求情道:"余帮主,你何必为难几个女子?"余黄桥拍了拍凤来仪的手,示意凤来仪不要说话,看热闹就行。

铁胜男毫不怯场："好，余帮主，您请说。"余黄桥不紧不慢道："听闻双枪队队长枪法出神入化，那就比枪法吧。"铁胜男微微一笑，忐忑的心瞬间平静了一半。

露天靶场中，青龙帮的一些弟子正在练枪，见余黄桥走过来，他们都迅速地将枪收了起来，齐声叫："帮主。"余黄桥对着何力说："阿力，你和铁胜男比。"

"是。"何力说着也拔出了自己的两把枪。花千朵看着何力，叹道："好家伙，你也是双枪啊。"铁胜男指着靶子问："余帮主，我们是射击对面的靶子吗？"余黄桥大笑："哎，打靶子有什么意思，要比就比点刺激的。"余黄桥说完，拍了两下手，靶场的侧门带出来两个被绑着的人，他们的头上都戴着帽子。两人手脚发软，面无血色，颤抖地站着。

何力笑："谁要是能打掉他们头顶戴着的帽子，又不伤到他们，谁就算赢了。"韩露急："余帮主，你这也太残忍了，简直是视人命如草芥嘛。"余黄桥不屑一顾道："废话少说，玩不玩，随你们。"铁胜男拿起双枪，一脸淡定："既然如此，铁胜男奉陪便是。"余黄桥淡淡地一笑。

何力用枪对准了那两个戴着帽子的人："你们今天要是躲过这一劫，就可以活命了。给我跑起来。"两个戴着帽子的人一听何力这话，撒腿就跑。何力歪嘴一笑，竟斜着手都没有做瞄准准备，枪声已经响起，一枪击落了一个人的帽子，帽子飞了起来，那人瘫倒在地上。另一个人见状，吓得双腿瘫软，不敢再跑。

何力喝了一声："跑啊。不然打死你。"那人勉强地跑了两步，何力又是斜手一枪，那人的帽子也飞了起来，子弹从他的头顶擦过，头发上冒起了一阵青烟。

众人惊呆。余黄桥淡然一笑，青龙帮的几个弟子纷纷鼓掌："大师哥好枪法。"何力把双枪插进了腰间，对铁胜男说："你来吧。"

铁胜男看着那两个吓坏的人："你这枪法可以堪称出神入化，但是比起我的双枪绝技，你还是差一点。"何力轻蔑道："好大的口气。"铁胜男恳求道："只是我恳请余帮主，不要拿人的性命开玩笑。"余黄桥反问："不用人来玩，难道我还要去给你牵两头猪来吗？"众人笑起来。余黄桥看着铁胜男笑了笑，铁胜男却是一副坚毅的神情。

余黄桥随后又拍了两下手，青龙帮弟子带出来两个人，竟然是向前进和小四川，他们的手也被捆绑着。

铁胜男和韩露同时惊叫出来："向队长、向大哥。"花千朵也叫出声来："小四川。"

"千朵，你们怎么都来了？"小四川高兴，向前进既高兴又担忧："胜男、韩露。"

韩露气急："余帮主，你想干什么？难不成，你想让我向大哥他们当活靶子吗？"余黄桥竖起来拇指："唔，这位姑娘很聪明。"

韩露看向铁胜男："胜男，不可以，绝对不可以。"花千朵也没有信心地看向铁胜男："胜男姐……"

此时，两个青龙帮的弟子给向前进和小四川戴上了帽子。铁胜男犹豫了。余黄桥激道："你不是想和我谈条件吗，只要你赢了我这位大弟子，我不但可以将你们全部放了，而且，你的条件说不定我也能答应。"

花千朵不放心："胜男姐，要不我们还是算了。"这时，凤来仪也求情道："余帮主，你这玩得有点过分了，她们可都是打鬼子的英雄。"余黄桥笑了笑："这个我知道。不过我青龙帮也有我青龙帮的规矩。"

铁胜男的内心做着强烈的斗争。向前进突然喊话过来："胜男，来吧，我对你有信心。你的双枪绝技，天下无敌，一定能百发百中。"

小四川苦着脸："千朵，我要是不幸被铁队长的子弹打中，你就找个好男人嫁了吧。"花千朵急："呸呸呸，小四川，你这个混蛋，不许说这种话。"

"铁胜男，出手吧。"何力催促道。

"好。我铁胜男定能胜过你的双枪。"铁胜男说着，从口袋里掏出一块布条："今天就是要让余帮主他们见识见识我铁胜男的双枪绝技，余帮主，你说过的话，请务必恪守。"

花千朵、韩露紧张地看着铁胜男蒙上了眼睛。

向前进和小四川在靶场中跑了起来。铁胜男蒙着眼睛，拿起了双枪，她的耳朵微微动着，辨别着向前进他们的动静。铁胜男的耳朵旁似乎响起了王天霸的声音："丫头，心中要有枪，用心去感受，就能百发百中。"铁胜男突然一挥手，子弹从枪中飞出，小四川还没有反应过来，帽子就从他的头顶飞掉。接连着又是一声枪响，又是一颗子弹飞射出去，向前进头顶上的帽子也被打掉。

小四川一声尖叫，向前进却是一脸的淡定。铁胜男拉下了蒙着眼睛的布，看着向前进，眼眶里已含满了泪水。

余黄桥带头鼓掌："好，好枪法。铁胜男，不愧是双枪女英雄。余某佩服。"铁胜男对着余黄桥一拱手："谢余帮主夸奖。现在可以放了我的朋友了吧？"

何力将向前进和小四川从靶场里放了出来。花千朵冲到小四川面前，紧紧地抱住了他："小四川，你没事吧？"小四川拍拍自己的胸口："哎呀我的妈呀，吓死我啦。不过铁队长，你的枪法，真的是太牛啦。"

韩露泪眼蒙眬地看着向前进："向大哥。"向前进对韩露微笑了一下，韩露本能地上前想要抱一下向前进，但向前进却往铁胜男面前走了过去，他看着铁胜男，含情脉脉："胜男，谢谢你。"向前进说完，情不自禁地竟抱住了铁胜男，铁胜男愣了一下，眼睛里的泪水也不禁溢了出来，她竭力控制住不让眼泪落下。

铁胜男、向前进他们被请到了青龙帮大厅里。

此时，桌上已摆好了酒。铁胜男和向前进不解，两人对视一眼，面面相觑。

余黄桥招呼着："来来来，都坐下，我请铁队长、向队长喝酒。这酒叫斯凤黄酒，是我叫人从枫桥老家带来的。口感清甜，适合女人喝。来，铁队长，还有这几位姑娘，都尝尝。"铁胜男推脱道："余帮主，我们还是谈正事吧。"余黄桥已举起了酒杯："正事当然要谈。不过可以一边喝酒，一边谈。来人，给各位都满上。"

酒碗里倒满了黄酒。余黄桥举杯："来，我先敬铁队长一碗。"铁胜男看了看余黄桥："好。我喝。"一大碗黄酒一饮而尽。铁胜男刚要开口，何力又上来："铁队长，我何力从来没有服过一个人的枪法，今天碰到你，我算是服了。我敬你一碗。"何力已经把酒碗拿到了铁胜男面前，铁胜男推辞不开，又是一饮而尽。

向前进小声说："胜男，不要再喝了。"铁胜男笑了笑，脸上已露出红晕来："我有分寸。"

铁胜男给自己倒了一碗斯凤黄酒，走到了余黄桥这边："余帮主，我也敬您一碗。"余黄桥和胜男碰了一下碗，两人喝掉了碗里面的酒。

"余帮主，我铁胜男在来上海前，就听闻过您的大名，都知道您是大仁大义的前辈，铁骨铮铮的上海滩英雄。"铁胜男夸着，余黄桥不动声色，但脸上露出一丝笑意。铁胜男继续说："如今日寇入侵，屠戮我中华同胞，现在他们又在您的地盘上制造危害我国民的鸦片毒品，余帮主，我想对于这种事，你不会听之任之吧？"

余黄桥一副不知道的表情："哦，竟有这种事情？"铁胜男点头："必须尽快捣毁毒品基地。"余黄桥的目光一闪："如何捣毁？"铁胜男说："日本人的毒品基地戒备森严，而且是在余帮主的地盘上，所以我们需要余帮主的帮助，余帮主首先要取得鬼子的信任，派人进入毒品基地，然后和我们里应外合，一起捣毁这个基地。"

余黄桥哈哈一笑："哈哈哈。来，说了这么多，我们再来喝一碗。"向前进上前："余帮主，作为一个中国人，我相信你会和我们合作。"余黄桥淡淡一笑："好，我会配合你们。你们双枪队和游击队的战斗能力，我也略有耳闻，我也相信你们可以将这个毒品基地销毁。换是以前，要是有人在我余黄桥的地盘上打架斗殴，我定不会饶过他们。现在我敬你们都是为国为民的抗日英雄，所以我可以睁一只眼闭一只眼，权当不知道。"

铁胜男不甘心："余帮主……"何力上前："我们帮主已经仁至义尽了，你们不要再得寸进尺。"酒过三巡，余黄桥装作微醉的样子："哎，阿力，说话要客气一点。好了，这酒也喝得差不多了。阿力，送客吧。"

"是。"何力说完，对铁胜男他们做了个请的姿势："请吧。"铁胜男无奈地看了一眼余黄桥，余黄桥此刻已经在和凤来仪说笑。

"胜男，走吧。"向前进见余黄桥主意已定，勉强不得，便带着铁胜男等人走出了青龙帮。

铁胜男前脚刚走出去，凤来仪就开始对着余黄桥撒娇："余帮主，他们都是杀鬼子的英雄好汉，为什么不帮帮她们呢？"余黄桥为难道："小凤啊，其实我也是有难处的。"凤来仪不满："难处？难道你还怕日本人？"余黄桥看着凤来仪："小凤，我不是怕日本人，只是，哎，我知道你的家人死在日本人的手里……"凤来仪不高兴："你既然知道，为何不肯替我报仇？"余黄桥握着凤来仪的手："仇一定要报，但现在还不是时候。"凤来仪嘟着嘴，委屈道："那要到什么时候？"

余黄桥这时看向何力："这个……阿力。"何力说："在。"余黄桥说："你带着一伙人，暗中监视着铁胜男向前进他们，一旦他们开始行动，你就暗中助他们一臂之力。"何力说："是。"凤来仪这才开心地搂住余黄桥："这回就先这样吧，余帮主，日后你还是要和日本人狠狠地干一架，这样你在小凤心中，才是真正的大英雄。"

余黄桥一把搂过凤来仪，在她的脸上满足地亲了一下。

铁胜男昏昏沉沉地回到驻地，酒劲上来，迷迷糊糊地睡了过去。向前进拿着热毛巾替她擦拭着额头。

铁胜男迷迷糊糊中，呼喊着："向队长，向大哥，我胜男会来救你的，你不会有事的，我们还要一起打鬼子……"铁胜男抓住了向前进的手，向前进看着铁胜男的样子，不禁入迷了："胜男，向大哥在，向大哥会一直陪在你的身边，和你一起战斗的。"

两人的手紧紧地握在一起。门口，韩露看着这一切，一脸的失落，他们才是最合适的一对，韩露想着，心痛地退了出去。

马致远在特工总部待了段时间，对权力的欲望愈加的强烈，他不满足于每天待在办公室里运筹帷幄，总觉得心里痒痒的，想去看看外面的世界。武田正有此意，于是把寻找铁胜男的任务交给了他。

铁胜男和向前进放弃了让余黄桥加入的想法，虽说此人不能帮助他们，但至少，他也不会投靠日本人。他们决定，还是按照老规矩行事，兵分两路，向前进带着一队人马，负责将一部分鬼子引开。周杰跟着铁胜男带着双枪队，潜入毒品基地，安置炸弹，将这个基地一举捣毁。

事不宜迟，向前进、铁胜男做好了所有的准备，开始往工厂潜去。工厂的门口有日军的巡逻哨，他们都是荷枪实弹，一副虎视眈眈的样子。

向前进带着杨大鹏、李旺等游击队员潜在不远处，李旺手中的枪已经瞄准了门口的鬼子。向前进对着李旺点了点头，随后一声枪响，日军士兵被爆了头。工厂里的日军听到了枪声，冲出来一队士兵，对着向前进等人的方向开枪。

随后，鬼子们咆哮着扑杀上来。

隐藏在附近的铁胜男，带着双枪队和周杰等人在暗中观察着。铁胜男拿出了望远镜，对着废弃工厂门口观察了一番，鬼子兵力充足，要将他们全部引出来，估计有些困难。铁胜男当机立断，双枪队也兵分两路，她先带着人杀进这个毒品基地。小四川带着其余人等去安装炸弹。

鬼子越来越多，工厂里面防守的鬼子似乎都杀了出来。向前进等人火势渐弱。阿魁对着鬼子扔过去两颗手雷，鬼子这边一阵爆炸，几个小鬼子血肉横飞。

带头的鬼子是一个日军中队长，他愤怒至极。向前进端起了机枪，对着工厂门口的鬼子一阵猛射。直到打光了机枪中的子弹，他才躲回到掩体里，继续射击着鬼子。

鬼子中队长见状，命令道："他们的子弹快没有了，包围上去。"鬼子们向游击队包围过来。向前进对身后的队员们说："撤退。把这些鬼子都引出来。"

众人在向前进的带领下一边还击着，一边往后撤退。日军中队长带着日军追击上来。

铁胜男在望远镜里观察着向前进他们这边的战况。见时机成熟，悄悄地带着小草、林雪娇她们沿着杂草丛，往废弃工厂这边潜了过去。铁胜男带着小草她们潜入工厂，这时，两个穿着白大褂的日本军医看到了铁胜男等人，吓得连忙往工厂里面跑。

铁胜男喝了一声："给我站住。"日本军医消失在一扇门的后面。铁胜男带人追去，直到追进一间密室，此时，那两个日本军医已不见踪影。

"奇怪了，跑得比兔子还要快。"林雪娇细心地打量着周围，铁胜男正要往前走，但前面的门却突然关上了。

"有情况，大家隐蔽。"铁胜男他们正要隐蔽，后面的门也渐渐地关上了，铁胜男意识到上当，大叫："不好，我们中计了，大家冲出去。"

小草一个飞身冲在前面，铁胜男她们跟在后面。小草刚好飞出门外，但铁胜男她们却被关在了里面。

小草在外面大叫着:"胜男姐,姐,你们出来啊。"铁胜男对着门大声叫道:"小草,你先走。不要管我们。"

这时,小草后面有几个鬼子杀了过来,小草连忙躲闪着子弹。

小四川、周杰他们带着炸药,正要往工厂这边过来,突然工厂里传来了枪战声,花千朵意识到铁胜男遇到了日军,迅速地往工厂这边前去支援。

向前进他们也听到了废弃工厂里面的枪声,命令道:"胜男她们已和鬼子交上火了,我们必须拖住这路鬼子。"阿魁叫:"队长,我的子弹已经打光了,再不走,我们都要死在这里。"向前进叫:"子弹打光了,就跟鬼子肉搏战。"

鬼子们叫嚣着,向向前进他们包围上来。

鬼子们对着小草不断射击着,但小草灵活地躲闪着,她也拔枪向鬼子射击,干掉了两个鬼子。小草还想冲到密室门前去,她叫着:"姐,我来救你。"铁胜男从里面喊了出来:"小草,走,去找向队长。"

小草看着紧闭的大门,痛苦、无奈,鬼子的子弹又射了过来,小草只能往门外逃去。

小草刚跑出废弃工厂,小四川他们也跑了过来。

小草着急地说:"千朵姐,你们来了。胜男姐他们被鬼子给困住了,我们中了鬼子的圈套。"这时,川岛他们杀了过来。小四川连忙护住了花千朵:"千朵,小心。"

花千朵听到铁胜男被困,着急地使出了双枪,对着川岛这边连续射击,连着干掉了几个鬼子,说:"我们杀进去,把胜男姐她们救出来。"

日军的火力霎时凶猛,花千朵他们根本无法上前。

此刻,向前进他们已打光了子弹,鬼子步步紧逼到了眼前。向前进拔出了刺刀,一个鬼子就要走到向前进身边了,向前进奋身扑了出去,这个鬼子正要开枪,向前进一刀抹了他的脖子。后面两个鬼子开枪,向前进用鬼子的尸体挡住了射过来的子弹。

向前进对着日军中队长说:"小鬼子,你们敢跟爷爷拼刺刀吗?"日军中队长把枪别到了腰间,拉开了肉搏的架势:"向前进,我听武田中佐说,你很厉害。好,今天,我就要见识见识你的厉害。大家都不准开枪。"

向前进对阿魁暗示一笑,阿魁会意地点了一下头。

日军中队长拿出刺刀，大喝了一声后，向向前进冲杀过去。向前进一闪身躲开了他，随后杀出一个回马枪，一刀子刺向这个日军中队长。日军中队长往后一倒，向前进手中的刀子刺上来，他连忙用刺刀挡住了刀子。

阿魁见状，对游击队员们大喊："兄弟们，上刺刀，跟小鬼子拼了。"游击队队员们上了刺刀，向鬼子们杀过来。双方进入肉搏战。

铁胜男她们听到了外面激烈的战斗，不由得担心了起来。花千朵的为人她很清楚，肯定会为了救她而不惜一切代价。铁胜男焦躁地在房间里踱步，其他队员在密室里寻找着机关，但都一无所获。

这时，密室中传来武田沙哑的声音："铁胜男，这回你是逃不走了。"铁胜男停下了脚步："武田正雄。"武田"哈哈哈"笑了起来。铁胜男一拳头打在铁门上："武田，你给我出来。"武田叫嚣道："投降吧，铁胜男，我可以饶你不死。"铁胜男斩钉截铁："哼，你以为我是贪生怕死之辈吗？"武田阴森地说："我知道你不怕死，但是你也要为你的队友想想啊。"

沈二妮不由看了一眼林雪娇。林雪娇拍了拍胸脯："看什么看，你以为我林雪娇怕死吗，自从我加入军统那天起，我就打算好为党国捐躯了。武田，你这个狗娘养的，老娘一定会干掉你的。"武田邪笑："哦？看来你们还都不怕死啊。好，那我就成全你们。"

密室里突然变得很安静，空气像是凝固了一般。铁胜男警惕地观察着周围的环境，突然从门缝里面飘进来一阵阵的白烟。红莲惊叫了一声："不好，是毒气。"铁胜男等人连忙捂住了鼻子和嘴巴。武田正雄变态的笑声传了出来："哈哈哈。没用的。铁胜男，这一回谁也救不了你了。"

密室中的白烟越来越浓。铁胜男瞪大着愤怒的眼睛，但很快她的眼神开始迷离。林雪娇慢慢地倒了下去，沈二妮和红莲也倒下去了，铁胜男想要上前搀扶住她们，但是最后她也渐渐失去了意识，倒了下去。

日军中队长和向前进的肉搏战已进入到白热化阶段，两人都已是气喘吁吁的状态。向前进的脸上沾染了血迹，已经分不清是鬼子的还是自己的。游击队员倒下去一片。日军中队长突然猛扑上来，向前进一个闪身躲开，随后迅速地将手中的刀子挥了出去，刀子划过了日军中队长的腹部。日军中队长见自己被刺了一刀，他大声咆哮了一声，又向向前进冲过来，向前进挥手一刀，刺入了日军中队长的胸膛。自负的中队长难以置信地看着向前进，他瞪大了双眼，慢慢地倒了下去。

鬼子们看到自己的长官被杀，叫嚣着要为长官报仇，他们退下刺刀，又重新开始用枪射击游击队员。向前进躲开了子弹，往后撤退。日军紧咬不放，这时，何力蒙着面带着众手下杀了过来："你们先撤，我来殿后。"

向前进认出了何力，感激地冲他点了下头。何力带着众手下阻击着日本鬼子，向前进等人迅速地撤离。

花千朵已打红了眼，此时，她唯一的信念就是把铁胜男给救出来。小四川无奈道："硬拼不但救不出铁胜男，而且只会徒增伤亡，今天的任务铁定是失败了，为今之计，迅速撤离才是唯一选择。"花千朵听不进去这些，她还试图往里面冲去，小四川一把把她扛了起来，然后对着其他队员们大喊："撤退。"

当铁胜男醒来，周围黑漆漆一片，阴暗潮湿。她被单独关在一个铁笼子里，铁胜男慢慢起身，观察着周围的环境："这是哪里？"这时，在黑暗中又传来了武田的声音："铁队长，你醒了？"铁胜男惊讶："武田？快放我出去，有种我们面对面较量。"

武田大笑着："放你出去可以，只要你答应跟我合作就行。"铁胜男轻笑了一声："跟你合作？呵，你是在做梦吗？"武田邪笑："你不跟我合作也可以，只要你说出你们铁宅里太平天国宝藏的秘密，我就可以放了你，还有你的队友们。"

铁胜男一副轻蔑状："武田啊武田，你还真是贼心不死啊，在诸暨县的时候惦记着天国宝藏，到了上海，还惦记着我家的宝藏。"武田反问："难道宝藏比你和你队员们的性命还要重要吗？"铁胜男却义正词严："武田，你最好现在就杀了我，否则，你一定会后悔的。"武田有些生气："八嘎。铁胜男，你好好地想想，我给你一个晚上的时间。"武田说着便走了出去。

小洋楼驻地内，向前进等人一副灰头土脸的样子，席地而坐。

"唉，窝囊，这是我们游击队打得最窝囊的一仗了。"阿魁愤怒道。小四川一直低着头，沉默着。花千朵带着哭腔道："我说你们大老爷们，倒是想想办法啊，去救胜男姐啊。"韩露安慰花千朵："千朵，不要急，我们一定会把胜男救出来的。"花千朵突然提高了分贝："我能不急吗？现在胜男姐生死未卜，我们就在这里干坐着。不行，我得去救我姐。"

花千朵说话间站立起来，提着枪要往外面冲，小四川赶紧阻拦，两人推搡起来。向前进此时站了起来："我现在心里比你更着急，我向前进在这里发誓，就算是拼了我的性命，也一定会把胜男给救出来。"韩露看着向前进，一脸的担心。花千朵反问："但是怎么救啊，现在我们都不知道胜男姐在哪里？"

"我会想办法的。大家待在小洋楼里，谁也不准任意行动，我要出去一趟。"向前进的语气不容置疑，众人没有说话，沉默地看着向前进，向前进径自走出门去。

铁胜男被抓的消息很快传到了马致远的耳朵里。马致远火急火燎地来到武田办公室门口，但被川岛拦住了。马致远说："川岛太君麻烦你通报一声，我有急事找武田太君。"川岛拒绝："武田太君已经回去休息了。"马致远又问："回去休息了，他住在哪里？"川岛摇头："这个，我不能告诉你。"马致远仍不死心："但是我真的有急事找他啊，能不能给他的住处打个电话？"川岛做了了请的姿势："马先生还是明天来吧。"马致远无奈："可是……"川岛加重了语气："请。"

马致远欲言又止，只能无奈地离开。

不一会儿，武田办公室的门打开了，武田露出了得意的脸："他来过了？"川岛说："是。看他的样子，应该是为铁胜男来求情的。"武田吩咐道："唔。那让他等一等。不能让他和铁胜男见上面。"川岛点头："川岛明白。"

向前进来到裁缝铺，他观察了四周，确定安全后敲响了裁缝铺的大门。刘松年透过门缝见是向前进，赶紧开门。

向前进走了进来，刘松年招呼向前进坐下："快坐。这么晚了找我可是有急事。"向前进急忙说："松年同志，我们的行动失败了，现在胜男被抓，生死未卜。"刘松年递给向前进一杯茶："你先别急，越是这个时候越要冷静。"

向前进喝了口茶，放松了一点。

刘松年分析道："武田既然抓了铁胜男，依他的个性，肯定会拿她来诱捕你，所以，铁胜男此时不会有性命之忧。我们能做的就是等待敌人出招。"向前进问："你的意思是说，武田自然会找上我？"刘松年答："对，见招才能拆招，不是吗？"向前进顿有所悟："谢谢你，松年同志，是我不够冷静，我知道应该怎么做了。"

刘松年笑着点了点头。

向前进刚回到小洋楼驻地，迎面便碰上了从洋楼里面走出的郑生。

郑生说："一直等你呢，还好迟一步走啊，还真是巧了。"向前进说："这么晚找我是有什么事情吗？"郑生做悲痛状："我刚知道，你们的行动失败了，所以我就想问一下接下来你们打算怎么行动？"向前进说："这次行动，我们游击队和双枪队的伤亡都很惨重。如果郑站长愿意，可以调派些人手给我，协助我们查清楚胜男她们现在关押在何处，然后一起参与营救行动。"

郑生开始推脱："这个，前进啊，咱们两个认识这么多年了，我知道你很拼命，一心为了革命事业，当然我也是一心为革命事业的。但是，你看看，现在我们的人手很紧缺，而且营救行动必然是一次冒险的行为，所以……"向前进苦笑："既然如此，就不劳郑站长费心了。再见。"向前进转身头也不回地顾自离去。

郑生看着向前进的背影，叹了口气摇摇头："娇娇啊，接下来就要看你自己的造化了。"

郑生说完，竟轻笑了一声。

| 第十七章 |

　　漆黑的牢房内，林雪娇慢慢地睁开了眼睛，醒了过来："这是哪里啊？"旁边的红莲随后也醒来："我们好像没有死。"这时，传来铁胜男的声音："雪娇、红莲、二妮，你们都在这里吗？"沈二妮开口："队长，我们都在。"林雪娇突然抽泣起来："呜呜，我还没有嫁人，还没有生小孩呢，我不能死。"铁胜男打气道："对，我们都不会有事的，向队长他们会来救我们的。"林雪娇自我安慰着："嗯，我相信郑站长也会来救我的。"

　　黎明的光线从外面照射进来，铁胜男和林雪娇她们彼此看清了对方。刑房里传来几声恐怖的呻吟声。

　　沈二妮下意识地把手伸了出来，和铁胜男的手用力地握在了一起。林雪娇和红莲的手也伸了过去，四个人的手交织在一起。

　　在昏暗的光线中，一阵掌声传来，随后响起武田沙哑的声音："好一个姐妹情深啊。"林雪娇猛地站了起来："武田，你这个狗贼，快把我们放出去。"武田说："唔，放你们出去可以，只要你们的铁队长答应我的条件，告诉我宝藏藏在哪里？"沈二妮也站了起来："武田老狗，你休想得到宝藏，就算是我们死了，你也得不到。"铁胜男说："武田，就算我知道宝藏的秘密，也不会告诉你的。你就死了这条心。"

武田一副不紧不慢的样子："铁胜男，我会让你说出口的。呵，你们不是姐妹情深吗？川岛，把那个女的押出来。"武田指了一下沈二妮。铁胜男紧张地拉着二妮的手："武田，你想干什么？"武田笑而不语。川岛和两个日军士兵强行地拖拽着沈二妮。

"你们这群混蛋，放开我。"沈二妮激烈地挣扎着，林雪娇和红莲也拼命地拉着沈二妮，不想让她被带出去："放开二妮，放开她。"川岛一脚将红莲踢翻，沈二妮被日军士兵架了出去。

铁胜男着急地拍打着铁门："武田，放了二妮。"此时，沈二妮被日军士兵拖进了一间小黑屋。武田阴阴一笑："铁胜男，你现在说出秘密，还来得及。"

铁胜男哭喊着大叫："我不知道。我是真的不知道啊。"武田对川岛挥了挥右手："川岛，这个女人归你们了。"川岛淫笑一声："谢组长。"

铁胜男拼命拍打着铁门："武田，你这个畜生，我一定要将你碎尸万段。"小黑屋里传出来沈二妮哭叫的声音："啊，放开我，放开我……"林雪娇和红莲泣不成声，也大声地叫着："放开二妮，放开她。"

武田变态地大笑："铁胜男，是你害了你的队友，是你太残忍了。哈哈哈。"

拳头敲打着铁笼，鲜血直流，铁胜男感觉不到手上的疼痛，听着二妮绝望的哭喊声，她的心都碎成了片。川岛和两个日本士兵对二妮施暴完，把她重新拖了出来。沈二妮衣衫不整，眼神迷离。

铁胜男歇斯底里地吼叫："武田，我要杀了你，杀了你。"武田笑了笑："铁队长，我真的觉得你好残忍啊，她跟了你也好长时间了，为你的双枪队出生入死，但是你呢，一心只想着你的利益。"

"我真的不知道，要是我知道的话，我会跟你说。放了她们，放了她们吧。"铁胜男哭着慢慢跪了下来。

此时，沈二妮抬起头来："武田老狗，我沈二妮变成厉鬼，也不会放过你。"突然，二妮从日军手中挣脱开来，疯一般的冲向了武田。

"嘭。"

一声枪响，沈二妮的鲜血溅到了武田的脸上。铁胜男发疯似的叫了起来："啊，二妮，二妮啊，胜男对不起你。我会给你报仇，报仇的。武田，我要杀了你，我一定要杀了你。"

放心不下的马致远一早就来到了特高科，刚走到武田办公室外，就听到枪声传来，他颤抖了一下："枪声。难道胜男她……"

马致远不敢相信地愣在了那里。

武田拿着雪白的毛巾，擦拭着脸上的血迹，他微微一笑："铁队长，你再好好想一想。你的这两个朋友长得好像也还蛮不错的，但是不知道能不能活过明天了。哈哈哈。好好享受帝国的酷刑盛宴吧，保证让你们终生难忘。"

武田狂笑着走了出去。林雪娇和红莲愤怒地看着武田的背影，恨不得将他碎尺万段。铁胜男失了魂魄般咬着牙在那里默默哭泣。刑房内放满了刑具，几个鬼子开始拿着刑具，坏笑着走向了她们。

等候在外面的马致远心急如焚，见武田出来，迫不及待地迎了上去："武田太君……"武田笑："哦，马先生，你可真是够早的。"马致远急："胜男她现在在哪里？"武田笑了笑："她很好。"马致远问："刚才的枪声？"武田说："杀了她的一个手下而已。哦，对了，马先生还没有吃早餐吧，来，跟我一起用餐。"

武田把马致远拉进了自己的办公室，办公室的茶几上摆好了白粥、馒头和咸菜。

武田坐下来，吃着馒头咬着咸菜，发出脆响的声音来。马致远坐在那里，看着武田的脸，武田的脸上还有血渍，马致远突然一阵干呕。武田轻蔑一笑："马先生身体不舒服吗？"马致远连忙摇头："不不，没有，没有不舒服。武田太君，请您放了胜男吧，她是唯一知道铁宅宝藏的人了。"武田点头："马先生，我会放了她的。"

马致远沉思了片刻，然后看向武田："太君，等我接近铁胜男，一定能够套出宝藏下落。"武田故意一副不可置信的样子："哦？"马致远走到了武田的身边，低声耳语着。

武田微微笑着，向马致远竖起了大拇指："马先生，我果然没有看错你，呦西，你确实是一个人才。"

向前进一夜未眠，一早便带着周杰、小四川到特高科附近侦察。他们坐在特高科门口对面的茶摊上，压低着帽檐，不动声色观察着。特高科门口，便衣特工在外面巡逻，他们隐藏在满大街热闹的吆喝叫卖声中，气氛显得异常诡异。

这时周杰拿着几份报纸走过来，跟他们同一张桌子坐下，他举起报纸，装作看报。向前进突然看到报纸上的启事，他眼前一亮，望了下四周，赶紧低声说："周杰，报纸给我。"

向前进装作不经意地翻看着报纸，眼睛却仔细地看着一则启事：思琪，三姨妈病危，请速回广和街十八号家中探望。

向前进的脑中瞬间回想起他和马致远曾经做过的约定，当初，马致远申请加入游击队，向前进留他在诸暨县查看动静，若有消息传递，就在几大公开发行的报纸上刊登启事作为暗号，暗语是：思琪，三姨妈病危。后面的地点就是他们见面的地方。

向前进收起了报纸，放了茶钱在桌上，然后他们一起压低了帽檐转身离开。向前进看了看周围，确定没有被人跟踪，然后敏捷地跳上了电车，大街上，人来车往非常热闹。

车子在马路上疾驰，小四川这才问："队长，什么情况？"向前进小声道："马致远联系我了。"小四川诧异："马致远？我总觉得，他看着不像好人。"周杰托了下镜框："我也有这种感觉。"

向前进冷静地说："瞎猜得不到真相，去见见他便知。之前在柳传龙的商会，他就帮过我们，这时候传递情报，说不定跟胜男有关。"

他们都不再说话，车子缓缓向前开着。

广和街是上海贫民窟的一条小弄堂，里面住着贫困的居民，鱼龙混杂，在昏黄的暮色下，显得十分嘈杂。

向前进他们三人来到这里，警觉地看了下周围的环境与人，然后装作不经意地走进弄堂。

向前进他们来到十八号门口，门牌号小得几乎看不清楚。向前进说："就是这里了，你们俩分别在前后门警戒。"

"是。"小四川、周杰向前后散开。

向前进敲门，开门的正是马致远："向队长，你来了，快请进。"向前进进门，马致远故作警觉地探头看了下外面，立即把门关上。向前进放下帽子，坐下来："马先生，没想到你也在上海了。"马致远为向前进倒了杯水："请喝水。"

"谢谢。"向前进喝了口茶，看似不经意地询问着："你什么时候来上海的？"马致远明白向前进的试探，说："向队长，其实我去黑虎山找过你们，找过胜男，他们说，你们来了上海，所以，所以我就跟来了，这段时间，我一直都在找你们。这次，登报找你来，是有非常重要的事情，关于胜男的。"

向前进故作惊讶状："哦？"马致远说："原来，武田没死，他现在是日本特高科特别行动组组长。"向前进点头："我们之前已经交过手了。"马致远又说："他抓了胜男，我找你来，就是想跟你商议，怎么把她救出来。"

向前进觉得有些蹊跷，但是表面却非常平静："这么说，你有办法？"马致远索性开门见山："向队长，实不相瞒，我舅舅文正仁，他在帮日本人做事，所以，我打听到了一些消息。"向前进打探地看着马致远，马致远从口袋掏出一张图纸，然后指着图纸说："你看，这是特高科监狱的图纸，监狱就在办公楼北面，胜男她们，就被关在这里，这几个位置都有重兵把守。"

向前进把目光盯在了图纸的下水道上。马致远疑惑："下水道？"向前进点头："没错，监狱下水道，跟特高科办公楼外面的下水道是相通的，从这里下去，可以直接到监狱。"马致远一副如梦初醒的样子："从下水道救人，果然是个好办法，向队长，我们什么时候行动，胜男在里面肯定吃了很多苦，她一个女孩子，怎么吃得消？"

向前进折起图纸，起身："马少爷，你放心，我会尽快制定营救方案，这两天就行动。"马致远也起身："我还能做些什么？"向前进说："等我的消息。"向前进说话间戴上了帽子，他拍了拍马致远的肩膀："告辞。"

向前进走出了屋子，马致远一脸阴毒地坐下，眼神里尽是阴险狡诈之色。

向前进依然决定营救铁胜男，这一决定遭到了韩露、小四川等游击队员的反对，且不说武田处心积虑，特高科戒备森严，就是那个马致远所说的可信度也无从查实。而花千朵等双枪队员则纷纷赞同火速救人。两批人马唇枪舌剑。

最后向前进的一句话一锤定音："眼下哪怕有一线希望，我们也要去试试。如果大家都去，人多反而容易暴露，所有游击队员，留守原地，双枪队成员，跟我去救人。"

花千朵等人听到向前进这个决定，向他投来了赞许的目光。向前进说："如果我们回不来，你们就继续跟鬼子作战。"这时，屋内的空气似乎凝固了，气氛有些悲壮。

刑房内，铁胜男的头被两个士兵死死地按在水里，等到了她的极限，又将她的脑袋重新拖出水面，水从她嘴里吐出来，样子异常痛苦。

川岛在一旁奸笑着。铁胜男已经被折磨得奄奄一息。川岛右手一挥，士兵将铁胜男拖到一张椅子上，将手脚拷住。

川岛大声询问："你说不说？"铁胜男恨恨地望着川岛，忍痛道："你做梦。"

雪娇跟红莲被绑在刑架上，头发凌乱，雪白的皮肤早已是伤痕累累。刑房的士兵色眯眯地走过来，摸摸雪娇的脸，雪娇鄙夷地朝他吐口水，士兵大怒："八嘎。"

士兵刚想动手，武田走进刑房，他赶紧住手，跟川岛他们一起低头行礼。武田踱步看着她们三人，最后脚步停在了铁胜男跟前，看着奄奄一息的铁胜男，武田一把抓起铁胜男的头发："可惜啊，长得如花似玉，受这样的苦，我想，我的士兵们，更需要你们。"铁胜男瞪大眼睛："武田老狗，你害死了二妮，你这魔鬼，你不得好死。"武田拍了拍铁胜男的脸："别忘了，她是因你而死，是你，太自私了。"

铁胜男冷笑："宝藏，我就是真的知道，也不会告诉你这老贼，有本事你就杀了我们，我们做鬼也不会放过你。"

"杀了你们？不，不，这样太没快感，我要看你们一个个都痛苦地死去。"武田走到雪娇身边，掐住她脖子："让你看着身边的人慢慢死去。"

铁胜男恨恨地大叫："畜生。放开她。"武田甩手放开雪娇，狂笑："川岛君，继续好好伺候她们。"

铁胜男被绑到了电椅子上。川岛淫邪又变态地，慢慢走向铁胜男。川岛靠近铁胜男："你知道吗，帝国的酷刑，会让人欲仙欲死，我只要轻轻按下开关，哈哈，你全身就会通电，身体会弹奏出最美的乐章。"铁胜男挣扎着，动弹不得。川岛慢条斯理地按下开关，顿时，电流在铁胜男全身流淌着，铁胜男嚎啕大喊，声音凄厉，林雪娇跟红莲痛苦地闭上眼睛，川岛跟士兵变态地狂笑，这分明是人间地狱。

夜幕降临，向前进带着花千朵、小草、一丈红等双枪队员，已经隐藏在特高科围墙外草丛里。

小洋楼驻地，小四川跟周杰不放心向前进，正准备出门前去支援，在门口遇到了韩露，见两人神色慌张、支支吾吾的样子，韩露明白了三分。

武田办公室内，五六个军官并排站在武田面前等候着指令。武田说："等一下，会有一批客人到访，注意，不要惊扰他们，放他们进来。"众人点头："嗨。"

特高科外，巡逻的士兵经过这一带，没有发现任何异常。草丛内，向前进看了下手表，晚上七点五十。

向前进小声道："都听着，小草，你带两个人在这里接应，千朵、一丈红你们几个跟我进下水道，经过下水道大概需要五分钟左右，记住，不到万不得已，大家千万别开枪，救出人后，我们立刻原路返回。"众人点头："明白。"

"开始行动。"一声令下，众人起身出去，向前进拉开了井盖，正准备下去，这时候，小四川他们赶来了："队长。"向前进责怪中带着感动："你们怎么来了？"韩露说："你带着几个女孩子，如果胜男她们受了伤行动不便，她们怎么背得动？"

向前进看看小四川跟周杰，充满感激地看着韩露，点了点头："既然这样，小四川、周杰，你们跟我一起，韩露，你跟小草留这里，接应我们。"

向前进带着小四川、周杰将手电筒绑在头上，一个个钻进了下水道。

此刻，马致远已穿上了日军的制服，等候在窨井盖旁边的花坛边，他看着手表。

向前进他们行进在下水道中，下水道肮脏潮湿，不太好走。花千朵她们不禁捂住鼻子前行。

武田正雄眯着眼睛，一副稳坐钓鱼台的姿态，身旁的武藤樱看了看墙上的钟，晚上八点。

窨井盖在动，马致远马上用力推开，向前进他们一个个从里面钻了出来。马致远说："向队长，你们来了。"向前进低声问："没什么异常吧？"马致远也低声答道："放心，没事。"小四川和周杰看着马致远满腹的狐疑，但此刻，他们也只能选择相信。

夜空下的特高科安静得像地狱般，在夜色下静到窒息，只有一些探照灯在摇晃着，显得极不正常。

马致远从草丛中拿出一包日军制服，向前进接过，迅速地躲进草丛。向前进等人换好衣服，跟着马致远一起朝监狱大门走去，这时一排士兵巡逻经过，带头的士兵朝他们打了个招呼，向前进低头行礼回应，其他人都低下了头。等日军离开，花千朵她们松了口气。随后，向前进他们一起走进监狱大门。

在对面的大楼里，武田正拿着望远镜，观察着他们。

向前进等人跟着马致远，走进监狱内，向前进握紧了枪，全程戒备。这时，牢房门口的两个士兵发现了他们："你们有什么事？"马致远故作惊慌，向前进使了个眼色，小四川跟花千朵迅速地上前，捂住了他们的嘴巴，利刃划过脖子，两个士兵顺势倒下。

马致远吓得退后了两步，小四川跟周杰将小鬼子尸体拖到一边。向前进观察着马致远的神情，安慰道："没事吧？"马致远擦了下冷汗："没事。"

众人继续朝里面走去。

此时，看管牢房的士兵横躺在地上，或趴倒在桌子上面。马致远见状哈哈大笑："哈，我放他们饭菜里的药起效了，刚才门口看到那两个兵，真吓死我了。"向前进却全程紧绷，丝毫不敢松懈，他带着众人来到刑房。此刻的铁胜男、林雪娇、红莲三人正被吊在刑架上，伤痕累累。马致远见状，心疼地跑上前："胜男。"向前进见状："快，把她们放下来。"

周杰跟小四川上前替林雪娇、红莲解开枷锁。向前进跟马致远一起给铁胜男松绑，马致远抱住铁胜男，轻轻地唤着："胜男，胜男。"铁胜男昏迷中缓缓醒来："致远，是你。"马致远抱紧了铁胜男，激动地说："胜男，我来救你了，你受苦了。"铁胜男"啊"地叫了一声，马致远连忙道歉："哦，对不起，胜男，我碰到你伤口了。"铁胜男微弱地勉强一笑："我没事。"

林雪娇跟红莲分别被搀扶着，看上去也是弱不禁风的样子。向前进查探四周，说："好了，我们快撤，背上她们。"

周杰跟小四川分别背起林雪娇跟红莲。马致远想去背铁胜男，但向前进已经把铁胜男背起。看着向前进背着铁胜男的背影，马致远的目光闪过一丝的阴冷。

向前进等人来到监狱门口，不远处，巡逻的十几个士兵正朝着他们走来，探照灯晃得他们睁不开眼。

众人排好队形，铁胜男她们藏在队伍的中间。他们个个握紧了手中的枪，气氛瞬间紧张了起来。

对面楼上，武田正用望远镜看着他们。川岛秀吉非常不解："组长，恕卑职直言，这是将他们一网打尽的大好机会，把他们放走了，岂不可惜？"

武田轻笑："我曾经被仇恨蒙蔽了理智，一心想杀了他们，结果屡屡失手，后来，我明白了，杀了他们，不如摧毁他们的内心，让他们生不如死。如果向前进看着身边的人一个个死去，这种滋味岂不比死更有快感！"川岛说："嗨，卑职愚钝，多谢组长赐教。"武田说着又拿起了望远镜："我们对铁胜男施加了这么多的酷刑，她又眼睁睁地看着自己的队友死去，但她还是不肯说，说明她有可能真的不知道宝藏的秘密，但作为铁家最后一个人，又是铁明理的长女，宝藏的线索还是要从她身上找。只有她活着，我们才能跟着她的足迹去寻找。"川岛会意地点点头。

巡逻的士兵已经走远，向前进他们急速地走向下水道入口。小四川跟周杰搬开盖子，周杰先下去，红莲跟雪娇在花千朵她们的搀扶下也慢慢地下去。

马致远扶着铁胜男，尽管有些不舍，但马致远还是把铁胜男交给了向前进："向队长，胜男就拜托你了。"铁胜男担心道："你不跟我们一起走吗？"马致远安慰着说："放心，我不会有事的，你们快走。"向前进扶住铁胜男："那你自己小心。"马致远点头。一丈红扶着铁胜男钻进下水道，铁胜男回头叮嘱道："致远，小心。"

马致远望着铁胜男，等向前进也下去之后，迅速将窨井盖严严实实地盖了回去。此时，他的嘴角泛起一丝冷笑，起身，朝特高科办公楼走去。

武田看着这一切，满意道："呦西，人才，马致远真是不可多得的人才，帝国就需要这样的人。"武藤樱冷峻道："他对铁胜男的感情爱恨纠葛，还有对宝藏的野心，这些，足以让他为我们卖命。"武田转头看向武藤樱："樱子，接下来，该你出场了。"

武藤樱嘴角上扬，阴冷的脸上闪过一道寒光。

向前进没有料到此次的行动竟然会如此的顺利，顺利得有点难以置信。虽然他总觉得有些不对劲，但真真实实的铁胜男此刻确实躺在了她自己的床上。向前进没有时间多想，满身伤痕的铁胜男足以让他心碎到没有其他的思维。韩露已经替她包扎好伤口，疲惫到极点的胜男也昏睡了过去。向前进就这样静静地守护着。

宁静的午后，阳光温暖地射进窗内，房间瞬间明亮而温暖起来。铁胜男咳嗽声中醒了过来。向前进正坐在床边，关切地问："胜男，你醒了？"向前进将铁胜男扶起，拿起枕头垫在她的后背。铁胜男虚弱地问："谢谢，我睡了多久了？"向前进温柔一笑："快一天一夜了。"

"我居然睡了那么长时间。"铁胜男伸了个懒腰，扯到了伤口："哎呀。"向前进赶紧把她的胳膊放了下来："别乱动，小心伤口。"铁胜男心里泛起了涟漪："你一直在这里陪着我？"向前进点头，两人四目相对，在午后阳光下，让人有种时空交错的错觉，他们彼此眼神中，有依恋，有温情，时间似乎定格了，谁也不愿打破。

在众人的细心照料下，铁胜男的身体在迅速地恢复着。双枪队队员们都围坐在铁胜男身边，说说笑笑。雪娇又回到浓妆艳抹的样子，此刻正对着小镜子修着眉毛。

铁胜男关切地问："雪娇，红莲，你们的伤怎么样了？"红莲不说话，林雪娇放下修眉刀，答道："只是皮外伤，已经没什么大碍了，倒是你，那个老变态，对你下的手是最狠的，还有二妮，唉。"想到二妮，众人不免感伤。铁胜男一声叹息："对了，雪娇，红莲，你们接下来有什么打算？"

雪娇叹了口气："心寒啊，还能怎么办，郑生都已经回重庆了，我们彻底沦落成没有爹妈的野孩子了。"一直不说话的红莲开口："这样挺好，我们就可以光明正大地跟着双枪队打鬼子了，铁队长，你愿意收留我们吗？"铁胜男喜："啊，愿意，当然愿意了，我正求之不得呢！雪娇，红莲，你们加入双枪队，对于我们是如虎添翼啊。"林雪娇道："既然红莲都这样说了，那我们姐妹同心，今后，就死心塌地跟你们一起打鬼子。"

众人沉浸在喜悦当中，微笑着的铁胜男脸上，却闪过一丝不易察觉的阴影。没错，这次营救行动太顺利了，顺利得就像是场阴谋。但是，她不知道敌人究竟意欲何为，此刻，她觉得自己就像是被人操控的提线木偶，没有了自己的方向。

大上海突然平静了下来，如清澈的湖面，没有波澜。铁胜男恢复得很快，她擦拭着双枪，疑惑着此刻的风平浪静。

向前进拿着一本书，走了进来："在磨枪呢。"铁胜男笑："好久没使唤它们了，都要长灰尘了。毒品的事，都怪我太大意了，中了武田的圈套。"向前进安慰着："好了，你伤刚好，毒品的事，我们从长计议，这本书给你，先看看。"铁胜男好奇："书？"铁胜男刚要翻阅，就被向前进阻止："等我走了你再看。"

向前进说完，慌慌张张地起身离开。铁胜男纳闷地翻开书："神神秘秘的，什么啊？"向前进踏出铁胜男的房门，重重地舒了口气，然后从口袋里摸出一张电影票，这是林雪娇送的，意图明显，摆明是想撮合他们，想到这，向前进的心情开始忐忑起来。

一张电影票和一张纸条赫然入目，上面是向前进的字：我在电影院门口等你。向前进。铁胜男小心地拿起字条，然后又摸了摸电影票，开心地笑了。

夜幕降临，大街上人来人往，向前进已经等候在电影院门口，铁胜男远远地看到他，不禁加快了脚步。向前进温文地一笑："来了。"铁胜男微笑地点头，脸上显出了羞涩。

两人一起走进了电影院，俨然是一对情侣。

大街上依旧人来人往，热闹非凡，好像此处与战争无关。

华灯之下，向前进跟铁胜男从电影院出来，行走到大街上，两人并排散步着。铁胜男展开双臂，呼吸着夜上海的空气："好久没像现在这样轻松了。"向前进笑："是啊，是该出来散散心，放松下紧绷的神经。"铁胜男又恢复了往日的激情："停下来休息，是为了更好地前进，前进，呵呵。"

　　向前进愣了下，才意识到铁胜男是在叫他的名字，两人情不自禁一起笑了起来。只是，他们没有察觉，不远处，正有双眼睛在盯着他们。人在快乐的时候，就不自觉地放松了警觉。

　　小车内，武藤樱一身黑色西装，戴着绅士礼帽开着车，同样打扮的马致远坐在副驾上，看着向前进跟铁胜男亲昵的样子，嫉恨地攥紧了拳头。武藤樱的声音充满了蛊惑："女人最善变，但自古美女就爱英雄。"马致远没有说话。武藤樱鄙夷地瞟了他一眼："接下来，可能还有更精彩的戏。"

　　车子继续跟踪着铁胜男和向前进。

　　铁胜男从口袋里摸出王天霸送她的手牌，抚摸着："好怀念黑虎山的日子啊，也不知道大哥现在过得怎么样了。"这时，天上突然雷声巨响，转眼间，倾盆大雨覆盖了下来。

　　铁胜男开心得手舞足蹈："呀，下雨了。"向前进自然地拉起了铁胜男的手："还不快跑，前面有电车。"

　　两人手拉着手在雨中快乐地奔跑，偶尔四目相对，偶尔会心一笑，仿佛世界上只剩他们两人。这场雨，是天公在作美。

　　小车内，雨刮器在拼命地将玻璃上的雨水除去，像极了内心的烦乱，马致远恨恨地望着，眼神充满了杀气。

　　向前进拉着铁胜男坐上了电车，车上已经挤满了人，向前进一直拉着铁胜男，站到了电车尾部，铁胜男娇羞地任由向前进拉着手，车子晃悠悠地前行，向前进这才意识到自己一直没有松手，他尴尬地放开了铁胜男的手，两人不好意思地面对面站着，向前进干咳了下："这雨说下就下啊。"铁胜男还沉浸在刚才突如其来的甜蜜中，只是红着脸，点了点头。

　　小车一直慢慢地跟着电车。

　　突然间，有人骑自行车横穿马路，电车司机赶紧一个急刹，整车人都大叫着一起摇晃。铁胜男险些摔倒，向前进瞬间弯身，揽住了她的腰，在惯性的作用下，两人的唇瞬间碰到了一起，虽是短短的几秒钟，但空气却凝固了一般，铁胜男惊讶地睁大了眼睛，向前进此刻也正惊慌地看着她，世界仿佛安静得只剩下彼此的心跳声。

车内的马致远神情扭曲，变态的眼神里的怒火燃烧，他恨不得此刻就冲上去杀了他们俩。

骑自行车的人赶紧跑掉，电车继续前进，铁胜男害羞地推开了向前进，向前进慌乱得手都不知道该放哪里，一时间，尴尬地不再说话，但此刻两人的心却掀起了阵阵的波澜。

这个调皮的天气说风是雨，说停也停，向前进和铁胜男下车后，走在大街上。两个人刻意保持了点距离，刚才那一吻，让两人心间有些荡漾。向前进几次想伸手拉她，但就是提不起那份勇气。

夜已晚，大街上也清静了许多，两人继续走着，彼此都没有说话。

忽然，从巷子里传来女子尖厉的喊叫声："啊——不要，不要啊，救命啊——救命。"

"那边好像有人在喊救命。"铁胜男立刻提高了警惕，跑向声音传来的方向，向前进紧跟着跑了过去。

第十八章

　　昏暗的巷子里，一个学生打扮的女孩子在凄厉地叫喊着。两个日本兵撕扯着她的衣服，淫笑着："呦西，花姑娘，陪我们玩玩啊，哈哈。"女孩声嘶力竭："不要，不要，求求你们，放了我吧。"两个鬼子愈加兴奋，其中一个已经撕开了她的上衣，开始脱自己的裤子。

　　铁胜男循着声音到了巷子口，一看到这一幕，顿时怒火中烧，她想到了惨死在鬼子手里的妹妹胜兰和二妮，早已失去了理智，迅速地从衣服里面掏出双枪，她的举动被向前进阻止，向前进低声说："胜男，这样会把附近的小鬼子都引过来的。"铁胜男挣扎着："我不能见死不救，你看，再不出手，这姑娘就要被鬼子糟蹋了。"

　　向前进从腰间拿出一把短刀递给铁胜男："不能开枪，会暴露的，走，跟我来。"铁胜男跟着向前进轻轻地跑进巷子，两个小鬼子沉浸在淫乐之中，没有注意到他们。向前进和铁胜男慢慢地靠近小鬼子，已经十足默契的二人不需要任何的手势提醒，几乎在同一时间一起动手。向前进一把拖起一个小鬼子，拧断了他的脖子，铁胜男拽起鬼子的头发，用刀迅速地划过他的脖子。

两个日本兵倒地死去，女孩吓得抱住了自己的身体，发疯似的大叫。铁胜男赶紧跑过去抱住她："好了，好了，别怕，已经没事了。"

此刻女孩已经披头散发，衣不蔽体，她看着两具尸体，害怕得浑身发抖，铁胜男扶起她，向前进脱下自己的外套。铁胜男稍微理了下她凌乱的头发，用外套裹住了她身体："此地不宜久留，我们快走。"

女孩仰起了头，微弱的灯光下，这张害怕而恐惧的脸竟然是武藤樱。三人一起离开，他们没有发觉，武藤樱的嘴角泛起一丝阴笑。

当铁胜男把武藤樱带回驻地，小四川、阿魁等人是炸开了锅，他们个个义愤填膺，咒骂着鬼子，为她打抱不平。武藤樱怯生生地看着众人，眼里满是恐惧。

铁胜男一直抱着她，拍打着她的肩膀："别害怕，你现在安全了。"花千朵也安慰着："我们都是好人，没人敢欺负你了。"武藤樱这才抱住铁胜男无助地哭了起来："姐姐，你别丢下我，姐姐。"

这一声姐姐，叫得铁胜男心都碎了，她又想起了奸污惨死的妹妹胜兰，不禁潸然泪下："好妹妹，别哭了，姐姐在。"

小四川问："姑娘，大晚上的，你怎么一个人出来啊。"武藤樱惊恐地看着小四川，又躲进铁胜男怀里，发抖着。铁胜男责怪道："她都吓成这样了，你就别问那么多了。"小四川赶紧闭嘴。

林雪娇带着怀疑的态度看着这个来历不明的女孩，职业的习惯让她对谁都保持着戒心。韩露也觉得有点蹊跷，她试探地问："姑娘，你叫什么名字？"武藤樱细声细气地说："柳小婷。"韩露继续问："小婷，你家人呢？"

小婷又开始抽泣起来："我爹娘全让鬼子给杀了，家也没了，我跟姐姐从济南一路逃到上海，想投奔表叔，可是半路上，姐姐得了肺痨，我们没钱治病，姐姐，姐姐也病死了，呜呜呜。"铁胜男听完，感同身受地掉泪，她心疼地轻拍她肩膀："好了，别难过了。"韩露望着小婷，眼神中分明带着些许的怀疑。

林雪娇边问边观察："那你上海的亲戚呢，没找到吗？"小婷摇头："我按照地址一路寻去，表叔早就搬家了，我举目无亲，只能四处打听，身上又没钱，都不记得上一顿饭是什么时候吃的。"小婷描述凄惨，众人听着都觉得心酸。韩露却总觉得这女孩哪里怪怪的，却始终说不上来。

铁胜男看着小婷一脸疲惫的样子，说："一丈红，你先带她下去好好休息，向队长，我有话想对你说。"一丈红搀扶着武藤樱走了出去，其他人也跟着散场。屋里就剩下铁胜男、向前进、韩露。

韩露说："你们把她带回来，不会就准备让她留下来了吧？"铁胜男点头："我是有这个想法，她身世可怜，一个女孩子，四处飘荡，万一再遇上今天这样的事，可怎么办？如果胜兰还活着……我不想胜兰的悲剧再次发生在她的身上。"

向前进虽心有怀疑，但也不想此刻在铁胜男的痛处猛戳。韩露见向前进不说话，就说出了自己的怀疑："亲人全部死了，孤身一人来到上海，亲戚又搬家，碰上被鬼子欺负，又被你们救下，这一切，未免太巧合了吧？"铁胜男看向韩露："韩露，你的意思是？"韩露说："我的意思，她有诸多可疑之处，你们就这样把她带到我们游击队驻地，万一她是武田派来的奸细怎么办？"铁胜男选择相信眼见为实："可是，当时，的确，我们要是晚出手几分钟，她就被那两个鬼子给……"韩露又说："不管怎样，我们的驻地是隐秘的，我坚决不同意留一个来历不明的外人在这里。"

被韩露这样一说，铁胜男无话可说，只是望向向前进。向前进点头："刚才把她带回来，的确是我们欠考虑了。但我们既然已经将她带了回来，就不能不管，先留下来再说吧。也许，她真的只是个柔弱的女孩子。"韩露和铁胜男都不说话，向前进看了她们一眼，继续说："但是，小韩说的也有道理，我们干革命工作，不能掉以轻心，需时刻保持警惕，所以，胜男，今后，你要密切注意她的一举一动。"铁胜男点了点头，但她的神色里分明有一些敷衍和无奈。

武田把重心重新放到了鸦片上面。大受打击的马致远心志大变、人性全无，他主动请缨，在武田面前打了包票，定会想办法让余黄桥与他们合作，让鸦片尽快出港。

向前进从刘松年那里得知，武田的鸦片产业转移到更加隐秘的地带。而上海的地下党组织，也遭到了鬼子的大范围搜捕与破坏，很多同志相继被抓，联络点被毁，形势非常严峻。而且，据可靠消息，自从丁群被抓后，上海特工总部，新来了一位武田钦定的主任。此人极其神秘，很少露面，暗地里，帮着鬼子做了不少动作，是个危险人物。

此人姓马。

铁胜男和向前进走在小洋楼附近一条安静的小路上，路面满是金黄色的梧桐树叶，他们脚踩着满地的叶子，发出沙沙的脆响。

向前进看向胜男，说："胜男，我有种很不好的感觉。"铁胜男不解："嗯？"向前进说："最近，一切平静得有些不寻常。"铁胜男问："你是怀疑武田又在酝酿更大的阴谋对付我们了？"向前进分析着："可能，他的阴谋从特高科救出你们就已经开始了。"铁胜男又问："你的意思，是武田故意放我们走的？"向前进点头："特高科戒备森严，可是营救过程，只杀了牢房的两个宪兵，顺利得不合乎常理，而且事发后，武田并没有继续搜捕，我感觉，这事没那么简单。"铁胜男狐疑："如果是这样，那我们的一举一动，都在他的掌控之下，他对我们恨之入骨，为什么不急着消灭我们呢？"向前进也是不解："这也是我没想通的地方。"

两人继续并肩前行着。向前进说："胜男，我想提醒一句，马致远，他对特高科的情况太熟悉了。"向前进说出了铁胜男心中的怀疑，向前进又说："他能轻松地拿到特高科的图纸，混进去救人，又相安无事地出来，如果是武田设计让我们劫狱成功，那马致远，很可能就是他的帮凶。"铁胜男沉默着，没有说话，这件事她也无数次地揣摩过，但是也没想出个所以然。向前进继续说着："而且我们的同志得到情报，上海特工总部新上任的主任，姓马，但此人从不露面，只对武田一人负责，行踪极其隐秘。"

"什么？也姓马？"铁胜男惊道，"虽然同事一场，可是，我真的从来都不了解他，而我们看到的，他在他舅舅家，过着少爷的生活，他就是个教书的，要不是因为我，他根本不可能一路卷入这些是非中，他甚至还不止一次地帮我们，所以，这个人，我真的看不透了。"向前进叹了口气："最近，发生的事情，真的太蹊跷了，我们不得不提高警惕，还有那个小婷，也是来历不明，有可疑之处。"

铁胜男点了点头，两人不再说话，走在落叶上，慢慢远去。

夜深人静，一丈红已经熟睡，响起了细微的鼾声。

武藤樱悄悄起身，离开房间。驻地门口，阿魁在放哨，武藤樱轻轻一跃，无声息地离开了驻地，阿魁毫无察觉。

小洋楼里，有一股不祥的气氛在隐隐上升。

夜深人静，武藤樱飞速离开了巷子，她不知道，一直在装睡的一丈红正悄悄尾随着她，一丈红一路跟着武藤樱，武藤樱丝毫没有察觉。

路上，半夜打更的人与武藤樱相遇，武藤樱突然转身看向后面，一丈红赶紧躲进弄堂。

武藤樱穿过几条街，在一处民居门口停下，她四下张望，然后敲了三下门，门开，她快速进门，关上了门。一丈红轻声地靠近民居，在窗边偷听。

房间内，武田正雄穿着一身长衫，打扮成了中国人。

武田问："樱子，一切还顺利吗？"武藤樱邪笑："武田君放心，一切顺利，她们没有怀疑我，铁胜男，把我当成了她死去的妹妹。"武田点头："很好，马致远还是有用处的。"武藤樱说："要不是他提供了铁胜男妹妹的资料，我也不可能那么顺利得到她的同情。"

窗外，一丈红大惊："不好，原来她是日本人。"

武田问道："他们有什么新动作？"武藤樱说："暂时没有，鸦片的线索中断，国民党那帮废物全部撤离了上海，可以说，向前进现在是孤军奋战。"武田叮嘱道："局势瞬息万变，不可轻敌，你的主要任务，是离间向前进跟铁胜男。"

屋外，一丈红趴在窗口，她手握着窗沿，陈旧的灰块突然滑落下来，虽然声音细微，但还是惊动了屋内的武田。一丈红心中暗呼："糟糕。"

武田示意武藤樱别再说话，他警觉地拔枪，同时，一丈红怕暴露，快速地离开。屋内，武田跟武藤樱阴险地对视了一眼，他们各自会意，有了计划。

一丈红快速抄小路赶回驻地，她奔跑在小巷子里，幽长狭窄的小巷子内，都是她急促的脚步声，她呼吸加快，一股死亡气息朝她逼来。在巷子转角处，一个身影挡住了她的去路。

武藤樱的声音像从地狱传来一般："想回去报信吗？"一丈红拔枪："原来你是日本人。"武藤樱冷冷地说："你本来可以多活几天，可现在，我只能送你上路了。"

一丈红准备开枪，没想到武藤樱一个敏捷的飞身，双脚先后踢飞了一丈红手中的双枪。一丈红反应很快，一个后退，她举起双拳，准备进攻武藤樱，可是武藤樱的身手却远在她之上。两人在巷中短短交战之后，武藤樱很快占了上风，她用手中的细绳，从背后勒住了一丈红的脖子。一丈红竟无力反抗，挣扎了几下，便不再动弹。一丈红倒地死去。

黎明破晓，小草的尖叫打破了小洋房的平静。睡梦中的众人睡意全无，冲到了小草的身边。

厨房内，一丈红的尸体横陈着，衣衫被撕得破烂，胸脯半露在外面，大腿裸露着，身上全是淤青，只见她瞪大了双眼，一副死不瞑目的样子。

铁胜男看到尸体，惊呼："不，不，一丈红。"铁胜男又想到了死去的妹妹，和二妮，痛苦地大哭起来。

在场的男人们都别过了头，花千朵将自己的外套盖到了一丈红的身体上，替她合上了双眼，然后抱住她，难过地大哭。铁胜男情绪激动："一丈红，是谁，到底是谁，下手这么狠？"武藤樱也装作害怕的样子，捂着嘴大哭起来，众人沉浸在悲伤中。

只有韩露蹲在尸体旁观察着一丈红的伤，皱着眉没有说话。

向前进努力让自己冷静，他不断地告诫自己情绪解决不了任何问题。向前进看向难过地蹲在地上的阿魁："阿魁，昨天晚上，你没听到任何异常的动静吗？"阿魁满脸是泪，捶打着地面，悲痛地说："我没有听到，唉，都怪我，要是我仔细点，红妹子也不会死那么惨，我的错啊，呜呜呜。"

一个大男人如此恸哭难过，众人不免又陷入悲伤之中。

武藤樱故意过来安慰："阿魁哥，你对红姐那么好，她在天之灵，要是知道你那么难过，是不会安心的。"武藤樱故意无辜地来这么一句，倒是提醒了铁胜男她们。花千朵问道："阿魁，你站岗之后，有没有去厨房找吃的？"

"我……"阿魁还没说完，小四川不高兴："千朵，你什么意思啊？"花千朵说："我只是问问。"但是语气中明显带着怀疑。小四川生气："话不能乱说，你这娘们，能这么问吗？"花千朵又说："他饭量本来就大，站岗之后，会不会进厨房去拿吃的了？"林雪娇也补充道："一个饥渴的正常男人，难保不做出什么事来。”

杨大鹏替阿魁打抱不平："你们都什么意思啊，怎么可以怀疑阿魁哥呢？"铁胜男说："我们不能冤枉好人，但是也不能放过任何一丝可疑。"阿魁急得拖着哭腔："队长，我真的没有，我没进厨房，站岗到天亮，就回屋睡了，铁队长，你相信我，我怎么会害红妹子呢？！"

向前进冷静道："我相信一丈红的死跟阿魁没关系，这事，肯定另有蹊跷。"花千朵悲伤过度："不管怎么样，就算不是你干的，也跟你阿魁，脱不了干系，你站岗期间，发生这样的事，还说跟你没关系？"这时，小草也从里屋出来："我进厨房的时候，看到锅里剩饭不多了，昨天晚饭，明明还有小半锅剩下的。"

众人都带着狐疑的眼光看向阿魁，阿魁连连摇手："不是我，我真的没进厨房。"

另外几个队员开始纷纷七嘴八舌："阿魁平日里，就喜欢跟一丈红说话，还有事没事找她，一丈红对他爱答不理地，他还死皮赖脸，看他那样子，谁知道会做出什么事来。会不会是进厨房的时候，遇到了一丈红，然后……"

游击队这边，小四川跟大鹏他们听不下去了，为阿魁辩解："你们凭什么冤枉阿魁，说话要讲证据。"

大鹏气不过，拔枪："冤枉好人，还说那么难听，要不是看你们是一群娘们，信不信，老子一枪毙了你们。"红莲也拔出枪："你敢上前试试？"林雪娇嘲笑道："一帮臭男人，莽夫。"

双方拔枪相向，越吵越激烈。武藤樱看着他们双方争吵，狡黠地一笑。

双方僵持在那里。向前进大喝："全都住手。枪口是对着自己人的吗？把枪放下。"游击队员这边放下了枪。铁胜男也大喝："把枪放下，都聋了吗？我们这样吵，不是让暗处的敌人得逞了吗？"花千朵、红莲她们也放下了枪。

铁胜男比刚才稍微冷静了些，她起身说："一丈红死得惨，但杀人是需要动机的，所以，这种没根据的怀疑，并不成立，而且，这凶案现场，太多不利是针对阿魁的，凶手杀人后，还刻意留下的线索，一定是在误导我们。所以我可以肯定，不是阿魁。"

这时传来韩露的声音："没错，一丈红没有被奸污。"众人这才把目光转向了韩露，武藤樱的表情开始变得阴森恐怖，但是，没人注意她。

韩露说："我刚才仔细检查过她的尸体，发现，她死前并没有遭到玷污。而且，从死因来看，真正致死的，是她脖子上的那道勒痕，伤口有两厘米深，足以致命。所以，她不是被奸杀，阿魁是清白的。"

众人相互你看看我，我看看你，武藤樱阴阴地看着韩露。

花千朵又问："就算不是奸杀，会不会是奸污未遂，又起了杀心呢？"小四川气得大骂："嗨，你，你真是……"韩露冷静地说："从尸体看，她遇害时间，应该是半夜两三点左右，而她身上的淤青，有着明显的凝固，显然不是施暴中留下的，而是勒死她之后，再施加到她身上的。阿魁，你应该是早上六点才结束站岗的吧？"阿魁点头："是，结束之后，我就回房睡了。"

向前进似乎意识到了什么："大家跟我去厨房。"

厨房内，物件整齐地摆放着，并没有明显的打斗痕迹。

铁胜男恢复了理智："这里不是凶杀现场。"向前进说："没错，人不是在这里被杀的，而凶手的手段，更像是灭口，然后伪造现场，嫁祸他人。"周杰一托镜框："所以，这事，肯定不是阿魁干的，而是在嫁祸阿魁。"武藤樱心里不爽地暗呼："哼，看来我真是小瞧了你们。"

铁胜男真诚道歉："阿魁，对不起，我们一开始，不该怀疑你。"花千朵她们也歉疚地说："对不起，阿魁，我们都错怪你了，差点冤枉了好人。"小四川不高兴地回敬道："嘿，以后不许随便怀疑自己的同志了，听到没！"

姑娘们都有些过意不去地点头。

阿魁还是很难过："都是我没用，红妹子死得冤啊，昨天夜里，我在门口，一点动静都没听到，到底，红妹子是怎么被带进来的呢？"韩露看看武藤樱："我想，她一定对我们这里很熟悉。"

铁胜男说："一丈红身手很好，这个人，功夫肯定在她之上，可是，一丈红究竟知道些什么？"韩露转向武藤樱："小婷，一丈红是跟你一个房间的吧？"武藤樱看上去很害怕，她躲到铁胜男身后，怯怯地点头。铁胜男安慰着武藤樱："小婷别怕，韩露，你想说什么？"

韩露犀利地问："小婷，昨天晚上，一丈红什么时候离开房间，你知道吗？"武藤樱害怕："我不知道，我什么都不知道，昨晚我睡着了，胜男姐。"

铁胜男护着武藤樱："好了，韩露，你别问了，小婷她什么都不知道。"韩露却咄咄逼人："这里只有你一个外人。"

这时，武藤樱害怕地哭了起来。铁胜男心有不忍："好了，韩露，我知道，你一直对小婷有偏见，可刚才，我们双枪队跟游击队差点就反目成仇，所以，我们不要再随便怀疑了好吗？"向前进赶紧打圆场："胜男说得对，敌人躲在暗处，我们不要自己人之间相互猜忌了。"

韩露看了眼武藤樱后不再说话。

天色阴霾，头顶飞过乌鸦嘶哑的叫声，一丈红的坟墓前，所有人都穿着黑服站立着行礼。每个人手中都拿着一枝红色的菊花，他们依次将花放在墓前。

铁胜男说："好妹子，我知道，你喜欢红色，虽然性子冷，但心却是火热的，一路走好。"

葬礼一结束，武藤樱便假惺惺地收拾起行礼，向铁胜男告别："我要走了，胜男姐，我不想让你为难，伤了你们同志间的感情。"铁胜男一听，急忙阻拦："不许走，你这小丫头，举目无亲，出去，再遇上鬼子怎么办？"武藤樱执意要走："可是，我一个外人……"铁胜男拉住了武藤樱的手："谁要是再把你当外人，我第一个不同意。一丈红的死，跟你没关系，姐相信你。"武藤樱感动地抽泣起来："姐。"

武藤樱离开房间，而铁胜男的脸上却慢慢严肃了起来。她决定让小草搬去和她一个房间，不管怎样，事关所有队员的性命，小心点总是没错的。

日子风平浪静，武藤樱乖巧地待在众人身边，或帮忙做饭，或抢着洗衣。经过一丈红一事，她不敢再轻举妄动，毕竟她的终极目标是宝藏，为今之计，取得众人的信任，让他们对她放松警惕，这才是头等大事。

正午时分，向前进走进裁缝铺，铺子里有几个客人在，向前进摘下帽子："老板，我太太的旗袍改好了吗？"

"好了，我这就拿给你。"刘松年拿起一件包好的旗袍交给伙计："阿三，快，把张太太的旗袍送去，人家催着呢。"伙计拿着旗袍出门，刘松年拿了一个袋子递给向前进，向前进低声问道："怎么样，有什么新消息？"刘松年摇头："暂时没有查到。"向前进皱眉："线索一下子中断了，毫无头绪。"刘松年说："但是可以肯定的是，生产基地一定还在上海。"向前进装作选布匹的样子：

"余家码头那边有什么情况？"刘松年低声："余家码头那边，也没有任何异常，只能继续暗中观察。"向前进分析说："出于经费压力，武田肯定会在近期将货出港。想要大批出货，他们肯定会找余黄桥。"刘松年道："青龙帮那里，有我们的人。"

向前进点头，戴上帽子，加大了音量："老板，要是我太太还是觉得不合身，恐怕还要麻烦你啊。"刘松年客气道："没事没事，不合适再来改，改到她满意为止。"

向前进谢过后，拿着袋子走了出去。

这是上海租界内被废弃的银行地下室。

夜已深，可这地下室内却灯火通明，穿着洁白工作服的工人在紧张有序地忙碌着。有些负责提炼，有些负责加工，有些负责包好装箱。武田看着眼前的生产线井然有序，不禁感慨："这些，都将变成帝国的财富，源源不断的财富，哈哈哈哈。"

川岛说："这批鸦片生产完工后，需尽快运送出港，可是，余黄桥那个老家伙，似乎还是不愿意跟我们合作啊。"武田冷冷一笑："那就再去问候一下他。"

青龙帮内，余黄桥正坐在大厅，眯着眼听留声机传来的京戏，他摇着头嘴里哼唱着，手指头还打着拍。

何力走进来到他耳边轻语："帮主，那个日本人又来了。"余黄桥依旧闭着眼睛，嘴里哼唱着："这世道，想图个清静都难啊。"

大门口，武田带着一小队士兵在门口等着，青龙帮的手下列队守在门口，何力抱拳行礼："武田先生，帮主有请。"武田点头，他带着川岛跟着何力进门，青龙帮的手下一路列队站好。

客厅内，余黄桥见到武田，假意的剧烈咳嗽之后，起身相迎，然后抱拳行礼："武田先生，哈哈，大驾光临，余某有失远迎啊，恕罪恕罪。"余黄桥又是一阵咳嗽，何力赶忙上前搀扶。

武田心里一阵冷笑："余帮主客气了，看来，您身体抱恙啊。"余黄桥用手帕擦拭嘴边："老了，不中用了，武田组长，快请坐。"

他们坐下来，丫鬟上了茶，余黄桥说："这是明前龙井，武田组长，请。"武田端起茶杯："武田最喜欢的，就是中国的茶，武田更希望可以经常跟余帮主一起品茶。"余黄桥笑："余某的荣幸。哈哈。"武田说："既然余帮主如此爽快，那我就开门见山了，余帮主，我们有一批货，需要运往长江沿线几大城市。"

余黄桥又是一阵剧烈的咳嗽，何力拍着他的背，余黄桥故作好奇状："货？"武田邪笑："就是能让我们共同发财的货。这批货，需要尽快出港，不知道余帮主，能否尽快安排？"

余黄桥装作为难的样子："这个么……"武田说："你放心，我们大日本帝国最讲信用，所得利润，我们给你这个数。"武田说完伸出了三根手指。

余黄桥哈哈大笑："武田组长真是太看得起余某了，这么划算的买卖，余某哪有不接的道理。"武田高兴："这么说，余帮主已经答应了？"余黄桥又是一阵剧烈的咳嗽："武田组长，您也看到了，我这把老骨头，是一天不如一天，我不怕跟您揭个老底，其实现在，青龙帮，都由各分会的堂主把持，底下，那是一片混乱，他们表面敬我这个帮主，其实早就不听我了，弄不好，反而会坏了武田组长的大事。"

武田的脸开始变绿："余帮主真是会说笑，您是上海滩叱咤风云的英雄，您的一句话，是可以呼风唤雨的。"余黄桥摇手："那是曾经，如今，也是英雄气短了，您提出的分成，十分诱人，余某确实很想跟您合作，可实在是……唉。"

川岛脸色一变："余帮主，我们诚心想与你合作，借用下你的余家码头，可你却一而再地推脱，未免也太不把我们组长放眼里了吧？"余黄桥一脸抱歉的样子："武田组长，余某真的是心有余而力不足啊。"

"余帮主，帮中之事，请你尽快摆平，不要耽误了我们的大好合作。"武田愤怒地起身，说完便气冲冲地走了出去。

武田走出青龙帮，他回头看了眼青龙帮的牌匾，阴着脸坐上汽车。

何力见武田走远，对着他的后背啐了一口水："呸，狗日的，帮主，真的要帮他们运货吗？"余黄桥拿起茶杯："这东西害了多少中国人了，帮他们，那我余黄桥不成卖国贼了，继续拖。对了，世杰呢，怎么一天到晚不见人影？"何力说："大少爷去了租界的夜总会。"余黄桥微怒："臭小子，一天到晚花天酒地，最近不太平，让他少出门。"何力点头："是，我已经加派了人手跟着大少爷。"

在武田面前拍着胸脯说要搞定余黄桥的马致远最近是犯了愁，军令状已经立了出去，但他派出去的手下却毫无进展，一时不知道该如何是好。他坐在文家的客厅里，想着接下来的对策，他的表妹文雅穿着时髦的洋装，拎着小包开心地下楼来："表哥，我们快走吧，电影马上要开始了。"

马致远轻轻地点头，这时，用人拿着一束花进来："小姐，这是一位叫余世杰的先生送你的花。"

马致远听到这个名字，不禁愣了一下。文雅不耐烦地把花丢到一旁："怎么又是他，阴魂不散的，快拿走拿走。"用人拿着花退下。文雅挽着马致远走出客厅。马致远装作不经意地问："这余世杰，是你的追求者？"文雅说："嗨，不过是个纨绔子弟花花公子，仗着他爸爸是余黄桥，到处花痴一样追女孩子。"马致远突然停了下来："余黄桥？"文雅一脸无辜状："是啊，就是青龙帮帮主余黄桥啊。"马致远继续问道："你们怎么认识的？"

文雅回忆着："好像是有一次，我跟珍珍她们去百乐门跳舞，在那儿认识的，听说，他是那里的常客。表哥，你可别误会啊，我跟他真的没什么。"文雅挽着马致远继续走着，马致远先前的那张忧郁的脸一扫而尽，顿有踏破铁鞋无觅处，得来全不费工夫之感。

文雅不知道马致远的心思，开心地挽着马致远的手走出大门。此时的马致远已然是一副志在必得的样子。

百乐门灯红酒绿，帅男美女云集，好不热闹。在这里看不到战争的影子，各种肤色，不同国籍，觥筹交错，歌舞生平。客人醉生梦死，买醉流连其间。

一位阔少爷半醉地搂着两个金发美女："哈哈，走，陪我继续喝。"几个彪形大汉在一旁保护着他，旁边桌子上还有几个保镖在暗处保护着。在最里面的角落里，有两个穿着西装的男人正密切注意着他，他们正是马致远派来的特务。

阔少爷正是余黄桥之子余世杰，他搂着两个美女上了贵宾楼，保镖贴身跟上，两个黑衣特务见此，默默地退了出去。

武田一筹莫展，他也不是没有想过将青龙帮一举歼灭。但是，之前和游击队的战役，已经折损了很多的日军士兵，况且，青龙帮在上海根深蒂固，盘根错节，关系复杂，想要一举拿下，绝非易事。

当一筹莫展的武田听到了马致远汇报的这个消息，瞬间一展愁眉，立即加派了一个小分队的兵力供他调遣。

又是一个魅惑的夜晚，百乐门照常是灯红酒绿，歌舞升平。余世杰在保镖的簇拥下，坐在最豪华的包间。

百乐门经理带着四个混血美女向包厢走来，保镖上前按照惯例搜身，确认没有问题之后，然后才让美女靠近余世杰。

余世杰看到一个特别漂亮的中印混血，眼睛都亮了："混血儿哟，还真能找到混血儿。"经理笑了笑："她是中印混血。"余世杰一把拉过这个美女，让她坐到了腿上，手一挥，经理识趣地带着其他女孩退下，然后关上了门。

余世杰好奇地看着她："你叫什么名字？会说中国话吗？"美女娇滴滴地说："我叫曼姬，我爸爸是中国人，妈妈是印度人。"余世杰兴奋："那会跳印度舞吗，露着肚皮那种。"曼姬媚眼如丝："当然。"

曼姬起身，准备脱衣服，刚拉开链子，突然不好意思地看看旁边的保镖们。余世杰说："你们全部出去。"保镖为难："少爷，这不行，我们必须贴身保护您。"余世杰不耐烦道："废什么话，都出去，在门口守着。"

保镖们见房间里面就一个女子，也就放心地出去，门关上了，余世杰喝着杯中的红酒，催促着："快，脱啊。"

曼姬开始慢慢地脱衣服，余世杰看得眼睛都直了，她突然停止动作，坐下来靠近余世杰，余世杰淫笑着问："怎么了，美人儿？"曼姬突然抱住余世杰，然后眼神凌厉，利索地在他后脑勺敲了一下，余世杰还没搞明白是怎么回事就昏了过去。

曼姬迅速穿上衣服，将窗户打开，楼下已经有人在等候，下面的特务迅速上来，一起将余世杰套上麻袋带走了。

当他再次睁开眼睛，他已经被五花大绑着，捆在了椅子上。余世杰惊慌地看着四周："你们是谁，好大胆子，敢绑我，不知道我是谁吗？"武田皮笑肉不笑地说："余公子，让你受惊了，抱歉。"余世杰叫嚣着："你既然知道我是谁，还不快把我放了，不然，我爹不会放过你们的。"特务一巴掌下去："见了武田太君，还敢嘴硬。"

余世杰疼得大叫："为什么抓我？"武田阴笑："你放心，只要你爹乖乖听话，跟我们合作，我就马上放了你。"余世杰继续挣扎着。

武田对马致远夸赞道："马主任，这次，你立了大功，我要嘉奖你，今天起，你就是特工总部的负责人。"川岛恭贺道："马主任，恭喜。"马致远感动："谢谢，谢谢武田太君的提拔，致远一定再接再厉。"

武田笑："现在有了他，余黄桥就成了我们的鱼肉，消灭他，也容易多了。"马致远得意："武田太君，我们是不是该去向余黄桥报信了？"武田点头："唔，总不能两手空空去，给他带点见面礼。马主任，你看着办。"

马致远阴冷着脸，对手下说："剁一根手指头下来。"

"是。"特务气势汹汹地上前，余世杰吓得浑身发抖："别，别过来。"特务一刀下去，余世杰发出杀猪般的惨叫。马致远身上起了一阵疙瘩，他闭上了眼睛。

此刻的青龙帮内，灯火通明，余黄桥冲着那几个保镖大发雷霆，他狠狠地甩了带头的保镖几个耳光，其他的保镖都低着头不敢吭声。

余黄桥气得抚着胸口被扶着坐下，何力大骂："让你们寸步不离，寸步不离，你们没带耳朵吗……哎，帮主，您先别着急，我马上去追查，到底是谁绑架了少爷。"余黄桥愣愣地说："除了他，还能有谁……"

这时，一个手下拿着一个盒子进来了："帮主，有人让我将这个盒子交给您。"

何力接过盒子，余黄桥起身，一把掀开了盒子，余黄桥往里面一看，不由得往后一个趔趄险些摔倒，里面是一根戴着大翡翠戒指的手指头。何力他们扶住了他："帮主，帮主。"余黄桥一阵眩晕，难过起来："世杰，世杰。"何力拿起一封信："帮主，这里面还有一封信。"

余黄桥手一挥，何力打开看完，紧张地说："帮主，信上说，如果我们三天内不装货出港，那他们就把少爷……"余黄桥气得直发抖，此刻他更像一个无助的老人，没有了往日的精气神。

次日凌晨，余家码头上的仓库边，青龙帮加派了人手警惕地戒备着。余家码头上的搬运工已开工干活，中共地下党联络员王小力、张秋生混在搬运工的人群中，见仓库有些异常，两人相互使了个眼色，然后扛着货物故意向仓库靠近。距离门口还有几米远，便被青龙帮的一个门徒拦了下来："喂，你，在这里干什么？"张秋生看上去老实巴交的样子："哦，我想去后面解手。"站在旁边的另外一个门徒用生硬的中国话，犀利地骂："滚。"这口气显然是日本人，张秋生带着怀疑退了下去。

消息通过刘松年传到了向前进的耳中。这突如其来的异常，加上鬼子的参与，向前进断定这里面必定是鸦片无疑。武田最终还是说服了余黄桥，向前进不敢置信，却也相当的无奈。

幸亏刘松年那边已经查到鸦片的生产源头，但当务之急，必须尽快搞清楚装载鸦片的船只出港的时间，在鸦片运出去之前，全部销毁，免除后患。

| 第十九章 |

深夜，余家码头冷冷清清。天空中挂着几颗残星，夜风呼啸，浪潮拍打着江岸，更显寂静。偶尔有几只商船到港，奇怪的是，岸上并没有工人上前搬运货物。

躲在暗处的铁胜男细心观察着码头上的情况，她衣衫单薄，被劲风吹得不禁打起寒战。身旁的向前进觉察到了她的异常，握住了她的手。铁胜男手背一热，感受着向前进手掌的温度，心中也是一暖，脸皮不觉有些发烧。

向前进却没那么多心思，他们所处的位置居高临下，将码头的情况尽收眼底。"有问题。"他低声道。

"啊？"铁胜男回过神，脸上的热度稍稍退去，"怎么了？"

向前进遥望岸边新到的商船，缓缓道："哪有船到港了工人却不去帮忙卸货的道理？"

铁胜男立即领悟，她回头望着码头的另一头，那里是屯放货物、储藏物品的仓库。和寂寥冷清的码头相比，仓库算得上十分热闹了。仓库内灯火通明，外有众人把手。"向大哥，你看那些看守仓库的伙计，一个个手上都拿着武器，一幅练家子的模样。看来仓库里有很要紧的东西！"

"鸦片应该就在里面！"向前进赞同地点点头。

"如果能进去看一看就好了……"铁胜男的声音有些泄气，"可是他们防守得那么严密，仓库内想必也有人寸步不离地把守，我们很难接近。"

向前进安慰她："不妨事。里面的货物到底是不是鸦片，只要去问一个人就能知道答案。"他故意卖个关子。

铁胜男眼前一亮："你打算再去见一次余黄桥？"

向前进见两人想到一处去了，不由露出微笑："是的。上次一见，他虽没有答应我们的请求，但我始终认为他不会当汉奸。"

"我也是这样想的，说不定他有苦衷。"铁胜男回想着那个青龙帮帮主的一举一动。

"好，明天我们就上门拜会余帮主。这里风大，我们走吧！"向前进拉着铁胜男离开码头，两人的身影迅速消失在夜色之中。

第二天清晨，向前进带着铁胜男走进了余宅。两人由仆人领至前厅。在等候中，仆人奉上茶。在明前龙井的淡雅茶香中，铁胜男打量了一眼屋内的陈设，只见屋内摆放着几件简单精致的古玩器具，古朴而无奢靡之气。正欲再看，只听楼上传来一阵脚步声，余黄桥带着何力从楼上下来。

余黄桥仍是一袭长衫，挂着文明棍，缓步而来。他礼节性地朝两人点点头，便在沙发上坐下，淡淡地问："天刚亮，二位就光临敝府，不知有何见教？"神色既不疏远，也不热络，却明显让人感受到一帮之主的威仪。

向前进抱歉道："打搅余帮主了……"

余黄桥微微抬手："请二位有话直说，余某还有事，时间不多。"

"既然如此，我们就开门见山了。"铁胜男与向前进对视一眼，小心措辞，"余帮主，今日我们前来，是为了一件非常重要的事。"

余黄桥挑了挑眉："哦？"

铁胜男直视余黄桥："恕我直言，有人发现您的码头仓库里，有一批日本人的货。"

余黄桥皮笑肉不笑地哼了一声："这有什么好稀奇的，我青龙帮做的是全上海十里洋场的生意！我的余家码头，只要能赚钱，每天都有外国人的货进进出出，又何止是日本人的货？"

铁胜男秀眉微蹙，急着说："可是，余帮主应该很清楚，这批货……"

话未说完，余黄桥嘴角噙着捉摸不定的笑意，打断她的话："不管是打仗还是太平时节，我余黄桥手底下有那么多兄弟要吃饭，什么都不能耽误我做生意啊，是不是？"

向前进正色道："余帮主，您应该很清楚，这批货一旦流入中国各大城市，将会有多少同胞遭其荼毒！您不会眼睁睁地看着日本人用它们残害自己的同胞吧？"

余黄桥目光一凛，变了脸色："货在我的地盘，我自然有责任保管！二位不会是想在我地盘上撒野吧？"

向前进诚恳地劝说："如果余帮主愿意帮忙，只需要告诉我们货物的出港时间与装货的船只，其他的事就交给我们了，不用您费心。"

余黄桥眼中杀机顿现："哼哼，在这上海滩上，还从来没有人敢打我余家码头里货物的主意，你们倒是直截了当！年轻人，凡事不要太冲动，何况时局不由人！"

铁胜男低声问道："余帮主，您是不是有什么苦衷？我们敬您是个人物，行事自有格调，想您绝不会做卖国求荣的事……"

余黄桥脸色一变："话说得放肆了啊！趁我还没翻脸，你们走吧！阿力，送客！"

铁胜男张张嘴还想说什么，何力上前一步，伸手做个请的手势："两位，请吧！"

向前进拉着铁胜男起了身，凝视着余黄桥的眼睛，真诚地说："余帮主，有时候妥协并不能解决问题，还望您三思！告辞了。"拉着铁胜男转身出了门。

看着向前进他们的身影消失在门外，余黄桥叹了口气，靠在沙发上。堂堂一帮之主、上海滩的风云人物此刻居然颓态毕现。

何力犹豫片刻，俯身低声道："帮主，为什么不如实相告？说不定，他们能帮咱们救出……"

余黄桥无力地抬抬手，闭目轻叹道："不要横生枝节了。"

余宅的院门外，铁胜男与向前进闪到墙后，探头望向门内。铁胜男蹙眉道："向大哥，我觉得有点古怪。方才余黄桥的神情好奇怪，我觉得他肯定有事瞒着我们。向大哥，不如我们再去……"

向前进一笑，点点头："正有此意，走！"

两人绕到余宅后院的巷子中，观察了一下环境。此时天色尚早，巷子里也甚是宁静，并无行人往来。向前进打头阵，悄悄爬上了余宅后院的围墙。他小心地打量着院内的情形，确定安全之后再帮助铁胜男一起翻进了余宅。后院有下人在搬动杂物，待他离开后，两人才蹑手蹑脚地靠近院子。他们非常顺利地避开了青龙帮的手下，轻轻地来到一扇窗下。这是正厅的西面窗户，屋内有人在说话，从声音判断出说话人正是余黄桥！

此时听来，他的声音显得有些苍老："阿力，事情办得怎么样了？"

紧接着是何力的回答："帮主，都安排好了。明天下午等'明珠号'回港后就装货上船，晚上十一点半船准时出港。他们要求船上全部是他们的人，咱们的人不得接近。明晚，武田会亲自带着世杰少爷去码头。他说只要货出港了，少爷就能平安回来。"

余黄桥沉吟片刻，说道："小鬼子不会那么轻易放过我们，看来明天一场恶战是难免的。阿力，救出世杰后，你带他先离开码头。记住，一定要他活着回到这里！"

何力喊了声"帮主"，却被止住了话。

余黄桥继续说道："明晚定是凶多吉少。我余黄桥在上海滩这么多年，什么大风大浪没见过，什么大富大贵没享过。我够本了！只是我不忍心看着兄弟们跟我去涉险。他们跟了我那么多年，去留由他们自己决定。要走的，让他们到账房领钱。愿意继续留下的，也要给钱，让他们把家人都安顿好。"

何力不敢违抗："是，帮主放心，我去安排。"

余黄桥闭上眼，觉得头疼得厉害，伸指在眉间的穴道上按了按。一时间，屋内一片寂静，只有墙上洋钟的滴答声。良久后，他才开口沉声吩咐道："几位太太下午就送回绍兴乡下去。还有小凤，她还有大把的青春时光。

你给她准备足够的钱，马上安排她去香港。时局太乱，她继续留在上海滩也不安生。"

何力瓮瓮地答："是。"

余黄桥听他声音有异，也不抬头看他，嘱咐道："别忘了你自己。"

何力突然大声道："阿力跟随帮主多年，您待何力恩重如山。现在您要是赶我走，我就死在您面前！"

余黄桥摇摇头，淡淡地道："别死不死的，这么多年打打杀杀的，我也过够了。你先下去吧。"

何力知道帮主没有反对，心中稍觉宽慰，应声告退。

窗下，得知真相的铁胜男与向前进心情颇为沉重，他们开始有些理解起余黄桥了。两人交换了眼神，默契地往原路撤退。

小洋楼里，众人聚在一起吃完了饭，小婷小草她们正在收拾。众人正在念叨着队长怎么还不回来，猜测是不是有新任务。此时，向前进推门而入，手上还提着一个皮箱子。

杨大鹏迎上去问："队长，你吃饭了吗？"

向前进摇了一下头："还没有。"

韩露见状，对正在收拾餐具的小婷说："小婷，辛苦你一趟，去给向队长买几个包子回来，这里我来收拾。"

小婷看了一眼韩露，又看了一眼铁胜男，以为她会拦着。铁胜男却同意地点头："小婷，你去买吧，注意安全。"

小婷没了办法，无奈地应允："哦，好的，我这就去。"她慢吞吞地抹净了手，用余光瞄了向前进一眼，低头走出门。

向前进听见了关门声，向杨大鹏扭头示意："大鹏，你去门口守着，提防可疑人员接近。"

杨大鹏领命，关上门，站到了门口守卫起来。

小婷走得极慢，走到屋外的巷子里便踟蹰不前。她回头眯眼望向洋楼所在的方向，眼中闪过一丝不甘，心中盘算道："刚才他们明显是故意将我支开，一定是有重大的事情要商议！不行，我不能错过！"她主意一定，转身又折了回去。

房间内气氛严肃，众人认真地在听队长开会。向前进用最简短的话介绍了情况："明晚，装着鸦片的货船会在余黄桥的余家码头出港……"

几乎是同一时刻，门外响起了杨大鹏的声音："小婷，你怎么又回来了？给队长买的包子呢？"

小婷快速地转动着念头："我……我有点事想问下胜男姐。你让我进去吧。"她的话语清晰地传入众人的耳里。屋内没人吭声，但怀疑的表情在他们脸上浮现。韩露皱了皱眉，起身向门外走去。她审视着突然出现的小婷，声音有些清冷："小婷，不是叫你去买包子吗？怎么这么快回来了？"

羞赧的神色在小婷的脸颊上涌现，她有些不好意思地低头说："韩露姐，刚才忘了和你说了，我……我身上没有钱，买不了包子。"

韩露似信非信地瞥了她一眼，拿出钱递过去："去吧。"

小婷接过钱，保证似的点点头："嗯，好的。"转身下了台阶，向巷子外走去。

她走远了，韩露嘱咐了杨大鹏一声，关上门回到屋里。

会议继续，向前进环视队员，握紧拳头敲在桌上，眼中满是坚决："我们一定要将这批货毁掉，绝不能让它顺利出港。"

众人都知道这些鸦片流出去将会造成什么样的恶果，那是他们绝不愿看到的，都用力地点头。

铁胜男补充道："余黄桥的独子余世杰，目前落在武田手里，所以他才不得不与武田合作。不过他已对自己的家眷跟手下都提前做了安顿，看样子，是要跟鬼子撕破脸大干一场了。"

韩露思忖道："现在是余黄桥的难关，也是青龙帮危急存亡的关口，如果此时我们帮他一把，就能争取到青龙帮这股力量。"此言一出，众人恍然大悟。

铁胜男点头表示赞同："是的，韩露说得很对，我们一定要争取到青龙帮这股力量。"

大街上，车水马龙。临街的商铺外，人来人往十分热闹。小婷拿着新买的包子，谨慎地左右观察着。在确定无人跟梢后，她低头径直走进了阿金照相馆。

洋楼内，向前进开始分配任务："明天，大家一共有三个任务。一、炸毁装着鸦片的船只；二、炸毁租界生产鸦片的废弃银行；三、帮助余黄桥救出他儿子。"

众人摩拳擦掌道："好久没任务了，一来就来了仨！哈哈，又可以大干一场了！"

向前进微微一笑，继续说道："现在我说一下具体的计划。周杰，交给你一个最关键的任务，去准备定时炸弹。明天下午，你带着定时炸弹，跟藏在余家码头上的同志，想办法一起混上船。"他打开皮箱子，推到周杰面前，说："这是给你准备的炸药。不过他们一定会搜身的，所以一定要做得极其轻巧隐秘，不能被他们发现。"

周杰接过箱子一看，顿时信心满满地打包票："队长放心，炸弹包我身上了！"

小四川却有了疑问，托腮问道："炸弹必须做得不能被人发现，这样会不会没啥威力啊？"

周杰一托镜框，自信地轻声笑道："陈博士最新研制的高效炸药，我这里有备份，正好这次可以派上用场。"

向前进微微颔首，想起什么，转头望向铁胜男："另外，胜男，炸毁鸦片基地的任务就交给你们女子双枪队了！"

双枪队员兴奋地面面相视，脸上流露出跃跃欲试的神情。铁胜男郑重地点点头："向大哥放心，我们保证完成任务！"

向前进指着桌上的地图，开始与众人商讨细节："明天晚上，我们这样……"

寒风吹得门外的杨大鹏缩了缩脖子，他抬头看了看天色，眉头拧起："刚才回来得那么急，现在去了那么久又不回来了，这个小婷，到底搞什么名堂？"

余家码头上，"明珠号"呜呜地鸣着汽笛，劈开黄澄澄的江水由远而近，正缓缓地停靠在岸边。

不远处的仓库门开了，搬运工们在门口排成长队，等候检查。只有通过青龙帮小头目的检查，他们才能拿着签子一个个依次进去搬货上船。周杰跟小四川已经换上了粗布衫，在王小力跟张秋生带领下，混在一群搬运工里等待检查。周杰一低头，目光落在了腰间的罐头上。那是他趁夜制作的定时炸弹，一共两个，现下装在罐子里，分别绑在他和小四川的腰上。

不一会儿，轮到周杰跟小四川了。他们腰间的罐头自然引起了头目的注意，一名青龙帮帮众上前盘问："这是什么？"

小四川忙赔着笑脸解释："嘿，大哥，这是俺娘做的辣椒酱。"

帮众夺过罐头打开一闻，一股辛辣的味道扑鼻而来，冲得他狠狠打了几个喷嚏，眼泪直流。"拿走拿走！妈的，辣死老子了！"帮众被辣酱的气味冲得够呛，不耐烦地把罐头扔回去。

小四川稳稳接住，打个哈哈："大哥，不瞒你说，俺哥俩全靠这个才吃得下饭，才有力气干活咧！"

帮众懒得搭理他，又草草检查了他们身上，便挥手下令："别废话，快去干活！下一个。"

周杰和小四川弓着身子频频点头："是、是！"两人保持着近似讨好的笑容，快步跟上队伍。直到远离了盘查点，离仓库越来越近了，他们才暗暗松了口气。一进仓库，他们不动声色地观察着里面的情况。在杂乱的各式货物中，一排包装严密、堆放整齐的货物立刻引起了他们的注意。货柜一旁有青龙帮帮众正在指挥，让工人们轻拿轻放，把货物搬到船上去。

"是鸦片！"周杰和小四川对视一眼，跟上了前面工人的步伐。

两人扛起货物，跟着队伍出了仓库，来到码头上。在一片忙碌之中，有许多人站在不远处，目光严厉地盯着码头工人的一举一动。"是鬼子！"周杰低呼一声。他发现那些人虽然未着军装，但神色狰狞，站姿和举止都有军人习气，显然是穿着便衣的日本军人。更糟的是，川岛此刻正站在码头上亲自监督。

小四川跟周杰赶紧用满是灰尘的脏手在脸上抹了几下，深埋着脑袋，镇定地迈步。幸运的是，川岛并没有发现他们。四人依次走过跳板，顺利地来到船舱内。周杰迅速做出安排："小力、秋生，你们两个分别守着底下的两个门。小四川，我们分头行动！"

其余三人会意地点头。主意一定，四人立即分散行动起来。

周杰小心地躲过日军的哨兵，来到船舱下层。他拿出藏在鞋底的刀片，在货物袋子上拉出一道口子，从口子里落下来一些黑色固体。周杰拈起来一闻，确定袋子里装的就是鸦片。他迅速将辣椒酱罐头塞了进去，把货物调转了摆向，使口子朝内。他又搬来一袋货物压了上去，等堆严实了，他快速离开了船舱。

与此同时，帆船底层轮机室内，小四川见四下无人，得意地将辣椒酱罐头抛了一抛，再悄悄塞到发动机下面。

等所有动作完成后，四个人重新聚集，点头示意。他们分头下船，继续回到仓库搬货。

时间很快就到了夜晚。特高科的办公室里，武田耐心地等待着。他的手指缓缓地敲击着桌面，脸上带着了然一切的笑容。马致远敛容站在一旁，大气也不敢喘。

突然，电话铃响起了。武田的目光扫了过去，伸手接起听筒。

电话是川岛从余家码头打来的。他一丝不苟地向长官汇报着码头上的情况："组长，货物已全部装上船，船上现在全由我们的人控制。我想余黄桥不敢耍什么花招。"

武田赞扬道："辛苦你了，川岛君，麻烦你继续坚守在那里。另外，果然如我所料，樱子那边传来情报，今晚向前进的游击队也会来凑热闹。"

听筒那端传来川岛铿锵有力的保证："组长放心，余家码头上，我已经加派了人手！只要他们敢来侵犯，川岛一定让他们有去无回！"

武田满意地挂了电话，眼中流露出期待的阴狠光芒："今天晚上，余家码头将会十分热闹。"

马致远想了想，恭敬地开口："武田太君……"

武田并不想听他说什么，伸手止住了他的话，起身带着胸有成竹的神情：

"走，跟我去看看。"

他带着马致远离开办公室，走到练武室外。随着武田伸手推门，马致远从缓缓开启的门缝中看到，室内正有十八个浪人在如火如荼地比试着剑术。他们分为九组，明明面对的是自己的搭档，但人人都是拼命的样子，面目狰狞，下手毫不容情。马致远有些不习惯这样的场面，只觉得在浪人的砍杀声中，自己的心跳也突突加快。

相反的，练武室内的激烈打斗让武田心生熟悉之感，他觉得血脉喷张。嗜杀的欲念在心底燃烧，一路向上直达头顶，他仿佛感受到了战场的召唤。武田笑了，他鼓着掌走进去。浪人们闻声回头，瞬间便停止动作，整齐地列队站好。马致远有些忐忑，他急忙跟上了武田的脚步。此时，他才看清浪人头上绑的带子上标着"南派"两个字。

一向骄傲自大的武田竟向浪人鞠躬致意，这是马致远没有料到的。他生怕出了疏漏，也赶紧弯下腰鞠了一躬，脑门几乎快贴到腿上。

浪人们如同复制而成的木偶，齐刷刷地弯腰向武田行礼。武田很是欣慰，开口说道："你们都是帝国的勇士。我们南派武馆的剑术，在日本历史悠久，流传深远，帝国的圣战需要我们！"

浪人们齐声喊道："愿为大日本帝国效力！天皇陛下万岁！"

"所谓'养兵千日用兵一时'，南派十八浪人的实力胜过一个中队。今晚，就是我们为南派扬名、为自己荣誉而战的时刻！"武田的声音刺激着每一个浪人的神经，他们高声呐喊："愿听武田师兄的调遣！为帝国效力，为南派扬名，为荣誉而战！"

武田非常满意，嘴角扯出阴鸷的笑容："向前进，这是我精心为你准备的礼物，你可一定要来啊。"

浪人们的喊声敲打着马致远的耳膜。他看着这阵势，突然有些紧张起来。

青龙帮帮主余黄桥的余宅里，余黄桥正靠在卧室的沙发上。他一直闭眼假寐，毫无声息。忽然，他睁开眼抬头看一眼洋钟，时间正好是十点。

侍候在两步之外的何力低声说道："帮主，已经全部安排妥了。几位太太，还有青龙帮的家眷们，都已经乘船离开上海。兄弟们都在大堂候着，只等您的吩咐。"

余黄桥目光直直地盯着虚空中的一点，微微点头："好。小凤呢？她离开了吗？"

话音甫落，有人缓缓推门而入，传来熟悉的声音："帮主就想这样弃小凤于不顾吗？"

余黄桥猛然醒过神，半是惊喜半是责怪："小凤，你不是应该在机场吗？你、你为什么不走？"

凤来仪款款走到他的身前，轻启朱唇："黄桥，我知道你从来不怕鬼子，也知道你已经打定主意要和鬼子拼了。今晚，就让我见见你的锋芒。"

余黄桥连连摆手："不行，这实在太危险了！我并无必胜的把握，又怎能带你去冒险？"

凤来仪抓住余黄桥的手，眼神温柔却带着不容拒绝的坚定："这些年，你为我做的一切，一点一滴我心里都记着呢。我不怕冒险，我只想陪在你身边。黄桥，不论你要做什么，我们都不离不弃，生死相依，好吗？"

余黄桥只知她的温柔如水，却没想到她的眼中竟也有如此灼灼之光。他被感动了，只能无奈地点了一下头。

楼下的大堂内，此时聚集了青龙帮的大部分帮众。他们叉手而立，一个个表情坚定。

余黄桥携凤来仪从楼上走下，何力扫视了众人，望向帮主："帮主，兄弟们都在！"

余黄桥点点头。他对凤来仪轻声说道："你到旁边等我，我和兄弟们说几句话。"凤来仪依言退立一旁。

余黄桥凝视着堂内一张张年轻鲜活的脸庞，想到这些兄弟曾经跟着他经历了那么多。自己好不容易在风云变幻的上海滩闯出一片天下，让兄弟们过了一段安生日子，如今却又要带着他们深入险境。想到这里，他心情不由有些激荡。他深吸一口气，平复了心情，沉声开口："兄弟们，事情阿力都已经和你们交代过了，规矩你们也很清楚。我余某人再问一遍：如果有人不想蹚这浑水，出门右拐去账房领大洋走人。如果愿意留下的，咱们同生共死、绝不负义！"

"帮主，弟兄们绝不会走的！""同生共死！绝不负义！"帮众纷纷高喊道。

"好！"余黄桥的文明棍在地上用力一击，转身带着众兄弟走到堂中央的关公像前，众人一齐向关二爷拈香行礼。

凤来仪静静地看着青龙帮帮众跟着余黄桥的动作，弯腰、鞠躬、插香……泪水不自觉地溢出眼眶。

礼毕，何力咬着牙根怒声道："兄弟们，日本人在我们上海滩胡作非为，欺压百姓！如今，他们居然敢在我们青龙帮头上动土，绑架了世杰少爷来威逼帮主。实在是卑鄙无耻丧尽天良，这口气我们实在咽不下去了！"

帮众高喊："跟小鬼子拼了！救出少爷！"

何力甚是满意兄弟们的血性，示意他们安静下来等候帮主发话。

余黄桥微一抿嘴，脸上没有过多的表情，简短地吐出两个字："上酒。"

醇香的烈酒很快被抬出来，倒进一只只碗中。在场所有人都上前领了一碗酒，连凤来仪也接过。眼望着所有人都端起碗，一双双眼睛都注视着自己，余黄桥也高举碗盏，沉声说道："兄弟们，大家出生入死多年，让青龙帮成为上海第一大帮，让我余某人没有白来世上走一遭。今天，我要真心谢谢你们！"说罢，深深地向众人鞠了一躬。

帮众们怎敢受此大礼，急忙低下头："我等誓死效忠帮主！"

余黄桥将酒碗抬到眼前，大声道："喝了这碗酒，今晚是生是死，就看我们青龙帮的造化了！"

帮众齐声喝道："头掉了不过碗大的疤，跟着帮主，我们不怕死！"

"好。我余某人不会说漂亮话，一切都在酒中。干了！"余黄桥带头将碗中酒一饮而尽。

"干！"帮众们都一口闷完了酒，齐刷刷将碗扔到地上，碎屑飞溅。凤来仪不喜饮酒，但受气氛感染，仍是陪着大家痛饮一口，也把碗用力摔在地上。

余黄桥终究是不忍心，上前搂住凤来仪，低声道："小凤，你进屋去等我，我办完事就来找你。"

凤来仪不依，只喊了句"黄桥"，忽觉颈后一痛，便失去知觉。

余黄桥看着倒在怀里的凤来仪，无声地叹一口气，硬起心肠吩咐："阿强，把凤小姐送回去。记着，务必要看着她，不能让她跑出来。"

阿强点头答是，背着凤来仪离开大堂。

安排好一切的余黄桥已觉得无可牵挂，毅然掏出枪，眼中闪过凌厉之色，喝道："走！"

夜幕下的特高科灯火通明，所有日本宪兵、特务以及十八浪人已在院中集结完毕，整装待发。

武田身上的军大衣熨得笔挺，就像他此刻几乎溢出胸膛的自信。中队长小泉上前报告："报告！组长，所有人员集合完毕。"

武田的目光在所有人脸上扫过，点了点头。

马致远赔笑道："武田太君，祝您马到成功！"

武田瞥了他一眼，自持地笑笑："借你吉言。"

马致远犹豫许久，还是开了口："太君，铁胜男，您能不能……"

武田整理了下他的衣领，拍拍他的肩膀，哈哈大笑："马主任，你放心，一天得不到宝藏，我也舍不得她死。你就在这里，等我的好消息吧！"

马致远唯唯点头："是、是。等您的好消息！"

武田戴着白手套的右手猛地一挥，他的声音响彻整个特高科："出发！"

所有人马浩浩荡荡地出发了。马致远一直巴巴地目送着，直到大铁门缓缓合拢的一瞬间，他忽然有些揪心，暗自祈祷："胜男，你千万不能有事！"

游击队和双枪队也已经准备完毕，整装待发。铁胜男莫名地感到紧张，只觉得这感觉毫无来由。她摸了摸带在身上的武器，它让她感到些许心安。女子双枪队一个个都表情严肃，紧盯着向前进，等候命令。

向前进看了看手表，低声说："时间差不多了，我们出发。"

众人正要出门，小婷却出现了，不解地望着他们："你们……这是要去打鬼子吗？"

小草不想多解释："小婷，不早了，你先睡吧。"

小婷望向铁胜男，满是祈求之色："胜男姐，我能不能……"

话未说完却被韩露截住："当然不能，你哪里也别去。"

铁胜男拍拍她的肩以示安慰："对，外面危险，你留下来看家。"

小婷犹豫了下，只能答应："那好，你们小心点，早点回来。"铁胜男点点头，带着众人离去。小婷望着他们远去的背影，表情渐渐变得诡异起来。

没走多远，小草回头望了一眼小洋楼，皱眉问："胜男姐，她会不会……"

铁胜男摇摇头："昨天开会的内容她应该没听到，不碍事。"

一旁的韩露补充道："就算现在知道，去报信也来不及了。"

铁胜男朝她笑笑。

花千朵反应过来："原来你们还是怀疑她。"

小草脸上闪过哀戚之色："一丈红死得不明不白，必要的怀疑必须有。"

想起一丈红，铁胜男的心隐隐生疼："所有的问题，今夜可能就会有答案了。"

向前进听见她的话，回头看了她一眼，嘴角上扬，轻轻点头。两人相视而笑。

韩露静静地看着他们，心底涌起一阵难受。身旁的周杰不自觉地靠近她，她察觉了，但这次没有远离，也朝他笑笑。周杰一愣，觉得受宠若惊。

他们都不知道，今天等待他们的命运会是如何。暂时的温情，可以帮助他们缓解战斗前的紧张。

来到分叉路口，向前进下达命令："我们分头行动。"

铁胜男点头："好，等我们完事之后，就去余家码头跟你们会合。"

两人异口同声地嘱咐对方："小心行动！"

花千朵跟小四川也相互对望了一眼，虽没有说什么，但这一眼胜过千言万语。两队人马各走一边，随即消失在了夜色之中。

铁胜男她们很快来到租界的废弃银行外。因为是深夜，又是租界，守卫并不怎么严密，门口的士兵一下子就被解决了。铁胜男压低声音："雪娇，去割断电话线，以防他们招来援兵。"

林雪娇点点头，敏捷地跳上墙，迅速切断了电话线。

与此同时，铁胜男她们换上了日军制服，悄悄潜入银行内部。她们装作巡查士兵，不一会儿就找到地下室的生产基地。她们一步步走下楼梯，面前是个封闭严实的铁门。

小草轻声问："胜男姐，怎么办？"

铁胜男看了一眼紧闭的大门，发现门上有锁："开这门需要密码。"

林雪娇低声轻叱："这帮畜生，够小心的。"

花千朵提议："干脆炸掉这门算了。"

铁胜男摇摇头："不行，这样会打草惊蛇的。"

就在众人一筹莫展之际，门却突然自己开启了。铁胜男她们赶紧机灵地躲在门边。

从门内走出两个穿着工作服的日本人。铁胜男向花千朵使个眼色，两人立即猛身而上，分头捂住他们的嘴，一刀割喉。小鬼子的嘶叫声被闷在了嗓子里，他们的腿激烈地抖动着，很快便抽搐两下停止了动作。

铁胜男松开手臂，低声道："冬梅、夏荷，你们来处理尸体。千朵、小草，留下策应。雪娇，我们进去。"

众人点头，当下分头行动。冬梅、夏荷将尸体悄悄拖到隐蔽处去。密码门缓慢关上，千朵跟小草找来铁板撬住门，防止门彻底关死。门内，铁胜男跟雪娇悄悄地侧身深入。

基地内，数不清多少盏的日光灯开着，亮如白昼。铁胜男跟林雪娇看到，惨白的灯光下，大批的鸦片正在源源不断地被生产出来。

林雪娇痛恨地叹息道："这些害人的东西，不知道毁了多少中国人，真是可恨！"

铁胜男低声道："只要炸毁它们，中国的百姓们就不会再受毒害了。我们行动吧！"

林雪娇点头。趁着鬼子不注意，她们悄悄在鸦片成品堆放处，放好了定时炸弹，将时间拨好。两人对视一眼，心领神会地向外撤退。

但此时在基地外，从上面响起了脚步声。小草听觉最是敏锐，低声惊呼："不好，有小鬼子来了！"

冬梅蹙起娥眉："刚才已经干掉一批了，怎么还有啊？"

脚步声越来越近，四人紧紧握住手枪，目光死死地盯着拐角处。

花千朵回头看了一眼被铁板卡着的门，焦急地说："胜男姐她们还没出来，我们先顶着！冬梅，不管发生什么，胜男姐她们没出来，这门绝不能关上！"

冬梅答了声"是"，花千朵低喊："小草、夏荷，我们上！"

日本兵们刚从楼梯上走下来，花千朵三人立即迎了上去。不等敌人反应过来，她们便对着他们开枪了，走在最前面的几个士兵倒了下去。

小队长吉野迅速闪到楼梯后，大喊："有敌人混进基地了，快来人，抓住他们！"

密密麻麻的枪声响起，双方开始激战。

余家码头上，余黄桥带着青龙帮的弟兄已在等候。川岛也带着士兵守卫在码头，不远处的港口，"明珠号"蒸汽升腾，鸣着汽笛，正准备起航。

片刻过后，武田带着人马赶到码头。白色的车灯晃得众人眼花，他们纷纷转头躲避。余黄桥只眯了眯眼，并没有侧头避开。身后的何力低声道："帮主，武田来了。"

武田下了车，却不急于走近，相隔甚远地高声道："余帮主，您真是准时。"

他故意使两方保持距离的举动立刻让气氛僵住了，日本士兵暗中举起武器，青龙帮帮众也严阵以待。双方似乎立马就要开战。

余黄桥淡淡地道："武田，你的要求余某全部照办了。船马上要开了，我儿子呢？"

武田拍拍手，一个头罩布套的人被押上来。

爱子心切的余黄桥立即大喊："世杰！"

余世杰拼命挣扎着，但苦于全身被鬼子制住。头罩中发出"呜呜"的闷喊，嘴巴应该也是被捂着的。

余黄桥动了怒气，一击文明棍："快把我儿子放了！"

武田得意地一笑，一把扯掉余世杰的头套，又扔掉塞在他嘴里的布条。余世杰剧烈咳嗽着，边咳边喊："爹，快救我！"他用力扭动身子，却怎么也挣不脱日本兵的控制。余黄桥看在眼里急在心上："武田组长，请你赶快放人。"

武田哈哈大笑："好，我马上放了他。船马上要起航了，很好。"

船开始抛锚，江面上波涛涌动，"明珠号"缓缓启航驶离岸边。武田非常满意，挥一挥手。

士兵放开了余世杰。他一得自由，飞快地跑向父亲。数十步的距离，余世杰却紧张得一路跌跌撞撞。

就在他快跑到父亲身边的时候，只听黑暗中一声枪响，余世杰只觉背上剧痛，双腿不自觉地就软了。

武田嘴角泛着冷笑，静静地观望着，冷静得如一只潜伏在树顶的猎豹。

余黄桥脸色大变，眼看着儿子跪倒在脚边。

"爹……"血沫从余世杰嘴角流下，他合上眼，仰面倒地，没了呼吸。何力瞪大了眼睛，同时伸手摸向腰间的枪。

余黄桥抱住儿子，撕心裂肺地大喊："世杰？啊！世杰，不、不！世杰！"忽然，他愤怒地拔出枪，对准武田："武田畜生，我跟你拼了！"

青龙帮帮众顿时全部亮出家伙。何力举枪挡在余黄桥身前，高喊："保护帮主！跟鬼子拼了！"

日本士兵训练有素，加上早已准备好了应战。在机枪的扫射下，青龙帮几名帮众很快扑倒在地。

"嘭！"余黄桥对着武田开了一枪，可惜没有打中。

武田拔枪回击余黄桥，何力见鬼子火力太猛，忙命人保护帮主撤退。青龙帮躲到了仓库背后，借着地势之利，开始与鬼子展开枪战。

银行内的战斗还没有结束。小队长吉野见对方枪法神准，又不明基地内的情况，焦躁起来，怒喊："快，去通知援兵！"

花千朵她们与鬼子对抗着，门前的冬梅焦急地看着门内。

"快，一定要在援兵赶来之前干掉他们！"花千朵果决地道，瞄准鬼子的头目发了一枪。吉野果然中枪了，他靠在墙上喘着粗气，下令继续战斗。

小草又干掉一个鬼子，心急如焚地问："怎么办？马上会惊动这里所有的鬼子。"

花千朵也没法子："不管那么多了，先等胜男姐出来。"

这时候，铁胜男与林雪娇已经接近门口。她们听到了枪声，铁胜男吃了一惊："不好，被鬼子发现了。"

枪声也惊动了里面的士兵，他们追了出来，几名士兵拦在门前。

日军头目下令："别让她们跑了！"

铁胜男跟林雪娇受到前后夹击，两人背靠背与日军交战。林雪娇蹙眉道："怎么办，炸弹马上要炸了！"

铁胜男双枪齐发，转眼间干掉两个鬼子，头也不回地说："大不了跟他们同归于尽！你怕吗？"

林雪娇轻哼一声，露出笑容："谁怕了？端了这鸦片基地，死也值了。"

铁胜男心里生出几分敬佩："说得好，值了！"

这时，门外的冬梅闪身而入。趁日军毫无防备，她开枪打死了两个挡门口的士兵，低喊："队长，快来！"连发数枪掩护她们。

铁胜男又惊又喜："好！"带着林雪娇一边打鬼子，一边快步退到门口。一瞬间，她们快速通过门。冬梅一脚踢开轧在门缝中的铁板，铁门沉重地合上。铁胜男看见花千朵她们正在跟日军激战，判断了形势，喊道："时间不多了，我们快撤！"

铁胜男她们会合到一起。这时，门开了，基地里的日军也追出来。铁胜男咬牙厉声喊："没时间了！姐妹们，快，冲出去！"

她们前后对付着日军，往外面冲杀出去。在激烈的战斗中，几个队员负伤了。

时间一分一秒地流逝，定时炸弹上的数字快速地跳动着。

余家码头上的交战也是如火如荼，但日军明显占了上风，青龙帮帮众苦苦支撑着。武田嚣张地大笑着，发出"消灭敌人"的命令。

川岛带兵包围过来，很快，仓库陷入了日军的包围圈。青龙帮难以应对，不断地有帮众中弹身亡。余黄桥一心想要报仇，却不提防被武田一枪击中胸口，顿时鲜血直流。何力急忙扶住，哑声急问："帮主，您没事吧？"

余黄桥面如土色，低声喘气："我没事。"

何力杀红了眼，朝外狠狠地连开几枪，怒道："兄弟们，我们就算是死也要保护帮主！"

余黄桥胸前被血染湿了一大片，他的胸中被绝望填满了，但这绝望让他感受不到痛苦，却生出疯狂的念头。

"今天……真是天要亡我啊！跟他们拼了，啊！"余黄桥猛地起身冲出去，朝武田拼命开枪。何力应变奇速，双枪齐发掩护着余黄桥。一个飞身蹿了出去，挡在余黄桥身前。

近乎疯狂的余黄桥吼道："杀死你们这帮小鬼子！"何力他们也一齐开枪，火力甚猛，一时间日本士兵有些受不住，稍稍退后。

在这千钧一发的时刻，向前进带着游击队赶来了！向前进判断了局势，立刻下令："快，准备战斗。"他对着小四川做了个手势，小四川会意，带着周杰跟大鹏他们绕到仓库后面去。

向前进带着阿魁、韩露攻其不备，在日军背后一阵扫射，一批士兵如被割的稻草般倒下。

武田回头，脸上却没有意外："向前进，你终于来了！"他露出狞笑，举手向后一挥："打！"

一部分士兵掉头朝着游击队这边开打。

铁胜男她们集中火力攻击吉野，吉野负了伤有些抵不住，扯着嗓子问："援兵什么时候到？"

士兵无奈地报告："队长，电话打不出去，应该是电话线被她们切断了！"

"八嘎！"吉野气疯了，疯狂地下令："杀光她们！"

趁他说话分心，铁胜男双枪齐发，吉野身子猛烈地抖了两下，如同一摊泥一般从墙上滑到地上。他已经死了，双眼仍不甘心地瞪得老大。转眼间，他身旁的士兵也被林雪娇击毙。铁胜男她们把握时机，快速冲了出去。

双枪小队刚跑出银行，不过一眨眼的工夫，只听银行内部传出一声轰响。地面跟着震了一下，铁胜男她们赶紧扶墙站稳。铁胜男朝银行内望了一眼，只见里面火光四起，想来鸦片和制作毒品的基地，以及银行内的日本人都已烟消云散。

她满意地点头："走，我们去余家码头！"

余黄桥发现鬼子转移了大部分火力，微感诧异，何力瞧得清楚，有些惊诧地道：“帮主，游击队来了！”

小四川他们从青龙帮帮众后面冲出，杀出一条路，一批小鬼子被打死。余黄桥回头去看，小四川已跑到他身边，关切道：“余帮主，你没事吧？”

余黄桥捂着伤口，恨恨地道：“没事，还能打！武田害死了我儿子，今天一定要干掉这个畜生！”

小四川瞟了何力一眼：“何力，上次没机会，我们今天比比，看谁打的鬼子多。”

何力一抹脸上的汗，举起双枪爽快道：“好，比就比！”他早把生死置之度外，若不是想要保护帮主平安出去，他已冲上去和小鬼子拼了。

他们一起朝着日军开枪，一个个日本兵倒了下去。武田却毫不在意，胜券在握似的大笑起来：“越来越热闹了，哈哈。继续打！”

就在双方僵持不下的激烈火拼中，江上忽然传来一声巨响。武田吃了一惊，转头看见漆黑的江面上有一团火球在热烈地燃烧着，十分壮观。他愣住了，即刻反应过来：那是“明珠号”！

匆匆赶来的双枪女子小队正好看到这一幕。铁胜男非常欣喜，鼓掌笑着说：“太好了！‘明珠号’炸了，让小鬼子和他们的鸦片都去见龙王吧！”

花千朵看着江上的熊熊火焰，对姐妹们说：“真好看，比过年放烟花还喜气！”

向前进他们也发现了，高兴地笑了，打得更来劲了。

仓库内，小四川瞟了窗外一眼，眉毛一扬揶揄道：“行啊，呆子！那么小的炸弹，威力竟然那么大！”

周杰嘿嘿笑了：“小意思。”

何力兴奋地双眼圆睁：“帮主快看，毒品全被炸了！”

余黄桥喃喃地道：“炸了？炸得好！哈哈哈！”

“怎么回事！怎么回事！”武田瞪直眼睛，额头上青筋暴起，样子像是要吃人。他拉起川岛就是两巴掌，暴跳如雷地吼道：“‘明珠号’怎么爆炸的？你给我说清楚！”

川岛吓蒙了，结结巴巴地说：“组、组长，我也不知道啊……”

“武田组长，不好了！”一名通讯兵赶来汇报，一脸惊惶。

武田又急又怒，松开抓着川岛衣领的手："快说！"

通讯兵畏惧地不敢看他："租界的银行刚刚发生爆炸，鸦片成品和生产基地……都、都被炸毁……"

这个消息仿佛给了武田当头一棒。在双重打击下他已失去了理智，近乎疯狂地下令："不，不！不可能！来人，快，将他们全部杀光！"越来越多的士兵围了上来。

远处的铁胜男有些吃惊："怎么回事，一下子多了那么多鬼子？"

"看来，鬼子早有防备。"林雪娇低声道。

"快，姐妹们，打！"铁胜男她们迅速投入战斗。

向前进打光了枪内最后一颗子弹，他迅速地退下弹夹，准备往手枪里面填充子弹。黑暗中，十八浪人跃身而下，悄声来到战场，一把锋利的刺刀向向前进飞了过去，向前进一闪身，躲开了刺刀，手中的弹夹不小心滑落在地。五名浪人持剑而上，五柄武士刀织成的剑网困住了赤手空拳的向前进。向前进没有想到居然会有日本浪人出现在此，虽然吃惊却不慌乱，沉着应对。但他是空手，被月夜下泛着银光的武士刀逼得连连后退。同时，阿魁他们也与浪人展开了搏斗。为了防止误伤浪人，武田禁止了火力攻击。韩露趁机开枪打死了几个士兵。

铁胜男瞧得分明，着急道："不好！向大哥有危险。"她瞄准浪人双枪齐发。花千朵她们也和鬼子展开枪战。

仓库内，余黄桥失血过多，已经奄奄一息。何力眼看不妙，急忙背起他，喊道："帮主，你挺住！"小四川跟周杰试图掩护他们离开。鬼子火力太猛，游击队跟双枪队队员死伤惨重，雪娇与红莲也受了伤。

围攻向前进的五名浪人被铁胜男打死一个，剩下四个浪人仍是前后夹击。向前进肩上被浪人刺中一剑，鲜血直流。川岛趁他分心，朝他一枪开过去。

铁胜男看见向前进一个踉跄，心知他中了枪，急喊"向大哥"，对着川岛秀吉就是两枪。川岛的胳膊受了伤，心头火起，怒道："八嘎，给我杀！"

小鬼子开始转换攻击目标，铁胜男她们冒着枪林弹雨朝向前进这边冲过来。铁胜男沉住气，双枪齐发转眼间打死了六个浪人。

怒火中烧的川岛举枪瞄准了铁胜男，扣动扳机……说时迟那时快，小婷不知从何处突然冒了出来，用力推开铁胜男："胜男姐小心！"

子弹打空了。

铁胜男诧异地打量着她："小婷？你怎么来了？"

小婷不答，动作生涩地开了枪，眼睛都不敢看。枪声响起，一名鬼子应声倒地。她吓得发抖，颤声道："啊，我打死人了！"

小鬼子对着她们开始狂乱扫射。铁胜男拉着小婷找地方掩护，慌乱中小婷跑得慢，胳膊上被流弹擦伤了，又痛又怕，哭了出来。铁胜男挽起袖子替她检查伤口，安慰道："不要怕，只是擦伤。"

小草一笑："小婷，你胆子要大些。你看着，打鬼子很容易的。""啪啪"两枪，瞬间打死了两个小鬼子。

小婷照葫芦画瓢，怯怯地开枪，但打偏了。此刻，铁胜男对小婷的怀疑彻底消失了。她握着小婷的手感激地说："刚才，谢谢你救了我。从现在起，你躲在我后面，我来保护你。"

小婷握着枪，使劲点头。

向前进只觉得一阵眩晕，全身无力，知道自己支撑不住了。韩露一边开枪一边扶住他，着急地喊："向大哥，坚持住！"

铁胜男担心向前进的安危，大声说："我们快去跟向大哥会合！"

双枪队成员齐声喊"是"。花千朵跟小草扔出几个手雷，前方的小鬼子被炸死了一些。她们冲过去，铁胜男击毙了正持剑劈向向前进的日本浪人。她跑过去扶起向前进，关切道："向大哥，你怎样了？"

向前进的脸上没了血色，虚弱地摇摇头："我们快撤。"他们开始撤退，仓库内小四川带着青龙帮幸存的帮众，两边会合到一起。

武田眼中冒火，喝道："集中火力消灭他们！"密集的枪声中，几个队员倒下，阿魁他们也受了伤。众人艰难地步步撤退，冒着鬼子的枪林弹雨。好不容易跑到一辆大卡车前，向前进说："快，大家上车！"

众人赶紧跳上车。向前进启动了车子，坐在身旁的铁胜男担心地问："向大哥，你没事吧？"

向前进忍痛操控卡车，咬牙说："没事。"

花千朵他们探出脑袋，清扫着追上来的小鬼子。

　　"追！别让他们跑了！快，封锁所有的出城道路。"武田朝卡车连开数枪，无奈距离太远，实在是强弩之极，矢不能穿鲁缟。

　　车子扬长而去，消失在视野里，武田气炸了，他的喊声响彻余家码头上空："追，一定要抓住他们！彻底杀光！"

|第二十章|

　　车子不知开了多久，天色已蒙蒙亮。向前进约莫判断出已来到上海郊区，他从后视镜里确定后面没有鬼子追来，就再也支撑不住，晕倒在方向盘上。失控的卡车一下子偏离了大路，撞上了路边的梧桐树。

　　车上所有人都吓了一跳，车厢内乱成一团。铁胜男着急地去摇向前进："向大哥，你醒醒啊！"触手处只觉凉凉的，举起一看，竟然满手是血！

　　众人闻声一惊，忙跳下车，把向前进抬到路边。韩露急忙为他检查，神色严重地说："他身上的子弹必须马上取出来，不然会有生命危险！"

　　向前进忽然睁开眼睛，发出微弱的声音："我没事……"

　　铁胜男欣喜得快要落泪，忙紧紧握住他的手，安慰道："向大哥，你别怕，我们一定会想办法救你的！"她看了看四周，毅然抬头对众人说："鬼子马上会追来，回驻地取子弹来不及了！我们人多目标大，必须分头行动。这附近有一家医院，我带向大哥走。小四川，余帮主交给你了。"

小四川点点头："好！"

铁胜男转过头："韩露，你带其他人回驻地等消息。"

韩露不肯："不行，我也是医生，还是我来照顾向大哥吧。"花千朵她们也纷纷劝道："胜男姐，我们也一起吧。"

铁胜男摇头："都别争了，前面就是医院，向大哥交给我。千朵，你带着大家先回小洋房。很多人都受伤了，急需找个安全的地方处理伤口。现在，大家的安全是第一位的！"

"可是……"花千朵还要说，铁胜男决然地说："千朵，这是命令！"

花千朵和小草对视一眼，无奈地答应了。韩露也知道她说的都是实情，当下该以大局为重，嘱咐道："你们务必小心！"

向前进示意韩露靠近，在她耳旁轻声说："你和周杰、阿魁、小草去我们的秘密联络点……花样年华裁缝铺，在那等着我们。"

韩露会意，点点头。小婷想要跟着铁胜男，铁胜男却让她跟着花千朵。小婷面显依恋之色："胜男姐，我想跟着你……"

铁胜男嘱咐她听话，她只能点点头。交代完毕，铁胜男扶起向前进，低声问："向大哥，你可以坚持吗？"

向前进虚弱得睁不开眼，却仍是咬牙轻轻点头。铁胜男稍微放心："好，我们走。"

借着朦胧的天色，众人分头离开。

武田正雄正在办公室里焦急地来回踱步。川岛急匆匆地走了进来："武田组长，我们已经搜遍了余家码头附近大街小巷，都没有铁胜男一伙人的踪影。"

武田眉头紧皱："向前进受了重伤，他们肯定跑不远的！"

川岛行个军礼保证道："我带人再去搜捕！"

"等等！"武田喊住了他，"川岛君，不能地毯式的搜查了，要有目标性！如今向前进受了很严重的枪伤，需要即刻接受治疗，我认为他们会去医院。所以，我们只要派人守在上海滩的医院里，凡是受枪伤的，一律抓回来！"

川岛顿悟："嗨！"他正要出去，又被武田叫住："川岛君……"

川岛十分惶恐，站住了脚步："组长还有什么吩咐？"

武田抬抬下巴："你的伤也去处理一下，伤口别被感染了。"

川岛受宠若惊，顿时生出誓死效力之心，用力点头："谢组长关心，我会处理伤口的。"

上海仁爱医院的急诊室内，向前进躺在手术台上。他已经昏迷过去，医生正在给他动手术。手术有条不紊地进行着，不多时，医生从他体内取出了一颗子弹。手术室外，铁胜男如坐针毡。她忐忑不安地望着墙上的红灯，只觉得它又是刺眼，却又带来生的希望。时间滴答滴答过去，不知怎么的，她起身在走廊里机械地走着。身旁的一切人一切事都被她自动过滤了，脑中只有一个念头："向大哥，你千万不能有事！"

突然，医院楼下传来一阵嘈杂的声音。铁胜男醒过神，冲到窗台后便向下望去，只见医院的大门外，一名日军小队长正带着队伍快步跑进来。

小队长叫骂着挡在前方的中国百姓："滚开！八嘎，快给我滚开！别挡道！"两个病人躲闪不及，被推倒在地。

铁胜男暗叫不好，心知他们一定是特高科派来抓向前进的。只听楼下鬼子的叫声越来越响，他们很快就会搜到二楼。铁胜男咬了咬牙，拿定了主意，转身冲进手术室。

"嘭"的一声，门被推开。医生吓了一跳，手术刀举在半空，随即斥责道："喂，你干什么？家属不能进来！"

铁胜男反手关上门，来不及多解释，只能恳求道："医生，日本人来搜查了！我求求你，帮帮我们！"

医生镜片后的目光闪过一丝疑虑："日本人？"

铁胜男望向手术台上的向前进："我要带我的朋友走。"向前进从昏迷中醒来，勉力睁开眼，虚弱地说："胜男，不要管我了，你先走……"

"不，我绝不能丢下你！"

向前进忍着痛："不然你也走不了……"手术室外已响起鬼子的声音。

楼道里，日军仔细盘查着，用狠厉的目光在每一个病人身上刮了好几遍。一个病人身上有伤，日军小队长看他可疑，一把扯住他的衣领："你的，有枪伤，是共产党！"

病人吓得面无血色，连连摆手："不不，我不是共产党……"

日军小队长哪里会听他解释，手一挥："抓走！"身后走出两个鬼子，押了病人就走。

"太君，我不是！我不是共产党！"凄厉的嚎叫在整座楼里弥漫，许多只是伤口看似枪伤的病人都被无辜抓走。

"报告！"一名日军跑来报告，"队长，可疑人员都关进车里了！"

队长满意地点点头，一转头，目光落在手术室紧闭的门上，顿时起了疑心："手术室里检查过了吗？"

日军慌了："还没有！"

"八嘎！"队长恼怒地一跺脚，"去搜！"

立刻有两名日军举着武器，谨慎地向手术室走去。一步一步，离手术室越来越近。

"哐！"手术室门被日军一脚踢开，室内并无病人，只有一脸错愕的医生和护士。

"你们……要做手术？"医生瞪眼问道。

"好好的做什么手术？"小队长嫌晦气，呸了一下，"你的，有没有看见受枪伤的人？他是共产党的干活！"

医生心里很害怕，但还是磕巴着说："没、没看见。"

小队长仍是不死心地检查了一遍手术室，终究一无所获，只好走了。临走前还半是威胁半是抚慰地说了句"你们，要是看见受伤的共产党，立刻来报告皇军的干活！配合的，有大大的奖赏，不配合的，死啦死啦的！"

手下来报告说楼下还有一个手术室，日军小队长又往下走。

换上白大褂的向前进，正推着药车准备从一楼大堂出去。身上的伤口刚刚缝合，每走一步都会扯到伤口，异常疼痛。他艰难地走着，身旁是扮作护士的铁胜男。两人戴着口罩，推着药车，缓缓向大门方向走去。走到楼梯旁时，却没料到日军又从楼上下来了。

向前进和铁胜男竭力保持镇定，目视前方，尽量不表现出异常。铁胜男担心向前进的伤口，握着他的手变得冰凉。向前进因剧痛，额头上渗出汗珠来，但他咬牙忍着，暗中捏了一下铁胜男的手，以示安慰。

小队长带着手下向两人走来，双方即将交汇。向前进担心自己毫无血色的脸会露出破绽，就微微低了头，走过去。

日军也走过来。

双方擦肩而过。

"呼……"铁胜男轻轻松了一口气。

突然，身后传来日军小队长的喝令："站住！"

向前进和铁胜男一愕，停下了脚步。两人对视一眼，铁胜男伸手摸向腰间的枪。向前进缓缓摇头。

气氛紧张到了极点，时间仿佛静止了。铁胜男清晰地听见了自己的心跳声，后背冷汗渗出。

日军小队长转过身来，开口问："你们的，今天有没有医治过受过枪伤的人？"

铁胜男转过身来，摇摇头："没有，今天没有。"

日军小队长还是那句话："一旦发现受枪伤的，立即向皇军报告。隐瞒不报的话，格杀勿论！"

铁胜男装作恭顺地微微颔首："是是，知道了。"

日军小队长带着手下往手术室走去。

向前进和铁胜男同时舒出一口气，向前进的额头上已全部都是冷汗。铁胜男见他脸色不好，急忙扶住。

"我们快走。"向前进低声说。铁胜男点点头，见四下无人留意，立即扶着向前进走出门去。

一出医院，向前进实在撑不住了，一个趔趄就要摔倒。铁胜男的心仿佛被狠狠揪了一把："向大哥，你怎么样？"

向前进眼前冒起金星，靠在墙上倒吸凉气，说不出话来。铁胜男知道耽搁不得，竟蹲下身背起了向前进，吃力地向外走去。

铁胜男艰难地走着，背着向前进拐进一条僻静的小弄堂。经过一夜的战斗，再加上方才在医院的煎熬，她实在是心力交瘁。但"我不能停，我停下小鬼子就会追来，向大哥不能有事"的念头在她脑海中响起，支撑她一步一步向前走。

半昏迷状态的向前进感受到身下的铁胜男在发抖，他舔了舔发白的嘴唇，喉间虚弱地挤出几个字："快放我下来吧，我能走……"

铁胜男又咬牙跑了几步，低声问："鬼子没有追上来吧？"

向前进用力睁开眼，扭头向后瞄了一眼："没有，放我下来自己走吧……"

"不行，这里还是不安全……我不能、不能让你冒险……"铁胜男又往前跑了几步，终于体力不支，和向前进一起摔倒在地。

铁胜男急忙起身查看向前进的伤："向大哥，你没事吧？伤口还好吗？"

向前进靠在小弄堂的墙上，气息微弱。他闭目休养片刻，低声说："胜男，我们还有一个地方可以去。"

铁胜男看见了生的希望，追问："去哪里？"

向前进小声地说："去我们的秘密联络点，花样年华裁缝铺。"

铁胜男的眼睛恢复了往日的神采，高兴地说："好好，我现在就背着你去。"说着她又要去背向前进，但她实在太累了，勉强背起了又差点摔倒。

"胜男，你扶我走吧，我再休息一会儿就有力气了。"向前进劝她。

铁胜男笑了笑，一脸云淡风轻："没事，我可以的！花样年华裁缝铺是吧，我记住了！向大哥你只管休息，我可以的！"她蓄了一会儿力，背起向前进向弄堂口走去。

花样年华裁缝铺里，气氛沉重。大家团团围坐，沉默不语。墙上的钟已经指向十点，几小时过去了，他们仍然没有得到向前进和铁胜男的消息，不能确定他们是否安全。

刘松年长叹一声，首先开了口："这次虽然完成了任务，但我们的损失实在太大了！"

韩露仔细回想着行动的每个细节，蹙着眉说出心底的想法："向大哥和胜男如今生死未卜，武田又在全城搜捕，我认为我们当中肯定有内奸，不然队伍不可能遭受这么大损失。"

刘松年叹道："现在当务之急是渡过这个难关，再想办法查找问题所在。现在说这些也没有用，你们先在我这裁缝铺里住几天，避避风头。我派人去打听向前进同志他们的消息。"

大家觉得他说得有理，都点点头。这时，裁缝铺外响起了敲门声，先是三声，然后是两声，接着又是三声。

"三二三！"刘松年浓眉一跳，"是我们的同志！"

刘松年和韩露应声出去，谨慎的老刘又确认了一下："是谁？"

门外传来女人的声音："是刘掌柜吗？"

"胜男！"韩露惊喜交加。

刘松年连忙打开门。门一开，向前进就倒在他们的面前。铁胜男也坐倒在地上，喘着气问："韩露、小草，你们都在了？"

小草闻声而出，连忙扶住了铁胜男："姐！胜男姐！我还以为……"抱着铁胜男哭了出来，压在胸口的痛终于化作泪水潸然而下。

周杰和韩露也扶起向前进。眼泪在韩露眼眶里打转，她哽咽地喊："向大哥，你还好吗？"

刘松年是唯一一个保持冷静的人："大家别在外面说话，快进屋！"等大伙儿都进去了，老刘往街上望了望，迅速关上了门。

床上的向前进昏迷不醒，整张脸呈紫色，嘴唇发乌，浑身打颤。

韩露忧心如焚："向大哥！向大哥！你这是怎么了？"她把手背贴在向前进的额头上，触手冰凉，不禁讶然出声："这么冰！胜男，向大哥身上的子弹取出来了吗？"

铁胜男慌了神："我明明看见医生从他身上取出两颗子弹，难道他身上还有子弹？"

向前进梦呓着："冷……好冷……"

韩露情不自禁地握住向前进的手，垂泪说道："向大哥，你一定要挺住！"

铁胜男此时无心吃醋，转头对老刘说："麻烦您把被子都拿出来。"

刘松年赶紧答应着去了，很快抱出两条厚被子，盖在向前进的身上，把他捂得严严实实的。然而向前进还是喊冷，额头不断地冒着虚汗，嘴唇的颜色似乎比刚才又深了一点。

铁胜男着急地说："韩露，你懂医术，快给向大哥看看啊！"

韩露猜测着说："向大哥身上的子弹已经被取出来了，按理应该已经脱离危险。但他现在……也许是发炎的缘故。老刘，你能找到消炎药吗？"

刘松年点头："我这就出去找。"他抬脚正要走，向前进突然从床上滚落下来，大喊大叫："难受！好难受！"

韩露和铁胜男急忙按住他，喊："向大哥！你怎么了？"

"热！热死我了！"向前进摇头晃脑的，有些像醉酒的样子。韩露注意到他脸上的紫色已经褪去，此时居然变得红彤彤。她愈加困惑，伸手试了温度，顿时色变："刚才还是冰凉的，怎么又变得滚烫了？"

铁胜男如坠云中，疑惑地问："韩露，向大哥到底是怎么了？怎么会忽冷忽热的？"

韩露看着向前进，心情沉重起来："他好像不是发炎也不是发烧。"

闻者都是一惊，周杰问："不是发炎也不是发烧，队长到底怎么了？"

"水！我要水！快给我水！"向前进大叫起来。

铁胜男转身去找水，小草机灵地倒了一碗水递过来。向前进接过碗，大口喝起来。大家都盯着他，眼看着他一口气喝完了水。

铁胜男接过空碗，柔声问："向大哥，你舒服些了吗？"

向前进瞪大了眼睛，恍若未闻。韩露看他眼神不对，正想再试试他的体温，忽然，向前进整个人颤抖起来。韩露难以置信地瞪大了眼："向大哥，你不要吓我！你怎么了？"

"难受！好难受！又痛又痒，忽冷忽热，好像有蚂蚁在咬我，又像同时在火里、在冰里！"

大家听着他的描述，都觉得实在不可思议，不由面面相觑。向前进又大喊："水！我还要喝水……"

小草把茶壶都拿了过来，还没递过去，向前进夺过茶壶猛地往嘴里灌。咕咚咕咚，不一会儿一壶水就见底了。向前进似乎舒服了一点，恢复了平静。

铁胜男低声劝他："向大哥，你快躺下休息一会儿，也许是太累了。"

向前进的眼神迷离，突然一把推开了身边的铁胜男和韩露，大叫一声："啊！你们都别管我！都走开！我难受，难受得想死！胜男，求求你，给我一枪！"

铁胜男从来没见过他这样近乎疯癫的模样，急得快哭出来："向大哥，你这是怎么了？"

"生不如死！生不如死！给我一枪，求求你了！"向前进用手狠狠地捶着脑袋，面目狰狞。韩露被他这副疯狂的样子唬住了，又是心疼又是害怕。

就在众人不知所措的时候，铁胜男忽然上前抱住了向前进，喊道："向大哥，你不会有事的！不会有事的！你先好好睡一觉，睡醒了就没事了。你一定能坚持住的，你一定会挺过去的！"她说着，眼泪流了下来。

向前进被铁胜男抱住，慢慢地安静了一下。铁胜男继续安抚他："坚持！再坚持一下！我们一起克服了那么多困难，游击队的向前进可是天下无敌的。向大哥，你听话，睡一觉吧。"

韩露在一旁看着他们，心情复杂。她并不觉得难受，却有满满的感动。

"向大哥，你不会有事的……"在铁胜男的安抚下，向前进合上了眼皮，竟真的睡着了。在周杰的帮忙下，向前进被扶到床上。

铁胜男细心地为他掖好被角，韩露把她的一举一动都看在眼里，直到她做完了所有的事，才轻声说："胜男，让向大哥好好睡一觉，我们出去吧。"

铁胜男不舍地看着向前进，终是点了一下头。

大家来到店铺前。铁胜男忧心忡忡："韩露，你认为向大哥到底是怎么了？"

韩露低头想了一下，问："向大哥除了中枪外，还有受过别的伤吗？"

铁胜男努力回忆，忽然想到什么："对了，他和南派武馆的浪人拼过刺刀，身上还有刀伤。"

"刀伤？"韩露不解，"普通的刀伤绝不会有这样的症状。"

小草提议："要不我们去抓个西医来给向队长看看？"

刘松年制止了她的想法："鬼子正在全城搜捕你们，出去岂不是自投罗网？"

铁胜男踌躇道："但是向大哥的伤势这么严重……"

韩露安慰她："胜男，你先不要着急。我们先观察一下向大哥的伤势，等明天我们再想办法去请医生来看看。"

周杰同意："是啊，铁队长，明天我们一定能找医生给队长看病的，你放心好了！"

铁胜男别无他法，只能无奈地点点头。

"铁队长、韩露同志，你们也累了一夜，应该抓紧时间休息一下。"刘松年看了看时间，"我去给大伙儿准备中饭。"

小草提出要帮忙，跟着刘松年往厨房走去。

"韩露，你去休息，我去照看向队长。"铁胜男并不是和她商量，韩露刚要开口，她已经起身进了后屋。

周杰关心地看着韩露："你也累了，去休息一下，别的就不要多想了。"

韩露没有回周杰的话。

后屋中，铁胜男坐在床边，握着向前进的手。看着他苍白的脸，她默默地流着眼泪。

一滴眼泪滴在了向前进的眼睛上。他慢慢地睁开眼睛，轻轻地唤了一声"胜男"。

铁胜男十分惊喜，急忙应声："向大哥，我在这里！"

向前进虚弱地睁开眼，低声说："胜男，你不要哭，哭起来就不好看了。"

铁胜男连忙抹去眼泪，喃喃地说："我不哭，我不哭……"嘴里这么说着，但眼泪却是止不住地流下来。

向前进微笑着轻声说："胜男，我怕是不行了……"

"向大哥，我不许你说这样的话，你不会有事的！等你休息够了，我们就会找来医生为你治病。你一定不会有事的！"铁胜男哭着说。

向前进摇摇头："我自己的身体，我自己知道。"

铁胜男心痛如绞："不！我一定会找到办法治好你，我不许你说傻话！我不许你放弃。"

向前进强忍着痛苦，笑了笑："胜男，我相信你。但是我心里有很多话，一直想和你说……"

铁胜男抽泣起来，拦住他："向大哥你不要说了！你不会有事的，以后我们有的是时间说！"

向前进费力地说："我怕再不说，就来不及了。"听到这话，铁胜男哭得更伤心了，她没有继续阻止。

向前进笑着说："胜男，其实我早已爱上了你。我也不知道是什么时候，但已经很久很久了……"

铁胜男更加痛苦地流泪，低声嚷道："我知道！我都知道！向大哥，你不要说了。如果你有什么三长两短，我也不活了！"

向前进反手握住她的手，鼓励她："傻丫头，你要好好活着，队伍还要你来领导。你要杀了武田，还要把小鬼子都赶出中国去！"

铁胜男把脸贴在向前进的手背上，泣不成声："向大哥，这些事都要你带着我做。所以你好好休息，一定不能有事，我不许你放弃！"

"好，我答应你，决不放弃。"向前进点了点头，觉得无力极了，又闭目睡了过去。

铁胜男把他的手放进被子，轻轻地掖好被角。她静静地看着他熟睡的面庞，目光柔情似水。她暗暗下定决心，不只是现在，以后她也要一直陪在他的身边。

特高科的办公室内，武田僵硬地坐着，一夜未眠。

忽然，门外传来一阵脚步声。他以为是抓到了向前进，顿时来了精神，从椅子上一跃而起。然而，来者并不是通讯兵，而是中村将军。

武田震惊地迎了上去："将军，您、您怎么亲自来了？"

中村沉着脸："我再不亲自来，只怕特高科都要被游击队和双枪队炸了。"

武田听出他话中的怒意，惭愧地低下头："武田没用，辜负了帝国和将军的期望，实在罪该万死！"

中村睥睨着他，眼神满是不屑："如果现在不是到了战局最危急的时刻，帝国正是用人之际，你武田正雄，真应该切腹谢罪！"

"将军阁下，武田不是怕死。等我把铁胜男消灭了，我就向天皇陛下谢罪！"

听着这样堪称壮烈的誓言，中村却冷笑道："堂堂帝国军人，竟然不是一个女人的对手。"

武田沉默不语，强忍着怨气。

屋内一时寂静无声，武田却觉得空气中似乎有千万只钢针在刺向自己的每个毛孔。

"嗒、嗒、嗒！"中村动了，向前走了几步，每一步都像踩在武田头上似的。他绕过办公桌，径直走向台上摆放着的武士刀。"嗖！"中村抽出刀，刀身锃亮如雪。

武田大惊，急道："将军，请您再给我一次机会！我一定把铁胜男和向前进的人头送到您的面前！"他的眼睛死死地盯着中村的一举一动，只见他审视着刀身，一言不发。武田从未觉得时间过得竟是如此缓慢。

良久过去，中村终于开了口："机会，我已经给过你这么多次，但你却一次次让我失望。"

武田觉得背脊有冷汗滴下，口干舌燥："将军……"

"好了，如今战局越来越艰难，你好自为之。"中村利落地把刀送回鞘中，转身向外走。

武田喊道："将军，我武田正雄发誓，一定会击毙铁胜男和向前进！"

中村停下脚步，冷冷地扫了他一眼："不光是他们。你难道没有觉得，在这上海滩，国民党的军统和共产党的抗日分子，已是越来越猖獗了吗？"

武田会意："将军放心，武田绝不会让他们好过的！"

中村在武田肩膀上拍了两下，眯了眯眼，低声说道："刀已经够快够亮了，如果你继续让我失望，那么下一次，就请用它向天皇陛下做个交代吧。"说罢，头也不回地走了。

"嗨！"武田的冷汗瞬间又冒了出来。他觉得，死亡正在逼近，对他、对向前进和铁胜男。所以，不是他们死，就是他死。

"向前进，铁胜男，我一定会抓到你们！我要用你们的血来洗掉我的耻辱！"

花样年华裁缝铺的卧房内，铁胜男一直陪着向前进。她的眼皮子已经很沉了，但她还是坚持着。

突然，向前进猛地仰起身来。铁胜男吓了一跳："向大哥，你怎么了？"他没有说话，吐出了一口黑血。

铁胜男慌了神，大叫起来："向大哥！"韩露、周杰他们闻声冲了进来。周杰问："铁队长，队长怎么了？"

韩露已发现了地上的黑血，惊呼："胜男，这是向大哥吐的吗？"

铁胜男一边回答着，一边帮助昏迷的向前进躺好。韩露皱着眉，想到了什么："胜男，你说向大哥被日本浪人砍伤过？"

铁胜男点点头。韩露心底的猜测得了印证，低声道："难道是……"

"难道是什么？快说啊！"铁胜男追问。

韩露脸色凝重："我猜是那些浪人的武士刀上面涂了毒。"

铁胜男吃了一惊："什么？武士刀上有毒？"

"狗日的小鬼子真是太无耻了！"阿魁和小草骂道。

刘松年沉吟着说："如果向同志真是中毒了，我们必须抓紧时间帮他解毒，否则情况很是不妙。"

周杰有些着急："韩露，我们现在就去找医生吧。"韩露摇摇头："不，向大哥中了日本浪人的毒，只有找到解药才有用。"

铁胜男站起来，同时也打定了主意："日本浪人，解药。好，我现在就去南派武馆，解药肯定在那里。"

周杰皱眉说出疑虑："铁队长，如果这又是武田设下的圈套，南派武馆一定是危险重重。如果你再出事，队伍可真就完蛋了！"

韩露扫了他一眼："周杰，不许乱说话！"周杰侧过头去。

"不入虎穴，焉得虎子。这一次，我铁胜男就算是拼了性命，也要把解药拿来！"

韩露上前一步："胜男，我和你一起去。"

铁胜男摇头："韩露，你留在这里照顾向大哥。你是医生，在我拿到解药之前，你务必要保证向大哥平安。阿魁，你同我一起去。"

阿魁点点头。铁胜男没有再说什么，两人毅然地走了出去。

韩露看着他们的背影，又是敬佩又是忐忑，默默地说："胜男，你一定要成功拿到解药来救向大哥。只要向大哥没事，要我做什么都可以！"

马致远忐忑不安地走进武田的办公室，他看到武田冰冷的脸，有些害怕，但又觉得自己应该说点什么。"武田太君，请您不要过于自责，是向前进他们实在太狡猾了！"

武田斜睨了他一眼，语音如冰："马主任，在这次行动中，你表现得很好。"

马致远哈腰说道："过奖了，我还有很多地方需要学习。"

武田收回目光，咬牙道："那些抓来的共产党必须严加审问！"

马致远频频点头："是，我知道的！我今天继续审问余家码头上被抓的那几个人。"

武田满意地看了看他，脸上露出了笑容："唔，审问犯人也是一种艺术，同时对你也是一种锻炼，是对你心志的磨砺。记住了，对敌人一定要狠，这样才能让你变成强大的男人。"

马致远十分感动的样子，鞠了一躬："多谢武田太君的教诲，致远铭记在心。"

武田不想再说了，低声说："出去吧，我需要静静。"

"嗨！"马致远应承着退了出去。

铁胜男和阿魁来到南派武馆门口。她抬头看了看南派武馆的牌子。

阿魁观察着周围，低声说："铁队长，就是这里了。武馆附近好像没有鬼子。"

铁胜男点了一下头。武馆内走出一个日本浪人，没想到有这样一个花姑娘在武馆外出现。他淫心大起，伸手过去要摸她的脸："嘿嘿，花姑娘，哟西。"

铁胜男闪身一躲，迅速拔出了枪，顶着他的脑袋，低声威胁道："带我去见你们馆主！"

浪人不料她竟然有这样的身手，后悔自己大意了，骂道："你的，八嘎牙路！拿开枪！"

铁胜男二话没说，朝他手臂上直接开了一枪。

"啊！"浪人痛得大叫起来。阿魁没想到铁胜男竟会这样直接，忙回头看，幸好附近没有巡逻的日本兵。

铁胜男冷冷地重复道："带我去见你们的馆长。"

"是是是！"浪人再不敢嘴硬，带着他们走进南派武馆里。

武馆内的浪人听见枪声，已有一群身着和服、手拿武士刀的浪人戒备着，包围过来。一柄柄武士刀在铁胜男和阿魁的眼前晃动着，但两人毫无惧色。

铁胜男冷冰冰地看着他们，喝道："叫你们馆长出来！"

早已有人进去通报，南派武馆馆长竹下持刀从里面走出。他穿着一身黑色的和服，唇上蓄有一小撮胡子。他审视着铁胜男，有些生气地说："你的，是来武馆闹事吗？你知道这武馆是谁的吗？"

"我不想知道。"铁胜男冷然道。

竹下馆长骂道："八嘎！它的主人是特高科的武田组长。"

铁胜男脸上浮现轻蔑的神色："我猜到了。你们这些人为他卖命，就都该死。但是我今天不想杀人，只要你交出解药。"

竹下馆长皱了皱眉："什么解药？"

阿魁大声道："你们这些无耻之徒，在刀上下毒算什么英雄好汉！"

竹下目光闪过阴骛之色，故意说道："你们在说什么？我听不懂。"

铁胜男知他在装模作样，厉声道："交出解药！否则我铁胜男就要大开杀戒了！"

竹下哈哈大笑起来："铁胜男！双枪队队长铁胜男！真是踏破铁鞋无觅处，得来全不费工夫。铁胜男，我以为你是什么厉害角色，不过是个蠢女人罢了。"

阿魁听他识破铁队长的身份，焦躁着催促他："少废话，快点交出解药来！"

"没有解药。"竹下冷笑着说，暗地里对身边的浪人使了个眼色。浪人会意，悄悄往后退去。

铁胜男敏锐地察觉到了，举枪对着浪人的大腿就是一枪。浪人惨叫一声摔倒在地。其他浪人大怒，举刀便要冲上。铁胜男举起双枪，大声说道："别耍什么花样！我的双枪可不是吃素的！"

竹下觉得受到了侮辱，他愤怒地吼道："八嘎！什么双枪！什么游击队！想要得到解药，就得过我这一关！"

铁胜男斜了他一眼："你这一关？怎么个过法？"

竹下握着武士刀的手一紧，杀气腾腾吐出四个字："跟我比武。"

阿魁上前一步，笑着激他："我来！堂堂武馆馆长，总不会要和女人动手吧？"

竹下默许了，脱掉身上的外套，举刀拉开架势。阿魁松了松筋骨，对他勾了一勾手指。竹下大喊一声，向阿魁冲了过去，两人厮打在一起。

铁胜男看着他们比武，同时注意着在场每一个人的举动。她相信阿魁的功夫，但她必须防止有人去向武田通风报信。大概是因为前车之鉴的缘故，或者是浪人们对馆长的剑术造诣深信不疑，他们之中没有人有异动。

然而，事态的发展却出乎所有人的预料。竹下很快被阿魁制服了，铁胜男冷笑着说："你心服口服了，可以把解药拿出来了吧？"

竹下被阿魁按倒在地，开始耍起了无赖："哈哈哈，什么解药？我这里没有解药！"

"无耻！"铁胜男冲到竹下面前，用枪顶住了他的脑袋，"要命还是要解药？"

竹下慌了，结结巴巴地问："你、你干什么？"

一名浪人见势不好，慢慢挪动脚步向门外走去。他的小小动作没有躲过铁胜男的眼睛，她右手持枪抵住竹下，左手迅速抬起朝那人开了一枪。那名浪人腿上挨了一枪，跪倒在地惨叫起来。

竹下被近在咫尺的枪声轰得耳朵嗡嗡直响，更没想到她枪法如神，一时呆了。铁胜男加重了力道，冷冷地道："我耐心有限，数到五你不拿出解药，我就打爆你的脑袋。"

"你以为我竹下是贪生怕死之辈吗？"竹下闭上眼睛。

铁胜男冷冷一笑，开始数数："一……二……"

竹下仍是一脸淡定，手下的日本人却开始紧张起来。只不过片刻工夫，已经有两名浪人被她打伤。这样彪悍的女人只怕不会说空话，浪人们想到这里，都为馆长捏了一把汗。

"三……"铁胜男继续喊。竹下睁开眼，不甘地瞪着铁胜男，他的太阳穴已经冒出汗珠来。

"四……"铁胜男顶在竹下脑袋上的枪又加重了几分劲。浪人中有人叫起来："馆长，拿出解药吧，这个女人不是好惹的！"

竹下也十分清楚自己的处境，但他的骄傲不许他开口求饶。

铁胜男眼中杀机毕现，食指已慢慢地扣动扳机。枪口下的竹下已经开始颤抖，铁胜男的声音冰冷地刺进他的耳朵："五……"

"啊！"竹下突然大叫一声，"别杀我，我交出解药！"

铁胜男松开扳机，厉声喝问："在哪？"

竹下如同一摊烂泥似的趴在地上，喘着气说："在、在那幅'忍'字图后面的暗匣里。"

在铁胜男的示意下，阿魁迅速跑到"忍"字图前，揭开图纸。里面果然有一个暗匣，他从中取出一个小盒子，跑了回来。

盒子里有五六颗红色小药丸，阿魁递了过去。铁胜男拿出一颗，朝竹下口中一塞。

竹下瞪着眼，还是无奈地咽下了药丸。咳嗽几声，灰溜溜地说："是真的解药！这个时候，我不敢说谎！"

铁胜男冷哼一声："你要是敢骗我，就算你躲到天涯海角，我也一定会打爆你的头！"

竹下被她的杀意吓得打了个寒噤，哀求道："现在可以放了我了吧？"

"我会放你，但请你跟我们到武馆外。走！"

阿魁拖着竹下起来，三人向武馆外走去。铁胜男一直留意观察竹下的脸色，发现他似乎没有中毒的迹象，稍觉安心。浪人们步步紧跟在后，她心生一计，一面对竹下说着"不要怕，只要配合就没有事"，一面走着，向阿魁眨眨眼。

阿魁会意，点点头。突然，他一手托住竹下的腰，一手抓住他领口，猛地把他举起，用力扔向浪人。浪人们赶忙七手八脚地去扶竹下。趁着这个间隙，铁胜男和阿魁迅速离开。

竹下被浪人们扶起，一脸阴鸷地跑到房内。他拨通了电话："摩西摩西，是武田师兄吗？"

电话那头正是武田正雄。竹下报告说："师兄，我是竹下小泉。刚才我们的武馆被铁胜男袭击了。"

武田正雄大吃一惊："什么？铁胜男去武馆了？"

"是。好像她的手下有人被我们的弟子砍伤的，中了毒。但是，师兄，小泉没用，让铁胜男将解药夺了去！"

武田只觉得眼前一阵眩晕，火冒三丈地大骂："八嘎！你这没用的家伙，解药竟然被铁胜男夺走了！她现在人在哪里？"

话筒里传来竹下惭愧的声音："她已经离去。"

武田脑子飞快地转着："能让铁胜男亲自来冒险的人，肯定是向前进。是向前进中了毒！你真该死，为什么要把解药给铁胜男？你知不知道，就因为你的愚蠢，放走了一个双枪队队长，救了一个游击队队长！他们是帝国目前在全上海最棘手的敌人！"

竹下馆长支吾道："我……师兄，铁胜男要杀我，竹下没有办法……"

"胆小愚蠢的废物！"武田愤怒地砸了电话。

川岛闻声跑进办公室："组长，发生了什么？"

武田气咻咻地来回踱步："向前进中了南派武馆的刀毒，以解药为饵，本是抓住铁胜男和向前进的大好机会！但是，那个蠢猪小泉却将解药交给了铁胜男。"

川岛不敢相信自己的耳朵："什么？"

武田努力平息怒气，迅速做出安排："向前进身受重伤，就算拿到解药，也没有这么快恢复。川岛君，你继续带着人马，进行地毯式搜捕，一定要抓住铁胜男他们！现在，我只能靠你了！"

川岛感到肩上的责任又重了几分，"嗨"一声行个军礼，转身离去。

铁胜男和阿魁以最快速度赶回了裁缝铺。她跑到床边，把向前进扶起来，小心地给他服下了解药。

"队长，你感觉怎么样？"阿魁问道，向前进却没有反应。小草笑骂他："哪里有这么快起作用，你以为是仙丹吗？"

阿魁不好意思地挠挠头。韩露有些不放心："胜男，这解药……是真的吧？"

铁胜男点点头："一定是的，我们还逼南派武馆的馆长服下了，不会有错的。"她垂下目光望着沉睡中的向前进，低声祈求道："向大哥，你一定快点好起来。"

周杰安慰她："铁队长，你放心，队长什么风浪没经历过？一定会逢凶化吉的。"

"我们都出去吧，让向大哥好好休息。"韩露说。

铁胜男不愿意走："我要在这里陪着向大哥，你们去休息吧。"

韩露劝道："胜男，这几日你已经够累了。你一定要保重自己的身体，你可不能倒下。"

铁胜男笑笑："你们放心，我铁胜男是铁打的身子，没事的！"

众人见拗不过她，只能退出去。出门前的一刻，韩露又看了一眼铁胜男和向前进。从铁胜男的神情中，韩露明白了："向大哥，现在我才知道，无论我多么努力，都比不过铁胜男那样爱你。你们在一起才是对的，韩露愿意用生命来守护你们的幸福。"

她轻轻关上门，心情是前所未有的轻松。

屋子里，铁胜男紧紧握着向前进的手。她喜悦地发现，向前进的脸色开始恢复一些血气了。

| 第二十一章 |

在特高科特工总部的刑房里，从余家码头抓来的工人已经被打得遍体鳞伤。昏暗的房间内弥漫着一股血腥和腐臭的气味，马致远捂着鼻子走了进来，走到一个遍体鳞伤的血人身前。血人被绑在刑架上，一张脸被打得血肉模糊。

马致远又是嫌恶又是同情地看着血人："王小力是吧？唉，我说你这是何必呢？趁早交代了，省得遭罪。"

王小力垂着脑袋，血水从发梢滴落，冷笑着低声说："我不会交代的，狗汉奸，你死心吧！"

马致远惋惜地啧啧数声："我记得第一次杀人的时候，那人的脑浆溅到了我脸上。当时那种恶心感……啧啧，我至今还记得！哎，我连着五天都吃不下饭，一看到肉就想呕吐。"

王小力的身体扭动起来，从血水中睁开眼，惊恐地看向马致远："你想干什么？"

"既然你不想交代，好像留着你也没有用了。"马致远环顾刑房，拧着眉头，"这特工总部的刑房实在太小了，容不下太多的人，尤其是你这种没用的人。"

"你……"血人扭得更厉害了，但铁链将他和刑架牢牢地绑在一起，难以分离。

马致远拿出了一把枪，用手绢擦了擦枪口，摇头轻声说："我真的不想杀人，杀人是一件痛苦的事。"

恐惧此时方在王小力心底生起，他颤抖着问："你要杀我？"

马致远不理，直到把枪擦得锃亮："你是为了你们的组织才被抓进来的吧？可是你被抓进来以后，你的组织又在哪里呢？可惜了，这样活生生的一条生命。"他不再废话，枪慢慢地抬了起来，对准了王小力的脑袋。

对生的渴求使王小力把誓言等等都抛到了脑后，他大叫起来："不！不！不要！我交代、我说！"

马致远怀疑地审视着他："真的交代？"

"我什么都交代！"王小力用力地扭动身体，把铁链扯得哗哗作响。

马致远哈哈大笑，命人把他放下来，并给他一碗水。命悬一线、饥渴交加的王小力在得到一碗水和生命的暂时保障之后，他真的供出了老刘和裁缝铺那个秘密据点。马致远眼里发出兴奋的光，搓着手保证只要能在那里抓到向前进，那么王小力即将从阶下囚变成帝国的功臣。王小力拭去脸上的血水，他在心里深深地叹了一口气。他不要做功臣，他只要活着。

武田听到马致远的审问结果，霍然起身。他扫了一眼台上的武士刀，伸手举起，直视马致远："马主任，你干得很好。事不宜迟，我将亲自带队抓捕向前进。"

马致远绷直身子，行个并不标准的军礼："武田太君，致远也愿为帝国效力！"

"你？"武田瞥了他一眼，还是点点头。

马致远的脸上露出谄媚的笑容。

服下解药的向前进经过休息，很快醒了过来。铁胜男却累得伏在床沿睡着了。

他抚摸着她的秀发，她立即惊醒，激动地喊："向大哥，你醒了？"

向前进笑着点头："我舒服多了。"

铁胜男的眼泪流了出来，再也顾不得什么，用力抱住向前进："向大哥，我真的害怕你再也醒不过来！"

向前进轻轻拍着她的背，柔声安慰几句，问起自己昏迷的原因，和昏迷后发生的事。铁胜男说了刀毒，还有去武馆抢解药的事。向前进听她说得轻描淡写，但却知经过实在凶险。而她之所以愿意身入险地，都是因为深爱着自己。想到这里，不禁非常感动，紧紧抱住了她。

屋外的人听见响动，都走了进来。看见向前进醒了，韩露激动得几欲落泪。向前进和铁胜男连忙分开，铁胜男忙起身退到一边，红着俏脸，有些局促。

周杰见气氛有些尴尬，忙说笑着打岔。向前进问起余黄桥的情况，铁胜男说有何力保护着，他应该不会有事。而丧子之痛会让余黄桥更加仇恨日本人。

向前进颔首，正色说道："我们中国人只要联合起来，一定能把日本人赶走！"

大伙儿都用力地点点头。

裁缝铺对面的街角处，武田正观察着这边。整条街道上，零散遍布着伪装了的特工们。武田朝一名女特务点点头，女特务会意，径直向裁缝铺走去。

刘松年正在裁衣，忽见一名小姐踏着高跟鞋走了进来，忙上前应承。

女特务装作挑选店内的款式，借机观察店内的情况，笑着说："我听说你店的旗袍做得不错，特意上门来了。"

刘松年笑笑："小姐过奖了。您先选料子，报上尺寸，我再动手。"

女特务瞄向里屋："我不记得尺寸了，还是麻烦您再给我量一下。"

刘松年连连点头："好，好。不过今日小店有些忙，小姐你看明日可不可以？"

女特务花枝一颤："啊？忙？我从闸北坐电车跑来一趟不容易，老板您可不能欺我是新客！要不我先坐着，等您忙完再说。"

刘松年粗长的眉头皱起，十分为难。女特务还要坚持，为了尽快打发她离去，他只好现在就为她量尺寸。

韩露听见声音，拉开苇帘看了看前头的情况。她觉得来的女客举止有点奇怪，便没有出来，转身回了屋后。但敏锐的女特务也看见了韩露的脸，故意揶揄刘松年："哟，师傅啊，你还金屋藏娇啊。里头的姑娘长得可真够俏的，是你太太吧？"

刘松年替她量着身，推说姑娘是他的表妹。女特务嘿嘿笑着，说表妹也可以做太太的。刘松年看了一眼女特务，不说话了。

韩露回到屋内，而向前进已经起来在活动筋骨了。韩露劝他多休息，铁胜男也说是，向前进却笑着说想早些恢复体力。韩露把在堂前看到的情况和两人说了，铁胜男起了疑心。为了安全，她决定出去探个究竟。她闪身来到堂前，隔着苇帘看听外面的谈话。

刘松年表示尺寸已经记下，请客人挑布料，没成想她挑着挑着就往屋后走去。刘松年赶紧拦住，女特务笑问："老板啊，你这屋后面还有几间房子？"

刘松年回答只有一个睡觉的小屋。

女特务点点头，举步又要往里走，刘松年拦住了："小姐，你一个女客，进我老汉的屋子，只怕多有不便。"

女特务笑着，红指甲指着老刘乱点："呵，我都不嫌，你还不给人家看。真是的！"

刘松年拦在帘子前："您还是挑块喜欢的料子吧。"

女特务没办法，只能随便指了一下，眼睛始终盯着苇帘。刘松年请她付了定金，表示十日后才能交货，请她回去耐心等候。女特务听他话里有送客之意，便不再纠缠。临走时她又朝苇帘深深望了一眼，扭着腰走了。

刘松年盯着她的背影，直到铁胜男出现在后面。刘松年正要打招呼，铁胜男"嘘"了一声，走到店门口，小心地探出脑袋，看见那位女客消失在街角。她收回目光时，突然发现了街上那几个伪装成百姓的敌特分子。铁胜男尽力装作毫无察觉的样子，自然地转身走到店里，不动声色地把自己的发现告诉老刘。

刘松年虽然没有亲眼看见，但刚才的女客确实令他觉得情况异常。虽然他不明白这个原本安全的秘密据点为何会引起特务的注意，但为了同志们的安全起见，他决定安排大伙儿转移。

武田坐在裁缝铺对面的一家咖啡馆里。店内的唱片机咿咿呀呀地唱着，歌声正如武田此时的心情。他透过玻璃窥视着那边，对方的一举一动都逃不过他的眼睛，这种胜券在握的感觉令他心情十分愉悦。女特务汇报了在店里的所见所闻，并提出屋后肯定还有人的猜测。

武田非常满意她的答复，认为即使向前进不在裁缝铺里，也能趁此机会端掉共产党在上海的老窝。他担心夜长梦多，向前进和铁胜男有所察觉，所以立刻传令川岛带人正面攻入裁缝铺，自己带着手下往后方包抄。

刘松年老远看刀有鬼子向这边冲来，关上门大叫一声："鬼子来了！"此时，店内的众人纷纷拔出枪做好战斗准备。铁胜男急忙问："老刘，你这里还有后门吗？"

"有！后边有门！"刘松年用手一指，听见街上鬼子的脚步声越来越响，催促道："赶紧走！"

向前进举枪对铁胜男说："我留下牵制鬼子，你带大家走！"

"不！我留下来，你们走。"铁胜男不依。

老刘跺脚急道："都火烧眉毛了还争什么？我留下，你们走！"两人还要争，刘松年推了他们一把，拿出枪奔到了店门后。

向前进和铁胜男无奈，担忧地看了老刘一眼，只好带着大家往后门跑去。

川岛眼看离裁缝铺越来越近，正想下令全队冲入攻击，突然，从裁缝铺里响起了枪声，一颗子弹飞射过来，川岛迅速闪躲，他身边的一个特务被击倒。

"隐蔽！"川岛喊道。

裁缝铺里，刘松年趁机又开了两枪。

大家来到后门，听到铺子前有枪声响起，他们忧虑重重地对视一眼。小草正要开门，铁胜男连忙喊住了她，让她先探探外面的情况。

小草慢慢地打开了门，见巷子空荡荡的，没什么动静。铁胜男却觉得巷子连个走动的人都没有，如此安静反而失常。她走到门口，观察了一下巷子里的情况，突然，她注意到巷子边上堆着的杂草居然动了！

她捡起石头朝那里狠狠扔过去，草堆里发出一声喊，一个吃痛的特务跳了出来。

"快回去！"

向前进他们立刻往屋内退去。见埋伏已经暴露，特务们不再隐藏，举枪杀了出来。铁胜男使出双枪连开数枪，现身的特务们应声倒地。趁着空当，她闪身入屋，搬来桌子牢牢顶住了门。无路可走的众人只能再次退回店里。

巷子的尽头，武田发起进攻的命令："包围他们，一个都不能放过！"

大批的鬼子和特务冲了过去。

店铺前门，刘松年奋力还击着冲上来的鬼子。他的手臂已经中弹，鲜血直流。然而，鬼子人多势众，步步逼近，眼看就要攻进来，这时，铁胜男他们从后面上来，对着店外一阵猛烈的射击，鬼子只好退了回去。

刘松年一边开枪一边问他们怎么回来了，向前进干掉一个鬼子，告诉他后巷也有鬼子。

震惊的老刘没有停止射击，他略略思考了一下，犹豫着说出了最后一条生路，那就是茅厕的小窗。

虽然不是好路，但此刻只要能活命，大家都管不了那么多了。铁胜男让老刘和大家一块儿。

刘松年迅速换了弹匣，眼也不眨地说："你们离开需要人掩护，快走吧！"向前进握住了刘松年的手，他知道这就是他们的诀别了。

刘松年抽出手，朝外开了一枪，头也不回地笑着催促："走吧！"

耳听着屋后传来砰砰声，大家知道是鬼子在撞门。时间紧迫，他们实在别无他法，只能抓紧老刘舍命为他们换来的时机，快步往茅厕方向走去。

"噗！"刘松年的腹部又中了一枪，他捂住腹部痛苦地靠在柜台边。外面传来川岛的声音："冲上去！敌人已经快不行了，不能让向前进跑了！"

刘松年退到了桌子后面，对着冲进来的川岛又开了两枪，川岛急忙躲闪。刘松年拿起他用了几十年的老剪刀，珍爱地抚摸着。屋后传来巨响，鬼子大喊着冲了进来。

川岛见刘松年不再抵抗，举枪喝令他立即投降，并交出向前进他们。刘松年冷笑着，举目环顾自己的裁缝铺。热泪涌出眼眶，他狂笑着喊道："哈哈哈，能死在自己的铺子里，我刘松年这辈子也值了！"

武田赶到时，他亲眼看见刘松年把剪刀插进了自己的胸口。看见自己靠近，他竟然还对自己露出微笑。

武田扫了一眼川岛，便知他并没有抓到向前进，猛地扯住刘松年的衣领喝问："向前进在哪里？"

刘松年瞪着眼，用最后的力气悄悄拉开了藏在身子下的手榴弹拉环。川岛看到了青烟，大喊着"小心"，将武田推了出去。

手榴弹爆炸！花样年华裁缝铺被炸毁，好几名店里的鬼子和特务被炸死。川岛和武田被轰得灰头土脸。武田气得直咬牙，咆哮着下令抓捕向前进。

向前进他们都已从厕所小窗爬了出去，安全地撤离。爆炸声传来，他们都为之一怔，眼神变得黯然。他们知道是裁缝铺爆炸了，刘松年同志壮烈牺牲。但正是因为不能让老刘白白牺牲，他们才必须走，走得越远越好。

暂时脱离危险，向前进决定去找小四川他们，来到霞飞路凤来仪的住处。小四川和花千朵正在为向前进和铁胜男的安危担心，忽然见到他们来了，激动地紧紧相拥。花千朵高兴地哭了出来，抓着铁胜男的手问长问短。大家略略交代了一下分别后的遭遇，正在庆幸劫后余生之时，他们看到沙发上的余黄桥，就再也笑不出来了。短短几天时间，上海滩第一大帮青龙帮的帮主，居然就从往日的煊赫威严，变成了如今这副憔悴的样子。

余黄桥拿着儿子余世杰的照片，反复看着。凤来仪陪着他，柔声安慰他不要悲伤。铁胜男敛了笑容，走到他面前，诚恳地鞠了一躬："余帮主，对不起！"

余黄桥擦掉了眼角的老泪，站起身，摇头道："铁队长，这不是你的错，是武田正雄的罪！这笔血债，我一定会让他血偿！"

铁胜男眼中冒出仇恨的火焰，咬牙道："余帮主，我和武田也有血海深仇。终有一天我会亲手斩了武田，也为余公子报仇雪恨！"

向前进明白余黄桥内心的痛苦，劝慰他人死不能复生，请他节哀。余黄桥也很清楚，向前进说得对，只有把鬼子赶出中国，儿子的仇才算彻底报了。他郑重决定与游击队合作，表示青龙帮愿意听候差遣。

向前进很欣慰，这是他来上海的意外收获。三人进房间开始密谈。

韩露从进屋后一直观察小婷的眼神，发现她自始至终密切注意着向前进他们。她拍了一下小婷的肩膀，用鼓励的口吻说："小婷，你也算是双枪队的一员，记得要多杀几个鬼子，为你的家人报仇。"

小婷愣住了，随即很快地点点头，移开目光。

用过饭后，韩露借机叫来小草，避开众人，交给她严密监视小婷的任务。她嘱咐小草一定要小心行事，注意安全。并且，在没有确凿证据证明小婷是奸细之前，她不想让这猜测破坏了大家，尤其是她与胜男之间的关系。小草答应了。

本想把中共在上海的据点端掉，并抓到向前进、铁胜男，没想到最终却是无功而返。武田懊恼痛恨之余，连他自己都没有意识到，在心底对这两位敌人多了一分敬意。更令他头痛的是，战争已进入白热化阶段，日军在上海活动经费的来源——毒品基地又被摧毁，日军接下来的处境只会越来越艰难。马致远再一次为他分忧，提出不妨筹办一个慈善拍卖晚宴，让中国商会及各界名流参与进来。慈善拍卖即意味着让中国商人乖乖把钱送上门，武田觉得此计可行，他越来越觉得马致远是一个人才了。武藤樱那边没有消息传来，他只有耐心等待，因为她是他最后的棋子了。

日军要在上海筹办慈善拍卖晚宴的消息很快传开了。向前进认为日军的经费已是严重紧缺。

余黄桥恨恨地咬牙道："哼，武田小鬼子，这一回是把你送上西天的好机会！"

铁胜男劝他冷静，认为武田诡计多端，日军之前的一系列行动都被他们破坏了，按理应该安分几点，可是这么快又举办慈善晚会，她担心是一个圈套。向前进表示赞同。

余黄桥的声音高了几度："千载难逢的机会，难道我们就这样放弃吗？难道我儿子的仇不报了吗？"

向前进安抚他道："余帮主先不要激动，仇我们肯定要报，但不能冲动，行动必须从长计议。据了解，此次晚宴上有很多社会名流，我们不能伤及无辜。"

余黄桥沉着脸，但还是克制了情绪，请向前进说说想法。向前进认为这样的宴会，防守必定严密，想要混进去只怕不容易。所以如果要干掉武田，只有把握他出入酒店的两次机会。

　　铁胜男补充说道："武田老奸巨猾，要追踪到他的行踪也很难。所以这两天，我们还是熟悉酒店附近的环境。"

　　大家都赞同地点点头，余黄桥一言不发，扫向向前进的眼神却有些不屑。

　　夜晚，女孩子们在卧室席地而睡。小草牢牢记着韩露的嘱托，与小婷紧挨着躺下。不知过了多久，黑暗中她感觉到旁边的小婷起身了。

　　小草故作迷糊地问她干吗去，小婷借口小解。小草顺水推舟，提议一同去，正好她也想。小婷一愣，身子抖索了一下，说："哎，算了，天这么冷，还是不去了。"又钻回被窝里。小草也不去了，但她对小婷愈加怀疑了。

　　日军在上海行动的连连失利没能逃过中村的耳目，他打电话训斥了武田，并说出了"让他留在上海是自己做过的最错误的决定"这样的重话。武田还没来得及请罪，中村就告诉他，现如今日中交战已趋于白热化，苏联人也出兵东北，局面对他们很是不利。诸暨县龟田不断遭到抗日势力打击，尤其是土匪王天霸的侵扰，再这样下去，诸暨县就要保不住了。

　　武田明白了中村的意思，表示愿意回到诸暨，夺取铁宅的宝藏，为日军提供一笔雄厚的经费以渡过艰难局面。但是在去那之前，他要在上海举行一个慈善晚宴，让上海滩的富人们拿钱犒劳日军。他提出希望中村拨冗赏光的请求。

　　中村赞同他的想法，但警告他要提防游击队和双枪队，他们一定不会善罢甘休的。

　　武田请他放心，说自己一定能保证晚宴安全。中村这才答应前来。

　　转眼到了晚宴这一天，百乐酒店门口车水马龙，上海各界名流陆陆续续到来。川岛带着大批日军守在门口，每一个入场的宾客，他都亲自盘查。就连女眷，也在他的监视下命女特务仔细搜身。

　　乔装打扮的铁胜男和向前进混在行人中，观察着酒店内的情景。他们调查过，就连服务生都是武田亲自安排的。

　　就在感叹难以接近之时，荷枪实弹的日本宪兵队突然跑了过来，将酒店团团围住。片刻后，一辆轿车停在了酒店门口。铁胜男发现车中坐的正是武田，她伸手握住口袋里的手枪。

果然，武田下了车。本想动手的两人发现武田被宪兵围得严严实实，根本不可能得手，只有等他出来再作打算。武田走到车子另一侧，迎着中村将军下了车，毕恭毕敬地带他进了酒店。

这让铁胜男对中村的身份感到很是奇怪，向前进结合之前的情报，认为他就是武田的恩师，中村次郎少将。

铁胜男心生一计，认为若是干掉中村少将，只怕武田正雄会气得发疯。向前进被她大胆的想法引得笑了，两人正谈话间，突然一个熟悉的身影往酒店走去。

他们对视一眼，不约而同地瞪大了眼。

那个身影正是余黄桥！

余黄桥经过了一番打扮，戴了墨镜贴了大胡子，难以辨认。面对川岛，他镇定自若，把邀请函递了过去。

川岛审视了他一眼，虽然觉得熟悉，却没有怀疑。他还回邀请函，低头瞥见余黄桥带来的箱子，礼貌却不容拒绝地请他打开。

余黄桥没有说话，直接打开箱子，里面竟然都是美金。川岛微微有些吃惊。余黄桥解释说，他听说慈善拍卖宴上，武田太君会割爱收藏已久的一块古玉，自己很有兴趣。

川岛挥了挥手，守卫日军放行，余黄桥提着箱子走了进去。入场之后，他挤在各界名流中，小心地避免与熟人接触，目光却一直搜寻着武田的身影。

过不多时，宴会正式开始。马致远隐藏在人群中，观察着每一个商人。武田正雄陪着中村将军坐在角落里，窃窃私语着。

第一件拍卖品是日本载仁亲王的宝剑，起拍价一万大洋。虽然台下议论纷纷，觉得一把剑一万大洋实在太贵，然仍有人举牌，把价格涨到了一万五。余黄桥丝毫没有关注拍卖的情况，他死死地搜寻着武田的身影，不放过任何一个角落。突然，他看到了角落里的武田，眼中冒出仇恨的光，慢慢地靠过去。

宝剑被兴隆商行的徐董事长以一万五千块大洋收入囊中，他虽然心疼，但觉得通过拍卖就能示好日军，从此他的商路将会格外顺畅。

第二件物品是特高科武田正雄组长收藏的古玉，起拍价两万大洋。然而，台下不乏玉中行家，一眼识破那根本不是什么古玉，厅内又响起了议论声。武田的目光瞟了过来，议论的人赶紧闭上了嘴。

想要和日方结缘的商人连忙把握机会，加了五百大洋，台下沉默了。

余黄桥的眼里只有武田，他离武田已越来越近，表情越来越愤怒。

主持人见无人加价，紧张得出汗，补充道："这块玉被武田先生戴在身边已有二十年，很具有收藏价值。"他突然注意到武田身旁举止有些怪异的余黄桥，喊住他："这位先生，听说您是特意为武田先生的美玉而来，还带来了现金。你愿意出什么价？"

余黄桥愣住了，举起了箱子挡住了自己的脸。箱子开了，众人看到里面的成沓的美金，都愣住了。武田却没有被巨款吸引，他注意到了余黄桥，目光一阴。

主持人追问："先生，你出多少价？"

余黄桥突然暴喝一声："我是来取武田狗命的！"他猛地将箱子往上一抛，一沓沓的美元散落开来。他接住了两颗手榴弹，飞快地向武田冲去。

宪兵队冲上来护卫，宾客们向外逃去，两方冲在一起，会场上顿时乱成一片。

武田已经认出了余黄桥，震惊之余立刻往后退去。但中村不明所以，还坐在那里，武田只好又跑回来拉起中村。

趁此机会，余黄桥冲上来跑向武田，同时拉开了两颗手榴弹。他狂笑着大叫道："武田，今日老子和你同归于尽！"

武田大惊失色，迅速拉过一旁的中村，用力推向余黄桥，然后用最快的速度向前方跑去。

余黄桥和中村双双跌倒在地，手榴弹爆炸开来。一瞬间，场内的人耳膜剧痛，武田被气流冲起飞了出去。

等硝烟散尽时，余黄桥和中村已经血肉横飞。头脑一片混乱的武田挣扎着爬起来，跪在中村面前。看到中村瞪大眼睛死不瞑目的样子，他又是惊恐又是震怒，朝余黄桥的尸体连开了几枪。

"组长！"川岛跑进来报告，"向前进他们正在门口袭击我们！"

武田面目狰狞，咆哮道："向前进，我要拿你的人头告慰中村将军的在天之灵！"马上带人冲了出去。马致远却闪身藏在柱子后面，没有跟出去。

一听见酒店里传来爆炸声，铁胜男和向前进就知道有情况，立刻拔枪与日军开战。但他们没能冲过日本宪兵的抵挡，正交战间，武田冲了出来，对着向前进和铁胜男连连开枪。

铁胜男躲开了，回枪反击着。武田躲开了子弹，身边的几名日本宪兵中弹身亡。眼看着日军越来越多，而余黄桥迟迟没有冲出来，向前进觉得他已经牺牲了。铁胜男的枪口始终对着武田，直到打光了子弹，才和向前进开始撤退。

武田不会再容许他们从眼皮底下跑掉了，他亲自带队追了上去。

街角口拐进一辆车，飞速开了过来，是小四川来接应。向前进和铁胜男跃入车子，朝追上来的宪兵开了几枪，便不再逗留，迅速离开了。

"八嘎！"武田痛苦地对着开远的汽车猛射了一阵。

凤来仪没有等到余黄桥平安回来，等到的是何力带来的消息，帮主已和日军少将中村次郎同归于尽。

凤来仪痛不欲生，哭倒在沙发上。铁胜男扶住了她，低声安慰道："凤姑娘，不要伤心，余帮主他是一位大英雄，后人都会记住他的。"

"我不要他做英雄，我只要他平安活着！"凤来仪泣不成声。

得知自己想方设法却无法接近的日军少将已被余帮主炸死，向前进等人又是激动又是惋惜。"余帮主为中华同胞立了一件大功，炸死了日军少将，此等英雄事迹一定会被后人写进书中，扬名千古。"向前进佩服地说。

花千朵赞同地点头："对！余帮主是大英雄，以后戏文里也要唱诵他。"一旁的小婷一脸悲戚，暗自恨恨地咬着牙。

向前进劝何力不要难过，要他把悲痛化为力量，给余帮主报仇。铁胜男知他枪法好，邀请他加入双枪队。

小四川却提出异议，觉得双枪队是女子双枪队，何力一个大男人加入算什么？却挨了花千朵狠狠一个白眼，只好悻悻地闭上嘴。

何力沉默着，铁胜男看出了他的顾虑："双枪队本就是抗战的队伍，况且打鬼子不分男女，双枪队需要你们这些血性男儿。有了你们的加入，对于双枪队来说，就是如虎添翼。"

何力握紧双拳："好，一起打鬼子。"

大家都为抗日队伍的壮大感到欣慰之时，小婷已悄悄躲到后面，气得脸色发青。

恩师的死让武田备受打击，他觉得是自己害死了老师，罪孽深重，决定用老师赠予的武士刀切腹自杀。然而川岛阻止了他，认为此举实在懦弱，不仅不能为中村将军报仇，而且令亲者痛、仇者快。武田如遭当头棒喝，决定完成恩师的遗愿，找到铁宅的宝藏，杀了铁胜男和向前进。他要带着宝藏和人头去见恩师，在恩师的墓前谢罪自尽。

双枪队在上海横扫鬼子的威名很快传到了黑虎山王天霸的耳朵里。有感于铁胜男和花千朵的战绩，王天霸决定趁热打铁，攻下诸暨县，作为礼物送给两个妹妹。

主意一定，说干就干。当天夜里是毛月亮，王天霸率领土匪，趁着夜色潜行到城下。他观察着城头上巡逻的鬼子，对豹子头做了一个手势。豹子头会意，带着十多个弟兄往城上悄声摸了上去。

眼看着就要爬上城楼，突然城上的鬼子喊起来："有敌人！"对着下面开枪射击，顿时火光四起，好几个土匪被打了下去。

城下的王天霸看见城楼上开始交火，焦躁起来，喝道："兄弟们，对着城上给我打！"众土匪对着城头射击，鬼子的火力立刻从豹子头这边转移到城下。趁此良机，豹子头带着剩下的土匪奋力爬上去。一个鬼子发现了他，正要开枪，豹子头扔出一把飞刀。"噗！"刀子插进了鬼子的脖子，鬼子摔下了城楼。

豹子头终于跃上了城楼，和鬼子交战。王天霸瞧得真切，带着弟兄打得更来劲儿了。

豹子头干掉了几个鬼子，没有恋战，往城门处飞身跑下去。鬼子看出他要去开城门，立即追了上去。

大门开启，两股土匪们在城门下会合。王天霸一边开枪干掉鬼子，一边眉飞色舞地大笑："啊哈妹子，哥哥就要拿下诸暨给你当礼物啦！"

土匪们正要杀入城中去，突然，城内亮起了一盏盏大灯，照得他们睁不开眼。他们还没反应过来，只见龟田英夫率领大批的日军和皇协军冲上来，对着城门猛烈射击。前面的几个土匪中枪倒下去，豹子头还想杀上去，却被日军的火力压制得寸步难行。

无奈之下，王天霸只能下令撤退。龟田并没有追击的打算，而是下令紧闭城门，继续坚守。他目送黑虎山众匪仓皇离开，对身后一人招了招手。那人上前一步，在灯光下隐约露出面目，竟是刘彪！

龟田拍了拍他的肩膀，笑道："多亏了你的情报，我会给你记功。"

刘彪谦逊地低头："谢太君，这是刘彪应该做的。"

土匪们回到黑虎山，很多土匪兄弟都受了伤。虎皮椅上的王天霸重重地砸了一拳头，骂娘道："真是倒霉！我王天霸还从来没有这么憋屈过。"

豹子头恨恨地说："这一回真是见鬼了！日本人的动作也太快了吧，我们前脚打进城，他们后脚就倾巢出动了，像是有备而来。"

大耳朵也表示怀疑："会不会是有人走漏了风声？"

正在为弟兄们包扎伤口的毒狼微微抬起头，瞥了一眼王天霸。

王天霸没有说话，脑中的念头却快速地转着。

大耳朵看他懊恼，劝慰道："大当家，虽然这次我们损伤惨重，但鬼子也死了不少人。再说了，如今抗日的队伍越来越多，鬼子的日子越来越不好过，龟田这小子还能撑多久？"

王天霸举起碗痛饮一口，大声道："说得在理！兄弟们暂时在山里休整，等鬼子扛不住了再出击！这个仇我们一定要报！"

众匪点点头。毒狼的目光却是阴了一下。

马致远被叫到武田的办公室里，武田告诉他自己即将回诸暨县重新担任诸暨最高指挥官的消息，同时告诉他自己已授意汪精卫政府任命他为诸暨县县长。武田看着一脸意外的马致远，得意地告诉他，帝国非常器重他。

马致远谦虚几句，内心隐隐有些期待起来，当即回到文府收拾行李。文雅一千个一万个不愿意让他走，但他却毅然决然地走了。他不是不清楚表妹对他的情意，但他不知道能使自己如此决绝的，到底是为了铁胜男，还是为了埋在铁宅下的宝藏。

霞飞路的凤来仪住处，向前进兴冲冲地喊着"胜男，胜男"。

花千朵带着促狭的笑容问："哎哎，向队长，你这么着急找胜男姐干吗？还叫得这么亲热。"

向前进意识到自己的失态，不好意思地笑笑。

花千朵看他一脸喜悦，问他是不是有喜事。向前进果然中了她的圈套，点头说"是喜事！"

"哈哈！"花千朵揶揄道："什么喜事？难不成你今晚要娶我们胜男姐了？"

铁胜男听不下去了，从里屋走了出去阻止花千朵继续瞎说。

花千朵的玩笑引来了众人，大家都对向队长口中的喜事格外期待。铁胜男望着向前进，不禁有些紧张。

向前进环视众人，最后目光回到了铁胜男身上，笑着说："铁胜男同志，祝贺你，何司令已正式批准你加入中国共产党！"

铁胜男惊喜得不敢相信自己的耳朵，愣在原地："我、我现在已经是一名共产党员了？"

"是的。"向前进正色道，"你已光荣地加入中国共产党，以后做事要更加严格地要求自己。"

铁胜男站直了身子，响亮地回答："是！"

就在众人为铁胜男感到高兴的时候，浙东游击纵队江特派员被周杰带了进来。

江特派员首先代表组织，对游击队在上海的英勇战绩给予表彰。队员们听了喜滋滋的，纷纷表示会再接再厉。接着，特派员传达了何司令的指示。组织上认为，现在中日战争已到了生死决战之时，必须尽快拿下诸暨这个江浙地区的咽喉之地，为我军打开更大的局面。所以何司令决定，让游击队回到诸暨县去。

送走特派员后，大伙儿为铁胜男举行了一个小小的入党仪式。向前进和铁胜男站在党旗面前，向前进领着她宣誓。

铁胜男握紧拳头，郑重地宣誓加入中国共产党。

韩露脸上露出衷心的祝福，花千朵她们都为胜男姐感到开心，唯有小婷阴沉着脸。

宣誓完毕，大家都对铁胜男表示祝贺，铁胜男笑着请大家多多监督，让她少犯错误。

向前进肯定了她的进步，对她提出了更高的要求，在今后的道路上还有很多坎坷很多艰险在等待着她。

"我会克服的！"铁胜男信心满满。

大伙儿聊起了诸暨之行，向前进思忖道："据可靠消息，武田正雄已回到诸暨县，我估计他对你们家的宝藏还是念念不忘。"

铁胜男恨恨地说："就算我们铁家真有宝藏，我也决不能让他得到！"

小婷一直静静地听着，在听到宝藏时眉头微微一皱，陷入沉思。

众人决定收拾行李，立刻出发。凤来仪与众人道别，说既然余帮主不在了，她已无牵无挂。她早已厌倦了上海的糜烂生活，决定回到乡下老家去，和亲戚们相依。

铁胜男想对凤来仪说对不起，但欲言又止。她同情地看着凤来仪离去的身影，觉得此时的她与从前那个刚失去家人的自己像极了，一样的无助，一样的凄苦。但又觉得自己与她是那样的不同，作为女人，凤来仪在命运这只大手前只能被动地接受安排，但自己却拿起了双枪，用手中的枪来决定自己的命运。想到这里，她不禁十分感激向前进和王天霸。她有些牵挂起黑虎山上的结义大哥，想快些回去见到他，让他看见自己的蜕变。

武田带着马致远回到诸暨县，龟田、韦二狗等人早已在城门口等候。寒暄过后，武田把马致远介绍给他们。龟田对这个新任诸暨县县长并无多大想法，反而是韦二狗有些心慌。马致远睨了他一眼，露出不屑的神色。

武田来到县城内的指挥部，发出物是人非的感慨。龟田向他汇报了诸暨的情况，并说黑虎山的二当家刘彪已投靠了日军。武田的脸上多了一分笑意，颔首道："有他在，不愁拿不下黑虎山。"他没有说出来到诸暨的另一个目的，他让马致远去选办公室。

马致远提出，自己刚上任，应该为诸暨县的老百姓做点事。他想开粮仓，向百姓赈济粮食。

韦二狗觉得不妥，撇撇嘴："马县长，你要知道我们都快没粮了，赈济给那些穷老百姓，简直是开玩笑！"

　　马致远白了他一眼，侃侃说道："自古得民心者得天下，为什么共产党能得到老百姓的拥护？因为他们爱民如子，所以想要县城里的老百姓听话，我们就要给他们好处，这样他们才会乖乖地任由我们摆布。"

　　武田觉得有理，让他放手去做，并鼓励他只要把这县长当好了，日后有的是机会升职。

　　"嗨！"马致远得意地应了，鄙夷地扫了韦二狗一眼。

　　韦二狗被这一眼瞧得胆战心惊，他知道这小子已不是当初受人愚弄的那个他了。

　　游击队和双枪队分批回到了诸暨。马车上，铁胜男看着熟悉的景色，心潮起伏，感慨万千。

　　向前进与她感同身受，握住她的手。

　　铁胜男回头一笑。

　　"我们还是把游击队驻扎在花蒋村那里，那里有群众基础，便于开展工作。"向前进说道。

　　铁胜男点点头："我们的队伍离不开群众的支持。"

　　向前进眯了眯眼，想到什么，笑着说："也不知道王大当家最近怎么样了？"

　　铁胜男想起那个匪气十足却又非常可爱的拜把子大哥，不禁笑了出来："我也挺想大当家的，等我们安定下来就去黑虎山探望他，争取把山上的抗日力量都争取过来。"

　　两人说笑着，马车缓缓往花蒋村方向而去。

　　小四川和花千朵早就被向前进安排混进了县城，以便探听日军的行动。他们看见马致远带人在城中心向老百姓们发粮。

　　老百姓们拿到粮食，向马致远鞠躬致谢，感恩戴德："新县长真是好人啊！"马致远对老百姓微笑着点点头。来领粮食的人越来越多，见时机成熟，马致远站到了高台上，对乡亲们宣布："乡亲们，这粮食啊每家每户都有！武田太君说了，就算是他自己饿肚子，也不能叫咱们诸暨县的老百姓挨饿！"

　　下面的老百姓议论开来。有人说："原来是日本人的粮食啊。"另一个老百姓说："还不是从咱们中国人手里抢去的。"小四川和花千朵没有作声，低头听着。

马致远继续说："我马致远到这诸暨县出任县长，我向大家保证，绝不让父老乡亲们受战争之苦。所以，还望大家多多支持我！如果有什么人想要挑起事端，破坏太平日子，咱们应该怎么办？"

老百姓不说话。混在人群中的马致远手下带头喊："应该和皇军一起，和马县长一起把他们消灭！"

马致远笑了："对，我们应该联起手来，对付那些抗日分子，是他们让我们过不上安宁日子。"手下大声附和："对！我们一起对付抗日分子。"几个老百姓也跟着喊起来："一起对付抗日分子！"

花千朵眼中冒火，啐了一口："这个狗汉奸！"小四川怕暴露行踪，把她拉出人群。发粮行动还在继续着，小四川和花千朵已回到了花蒋村驻地，把刚才的所见所闻告诉了大家。

铁胜男怎么都不愿意相信马致远会去当汉奸，甚至去当伪县长。花千朵再三强调是他们亲眼所见。铁胜男的拳头握紧，咬牙道："如果他真的干出伤天害理的事情来，我手中的双枪一定不会放过他！"

向前进安慰她："胜男，这个时候千万不要冲动，要以大局为重。"

铁胜男没有说话，默默起身。韩露他们还想劝慰她，她扔下一句"让我一个人静静"，便走出门去。

| 第二十二章 |

黄昏，铁胜男抱膝坐在晒谷场上，夕阳西下，她的背影显得有些孤独。向前进远远看着，但没有上前打扰她。

"马致远，我铁胜男是有对不起你的地方，但你身为中国人，竟投靠了日本人！其实我应该早想到了。如今你公然投敌，我绝不能放过你！"铁胜男在心里恨恨地想，脸上露出坚毅的表情。

劳累一天了，大伙儿很早便入睡了。朦胧的月色下，只见两个黑影从茅草屋里面出来，正是铁胜男和小草。

小草的眼睛滴溜溜地转着，压低声音问："胜男姐，你真要去县城？"铁胜男毅然说："是，我要去找马致远，除掉这个汉奸走狗！"

小草点头："好，我陪着姐。不管姐走到哪，我都跟着！"

铁胜男笑了笑，带着她离开花蒋村。

不知过了多久，韩露才发现铁胜男和小草的床位空着，惊得大喊起来。向前进推测铁胜男应是带着小草去县城找马致远了，决定和小四川立即赶去支援。

指挥部里，马致远向武田汇报工作。武田肯定了他收揽诸暨县百姓的举动，马致远谦逊地笑笑，提出他准备让县里三十多个大户献粮捐钱，以充实军费。武田打量着他，昏黄的灯光下，他越发觉得此人确实是个人才。

"马县长，我全力支持你。但你要记得，凡事要有度，你们中国人不是最讲究中庸嘛。"武田意味深长地看着他。

马致远连连点头："致远明白！"

他的住处就在指挥部后面，辞别武田，他伸着懒腰往房间走去。

黑暗中，两个身影闪进后门。小草擒住了一名负责守卫的皇协军，打听出马致远的住处。两人悄声摸到了房门口，小草从发间抽出一根铜丝，捅在锁眼里转了几下。只听"嗒"一声，门开了。

忙了一天的马致远回到家，一躺到床上就睡着了。迷迷糊糊中，他感觉有人用枪顶着自己的脑袋。马致远猛地睁开眼，一个激灵翻身坐起，张口要喊。

"别动！"铁胜男喝了一声，目光炯炯。

马致远定了定神，看清了面前的人："胜、胜男，真的是你。你终于来了？放下枪，有话慢慢说。"他想要去握铁胜男的手，却被她打开了。

铁胜男冷冷地觑着他："叫你别动，就不要动。"

马致远不解："胜男，你这是怎么了？"

"我怎么了？"铁胜男冷笑，"你马致远当了日本人的走狗，还有脸问我怎么了。"

马致远摇手说道："不不，胜男，你误会了……"

"误会？你给日本人做事，蛊惑老百姓跟你一起消灭抗日分子，难道都是假的？"

马致远一脸真诚："胜男，你听我说。我的确给日本人做事，但我这是为了让诸暨县的百姓免遭战争之罪，我这是曲线救国！"

铁胜男顶着他脑袋的枪又加了几分力气："你还有理了？汪精卫也说自己是曲线救国，你们都是卖国求荣的卖国贼。我现在就杀了你！"手指扣向扳机。

"不！胜男，别杀我。我承认我做伪县长，给日本人做事。但不管怎样，我的心里一直有你。无论走到哪里，我都没有忘记你！我是很爱很爱你的！"马致远激动起来。

铁胜男的眼神变得复杂，慢慢松开扣着扳机的手指。

马致远见她犹豫，知道自己的话已起了作用，继续说："胜男，我可以放弃这个县长，和你一起远走高飞，去过没有战乱的生活。胜男，放下枪吧。"伸手去推手枪。

铁胜男突然醒悟过来，厉声喝道："别动！马致远，你以为我会被你的花言巧语迷惑吗？"

马致远苦笑道："我是真心的。胜男，武田对你家的宝藏念念不忘，如果他知道你们也回来了，肯定会马上对你们下手的。子弹不长眼睛，到时你要是出了事怎么办？"

铁胜男瞪眼道："就算我家真有宝藏，武田也休想得到！他想围剿我们，我们游击队定先取他狗命！"

"可是……"马致远还要说话，小草急了："胜男姐，别跟他废话。这种狗汉奸，一枪崩了！"

铁胜男终究还是不忍，咬牙说："马致远，你犯下的罪，游击队都给你记着，总有一天会让你还的。"

马致远的心隐隐作痛："胜男，我们真的不可能在一起了吗？"

"我不会和你这种败类为伍的！"铁胜男骂道。

不甘的神情在马致远脸上浮现，他恨恨地道："哼，都是向前进，是他勾引你。我一定要杀了他……"话音未落已挨了铁胜男一拳头。"闭上你的臭嘴，你不配提向大哥！"她生气地说。

醋意充满了胸膛，马致远冷笑："呵，向大哥，叫得还这么亲热了。"

小草越看他越讨厌，对铁胜男说："姐，我们杀了他就完事了，何苦听他扯东扯西？"

铁胜男冷静下来，盯着马致远，低声说："马致远，希望你以后好好做人，不要再做汉奸走狗。"

马致远望着她，神情复杂。

突然，外面响起了敲门声："县长，是您在喊吗？"

趁铁胜男回头，马致远猛地推开她的枪，大喊"有情况！"

铁胜男震惊了，小草举枪对准马致远，正准备开枪，却被铁胜男阻止。马致远已躲到了屏风后面，鬼子也同时破门而入。

铁胜男连开了四枪，干掉了冲在前面的两个鬼子。马致远趁她分身乏术，往窗户外跳了出去，边跑边喊："救命！有游击队！"

铁胜男担心会有越来越多的鬼子闻声赶来，于是带着小草冲出房间，追了上去。

"狗汉奸！"小草怒骂着，对院中的马致远开枪，却被他躲过。

果然，一队鬼子迅速赶过来支援。马致远仿佛看到了救星，瞬间胆气十足，大声命令道："快，她们是游击队，快给我抓起来！"

鬼子立即向两人围上来。铁胜男被马致远的无耻嘴脸激怒了，对着他双枪齐发，吓得他抱头鼠窜，夺路而逃。

鬼子越来越多，铁胜男见今日是无法取马致远狗命了，带着小草往后门撤退。后门被堵死了，小草托起铁胜男，助她翻身上墙跳了出去。随后小草提气跃起，在柴堆上用力踩了一下，飞身跳出墙去。

在鬼子的保护下，马致远也追了出去。铁胜男和小草在街道上奔逃着，身后的鬼子越来越近。铁胜男看清了路，向城门的侧门方向逃去。她们没有料到的是，龟田英夫早已带着人马守在那里。

她们离城门只有十多米了，突然，探照灯亮起。惨白的灯光罩住了两人，她们连忙捂住了眼睛。

"铁胜男，快点放下武器。"龟田喊道，铁胜男猛地一抬头，朝他开了一枪。龟田连忙躲到了车身后面。

眼看后面的鬼子也追了上来，小草没了主意："胜男姐，怎么办？"

铁胜男咬牙说："跟着我杀出去！"

"好！"小草的心定了。

双方激战，气氛已越来越紧张。铁胜男她们就要快被包围了。

隔得老远，马致远高喊道："胜男，你是逃不走的。快点放下枪，我会向太君为你求情的……"这句话又引来铁胜男的几枪。

眼看着前后方的日军就要成合围之势了，两人的境况岌岌可危！在此千钧一发之际，后方发出一声轰响，五六个鬼子立刻被炸飞。

枪声响起，是向前进和小四川杀了出去。铁胜男惊喜万分，带着小草又鼓起了冲杀的勇气。龟田没料到他们火力竟如此猛烈，连忙往侧边撤退，命令还击。

铁胜男和向前进终于会合了："向大哥，你们怎么来了？"向前进板着脸："你擅自行动，回去批评你！"但语气中关心胜过怒意。

马致远看到了这一幕，眼中冒火，对着向前进连着开枪。向前进躲过，下令不要恋战，立刻撤退。向城门外撤退时，小四川又对着追来的鬼子扔了两颗手榴弹。

硝烟散去，游击队已消失在夜色中。马致远恨恨地咬牙道："向前进，有朝一日我一定会报夺爱之仇！"

天亮时分，四人终于回到了花蒋村游击队驻地。大伙儿见他们平安无事，也就放心了。铁胜男心知自己犯了错误，默默地坐在角落里。向前进踱着步，很是生气。众人都不敢说话，室内气氛十分沉重。

"铁胜男，你叫我说你什么好？"向前进开了口。

铁胜男低低地说："不知道就别说。"

向前进生气地说："你要知道自己的身份。你是双枪队队长，又加入了中国共产党，凡事都应报告上级，怎么能擅自行动？这是无组织无纪律的表现！"

铁胜男起身大声道："向队长，我错了！我请求处分。"

向前进皱眉反问："你以为我不敢处分你吗？昨夜如果不是我和小四川及时赶到，你，还有小草，就已经被日本人抓住了。难道你忘记沈二妮的死了吗？"

铁胜男的眼泪在眼眶里打转，她明白了问题的严重性："向队长，我保证下次再也不犯这样的错误了。但是，马致远投靠日本人，必须杀！"

向前进被噎得无话可说，韩露起来劝道："胜男，你要理智一点。马致远危害中国人，他一定会受到人民的审判。"

铁胜男痛苦地点了一下头。

马致远和龟田向武田报告了昨晚的情况。武田安慰马致远之余，还试探了他对铁胜男的情意。马致远斩钉截铁地表示对铁胜男已没了感情，恨不得亲手杀了她。武田哈哈笑了，叮嘱他在宝藏找到之前，必须让她活着。

马致远的目光幽深地点点头，陷入了沉思。

批评过后，铁胜男告诉向前进，马致远说武田对铁宅的天国宝藏一直不死心。她认为武田近期定会有所行动，她想赶在日军前找到宝藏，捐献给党用作抗日经费。向前进对她的想法表示肯定和支持。他们没有想到的是，对话被暗处的小婷听得一清二楚。她目光闪动一下，心里有了主意。

铁胜男带着大伙儿来到铁家。昔日漆得火红发亮的木门现已破败不堪。门半掩着，蜘蛛在门缝间肆意地吐丝撒网。从台阶到门槛都生满了杂草，一片衰败之景。

铁胜男感慨万千，向前进上前拍了拍她的肩膀以示安慰。她笑了笑："我没事，进去吧。"推开大门，拍落蜘蛛网，带着大家走了进去。

尽管铁宅饱经摧残，但众人仍可以看出它昔日的气派。小草笑道："胜男姐，你们家果然是大户人家啊！"

铁胜男苦笑："可我宁愿自己只是普通人家的孩子。"小草自知失言，垂下脑袋："姐，对不起，我不是那个意思。"铁胜男微笑着点点头："我知道。放心，都已经过去了。我铁胜男也不是以前那个弱女子了。"

在她们谈话时，小婷仔细打量着铁家的角角落落，不放过任何一处，嘴角微微上扬。

众人来到大厅，向前进摸着柱子思忖道："一千根柱子……胜男，你说宝藏真的会在第一千根柱子下面吗？"

铁胜男摇头说："我小时候就数过，但无论怎么数，都只能数到九百九十九根。"

"胜男姐，你那时小，会不会数漏了？"小四川问。

向前进觉得有理："我们再数一遍。我有一个法子可以防止数漏了。数过的柱子上都贴上一个数字。"

大家都对这个法子赞不绝口，立刻行动起来。韩露负责写字条，其他人一边数着一边贴纸条。

铁胜男看着熟悉而陌生的家，内心感慨，不知不觉一人来到后院。桂花树花开满枝，铁胜男闻着芳香馥郁的桂花，眼前不禁浮现小时候和妹妹在一起的画面。她和妹妹手拉着手，围着桂花树转圈圈，银铃般的笑声不绝于耳。铁明理坐在石凳上，一边喝着茶，一边慈爱地看着她们，嘱咐她们小心一点。

她清晰地回忆起父亲的眼神，妹妹的笑声仿佛还在耳边，她幸福地笑了出来。

画面里的妹妹越转越快，不小心摔在了地上，自己急忙拉起妹妹。现实中的铁胜男也伸出了手，叫了出来："妹妹小心！"她看着地上慢慢虚化的小铁胜兰，手在半空不断地颤抖，眼泪溢出眼眶："妹妹，对不起，是姐姐没有牵好你的手。"但她很快擦去了眼泪，掩藏了悲伤。她哽咽着唱起一首童谣。小时候每当自己或妹妹跌倒时，母亲都会抱着她们，哼起这首歌安慰她们。

"宝宝快睡觉，数呀数柱子，九百九十九，梦里去戏水，看见老祖宗……"

大家找遍了铁宅，果然只发现九百九十九根柱子，找不到所谓的第一千根。向前进看着愁眉苦脸的众人，突然想起了什么。他嘱咐大家继续找，自己来到了后院。

他远远看见铁胜男坐在桂花树下，一动不动，于是轻声过去在她身边坐下。看着她紧皱的眉头和疲惫的泪眼，向前进心疼不已。他想要拭去她的泪痕，舒展她的眉头，但伸出的手停在半空中，最后还是缩了回来。

就这样，他静静地坐在她的身边。夕阳西下，余晖洒在铁胜男的脸上，向前进看痴了。

铁胜男突然睁开眼睛，对身边出现的向前进并不感到意外。向前进笑问："是不是我打扰你了？"

铁胜男摇摇头："这棵桂花树开得还是和以前一样好，坐在这里，就想到了小时候的事。"

"回家的感觉一定特别亲切吧。"向前进温和地道。

"家？"铁胜男语气凄怆，目光黯然，"我已经没有家了。"

向前进鼓起勇气握住了她的手："胜男，我们都是你的亲人。"铁胜男感激地望着他，内心很是感动。

良久后，她想起什么："第一千根柱子找到了吗？"

向前进摇摇头，说了情况。"胜男，你再好好想想，你家还有没有什么特别的地方，容易被忽略的？"

铁胜男蹙眉沉思。

小四川和花千朵筋疲力尽地到了后院。两人抱怨第一千根柱子一定是个传说，花千朵夸张地说："绝对没有第一千根柱子，除非啊这柱子能上天入地，藏到地底下去了！"

"地底下？"铁胜男不由怔了。向前进看着她紧锁的眉头，心有不忍，提议天色已晚，今日大家先休息，明天再找。小四川和花千朵跑出去通知大家，后院只留下了铁胜男与向前进。

铁胜男忽然问："向大哥，我奶奶去世前让我唱的那首童谣，你还记得吗？"

向前进点点头。

铁胜男哼唱起来："宝宝快睡觉，数呀数柱子，九百九十九，梦里去戏水，看见老祖宗……"

向前进悟到了什么，又惊又疑："难道宝藏的秘密就在这童谣里？"

铁胜男微微点头："九百九十九，梦里去戏水，看见老祖宗。后面两句的意思，似乎就是在说第一千根柱子。"

"戏水，老祖宗。水里有老祖宗？难道老祖宗就代表着铁家的宝藏？"向前进有些困惑。

铁胜男觉得很有可能。

向前进环顾着后院"你们家附近有什么水吗？小河、水井之类？"

"小河、水井？"铁胜男紧锁着眉头，努力回忆着关于家的点点滴滴。突然，她想到了小时候和父亲发生的关于家中枯井的对话。

"爹爹，为什么这里面没有水？"

"为什么这里面要有水呢？"

"井里面不是都有水吗？"

"傻孩子，你为什么会认为这是一口井呢？"

"不是井，那又是什么？"

"哈哈，胜男，等你长大了爹爹就告诉你。"

铁胜男脑中一片雪亮，大叫："我想到了！"

向前进奇问："想到什么了？"

"井！我家有一口井！"

众人被铁胜男的叫声引过来，围在后院。铁胜男兴奋地抓着花千朵："千朵，你说得没错，第一千根柱子就是藏在了地底下！"

花千朵云里雾里，众人也是不解。躲在后面的小婷表情深邃。

铁胜男带着向前进和花千朵、小四川来到枯井处，把从前与父亲的对话告诉他们。但花千朵和小四川还是很疑惑，把枯井瞧了又瞧，觉得它只是口枯井而已。

忽然，向前进激动起来："我知道了，这就是我们要找的第一千根柱子！你们看，井的形状跟柱子又有何区别？"

如此一来，大家顿时明白了。第一千根柱子的确存在，但却埋在地下，井口就是通往宝藏的入口。

花千朵兴奋鼓掌："太好了！那话怎么说来着？什么工夫，什么铁鞋的。"

小四川又是好气又是好笑："踏破铁鞋无觅处，得来全不费工夫。"

"对，就是这句！"花千朵佩服地说，"铁家的老祖宗真厉害，把宝藏藏在井底，难怪小鬼子怎么也找不到。"

铁胜男觉得地下情况复杂，况且天已黑了，大家也辛苦了一天，提议早些休息，明天一早开挖。

众人没有异议，用了些干粮后就席地而睡。一天下来的确疲惫至极，大家很快陷入了沉睡。在一片鼾声中，小婷睁开眼，确保无人察觉后悄悄地退了出去。

第二天一大早，众人拿着铁锹等工具，聚集在了枯井边。小婷混在人群中，根本看不出任何异常。铁胜男和向前进都不愿对方冒险，争着要第一个下去。相持不下间，小草抢过绳索绑在腰上，拿过手电筒："都别争了。我身手敏捷，我先下。我找到入口就扯三下绳子，你们再下来。"

铁胜男不放心，叮嘱了好几遍注意安全，大家才慢慢地把小草放到井里。

小婷也在一边帮忙，余光却不时瞥向大门所在的方向。与此同时，他们绝对没有想到的是，武田正雄带人悄悄地包围了铁宅。

时间一分一秒地流逝，大家趴在井口焦急地等待着。

井底比井口相比空间稍稍大了点，其他并无异样。小草一手拿着手电筒，一手用匕首在井壁上敲打着，许久过去仍是一无所获。

铁胜男放心不下，拿过绳索绑在了腰上。向前进知道拗不过她，只能叮嘱她小心。绳索一点点放下，铁胜男很快下到了井底。

小草迎了上去，一边帮忙解开绳索，一边说她没有发现异常。

铁胜男微感疑惑，她不死心地用手敲打着井壁，专注地观察井壁上的每一条纹路。因为过于专注，她不小心滑了一跤。小草赶紧扶起她："胜男姐要小心，井底常年潮湿，可都是青苔。"

铁胜男似乎想到了什么，蹲下身，用手电照着井底，用手拂去地上的脏东西。小草受到了启发，蹲下来帮忙。

很快，一个圆形暗扣出现了两个人的面前，两人相视一笑。铁胜男轻轻地将暗扣按了按，静静等待着。谁知周围却没有任何反应。

小草不耐烦，又重重地按了按，还是没有变化。

铁胜男清理了暗扣周围的青苔，仔细地观察了一会儿，试着将暗扣轻轻反转。暗扣竟然松动了！她加重了力道，暗扣竟被她扭得旋转开来。只听"格拉格拉"一阵响动，井壁竟然打开了一道门。

铁胜男和小草惊呆了！

"胜男姐，简直太神奇了！"小草兴奋地喊。

向前进等人听到了响动，趴在井口紧张地喊问："胜男发生什么事情了？"

"找到了！我们找到了！你们快下来。"铁胜男的声音从井底传上来，大家高兴地欢呼起来。向前进如释重负，带着小四川等人下去支援，其余人留下负责警戒。

小婷借口如厕，悄悄来到前院，隔着墙壁向外吹响了鸟鸣般的口哨。准备多时的武田听到暗号，心知铁胜男已经找到了宝藏。大喜之下，对这个对手愈加欣赏起来。他命令龟田把铁宅围得像铁桶一样，这次决不允许他们再逃走了。

密道内，一箱箱黄金珠宝整齐地堆放着，大家都看得眼花缭乱。

向前进也觉得很震撼，认为这里的金子足够装备两个世界顶级军团。小草心直口快，问："胜男姐，这么多金子，你打算怎么花？"

铁胜男目光深沉，缓缓地说："这些财宝本就不属于任何人，它们是我们中华民族的财富。在目前的特殊时期，必须要把它们用在刀刃上。所以我正式宣布，把宝藏全都献给共产党，捐给新四军。"

向前进赞赏地点了点头，铁胜男也望向他，两人对视一笑。

大家说干就干，当下陆续将宝藏抬出密道，往井上搬去。

几十里之外的黑虎山，王天霸坐在聚义厅内，心神不宁，眼皮直跳。大耳朵看他举止有异，问："大当家的，你今天这是怎么了？"

王天霸皱眉："我也不知道，右眼一直跳。"

"俗话说'左跳财右跳灾'，大当家的，该不会有什么不好的事情要发生了吧……"他还没说完，脑袋上就挨了王天霸一巴掌："臭小子，别胡说八道！"

大耳朵委屈地说："我也是随便说说而已。"

王天霸没有再说，陷入了沉思。

武田拄立着指挥刀，死死地盯着铁宅。龟田不解，问为何不现在就进去将他们一网打尽。

武田神秘莫测地一笑："不不不，龟田君，让他们尽情地享受这种喜悦吧。越是得意忘形的人就越会忘记危险，等他们飘飘然之时，我们再让他们重重地摔回地面，死无葬身之地。"

"阁下英明！"龟田佩服地望着他。

宝藏一箱箱被搬出井底，众人围着黄金珠宝兴奋地看着。小婷冷眼看着，望向众人的眼神仿佛是在看待一具具尸体。

周杰想要解手，他绕过高高的蓬草，来到院子一角，对着墙角解开裤子。他如释重负，提起裤子，不经意地从墙上的破洞里朝外瞟了一眼。但是这一眼，足以让他如坠冰窖！周杰赶紧隐蔽，小心地再看了一眼，只见墙外鬼子的身影在树丛中若隐若现。

周杰飞奔向枯井，大喊："队长！不好了！"小婷知他发现了院外的情况，不由皱起了眉头，悄悄退了出去。

向前进还在井底，队员们一听周杰说院外有鬼子，迅速端起枪进入警戒状态。小四川立刻下井去通知向前进他们。

院外的武田听到暗号，知道接手战利品的时候到了。他一挥手，龟田带着鬼子从大门长驱直入，冲向枯井。

向前进先一步回到地面，铁胜男紧随其后。此时，小婷不知怎么冒出来了，向井口的铁胜男伸出手。铁胜男握住了她的手，小婷拽着她出了井口。

这时，武田带着鬼子突然出现。鬼子们端着机枪，冷冷地看着游击队员们，做好随时扫射的准备。游击队员们也已端起枪，与鬼子对峙。

武田站在机枪手的后面，和他们打招呼："铁胜男，向前进，又见面了。"

铁胜男怒视他："小鬼子，就算是同归于尽，我也不会把宝藏交给你们！"

武田笑了："哦？是吗？"

铁胜男忽然觉得后脑勺被人用手枪抵住。

"小婷！你……"大家都震惊了，铁胜男更是难以置信地瞪大了眼。

武藤樱冷笑，挟持着铁胜男转过身，面对着游击队，步步倒退，走向日军。"什么小婷，我叫武藤樱！都别动，再动我杀了她！"她露出了真面目。

武田得意地大笑："哈哈哈，我做的所有功夫都没有白费。铁胜男，你以为当日在特高科监狱里，你真的能那么轻易逃出我的手掌心吗？我只是想在你的身边安放一双眼睛罢了。"

向前进竭力保持冷静，观察着一切。武藤樱挟持着铁胜男，离日军越来越近。队员们急着想要跟过去。

武藤樱："都别动，把枪放下！"冷冷地威胁。向前进让大家不要轻举妄动。

铁胜男挣扎着喊："向队长，你不用管我！我铁胜男死不足惜，你一定要打死武田，为兄弟们报仇！"

"老实点！"武藤樱重重地用枪把在她的后背敲了一下。

武田笑道："向前进，铁宅已经被我们包围了，外面全是我大日本帝国的勇士。只要枪声一响，就算是只苍蝇也飞不出去。现在我给你一个机会，只要你们乖乖地放下武器，我可以饶你们一命。"

向前进也笑了："武田正雄，这话应该是我说才对。只要你们肯放下武器，我们共产党人会善待俘虏的。"

武田敛了笑容："向前进，你这是敬酒不吃吃罚酒。"

"武田，你真是小瞧了我们。"向前进清朗的声音在庭中传开，"实话告诉你，武藤樱的身份其实我早已开始怀疑。"

武田嗤之以鼻："但结果还是中计了，不是吗？"

向前进笑道："你以为挖宝这么重要的事情，我们会没有防备？为了避免宝藏的纷争继续，为了彻底断了你们的念想，我们早就决定不管宝藏能不能找到，都要把这个地方毁掉。早在挖宝之前，我们就在铁宅各个角落都安置了炸弹。你的脚底下就有一颗，难道武藤樱没有告诉你吗？"他拿出了炸弹引爆装置。

铁胜男他们一开始听得很是诧异，随后明白了向前进的用意。

武田狐疑地看向武藤樱，武藤樱急于解释。趁她分神的一刹那，红莲冲了出来："放开我们队长！"

武藤樱恼羞成怒，一枪打中红莲的胸口。铁胜男应变奇速，夺下她的手枪，扑过去抱住了红莲。鲜血从胸口冒出来，红莲慢慢地倒了下去，脸上却浮现笑意："胜男姐，下辈子我还跟着你……"昏迷过去。

铁胜男悲痛欲绝："小鬼子，我跟你们拼了！"

几乎是同一时间，游击队员和鬼子交上了火，院子里死伤一片。双方都在寻找掩体，向前进跑过去，一边开枪一边将铁胜男拉到柱子后面。

武藤樱和武田被游击队的火力分隔在两侧。"武田君！"武藤樱正想告诉他根本没有所谓的炸弹时，向前进朝她开了两枪，她急忙躲过，把话吞进喉咙里。

向前进藏身于柱子后，握着引爆装置向武田挥了挥："武田，我们同归于尽吧！"

武田急了，带着鬼子们立刻撤出了铁宅，武藤樱无奈地跟了出去。

众人暂时安全，纷纷围向红莲。铁胜男抱起红莲，声泪俱下："红莲，你醒醒！你不会有事的！"

韩露查看了红莲的枪伤，铁胜男仿佛看见了希望，问："怎么样？"

韩露摇了摇头，垂下眼睑："子弹正中心脏。"

铁胜男："不，韩露，你一定有办法救红莲的对不对？"

回光返照的红莲艰难地睁开了眼睛，对铁胜男微微一笑。铁胜男泪流满面："红莲，对不起！是姐没保护好你！你不会有事的，姐马上就带你出去。"

旁边的韩露难过地别过头，眼泪掉落下来。

红莲缓缓地抬起手，想要为铁胜男拭去眼泪，但手停留在半空，慢慢地滑落下来。红莲永远地闭上了眼睛。

铁胜男抱紧了红莲，撕心裂肺地喊着她的名字。林雪娇泣不成声："红莲，我的好妹妹啊！"

"武田正雄，我定要你血债血偿！"铁胜男恨极了。

啜泣声此起彼伏，众人都默默垂泪。向前进忍住悲痛，快速说道："同志们，现在不是悲伤的时候，小鬼子此刻还在门外虎视眈眈，我们必须马上离开这里。"

小四川问起炸弹是怎么回事，向前进说自己一直怀疑小婷的身份，所以让周杰悄悄地埋了炸弹。

铁胜男十分内疚："没想到小婷真的是日本人，是我瞎了眼，我对不起大家。"花千朵劝道："胜男姐，这不能怪你，是小鬼子太狡猾了，大家都被骗了。"

向前进说道："胜男，这不是你的错。日本人马上就会发现这是个缓兵之计，我们得想办法尽快撤退。"

韩露指着一箱箱的金子："这些东西怎么办？"

向前进思索片刻，很快做出决定："这些东西只能暂时先在鬼子手里寄存一段时间，日后再取便是。胜男，你最熟悉这里，你想想除了前后两个门，还有没有其他出口？"

铁胜男将红莲的尸体放好，忍住悲伤摇摇头。向前进颔首："既然无路可走，那我们就炸出一条血路。"

向前进提议把敌人往后院引，周杰在那里安置了很多炸弹。众人开始向铁家后院撤退。

向前进指了指围墙："在这里炸开一个洞，等武田进了后院的炸药圈内，我们就从这里冲出去。"

周杰放好了炸药，小四川点了引线，迅速跑开。其余人已提前避开。

"嘭！"一声巨响过后，后院围墙上瞬间被炸出一个大窟窿，墙外好几个守卫的鬼子被炸飞出去。

阿魁提出殿后，向前进见时间紧迫，只好同意，嘱咐他多加小心。大伙儿从窟窿里冲了出去。

爆炸声引来了武田。后院的门被鬼子撞开，阿魁立刻对着冲进来的鬼子开枪，两名鬼子被干掉。武田和武藤樱冲进来，对着阿魁射击。阿魁的手臂中枪了，但他还是奋力还击，直到打光了子弹，被鬼子包围了。

阿魁蔑视鬼子，哈哈大笑："十八年后，老子照样是条好汉！"伸手拔掉引线。

武田意识到上当了，赶紧和武藤樱往院外逃去。

阿魁奋勇地跑向鬼子，将炸弹包丢过去。鬼子火力全开，瞬间将他打成了筛子。炸弹包没有落在鬼子中间，只炸死了两个鬼子。然而，它引爆了后院埋下的炸弹。后院发生了一连串的爆炸，十几名鬼子被炸死。

阿魁瞪大了眼睛，含笑倒下。

向前进等人听到爆炸声，知道阿魁牺牲了，眼睛一红。周杰、小四川含泪咬牙道："阿魁，我们会给你报仇的！"

附近的鬼子围过来，向前进他们并不恋战，回击着向外撤。凭借对地形的熟悉，铁胜男带着队员们离开铁宅，迅速往丛林跑去。快进入丛林之时，铁胜男和向前进突然停下脚步，众人一愕，抬头看见武田带着鬼子架着机枪，正候在那里。

"撤！"

话音未落，鬼子的机枪扫射过来，向前进和铁胜男赶紧匍匐下来滚到一边。来不及趴下的游击队员纷纷倒下，其余人迅速寻找掩体，向鬼子开枪还击。

铁胜男回头看了一眼，发现武藤樱带着人马从后面包抄过来，急道："我们被包围了！"

向前进躲在树后，刚探出脑袋，子弹从他耳边呼啸而过。同时，游击队员一个个中弹倒下。

"敌人火力太猛，必须迅速突围！"铁胜男急喊。

向前进喊道："你带双枪队先撤，游击队员留下来掩护！"

铁胜男不依："不行，要走一起走！"花千朵也喊道："我要跟小四川一起！"

小四川心中十分感动，但他仍催促她："快走！再不走子弹就没了。"

铁胜男对两名鬼子机枪手开了两枪，两个鬼子同时毙命。小鬼子立刻将火力集中到她这边，子弹将她身前的树打成了马蜂窝。

铁胜男大喊："就是死我也要和鬼子同归于尽！"

向前进定了定心："好，兄弟们，节约子弹！杀一个鬼子我们就不亏，杀一双就赚到了。"

众人受到了鼓舞，情绪高昂起来，枪法也准了许多。

小四川和花千朵背对着背。小四川说："看到那棵树上面的两鬼子没有？咱一人一个。"

树上的两个鬼子还没意识到死亡的来临，还在瞄着枪冲游击队开火。

"好！"花千朵应了。两人举枪瞄准了鬼子，同时开枪，两个小鬼子同时毙命，从树上掉了下来。两人开心地击掌相庆。

林雪娇用最后一颗子弹打死了一个鬼子，丢掉手枪："胜男，我没子弹了！"

"跟敌人拼刀子！"铁胜男的子弹也不多了。

林雪娇拿出一把明晃晃的刀子，得意地笑道："好。今日就让小鬼子见识见识本姑娘的刀法！"

好几个队员也没有了子弹，纷纷取出刀子。铁胜男靠着树笑道："今生能和你们一起打鬼子，我死而无憾！"与向前进对视一笑。

向前进心中暖暖的，胸间升起昂扬之气："好，兄弟们，把子弹都留给鬼子！"

武田见游击队死伤过半，下令手下逐步分散开，围成圆形把游击队围在中间。小鬼子在强大的火力支撑下，一步一步逼近游击队。

游击队腹背受敌，鬼子强大的火力压得他们动弹不得。铁胜男想要开枪还击，子弹飞过，擦破了她的右臂，鲜血顿时流了下来。

众人都是一惊，向前进想要过来查看，刚一动身，鬼子的子弹就飞了过来。铁胜男对他摇了摇头，对大家说："今天我们怕是要去阎王殿走一遭了。"

"胜男姐，我们不怕！"双枪队队员毫无畏惧。

铁胜男点头笑了："好样的！大家节约子弹，待鬼子靠近点再打。黄泉路上，要多拉几个鬼子当垫背。"

向前进也对游击队员说："兄弟们，听我的口号，等鬼子靠近我们就来个子弹齐发。此生能和大家同生共死，是我向前进的荣幸。来生我们再做兄弟，只是希望那时鬼子已被赶出中国了！"

众人一听，凝重的神情反而变得淡然，一个个竟然露出微笑，面面相视。

大家都做好了与鬼子同归于尽的准备。小鬼子端着机枪不断扫射，逐步压进。

"准备！"向前进举起手。

突然，从鬼子的后方传来猛烈的枪声，毫无防备的鬼子瞬间倒下一片。

铁胜男大喜："看来阎王爷还不想收我们。"

"太好了！兄弟们，打！"向前进激动地下令。

从天而降的援军打得鬼子措手不及，情势瞬间扭转，鬼子开始腹背受敌。

武田万万没有料到游击队竟然会有援军，匆忙下令："第一小队阻击援军，其余人等尽快消灭游击队！"

援军拥过来。铁胜男远远看见王天霸手持双枪，枪法入神，一个个鬼子应声而倒。

"大当家的！是大当家的！"她和花千朵激动地大喊。

游击队员奋力反击。小鬼子开始力不从心。武田虽然气愤，但深知形势已非他能掌控，只能下令撤退。小鬼子很快退出丛林，土匪们也并不追击。

双方会合，铁胜男捂着受伤的手臂笑着迎上去："大当家的，你怎么来了？你简直就是天兵天将！"

向前进拱手道谢："大当家，我向前进又欠你一条命。"

王天霸注意到铁胜男受伤了，关切地询问伤势。铁胜男笑着说不碍事。韩露过来，为她查看伤口，并用纱布包扎。

铁胜男请王天霸带大家杀回铁宅，抢回宝藏。

王天霸摇手说道："现在去抢宝藏？恐怕已经晚了。"

铁胜男急了："大当家你不会是怕了吧？大不了宝藏夺回来之后，我们分你一半。"

王天霸瞪眼："妹子，我王天霸是这种贪财之人吗？"

铁胜男自知失言："不是……我、我的意思是……哎，你说你要怎么样才肯去夺宝藏？"

大耳朵见大当家被误会，赶紧说："哎呀，急死我了！我们大当家不是去夺宝藏，而是此刻宝藏早就不在日本人的手里了。"

铁胜男奇道："不在日本人手里？那会在哪？什么意思？"

王天霸打个哈哈："天机不可泄露！"

大耳朵学着王天霸的语气，摇头晃脑地道："天机不可泄露！"

向前进见铁胜男还要追问，劝道："胜男，既然大当家这么说了，肯定有他的道理。队员们也需要休整，我们就听大当家的，先去黑虎山。"

铁胜男听向前进这么说，只能作罢。

王天霸看向老碰溪的方向，微微一笑，意味深长。"走！"他带着大伙儿回了黑虎山。

聚义厅内，铁胜男板着脸，一言不发。王天霸知道她心情不好，亲自为她倒了杯茶，嘿嘿直笑："妹子，你们和鬼子斗了半天累了吧？喝杯茶解解渴。"

铁胜男瞪着眼说："好不容易找到的宝藏拱手送给了鬼子，你让我怎么有心思喝茶？"

向前进半是劝慰半是批评地说："胜男，大当家不顾安危，救你我于水火，怎么能这样说话？"

铁胜男欲语还休，赌气似的一口喝了王天霸递过来的茶。王天霸笑笑，摆手道："向队长，不碍事，我王天霸可不是小气之人。"

花千朵突然想到了什么，瞪向大耳朵，大耳朵连忙躲在了王天霸的身后。"臭耳朵，你说回到黑虎山就告诉我们是啥天机，现在总可以说了吧！"她不耐烦地说。

大耳朵看向大当家的。王天霸神秘兮兮地只吐出一个字："等！"听得铁胜男郁闷至极，又闷了一杯茶下去。

向前进问起王天霸是如何知道游击队被鬼子包围的。王天霸不满地瞥了他一眼："你还说！回来了也不说一声，大家一起有个照应，你们也不至于伤亡如此惨重。这次啊多亏了大耳朵，他跑去铁宅，老远听见枪声四起，就马上跑回来禀报了。我料想肯定是你们回来了！"

大耳朵听大当家夸他，不好意思地挠了挠头："幸亏大当家的早上一直眼皮跳，我才想到要去铁宅看看。嘿嘿嘿……"花千朵打趣："看来姑奶奶平时没白疼你啊！"

铁胜男想起红莲的死，又想起自己有眼无珠错信武藤樱，不禁内疚地低下头。花千朵知道她难过，忙轻拍她的肩膀以示安慰。

王天霸问起游击队目前的驻扎地，向前进说在花蒋村。王天霸觉得那里虽然隐蔽，但不方便，力邀他们入驻黑虎山。铁胜男他们拗不过，只好答应。

不多时，厅外传来豹子头豪爽的声音："大当家！大当家！我们回来了。"

王天霸大喜，迎上去。豹子头大步流星走进来，满脸喜色，王天霸见他神色便知得手了，哈哈笑道："好兄弟，你一定没让我失望！"

豹子头竖起拇指："大当家料事如神，岂有不得手之理？"

王天霸喜形于色，拍拍他的肩："好样的！东西呢？"

豹子头让手下把东西搬进来。众人不明所以，但见王天霸如此高兴，都好奇地看向门外。

众土匪抬着箱子走进厅内，把装满金银珠宝的箱子整齐地排放在王天霸面前。游击队员们瞧得两眼直瞪，又是惊诧又是喜悦。铁胜男喜不自胜，激动地用力朝王天霸胸前擂了一下："好你个大当家的，你真是只大黄雀，原来你早设下套等着鬼子了！"

王天霸得意极了，抱胸仰头问："怎么样？我没骗你们吧？我说了，只要等就可以啦！小鬼子能抢你家的宝藏，我就不能再从他们手里抢回来吗？"

铁胜男喜极而泣："太好了！真的太好了！这么多兄弟总算没有白白牺牲。"

王天霸愣了："妹子，你怎么哭了？"

铁胜男诚恳地道："大当家的，谢谢！这份恩情胜男怕是一生一世都难以回报……"王天霸赶紧打断："妹子，你大哥做事只听从内心，不图回报！"

铁胜男有些犹豫："大当家的，这些宝藏我已经决定要送去前线，用来支援新四军抗日，你没有意见吧？"

王天霸不在乎地一摆手："瞧你说的，在你眼里我就这么贪财？虽然我是个粗人，但现在国难当头，顾全大局的道理我还是懂的。这钱你想怎么用就怎么用，我没意见！"

铁胜男感激地看着他，向前进也朝着他拱手："大当家义薄云天，向某在此替前线将士谢过大当家高义！"

"谢大当家高义！"游击队员们齐声喊道。王天霸得意地朝着大家挥挥手。

喜子听说铁胜男回来了，激动地跑来问长问短，缠着她说在上海打鬼子的故事。小土匪们一听有故事，都嚷着也要听。花千朵叉腰直喊："你们怎么不问我？我说故事才好听呢！"小土匪们瞬间又朝她围过去。

王天霸好久不见黑虎山这样热闹了，高兴得哈哈大笑，豪爽的笑声响彻聚义厅。

夜幕降临，向前进和铁胜男在黑木崖散步。向前进决定明天就带游击队将宝藏运送出去，让铁胜男带着双枪队和伤员们留在山里修养，韩露将会留下照顾伤员。铁胜男同意了，表示自己会照顾好韩露，要向前进一定要照顾好自己。

他们正聊着天，忽然看见小四川在不远处一个人踱步。他身后是蹑手蹑脚的花千朵。

花千朵开心地从后面抱住他。小四川吓了一跳，害羞地推开她："你、你来了。"

花千朵拉起小四川的手："刚听姐妹们说你来找我了，我真的好开心啊！你肯定是想我了对不对？"

小四川犹豫了一会儿，还是说出实情："千朵，我是来向你道别的。"

"道别？你又要去哪里？"花千朵急了。

小四川说："队长要把宝藏运送到浙东游击纵队，明天就要出发了。"

花千朵用力地拽着他的手："不行！我不让你走。"

小四川无奈地说："这是任务。"

花千朵抱住他，把头埋在他胸前："我跟你一块去。"

小四川见她心系自己，不顾危险，很是感动，但仍是劝道："听话，这次你和铁队长一起留在黑虎山好好休养。我完成任务就回来。"

花千朵抬头看向小四川，一脸期盼："回来就跟我成亲吗？"

小四川不忍拒绝，点点头："嗯，等我回来。"

花千朵开心极了，把小四川抱得更紧。小四川抬起双手，犹豫了片刻，也把花千朵紧紧搂在了怀里。

花千朵幸福地喃喃自语："小四川，我等你，你一定要早点回来。"

铁胜男和向前进远远地瞧着，为他们感到高兴。他们不愿打破这片刻的幸福，转身轻轻离去。

下山的路上，铁胜男笑着说："千朵和小四川还真是一对，这次回来就让他们成亲吧。"

向前进点头："是啊，一个大大咧咧，一个呆头呆脑，却都视彼此为挚爱，在这战火纷飞的年代实属不易。"

铁胜男低下头："我真的好羡慕千朵，敢爱敢恨，可以肆无忌惮地说出心中所爱。"

向前进轻叹一声："我又何尝不羡慕小四川呢？"

铁胜男抬头凝视着向前进："向大哥，你不用羡慕他，我也会一直跟着你。"

向前进握住了她的手，深情地说："我们会一直在一起，生死不相离。"

铁胜男用力地点点头："生死不相离。"

四下寂静无声，唯有天上的一轮皓月默默地向人间撒下清辉，见证着爱人们的誓言。

第二天一早，向前进带着游击队向众人告别。

王天霸笑道："兄弟，还是那句话，用得着我的地方开口便是！"

向前进拱手真诚地说："大当家的，我生平很少服人，但对大当家的真是心悦诚服。大当家的，后会有期。"

王天霸抱拳一礼："后会有期。"

向前进嘱咐韩露："好好照顾伤员，也好好照顾自己。"

韩露点点头："向大哥，你放心吧，祝你们顺利完成任务，早日归来。"

因为不忍离别，向前进最后才走向铁胜男。铁胜男已是眼眶微红，只说了两个字："保重。"

向前进点头："你也是。"

叮嘱完毕，他带着游击队转身离去。

花千朵含着泪，不舍地望着小四川。小四川朝花千朵挥了挥手，咬牙转过身。花千朵已哭成了泪人，冲着他的背影大喊："小四川，我等你！"

小四川闻声回头，朝她又挥了挥手，转身之时，双眼含满了泪水。

铁胜男目送着游击队的背影消失在山林里，心里空落落的。

夺宝行动的失败让武田恼怒至极，马致远趁机毛遂自荐，想要武田给他一个机会，让他带人围剿黑虎山，他保证把王天霸和铁胜男他们的人头送到指挥部的办公桌上。武田笑着告诉马致远，自己真是越来越欣赏他了。他批准了马致远的请求，看着他志得意满地离去，心想："果然是条好狗，尽情地去咬吧！"

马致远找来刘彪，请他作为向导，带队攻上黑虎山，事成之后扶他坐山上的第一把交椅。刘彪心动了，二话不说就答应誓死为日军效力。马致远满意地点点头，传令手下好好准备，不日进攻黑虎山。

黑木崖上，花千朵一个人坐在石头上，望着小四川离开的方向痴痴发呆。

不远处，小草担忧地对铁胜男说："胜男姐，千朵都呆坐好几天了，不会是得了相思病，中邪了吧？

铁胜男幽幽叹气："等你有了心上人，就能懂她的心思了。"

小草转转眼珠："我是不懂，姐，你懂吗？"

铁胜男的眼前浮现向前进的微笑，她不由得也笑起来。小草瞧见了，赶紧用手在她面前挥了挥："胜男姐，你也中邪啦？"

铁胜男回过神，有点不好意思："小草，你先回去，我找千朵谈谈。"

小草离去后，铁胜男走近花千朵，竟然听见她在痴痴傻笑。铁胜男又是好气又是好笑，推了她一把。

花千朵回过神："胜男姐，你也来看向大哥回来没有吗？"

铁胜男揶揄道："还认得你姐，不错，说明还没中邪。"

花千朵嗔怒："呸呸呸，不吉利！"

铁胜男笑了："傻丫头，你已经在这坐了好几天了。这里风大，下去吧。"

花千朵不依："我答应过小四川，要在这里等他。"

铁胜男打趣道："不管在哪里，小四川都是你的，你放心吧！"

花千朵一脸的幸福："胜男姐，你知道吗，小四川说这次回来就娶我，是他真的要娶我，不是我逼他的。"

铁胜男由衷地为她感到高兴，拍拍她的手："千朵，你一定会幸福的。"

花千朵点点头，脸上露出狡黠的笑："等我先嫁给小四川，再帮你打入游击队，助你一举拿下向前进！"

铁胜男嗔道："臭丫头，说什么呢！"

花千朵笑了："别揣着明白装糊涂！这几天你不照样是魂不守舍，梦里还在喊'向大哥！向大哥！'"她学得像模像样，铁胜男窘得俏脸通红，佯怒道："不理你了！你爱坐这吹风就继续吧，我可不奉陪！"起身离开。

花千朵笑着追上，去挠铁胜男痒痒："还不承认？叫你不承认！承不承认？"

铁胜男被挠得大笑："哈哈哈，千朵，别闹！"

两人嬉笑着跑下山，来到聚义厅。韩露正为王天霸检查眼睛，他说这两天眼皮子跳得厉害。但韩露检查了半天，什么也没发现，只好叮嘱他注意用眼卫生。

王天霸眨着眼睛，很是不信："你医术行不行啊？我这眼睛跳得不寻常，怎么像是要瞎了呀！"

韩露瞪了他一眼，丢下一句"信不信由你"，收拾医药箱往外走。

铁胜男看了眼王天霸，打趣他："大当家的，你啥时候也学会无病呻吟了？这可不像大老爷们干的事。"故意摇了摇头，走了出去。

王天霸不满地嚷："哎，我说，你们怎么都这么没同情心呢？"

大耳朵捂着嘴偷笑，王天霸怒瞪了他一眼，他不敢再笑，眼珠滴溜溜地转着："大当家的，上次你眼皮跳，铁姑娘他们被日本人围击了。这次眼皮又跳，不会又要发生什么不好的事情了吧？"

"叫你乌鸦嘴！"王天霸一脚踢过去，大耳朵机灵地躲开，一溜烟跑出去。

大厅里，只有王天霸睁一只眼闭一只眼地原地打转。大耳朵回头看了一眼，乐得捂嘴偷笑。

一日清晨，太阳躲在云层里不肯出来。天阴阴的，像是要下雪。诸暨县指挥部里，大批皇协军整装待命。马致远点齐人马，带着刘彪向黑虎山进军。

不一会儿到了山脚，刘彪带伪军走了一条通往黑虎山的捷径小道。他说山上有几个岗哨机关，让大家紧跟他。

马致远点点头，刘彪带着人马上山。大约走了一炷香工夫，刘彪示意停止前进。他带了两个皇协军悄悄朝一处树丛走去。马致远定睛一看，树丛隐蔽处果然有两个小土匪在放哨。

刘彪他们绕到树丛后，小土匪们浑然不觉。刘彪一个手势，皇协军搬起路石把两个土匪砸晕在地。

刘彪得意一笑，马致远赞赏地点点头："亏得有二当家的。"

刘彪嘿嘿笑了，低声喊道："都跟好了！前面都是陷阱，只要踩着我走过的路就可以了。"说完，继续带着大家往前面走去。

谁也没有注意到，小土匪倒下的瞬间，他手里的寨旗也随之倒下。

黑木崖上，花千朵又如平日里那样，来到山上眺望远方。突然，她发现了什么："寨旗怎么不见了？难道是小四川回来了？"她兴奋地朝山下跑去，但是没跑几步就停下脚步，起了疑心："不对，小四川明明和我约定，回来是挥舞旗帜。哼，肯定是守旗的小崽子们又偷懒了，看姑奶奶我不好好收拾你们！"生气地往山下走去。

铁胜男正要去黑木崖找花千朵，就看见她怒气冲冲地下来了，诧异道："是哪个不要命的惹着我们花大姑娘了？"

花千朵气咻咻地径直往下走，边走边说："今天我非把那两兔崽子的皮扒了不可！"

铁胜男怕她冲动行事，只好无奈地笑笑，跟了上去。

两人下山的同时，刘彪带着马致远他们往另一条路上了山，互相都没有发现对方。

在刘彪的带领下，皇协军进入黑虎山如入无人之境，很快便直逼聚义厅。他们埋伏在聚义厅周围，厅外的土匪散漫地走着，浑然不觉危险的到来。

　　刘彪压低声音："马上就是中午了，王天霸肯定会从聚义厅出来去吃饭。等他一出来，我们就乱枪打死他。只要他一死，整个黑虎山群龙无首，自然就不攻自破。"

　　马致远对这个策略非常满意。

　　然而，王天霸因为眼疾，没什么胃口，连弟兄们特意为他炖的土豆鸡煲都赏给了大耳朵。大耳朵开心地飞一样地冲向灶房。

　　马致远见大耳朵出来，顿时提高了警惕。一时间，枪口纷纷对向聚义厅。可是许久过去了，还是不见王天霸出来。

　　马致远不耐烦了："怎么还不出来？"

　　刘彪慌得背心出汗："再等等，再等等。"

第二十三章

又等了一盏茶的时间，刘彪看了看天色，皱眉说："不能再等了，马上就是暗哨交接岗的时间，我们很快就会被发现的。动手吧！"

马致远同意了。

刘彪率先打响了第一枪，紧接着，皇协军的子弹密集地向聚义厅外的土匪扫射过去，顿时死伤一片。

厅内的王天霸听到枪响，跳了起来，拿起双枪往外冲去。

花千朵骂骂咧咧地来到山下岗哨处，她看见有个小土匪躺在草丛里，正要开骂，铁胜男却觉得不对劲，两人一齐走上去查看。

两个小土匪早已断了气，花千朵看得惊呆了。铁胜男反应过来，认为应立刻上山通知大当家的。

这时，山上传来枪声，铁胜男和花千朵对视一眼，均喊不好，掏出枪加快了上山的步伐。

没有防备的土匪们死伤惨重，更多的土匪和后面的双枪队员听到枪声，迅速赶过来支援。

王天霸冲出聚义厅，藏身在掩体后大喊："兄弟们，不要慌！既然有不要命的赶来我们黑虎山，咱就得好好招待人家！"

刘彪的声音响起："王天霸，今日便是你的死期！如果你不想众兄弟跟你一起死，就乖乖出来投降，皇军自会饶了他们。"

王天霸大怒："好你个刘彪，竟然敢投靠二鬼子。怪我王天霸瞎了眼，竟没看出你的狼子野心。早知如此，当初就应该一枪毙了你！"

往事涌现在心头，刘彪恼羞成怒："你别他娘的假仁假义了，机会老子已经给过了，可别怪我不念旧情！"

"我呸！"王天霸吐了口痰，"今天就让我们彻底做个了断！"说罢，朝刘彪的方向开了一枪。刘彪躲过。

马致远焦躁起来，喊问："王天霸，铁胜男呢？"

王天霸哈哈笑道："马致远，你还有脸提胜男的名字？好好的人你不做，偏偏要去做二鬼子，弄的人不人、鬼不鬼的，胜男这辈子都不可能再正眼瞧你了！"

马致远被他说中心病，顿时怒火冲天："给我打！给我打！灭了王天霸重重有赏！"

一时间枪声四起，皇协军仗着强大的火力开始包围聚义厅。王天霸见势不妙，下令大家往后山撤去。

撤退时，王天霸没见到铁胜男，忙问小草她去哪儿了。小草也说不知，王天霸一脸担忧。随即想到马致远也问他胜男的踪迹，看来她暂时还是安全的。

王天霸见后方紧紧跟着的皇协军人数众多，担心胜男有危险，命令豹子头带着大家过廊桥，往深山钻，自己要去找铁胜男。

豹子头不肯，无奈王天霸心意已决。可是，后方的刘彪见众人往廊桥方向撤退，建议必须在廊桥前将王天霸他们一举灭了，若让他们进了深山，再想消灭就不容易了。

在马致远的命令下，皇协军加大了火力，逼得王天霸根本无法冲出去找人。众兄弟见大当家的不肯进山，也纷纷表示要留下。

后方传来马致远的高喊："打死王天霸的赏一千大洋。兄弟们，上！"

王天霸无奈，被豹子头拖着往廊桥撤去。他瞥见双枪队有许多队员挂了彩，高喊："双枪队先撤，黑虎山兄弟断后！"

众姐妹们虽然不忍，仍奋力还击着敌人的攻击。但她们知道如果不抓紧时间快走，大家都会走不了，只好转身通过廊桥。

王天霸带着兄弟们掩护她们，在廊桥入口与伪军做殊死搏斗。

铁胜男和花千朵赶到聚义厅时，只见厅外尸横遍野，还有许多小土匪和双枪队员躺在地上呻吟着，看得她们心痛如绞。幸好没有看见王天霸的尸体，她们稍稍松了口气。忽然听见后山传来枪响，两人立即往后山赶去。

铁胜男一眼就看到了躲在机枪手后面的马致远，她愣住了。想到姐妹们的死，怒气从心底升起，她手持双枪从背后杀向皇协军，猝不及防的皇协军瞬间倒下一排。

皇协军见背后有敌人，立刻调转枪头。马致远见是铁胜男，赶紧下令不许开枪。

廊桥上的双枪队员见队长来了，不由停下脚步。王天霸担忧地看着铁胜男和花千朵持枪走近敌军，一拍大腿："妹子，糊涂啊！"

铁胜男双眼含泪，持枪步步逼向马致远："真没想到，当初儒雅善良的马老师竟然会变成今天这副样子。"

马致远说："胜男，我的心你是了解的。只要你肯回头，我们一切都回到从前好吗？"

铁胜男冷笑着问："从前？你一边拿着枪残害着我的兄弟，一边要和我谈从前？好，我告诉你，从前的马致远已经死了，从前的铁胜男也死了！"

铁胜男逼向马致远，花千朵持枪跟着。

"胜男，你不要逼我。"马致远眯了眯眼，已动了杀机。

铁胜男冷冷地觑着他："从今往后我和你马致远恩断义绝，有种你现在就打死我。否则，我必将亲手杀了你来祭奠我死去的兄弟姐妹！"

马致远身边的韦二明献殷勤："县长，这女人留不得啊。您下不去手，就交给小的来吧。"话音未落，遭了马致远狠狠一个耳光。他定了定神，咬牙下令："都给我听好了：铁胜男的命是我的，谁都不许碰！"

花千朵见状，拉起铁胜男往廊桥跑去，王天霸带着弟兄替她们掩护，瞬间枪响一片。

马致远的脸愤怒地扭曲了，缓缓举起枪瞄准铁胜男："你以为能跑出我的手掌心吗？这辈子，不管是生是死，你都只能是我的！"伸手扣动扳机。

花千朵回头一瞥，只见马致远拿枪盯着铁胜男，顿时大吃一惊，急忙一把推开她。枪声响起，子弹打在了她的肩膀上。

铁胜男震惊了，正要翻身去查看花千朵的伤势。花千朵见马致远重新举起了手枪，顾不得流血的伤口，拉起铁胜男就跑。

王天霸一面朝伪军开枪，一面迎了上去，担忧地望向花千朵："妹子，怎么样？还挺得住吗？"

花千朵捂着胸口，艰难地笑了笑："不碍事。"

王天霸让她们先撤，自己留下殿后。铁胜男见花千朵伤势严重，耽搁不得，立刻向廊桥撤去。

马致远见铁胜男逃了，气得发抖，带军朝廊桥冲来。王天霸已撤到了桥中央，边走边打。

"手榴弹！上手榴弹！把桥给我炸了！"马致远丧心病狂地大喊。

皇协军掏出了手榴弹，突然，背后响起了激烈的枪声，强大的火力立刻干掉了一批皇协军。

马致远慌忙回头，看见向前进带着游击队出现了。刘彪见游击队赶来支援，忙拉开手榴弹想要炸死王天霸。向前进眼疾手快，一枪击中刘彪的右手，手榴弹脱手掉下悬崖，传来一声巨响。

刘彪捂着受伤的右手怒视着向前进，趁乱跑向马致远。

王天霸和铁胜男见向前进赶来支援，不禁喜出望外，冲出去要和游击队来个前后夹击。花千朵要和小四川在一起，咬牙拿起手枪也投入了战斗。

腹背受敌之下，皇协军顿时方寸大乱，不知该打前还是打后，战机瞬间被扭转。韦二明见形势不利，劝马致远撤。

马致远不甘心，朝游击队狠狠开了几枪。刘彪献策，认为此次的目的是杀了王天霸，所以务必集中火力将他一举歼灭，至于游击队只需派一部分的力量牵制他们就行。

马致远觉得有理，让刘彪带人冲上廊桥，消灭王天霸，其余人等冲进廊桥，和王天霸他们展开近身肉搏。

向前进见廊桥上情况吃紧，命小四川带一队人冲出皇协军的防线，火速支援王天霸。同时，他让周杰带人马把火力集中在正前方，吸引皇协军的注意，他自己去给马致远一点颜色看看。

眼见倒下的皇协军越来越多，韦二明越发慌乱，额头上的汗水也渗了出来，再一次请马致远撤退。

马致远虽然也乱了方寸，但心有不甘，正想把韦二狗斥骂一顿，忽然肩头剧痛，大叫着倒了下去。

向前进本想一枪毙命，但顾及铁胜男的感受，终究没有下杀手。

马致远被这一枪吓破了胆，赶紧下令撤退。很快，后山就只剩下廊桥上还有皇协军了。

小四川绕到皇协军的后方，大叫："千朵，我来救你了！"

花千朵左手捂着伤口，右手还在跟皇协军刺杀。一听到小四川的声音，她激动地向他所在的方向杀去。小四川也急红了眼，一刀一个皇协军，杀出了一条血路。

花千朵一路拼杀，精疲力竭。眼见便要和小四川会合，她条件反射地举刀砍向身前的敌人。那人听到声音，反手就是一刀，正中花千朵的腹部。

"二哥？"花千朵瞪大了眼睛，难以置信。

刘彪震惊了："三、三妹！"

花千朵喷出一口血倒在地上，小四川崩溃地喊着她的名字。铁胜男和王天霸也是大惊，撕心裂肺地喊道："千朵！"

小四川疯了一般劈杀着，艰难地朝花千朵跑去，边砍边喊"走开！都给我走开！"他背后中了一刀，似乎毫不觉得疼痛，使尽全力一刀将偷袭他的敌人砍死。

花千朵声音微弱："小四川。"小四川跪在了她的面前，不顾伤势，颤抖着抱起满身是血的花千朵："千朵，我来了！我来了。"

花千朵微微睁开眼。小四川哭着喊："对不起，千朵，我来晚了！对不起！"花千朵笑着摇摇头："小四川，我终于等到你了。"

铁胜男和王天霸愤怒地砍杀着皇协军，向花千朵靠近。向前进带着游击队赶了过来，皇协军很快被消灭了。刘彪见大势已去，又错手杀了花千朵，愣在了原地。

铁胜男看着浑身是血的花千朵，泪流满面，泣不成声。向前进难过地闭上眼睛，紧紧搂住铁胜男。

花千朵痴痴笑了："好遗憾，今生不能跟你成亲了。"小四川抚摸着她的脸颊："今生今世、生生世世，我都愿意娶你做我的妻子。不求同生，但求共死。"

花千朵眼前浮现出从前和小四川嬉笑打闹的画面，不禁笑了。她觉得身体越来越冷，用尽最后一丝力气说："小四川，好好活着，下辈子我一定嫁给你！"说完，合上眼睛，笑容凝固，抱着小四川的手慢慢垂了下去。

小四川忽然笑了，温柔地说："千朵，你好好睡，不要怕，我陪你。"用最后的力气把花千朵用力抱了抱，微笑着慢慢闭上了眼。

向前进大惊："小四川！"韩露赶紧去看小四川的伤口，再探了他的鼻息，眼泪唰唰地往下流，哽咽道："鬼子的刺刀早已刺穿了小四川的心脏，能坚持这么久，全靠着他强大的意念支撑着。"

呜呜的哭声响起，铁胜男流着泪，口中却说："大家不要哭。你们看，千朵和小四川只是睡着了，他们多幸福啊！今生今世、生生世世，再也不会分离了……"

王天霸悲痛万分，举起大刀大吼一声，砍向刘彪。刘彪突然跪了下来，悔恨地道："三妹，二哥不想杀你的！你不要怪二哥！一切都是王天霸的错，要不是他我们也不会兵戎相见。三妹，二哥这就随你来了！"

在众人厌恶的目光下，刘彪朝着花千朵拜了三下，突然捡起地上的刀抹向脖子。鲜血喷射出来，他倒了下去。

王天霸见他瞪大着眼睛死不瞑目，不禁悲从中来，叹道："没想到我们兄妹三人就此阴阳两隔……"他为刘彪合上眼，又看向花千朵："三妹，我这做大哥的好像都没为你做过什么。大哥真的好后悔，当初就该押着小四川和你成亲的。不过……你们最后还是在一起了，大哥祝福你们！"他红着眼仰头看天，努力不让眼泪流下来。

众人围着花千朵已经泣不成声。

马致远草草包扎了伤口，带着韦二明战战兢兢地去见武田。可是武田并没有大发雷霆，反而赞赏了他。马致远愈发惶恐，低头请罪。武田却说这次的行动大大削弱了土匪的实力，也让铁胜男受到重创，马致远可谓劳苦功高。不死心的马致远请求武田再给他一次机会，武田拒绝了，让他好好养伤，管理好诸暨县，其他事不用操心。马致远无奈地答应了。

两人一头雾水地走出办公室，武田开始拿毛笔练习书法。武藤樱走了进来，很是不解，问他为何不趁热打铁，将王天霸、铁胜男他们一举歼灭。

武田缓缓在纸上运笔，淡淡地说："樱子小姐，之前我们一直视铁胜男之流为大象，总是千方百计想要除掉她。但是我的想法变了，现在我认为他们不过是几只蚂蚁，根本不值得我们费心费力。"

武藤樱仍是不明白，武田让她看纸上的字。武藤樱低头一看，"血太阳"三个大字赫然入目。

武藤樱惊问："血太阳？是什么？"

武田神秘地一笑："血太阳的秘密，樱子小姐很快就会懂的。"

花千朵和小四川被一起安葬在黑木崖，众人祭拜完毕，洒泪而还。铁胜男回到山下，千朵的音容笑貌一直浮现在眼前，她神志恍惚，不自觉地又绕到黑木崖上。她坐在新立的墓碑旁，摩挲着粗糙的碑面，哽咽道："千朵，姐真的好想你。"

身后有人，回头看见向前进提着一壶酒走了过来。

"你来看小四川吗？"

向前进点点头："以前我总觉得小四川话多，现在他不在了，竟然浑身不自在。"

铁胜男凄凄地笑了："是啊，千朵不在了，我觉得整个世界都冷清了。"

向前进拿起酒壶："小四川是四川人，特别爱喝酒，可一喝酒就犯迷糊，所以，我就给他立了规矩，一日不消灭鬼子，他就一日不许沾酒。呵，这小子，还真就没有喝过酒了。"

铁胜男由衷地说："小四川是好样的，千朵这丫头平时大大咧咧，看男人的眼光真是不错。"

向前进对着小四川的墓碑，摇晃瓶中酒："小四川，虽然鬼子还没有被赶出中国，但今天队长给你破例，跟你一起喝酒。"他先喝了一口，然后将酒洒在墓碑前。

铁胜男一把抢过酒壶，咕咚咕咚大口喝着。向前进忙夺下酒壶，安慰她："胜男，我知道千朵走了你很伤心。小四川走了，我也一样伤心。可是，这都不是我们的错，从投身革命事业的那一天起，我们每个人都做好了牺牲的准备，所以不要难过。只要赶走鬼子，还百姓一个太平的国家，所有的牺牲都是值得的。"

铁胜男突然放声大哭："不！是我的错！千朵的死、小四川的死都是我的错！如果不是我，马致远就不会来攻打黑虎山，千朵也不用为我挡子弹。千朵为了我义无反顾，而我却如此大意。你知道吗，千朵那是已经受伤了，我却没有站在她身边保护她，反而让她一个人独自战斗。我好恨自己！恨死自己了！"

看着嚎啕大哭的铁胜男，向前进心疼极了，用力把她揽进怀里，紧紧抱着怀中不断颤抖着的铁胜男。铁胜男把脸埋在向前进的怀里，哭得更加伤心。

王天霸看到这一幕，悄悄地退了下去。

日落时分，韩露正在一间草屋里忙碌地医治伤员，向前进在一旁帮忙。

忽然有个小土匪请向前进去聚义厅一聚，王天霸有请。向前进不明所以，但还是很快去了聚义厅。

厅内，王天霸闭目养神。黑虎山遭受重创，花千朵和其他兄弟的死，都对他造成了不小的打击。他略显憔悴，下颚满是青黑色的胡碴。

向前进问起缘由。王天霸睁开眼睛，重重地出了一口气："听说你去看小四川，我就想着也去看看我三妹，没想到却看到……"

向前进忙解释："大当家，事情不是你看到的……"

王天霸拦住他的话："向老弟，胜男是个好女孩。你要好好珍惜眼前人，失去了就来不及了。"

向前进垂下目光："每天晚上都不知道能否见到明天的太阳，有些事情，实在不敢想……"

王天霸不耐烦地一挥手："最受不了你们这些文化人，磨磨唧唧的！老子就不一样了，今朝有酒今朝醉，管他娘的明天呢！"

向前进由衷地说："哈哈，大当家的真性情，向某也是羡慕。"

王天霸听他一直不说到重点，急了："别老说那些没用的，是男人现在就去把胜男妹子给娶了！"

向前进沉默良久，才低声说："等抗战胜利的那一天，如果我和胜男都还活着，恰巧她未嫁我未娶，我就……"

就在这时，铁胜男走进来，恰好听到了向前进的这句话。她呆呆地站在门口看着向前进，向前进发现了她，顿时没有勇气讲下去，尴尬地低下头。

王天霸笑着故意问："你就怎么样？"

向前进忙转移话题："对了，大当家的，你找我是为了什么事？"

王天霸皱起眉头："向老弟，你这就没意思了！"

铁胜男瞟了眼向前进，竟羞红了脸，嗔怒："你们聊你们的，我先走了。"转身快速离去。

王天霸指着铁胜男的背影："看到没？其实她是在等你。"

向前进有心出去解释，一拱手："大当家的，要是没事我就不打扰了。"

王天霸哈哈大笑："别急着追，人早晚是你的！"

向前进佯怒："向某告辞了。"

王天霸赶紧跑下来拉住："别生气啊，向队长，现在你可是我的大贵人，这次还真亏了你，否则黑虎山怕是全军覆没了。"

向前进笑道："大当家虽然不是我游击队员，也没有加入共产党，但在我心里，早就视你为同志、战友、兄弟。"

王天霸很是高兴："好，如果这次我王天霸的命还能留着，我就不当土匪，加入你们的游击队，一起打鬼子！"

向前进十分惊喜："大当家的，此话当真？"

"君子一言，驷马难追！"

向前进伸出手，笑道："王天霸同志，我等你这句话已经很久了。"

王天霸哈哈笑着，也伸出手，两人的手紧紧握在了一起。

黑虎山上下气氛紧张，每个人都处于警戒之中。王天霸知道鬼子绝不会放过这个机会，一定还会卷土重来，所以做了多手准备。黑虎山的每个入口都有双倍的力量负责警戒，一有动静便会鸣枪示警。另外，连夜赶工之下，山上增设了多处机关，一旦有人闯入，他们就能第一时间知晓。撤往后山的廊桥也快修好了，他让豹子头安排受伤的兄弟转移到后山。游击队也做好了迎战准备，只等武田来了。

铁胜男带着小草、林雪娇巡视哨岗，所到之处见到哨兵都严阵以待，她非常满意。

"等到抗战胜利的那一天，如果我和胜男都还活着，恰巧她未嫁我未娶，我就……"在巡山的时候，铁胜男满脑子都是向前进在聚义厅时说的那句话，不知不觉竟羞红了脸。

小草叫住了她，说觉得她怪怪的，铁胜男推说在想事情。林雪娇说觉得很奇怪，为什么鬼子没动静了。小草不以为意，说鬼子是被打怕了，不敢再来了。

林雪娇摇摇头，认为这不像武田的做事风格。此刻黑虎山和双枪队伤亡惨重，正是鬼子反扑的好时机，武田绝不会白白放弃这个机会的。

小草还想说什么，铁胜男接过话，她对林雪娇的担忧表示赞同，她担心暴风雨前的宁静背后，可能是武田的阴谋。

小草主动提议，她身手敏捷，可以去武田的老窝探探，看这老贼的葫芦里卖的什么药。铁胜男拦住，林雪娇却觉得可行，但她认为自己是特工出身，受过严格训练，是比小草更适合的人选。

小草与林雪娇争了起来，铁胜男赶紧拦住，说这件大事还是要和向队长商量一下才行，两人只好作罢。

铁胜男来到向前进门前，想敲门却鼓不起勇气，徘徊不定。周杰和杨大鹏巡逻回来，见到铁胜男在门口，门却关着。铁胜男急着示意他们不要出声，但杨大鹏已扯开嗓子："铁队长，你找我们队长啊，怎么不进去？"

屋内的向前进听到了，起身开了门："胜男，你找我？"铁胜男极力掩饰着尴尬："是啊，是啊。"向前进请她进了屋，杨大鹏想要跟着进去，周杰拽住了他。

杨大鹏奇怪地问："你拽我干吗？"周杰挤眉弄眼："大鹏，该我们巡逻了。"杨大鹏不解："我们不是刚巡逻回来吗？"周杰拖着他走了："我说去巡逻就去巡逻，走！"

杨大鹏被他拽着走得远了，又气又急："你把我拽出来干吗呀？我还没有汇报工作呢！"

周杰无奈，解释说："杨大鹏，你是真呆还是假呆？难道你看不出，刚才铁队长和咱队长眉来眼去的？你想给咱队长当电灯泡啊？"

杨大鹏顿悟，挠头道："嗨，你这么一说，还真是！这么说，我们队长和向队长……"伸出两个大拇指碰了碰，一脸坏笑。

周杰笑道："我看咱队长和铁队长这次肯定有戏。"他抬起头，发现韩露正站在不远处看着他们。

周杰慌了："韩露，什么时候来的？"

韩露淡淡地说："一直都在，你们没看到我罢了。"

周杰额头开始冒汗，结结巴巴地说："那、那我们刚才说的话，你都、你都听见了？"

韩露笑而不答。

杨大鹏挖苦道："周杰，你刚骂我的时候嘴巴不是挺溜的嘛，怎么一到韩露这就结巴了？"他看见周杰对他拼命使眼色："大鹏，你不是要去巡逻吗？"有了经验，杨大鹏知道他俩也有话说，赶紧走了。

周杰见他走远，便对韩露解释："其实我们队长和铁队长没什么，我和大鹏是无聊说着玩。"

韩露笑了："是吗？不过我还真希望向大哥和铁队长能够有情人终成眷属。"

周杰惊讶地看着她，韩露平静地说："我已经想开了，铁胜男才是最适合向大哥的人。他们彼此心意相通，我何苦去做第三者呢？"

周杰有些担忧："你真的想开了？你……没事吧？"

韩露摇摇头，缓缓说道："每个人都有属于自己的幸福，我的幸福不是向大哥，所以何必勉强？放心吧，周杰，我很好，谢谢你。"

周杰开心极了，不自觉地开了口："韩露，其实，我……"

韩露打断他的话："好了，我得去帮他们换药了。周杰，希望你的幸福也能早日出现。再见。"转身离去。

周杰看着她的背影，内心很是落寞："韩露，我的幸福就是你……"

"周杰，你说韩露的话是什么意思啊？"杨大鹏不知怎么从后面冒了出来，把周杰吓了一大跳。周杰又惊又气，掉头走了。只留下一脸迷惘的杨大鹏："我又说错什么了吗？"

房间内，铁胜男和向前进均是沉默不语，气氛尴尬至极。铁胜男鼓足勇气，才把林雪娇和小草的想法报告给向前进。向前进觉得此举太过危险，让双枪队先按兵不动，他去联系游击纵队司令部，看有没有新线索。

林雪娇和小草对这个决定都觉得很不甘心。太阳下山了，两人失望地走在小道上。林雪娇问小草怕不怕死，小草生气地说自己什么时候怕过死。林雪娇便把自己的计划告诉她。小草本就有心，三言两语之下便被说服了。趁着夜色，两人悄悄地下了山。

夜色已深，黑虎山一片寂静。除了夜里负责站岗的哨兵外，其余人都陷入了沉睡之中。

突然，铁胜男被一阵急促的敲门声惊醒，只听春兰在外喊："队长！队长！不好了！"

铁胜男一个骨碌，跑去开了门。只见双枪队员们都站在门口，一脸紧张。春兰拿着小草和林雪娇换下的衣服急道："队长，小草和林雪娇不见了！"

铁胜男接过衣服，又急又怒："她们肯定偷跑去武田的司令部了！"情急之下，她命令双枪队立即带好装备，进城去接应她俩。

日军指挥部的办公室里，灯火通明。武田正与一群日军将领低声讨论着。不多时，将领们告辞离去，武藤樱却被单独留下。

林雪娇和小草顺利地避过日军的视线，来到武田的办公室外。正好看到这一幕，于是林雪娇在窗下，小草跃身飞到了屋顶，两人开始偷听武田和武藤樱之间的对话。他们的对话是用日语的，听得小草云里雾里。忽然她听到了一个熟悉的词汇："阳桥？阳桥不是一个地方吗？什么叽里呱啦的鸟语，听也听不懂。"

她小声地嘀咕着，室内的对话停止了。林雪娇的心开始狂跳起来："莫非我们暴露了？"

很快，室内的对话继续着，但已经转为中文对话。只听武田问："樱子小姐，游击队最近没有动静了吗？"

武藤樱语气中带着得意："是啊，估计是被我们大日本帝国的勇士吓怕了。"

窗下的林雪娇听二人话里有话，敏锐地意识到她们可能已经暴露，赶紧向小草打个暗号，示意她赶快离开。

小草虽然不甘心没听到什么有用的消息，但还是从屋顶上跳了下来。两人刚一会合，指挥部里就想起了刺耳响亮的警报声："嘟嘟嘟嘟……"

两人暗叫不好，立刻翻墙跑了出去。武藤樱亲自带人追出来，对着她们消失的方向怒声下令："给我追！一定不能让她们活着离开！"

林雪娇一边跑，一边嘱咐小草："我们必须分开跑，这样还有二分之一生存的概率。小草，千万要小心，一定要把'阳桥'这个词告诉胜男姐！"

小草点点头，两人不舍地分离，迅速向不同方向跑去。

武藤樱带着日军寻着林雪娇的踪迹而来，赶到一个草垛处。草垛引起了她的怀疑，她环顾四周，柔声劝道："出来吧，我知道你在这里。痛快点，我可以给你留个全尸。"语音温柔，手中的刺刀却恶狠狠地刺向草垛，毫不手软。

小鬼子们纷纷上了刺刀，朝一个个草垛刺过去。

另一边，小草好容易跑出了诸暨县，却在郊外被赶来的马致远追上。皇协军朝着小草开枪，小草在草地上翻滚着躲避子弹。

马致远大笑着下令要留活口，于是皇协军放下武器，一个个扑上去抓人。身负武艺的小草把几个皇协军打倒在地，马致远怒极，命令大家齐上，小草双拳难敌四手，伤得浑身是血，靠着胸中对二鬼子的愤恨苦苦支撑。

坐在马上的马致远满意地看着。突然，身后传来"砰"一声枪响，他看到一个皇协军中弹倒下。

是铁胜男带着双枪队赶来了！

小草听到枪声，疲惫已极的脸上扯出笑容，气息微弱地喊："胜男姐……"

马致远急得下马抓起小草，拿着枪顶着她的脑袋，喊道："铁胜男，你不许动！谁都不许动！"

双枪队停下脚步。铁胜男怒道："马致远，你快放开小草！"

"放开？"马致远冷笑："哼，我现在可不能放了她。你们都给我退后！把枪放下！"

铁胜男讥讽道："马致远，你就这点出息吗？"

马致远眼中闪动着狠戾的光："对，这就是真正的我！哈哈，我现在是堂堂县长，所有的皇协军都归我调配，就连皇军都对我礼让三分。铁胜男，我哪里比向前进差了？你为什么不选我？"

铁胜男觉得他不可理喻："马致远，你无药可救了。快放了小草，我饶你一命！"

马致远不理，一字一顿地说："胜男，我会证明给你看，谁才是真正的强者。我要你心甘情愿地跟着我！"

铁胜男举起双枪，瞄准马致远，冷冷地道："如果你要一意孤行，那我们就比比谁的枪法更好。"

马致远退缩了，哼了一声："今天我不跟你计较，走！"他带着皇协军撤退，见铁胜男无意追来，一把将小草扔在了地上，骑马跑了。

铁胜男赶紧跑过去抱起小草，心疼得满眼是泪："小草，不要害怕，胜男姐带你回家，坚持住。"

春兰看着一身是伤的小草，怒火万丈，咬牙问："队长，就这样让那个畜生走了吗？

铁胜男脸色凝重："这是鬼子的地盘，我们不能恋战。当务之急是医治小草，赶紧撤！"

小草努力地想要看清铁胜男的脸，可眼前一片模糊。她用尽力气拽着铁胜男，往她耳朵边凑。

铁胜男看她有话要说，把耳朵靠过去。

"阳桥……"

铁胜男重复了一遍，却很是不解。小草微微点点头，随即陷入昏迷。

铁胜男大惊，急忙和春兰一起把她带回黑虎山。

草垛旁，武藤樱听到枪响，料想马致远已经抓到了人，不由很是愉悦。鬼子已经刺遍了所有的草垛，却没有任何发现。武藤樱下令不用找了，带着鬼子向外撤。

林雪娇躲在草垛附近一块大石后的土坑里，大气不敢喘一口。她警惕性极高，听外面虽然安静下来，却没有立即出去，而是悄悄打量着外面的情形。

果不其然，只片刻时间，武藤樱又带着鬼子杀回来，打了个回马枪。鬼子又对着草垛一通猛刺，仍是毫无所获。武藤樱满意地点头："看来真是不在这里了。走！"

林雪娇看着鬼子离开，长长地松了口气。她迅速从土坑里面爬了出来，蹑手蹑脚地消失在黑暗里。

小草被抱回黑虎山，众人都被惊醒。铁胜男疯狂地喊着韩露，让她快来救小草。王天霸也赶来了，看着血人似的小草，又看着抹泪哭泣的双枪队员，叹息着安慰铁胜男："妹子，人死不能复生，节哀吧。"

铁胜男听了，哭得更厉害了："小草，你不许有事！姐不能再失去亲人了！"

韩露急匆匆地赶来，为小草查看了伤口后，狠狠白了王天霸一眼："呸呸呸！人还没死呢，乌鸦嘴！她只是休克了。"

众人惊喜交加，韩露赶走了所有人，开始为小草医治。

放走双枪队的马致远被武藤樱狠狠扇了一巴掌，武田却宽宥他，并赞扬地说道："大日本帝国就需要你这样忠心耿耿的人才。"

马致远诚惶诚恐地走出门，听到屋内传来武藤樱的声音："我不明白，这种无勇无谋的笨蛋，武田君留着何用？"

武田哈哈笑道："养条狗玩玩岂不有趣？更何况狗急也会跳墙，我期待看着它跳进围墙去撕咬呢！"

门外的马致远，双拳紧握，面目开始扭曲："铁胜男，我马致远的今日全是拜你所赐！等着，我要你和向前进拿命来赔！"

林雪娇赶回黑虎山时，正看到铁胜男她们走出房间，脸上还挂着泪水。林雪娇如坠冰窖，心中大恸，踉跄地跌坐在地。铁胜男见她平安归来，又是高兴又是生气，正要责备她擅自行动，误以为小草牺牲的林雪娇大哭起来。她砰砰地朝屋内磕头，大喊"小草，是我对不起你！我不该让你和我一起去日军指挥部的！"

听着她动情哭诉，双枪队队员想要告诉她真相，被铁胜男阻止。

铁胜男故意问："雪娇，是你怂恿小草去找武田老贼的，是吗？"

林雪娇哽咽着点头："是的！队长，我对不起小草，也对不起你，对不起大家！

"好你个林雪娇！"铁胜男憋着笑，"现在小草就躺在里面，你说怎么办。"

林雪娇没有觉察出队长的异样，哭着说愿意接受任何的处罚，哪怕是要她的命。

铁胜男大声道："我不要你这条命，我只有一个要求。"

林雪娇看向队长："好，队长你说，我林雪娇万死不辞！"

铁胜男一脸严肃："我不要你死，我只有一个要求：你们一个个都要好好地活着，好好地爱惜自己，把命都留着！"

林雪娇惊讶得说不出话。

门"吱呀"一声开了，韩露走出来，有点生气："怎么还在这哭哭啼啼？小草伤得很严重，虽然没有生命危险，但很需要静养。你们快回去！"

林雪娇不相信自己的耳朵，拽着韩露问："你说什么？"

"我说你们快回去！"韩露加重声音。

林雪娇急道："不是，上一句是什么？"

韩露无奈地重复："小草伤得很严重，需要静养。"

"小草，她、她没死？"林雪娇瞪大了眼睛。女孩们笑出了声来，铁胜男也绷不住脸，捂嘴笑了。

林雪娇嗔怒："好啊，你们骗我！"

铁胜男笑道："这是对你擅自行动的惩罚。"

林雪娇要跑进去看小草，韩露一把拽回她，坚决不让。林雪娇只好一脸期盼地看着韩露。

铁胜男求情说："韩露，就让我们进去看一眼吧，保证不打扰小草休息。"

韩露犹豫了一会儿，还是答应了，嘱咐她们要轻声。

屋子里的小草静静地躺着，伤口已经被韩露清洗干净，浑身绑着白色的绷带。铁胜男轻轻地握住小草的手，热泪盈眶。林雪娇喜极而泣："我就知道，阎王爷还舍不得收你。"

"小草，快点好起来，我们还要一起打鬼子呢。"铁胜男说。

林雪娇点头："是啊，武田老贼还没收拾呢，你不快点好起来，可就没你的份了。"

小草似乎听到了她们的对话，手指微微动了动。铁胜男和林雪娇激动地喊："看，小草听到了！"

韩露解释道："她这是累的，神经抽搐了一下。你们已经看过她了，可以放心了吧？你们也累了一晚上，都回去休息吧，这儿交给我。"

铁胜男、林雪娇依依不舍地走了。

第二天一早，铁胜男和向前进、王天霸以及林雪娇聚集在聚义厅内。林雪娇向大家叙述自己在日军指挥部里的所见所闻。向前进认为武田他们深夜开会，一定不是为了寻常的事，但究竟是什么事，众人都没有头绪。

铁胜男想起什么，向林雪娇询问小草晕倒之前说的"阳桥"的含义。林雪娇也表示不懂，但她说这是她们唯一能听懂的词，还怀疑武田将要采取的行动应该与阳桥有关。

向前进想到国民党有一个废弃的机场，就在阳桥。

王天霸皱起眉头，说阳桥机场早就废弃了，在那鸟不拉屎的地方，小鬼子能干什么？

为了以防万一，向前进和铁胜男决定去阳桥一探究竟。而王天霸和其他人则镇守黑虎山。

这一天，武藤樱带人亲自巡视阳桥机场。负责守备阳桥机场的中队长渡边龙一全程陪同，态度很是恭敬。巡视完毕后，武藤樱交代渡边，非常时期务必小心。要他决不能放过机场附近任何可疑的人，宁可错杀，不能错放！

渡边龙一领命。武藤樱满意地离去。

乔装成菜农的向前进和铁胜男正走在阳桥机场外，他们看见武藤樱的汽车开走了。

两人对视一眼，又挑着菜晃晃悠悠地走向机场。

离机场大门还有很远，日本哨兵就对他们举起了枪，喝道："什么的干活？"

向前进装作害怕的样子，指了指篮里的菜，颤声道："饶命！饶命！我们只是来挖野菜的。"

鬼子狐疑地审视着他们，手里的枪却不放下。铁胜男赶紧拉起向前进，哈腰道："我们这就走、这就走。"赶紧转身离去。

看见他们走远了，鬼子的枪这才慢慢放了下去，继续保持着警戒的状态。

向前进和铁胜男跑了很久，觉得暂时安全了，在一个小土坡后坐了下来。经过刚才的事，他们一致认为机场防守严密，定有古怪。但是两人根本无法进入机场探得机密。

正发愁时，机场内忽然传来"轰隆隆"的引擎声。

"是飞机的声音！"

两人虽不知道武田到底有什么诡计，但可以确定的是，废弃的阳桥机场重新启用，并停放了飞机。回到黑虎山，他们把发现告诉了大当家的。王天霸听后瞪大了眼睛："武田老狗是想用飞机炸死我们呀！"

向前进摇头，他认为黑虎山山脉连绵，根本不适合飞机作战，武田不会犯这个错误。

王天霸又猜武田是知难而退，弄了架飞机准备逃跑。

铁胜男觉得不像："也许，他的飞机根本不是用来对付我们的。"

向前进被她这么一点拨，似乎想到了什么："阳桥那边我派周杰他们去盯着，此事重大，我需要向组织汇报。"

铁胜男和王天霸都点点头。

铁胜男来到小草的房间，韩露正在忙碌着。小草还在熟睡，铁胜男轻抚着她的头发。韩露说小草刚才醒了一会儿，而且她是习武之人，身体恢复得很快。

铁胜男十分感激，邀请韩露出去走走。

韩露点了点头。

两人并排走在山间小道上。铁胜男鼓足勇气，开口说："韩露，以前真的对不起，我对你不太友善。"

韩露笑了："我又何尝不是？以前我们都不够成熟，总是计较着个人的得失。现如今，经历了这么多生离死别，什么都看淡了。"

铁胜男望向远方，眼神迷离地点点头："是啊，亲人、挚友，这么多条鲜活的生命就这样在你面前消失了，而你却什么都做不了。韩露，你知道吗，我现在真的特别害怕，尤其是小草受伤后，我害怕身边的亲人又要离开我。"

感同身受的韩露点点头："我是个医生，一直以为自己可以将生死看得很淡，可真到直面生死的那一刻，才觉得自己好软弱。"

铁胜男回过头看着她："不，韩露，你特别勇敢。真的，有你在我觉得很安心。"

韩露一笑："我是医生，救死扶伤是我的天职。对了，听说你和向大哥去了阳桥？"

铁胜男点点头："是的，武田肯定有个更大的阴谋在等着我们。真不知道自己还能不能一直那么幸运。"

"胜男，不管是你还是向大哥，都要好好的。"韩露认真地说。

铁胜男犹豫着说道："韩露，如果……我是说如果，有一天我不在了，请你一定要好好照顾向大哥。"

韩露急了："有些事可以替代，但有些人却只是唯一。胜男，我明白向大哥对你的感情，所以这件事我代替不来。你必须好好活着，等到抗战胜利的那一天，我希望可以在你们的婚礼上送上祝福。"

铁胜男感动地抱住她，韩露喃喃地说："我们都要好好的。"

这时，大耳朵跑了过来打破了两人的交心之谈。大耳朵说向前进在聚义厅，让她们赶紧过去。

当她们赶到聚义厅时，王天霸和向前进已等候多时。向前进告诉大家，他向游击纵队的骆司令汇报了阳桥的情况，司令部给了一个极具价值的情报。原来，前些日子，新四军游击纵队截获了一个重要情报，日军物资、人力已严重短缺，就快无法承受战争压力了。所以，他们准备轰炸国民党第三战区司令部，炸死顾祝同他们这些高级指挥官，妄想加速侵略战争的胜利。

韩露听得心惊："如果日军轰炸第三战区，最惨的还是老百姓。"铁胜男点点头。

王天霸皱着眉头："轰炸国民党第三战区？这得需要多少架飞机？"

向前进说："具体数目还不清楚，但在此之前，我们连情报的真实性都无法确定，毕竟没有发现日军的空军基地。"

铁胜男明白了："所以你怀疑日军的空军基地就是阳桥？"

向前进点头："嗯，这样就不难解释为什么在黑虎山大败之际，武田还放任我们休养整顿，因为他目前根本没有精力对付我们。"

王天霸挠挠头："不对啊！如果要轰炸第三战区的司令部，鬼子怎么不把基地建在司令部附近？放在离司令部这么远的诸暨县干吗？"

向前进也是不解："可能鬼子想掩人耳目吧。不过一切只是推测，希望周杰他们此行能有收获。"

铁胜男还是觉得奇怪："如果武田真的把阳桥作为空军基地，可这些飞机是怎么运来的？运输这么多飞机，我们不可能没有任何察觉。"

向前进转头望向王天霸："大当家，我们在上海的那段时间，有没有发生什么特别的事情？比如，你们有没有听见异常的声响？"

王天霸皱着眉头努力回忆："特别的事情？异常的声响？你别说，还真有！有段时间鬼子四处挖宝藏，见山就炸，而且他妈的专挑晚上！那炸弹的声音响彻诸暨县，把老子耳朵都震聋了。对了，那段时间鬼子还实行宵禁，晚上就不许别人出来。"

铁胜男道："武田不是一直认为宝藏就在我家吗？怎么不炸我家，反而漫无目的去寻找？"

王天霸一点头："是啊，也不知道搞什么名堂。"

向前进心中雪亮："这就对了，寻宝藏只是鬼子的障眼法，飞机就是在这个时候运进来的。"

众人顿悟。铁胜男说："那个时候武田不在诸暨，看来这个计划鬼子很早就在谋划了。"

向前进赞同地点头："是，这也难怪游击纵队对此一无所获。谁能想得到武田都不在诸暨，鬼子却选择了这个远离国民党第三战区司令部，且刚失去将领的日军驻地做他们的空军基地。"

铁胜男深深地看了他一眼："如果这些推测都是对的，那我们的任务可非同一般啊。"

向前进皱紧了眉头。

铁胜男看向门外："这天都黑了，周杰他们怎么还没回来？"

"不会出事了吧？要不要去看看？"王天霸担心地问。

向前进摇摇头："我相信周杰有分寸，应该不会和鬼子起正面的冲突。再等等。"

这一等就等到了深夜，聚义厅内亮着两支巨烛。王天霸焦急地来回踱步，带得烛光也一晃一晃的。已经很晚了，周杰他们却还没有消息。就连最沉得住气的向前进都急了，准备下山赶去支援。正要动身，周杰和杨大鹏湿漉漉地走了进来，活像两只水鬼。

三人赶紧迎了上去，悬着的心总算放下了。铁胜男见两人衣服湿透了，让他们先去换身衣服再来汇报。

不一会儿，周杰和杨大鹏换好衣服回来，喝着铁胜男倒的热茶。王天霸迫不及待地说："快说说有什么发现。"

周杰一口闷了一杯茶，喘口气："队长，阳桥这个地方果真有很多飞机。我们在阳桥外观察了一天，那个地方只允许日本人进出，连皇协军都不让进。机场外三里的地方就有小鬼子在不间断地巡逻，不允许任何人靠近。早上的时候，有个日军高级将领的车进出过机场，应该是武田或是武藤樱。"

铁胜男与向前进对视一眼："上次我们也见到了武藤樱的车。来得这么勤快，机场里面肯定有不可告人的秘密。"

杨大鹏一拍大腿："没错！我们都看见飞机了，好多飞机！"

一听飞机，众人的神经都崩了起来。

周杰继续说："我们趁着雨夜敌明我暗，就匍匐到距离机场稍近的位置，虽然看的不是很清楚，但看到的应该就是飞机的轮廓。我的位置视线有限，初步估计有十多架，视线盲区里就不知道还有多少了。我们怕被日军发现，也不敢逗留太久。"

"做得很好，好样的！"

杨大鹏急道："队长，还有我呢！周杰这家伙是踩着我的肩膀上去的，沉死我了！"

向前进笑了笑："大鹏也辛苦了，你们都是好样的。"

杨大鹏喜滋滋地挠挠头："不辛苦，嘿嘿！"

看来之前的推测都是对的，向前进决定马上向组织汇报，让大家先去休息，明天一早再来商讨对策。

铁胜男回到房间，推门一看，双枪队的队员都起来了，一个个表情凝重地看着她。

"你们怎么不睡觉？"铁胜男奇怪，"怎么了？发生什么事了？"

春兰凝视着她："队长，副队长和其他的兄弟姐妹离开了我们，小草又受伤了，我们知道你很难过。我们还知道，武田又在要阴谋了，马上就会有更残酷的战斗在等着我们。今天我们就是想告诉你，如果有一天我们都死了，请你不要伤心。这辈子能参加双枪队，跟着你一起打鬼子，我们都觉得值了！"

铁胜男感动得泣不成声："谢谢你们！你们都是我的亲人，自从有了你们这些好姐妹，我铁胜男就再也不害怕了。"

铁胜男伸出手，双枪队的队员也都伸出手，她们的手紧紧地握在一起。

被武田冷落的马致远心情并不好，坐在办公室里郁郁寡欢。黑虎山的土匪还没剿灭，铁胜男和向前进还在一起，一想到这些，他的心里就充满了恨意。

突然，他想到了什么："武田这几天神神秘秘，连心头大患黑虎山和游击队都放着不管，这不是他的作风。莫非，武田是有大动作？"

他若有所思，让韦二明吩咐下去，皇协军要二十四小时随时待命，随时做好战斗的准备。

韦二明不解："马县长，是要执行什么任务？"

马致远瞥了他一眼："不要多问。记住，少说话，多做事。"

韦二明讪讪地点了点头，退了出去。

第二日，向前进、铁胜男、王天霸早早地来到了聚义厅。

向前进看着铁胜男红红的眼眶，关心道："怎么，没睡好？"

铁胜男说是睡不着，她问起浙东游击纵队的上级有没有指示。

向前进点点头："事关重大，我连夜与组织取得联系，刚刚收到回电，骆司令将销毁机场的任务交给了我们。"

王天霸皱眉道："这次鬼子肯定是倾巢出动，光凭我们只怕……有点吃力吧。"

向前进说："上级也不是没有考虑过派兵增援的问题，但一是远水救不了近火，二是大量的兵力突然进驻肯定会引起武田的注意，容易打草惊蛇。"

铁胜男觉得有理："既然组织信任，把如此重要的任务交给了我们，那么这一次，我们就让武田尝一尝我们的看家本领——游击战术。"

向前进眼前一亮："怎么说？"

铁胜男胸有成竹地说："大当家的带着黑虎山的兄弟负责挑衅韦二明的皇协军，以分散武田的精力，让其疲惫混乱。向大哥带着游击队去侵扰武田的指挥部，让他自顾不暇。再由我带着双枪队去轰炸阳桥机场。怎么样？"

"不行！"向前进、王天霸异口同声，斩钉截铁。

铁胜男一愣："怎么？计划不好？"

向前进摇头："计划是不错，但轰炸机场的任务太危险，还是我来完成。"

王天霸点头："对，太危险了。"

铁胜男郑重地说:"向队长,所有任务的危险系数都是一样的,这个时候我们就不要争论这个问题了。武田的为人你很了解,由你来拖住武田再合适不过了。只有你出现,武田才会相信我们的目标是他。况且,拖住武田的时间越长,我们炸毁机场的机率就越大。"

王天霸大手一挥:"不行不行!我不同意。要不你去骚扰皇协军,我去炸机场。"

铁胜男劝道:"大当家的,只有你出马才能迅速地对韦二明之流起到震慑作用,这个任务还真非你莫属。"

"可是……"王天霸还要再说,向前进却说:"既然如此,那就听胜男的。我们接下来讨论具体的作战部署。"

铁胜男十分高兴,王天霸却是无奈。

黑虎山的兄弟和游击队员、双枪队员都聚集在黑木崖上。韩露喂小草喝完药,在下面找不见人,寻了上来,奇怪地问:"你们怎么都在这?"

周杰殷勤地迎了上去,韩露却问:"向大哥人呢?一整天都没看见他。"

周杰眼里的光黯淡下去:"马上就要跟小鬼子决一死战了,队长他们正在商量对策。"

韩露略显落寞:"那行,你们忙,我先走了。"径直离开。

周杰想追上去,跑了几步又停了下来,没有了勇气。

天色渐渐地暗了下来,聚义厅内,三人仍在激烈地对着地图商讨着作战方案。

韩露来到聚义厅门口,厅内的灯光将她的影子拉得很长,她却始终没有进去。

铁胜男说道:"时间紧迫,周杰需要尽快做好炸弹引爆装置,并教会我们安装和使用。"

向前进点点头:"为了以防万一,行动的时候就让周杰跟着你们。"

铁胜男觉得可行。向前进看着两人,说:"那就这样决定了。从现在开始,集结队伍,将作战部署通知到每一个人,每一个环节都不能出现纰漏。"

王天霸和铁胜男笑着点点头："放心吧。"

韩露听他们讨论完了，转身要走。这时，向前进、铁胜男推门而出，喊住了她。

向前进好奇地问："这么晚了，是来找我的吗？"

韩露点了点头。

铁胜男知道她有话要说，推说自己先回去部署作战方案，转身离去。

| 第二十四章 |

　　韩露和向前进面对面站立在林间小道上。气氛有点严肃。只见韩露义正词言："向大哥，我知道你要说什么。我也是一名战士，如果不能跟着自己的队友一起上阵杀敌，那将会是我此生的遗憾。"向前进劝说道："韩露，每个人存在的价值都不一样，在前线奋勇杀敌的是英雄，而你在后方救死扶伤也同样值得称颂。更何况，没有了你，那些受伤的战士该怎么办呢？你总该为他们想想吧。"

　　韩露突然失控地大哭了起来："你以为我不知道吗？这次的行动，大家都已经抱着跟鬼子同归于尽的决心了。谁能保证有几个人是可以活着回来的？我不要看着你们一个个地去送死，而我却像一只鸵鸟一样，把自己埋起来。向大哥，与其一辈子苟且地活在遗憾里，还不如轰轰烈烈地去跟鬼子决一死战，难道不是吗？"向前进被韩露的话感动到："韩露，你成熟了。好，我答应你。"

　　韩露擦了擦眼泪，向向前进微微一笑："向大哥，谢谢你。"向前进无奈："好了，别哭了，回去好好休息，养好精神，才能打鬼子呀。"

"嗯。"韩露说完准备向自己的房间走去，突然，她像是想到了什么，转身对向前进说："向大哥，前几天我碰到了胜男，她说，如果有一天她不在了，让我好好地照顾你。"向前进刚想开口，韩露又接过话茬："向大哥，人生在世，能遇到一个心意相通的人不容易，好好珍惜这段缘分，你们都要好好的，我祝福你们。保重。"

　　向前进看着韩露的背影，表情复杂。

　　向前进知道，日军在整个亚洲乃至太平洋战场节节失利，在中国战场处境也日渐艰难。阳桥机场对于日军来说就像是最后一根救命的稻草，所以，武田势必会拼尽全力以保全机场的安全。

　　向前进尽可能详细地解说了作战部署。这一次，他们的目标是阳桥机场，日军在那里集结了多架战斗机用来轰炸第三战区的军民。王天霸率领黑虎山的兄弟负责在县城侵袭皇协军和城内的鬼子。双枪队负责将机场炸毁，周杰跟在铁胜男身边，负责爆破。向前进带着其他人埋伏在十里坡，那里是日军去机场的必经之路，在十里坡阻击武田对阳桥机场的增援，让他分身乏术，以保证双枪队能顺利完成任务。

　　黑虎山异常的安静，零星的火把点缀在山间，整座山就像睡着了一样。

　　周杰带着向前进来到了黑虎山废弃的一间杂物房内。

　　周杰手拿油灯，推开了门，用油灯将房间照亮："队长，你看。"成型的炸弹引爆装置整齐地放置在房间内。向前进惊喜："好你个书呆子，这是什么时候装好的？"周杰笑："嘿嘿，没什么，我本来就喜欢研究这些东西，之前一直东奔西走的根本没时间钻研。那天和大鹏去了阳桥机场，回来后我就想着，赶紧制作一套威力十足的炸弹引爆装置，也许用得上。"向前进喜："周杰，这次你是立大功了，看来我这个当队长的真成呆子了。太好了，真的太好了。"周杰不好意思地笑笑："这还得感谢大当家的，材料都是大当家的提供的。"向前进好奇地看着这个装置："周杰，这炸弹的威力怎么样？"周杰得意："炸掉一个阳桥机场绰绰有余。"

　　向前进拍了拍周杰的肩膀，顿时信心大增。

　　黑虎山的夜悄悄地过去，黎明的曙光照射进来，闻讯赶来的铁胜男、王天霸和众游击队员、双枪队员围满了小仓库。

众人好奇地打量着炸弹引爆装置，杨大鹏伸出手想要摸一下，被周杰阻住："大鹏，别动，别动别动。要是不小心被你引爆了，可就完了。"杨大鹏被吓得瘪瘪嘴，缩回了手。王天霸恍然大悟："我说这小子三天两头地找我要硫磺，要石蜡，要这要那的，原来是早有所谋啊。哈哈哈，好小子。"

铁胜男对着炸弹引爆装置查看着。周杰不好意思地笑笑，挠挠头。杨大鹏夸赞着："是啊，书呆子，你可真行啊，炸弹都已经装好了。"

李旺拍了下杨大鹏的肩膀："叫谁呆子呢，你才呆子。呆子能整出这么复杂的玩意儿？"李旺说完转向周杰："不过这玩意儿好不好使啊？"

这时，一直沉默不语的铁胜男开口："是啊，周杰，这也是我想问的，炸弹的威力直接决定着这次行动的成败，绝不能有半点闪失啊。"周杰保证道："铁队长，你就放心吧，这个属于捆绑式集束炸弹，也就是将许多小炸弹整齐地捆绑在一起，从而产生巨大的威力。"铁胜男点头："嗯，周杰，这个炸弹是怎么启动的？"

周杰拿起一个操纵盒："这个是炸弹的引爆装置，我已经将全部炸弹联结在一起，只要按下这个按钮，炸弹就会一起爆炸。"众人好奇地盯着操纵盒，铁胜男接过："真是太好了，看来炸毁小鬼子的机场指日可待了。"

周杰这时叹了口气："虽说如此，但这个炸弹有个致命的缺陷。"铁胜男皱眉："怎么说？"周杰解释着："集束炸弹的优点是威力大，缺点就是威力太大。"王天霸急："书呆子，都被你绕晕了，什么意思啊？"铁胜男会意："我明白了，周杰是怕炸弹爆炸会伤到自己人。"周杰点了点头。铁胜男大义凛然："人生自古谁无死。如果真能和阳桥机场同归于尽，此生也是无憾了。"

现场瞬间安静了下来。向前进说："我们共产党人自决定参加抗战的那一刻起，就做好了随时牺牲的准备，同志们，党和人民是不会忘记我们的。"

众人情绪高涨，高喊着："和鬼子决一死战。"

待众人退出房间，在最后一个走出的杨大鹏转身离去的瞬间，连接炸弹的一个连接线头被杨大鹏的衣角带了出来。杨大鹏没有注意到这个细节，周杰也没有发现。

王天霸拿着一壶酒来到了花千朵的墓碑旁坐下。他拧开酒壶，先是喝了一口："三妹，大哥来陪你喝酒了，来，喝一口。"说完，又朝着花千朵的墓地倒了口酒。

王天霸的身影有点悲凉："三妹，马上就要去跟武田那鬼子决一死战了。不知道为什么，这次的感觉特别不一样。我有种预感，以后再也不能坐在这里陪你聊天了。你大哥真不是怕死，只是突然就要离开这里了，心里有些不舍罢了。"王天霸说着又喝了口酒："三妹，有时候大哥真的很羡慕你，可以和你的小四川一起永生永世。嘿，在那边，没有欺负小四川吧。哈哈哈，你这丫头呀，也就小四川能忍受你的臭脾气。"王天霸说完，喝光了酒壶里的所有酒："好了，妹子，大哥得走了，还有很多事情要办，等大哥到了那边咱兄妹俩再一起喝个痛快。"

王天霸说完，阔步走下山崖，站在后面的铁胜男已泪眼蒙眬。

铁胜男和向前进走到了花千朵墓碑前。铁胜男说："千朵，刚刚大当家的应该跟你说过了，明天我们就要跟鬼子决一死战了，千朵，胜男姐一定会为你和小四川报仇。"向前进说："小四川，你放心，革命一定会取得胜利。你和千朵的鲜血不会白流。"

铁胜男难过："千朵，你就安息吧。"向前进捏紧铁胜男的肩膀："胜男，答应我，明天无论是谁死了，活着的人都要坚强。好吗？"

铁胜男忍住眼泪点了点头，情不自禁地将脑袋靠向了向前进，向前进紧紧地抱着铁胜男，将她揽在了怀里。

小草在韩露的悉心照料下恢复得很快。铁胜男吩咐众人不得让小草知道此次行动的计划，她现在还没有完全恢复，参加战斗无疑就是送死，她不想让小草重蹈千朵的覆辙。

其他的双枪队队员对武器做着最后的检查，有些在擦拭着手枪，有几个在摆弄着大刀，每一个人都很忙碌。

游击队员们也在收拾着武器，李旺拿着枪瞄着眼比划着，杨大鹏挑选着称心的砍刀。

黑虎山的夜沉静了下来。明月高挂，群星缭绕。皎洁的月光洒向群山，缭绕在山林之间，穿梭在雾气之中，宛若纱裙。

马致远披着外套，站在窗台前，抬头看向天空。突然，一阵寒风吹了过来，马致远将外套收紧，看天长叹："变天了，看来决战的时刻也要来了。"马致远说完，关上了窗。

山间的清晨，寒风瑟瑟。

向前进、铁胜男、王天霸分别带着游击队、双枪队、黑虎山众土匪集结在黑木崖。

李旺清点完人数跑向向前进："报告队长，集合完毕。"

林雪娇清点完人数跑向铁胜男："报告队长，集合完毕。"

豹子头清点完人数跑向王天霸："大当家的，集合完毕。"

向前进说："好，出发。"

铁胜男、王天霸异口同声："出发。"

铁胜男和向前进相视一笑："小心。"

向前进点头："嗯，你也是。"

铁胜男转而对王天霸说："大当家的，小心。"

王天霸点头："嗯，你们也是。"

虽然个个都面带微笑，但是每个人的心里都很清楚，也许，这就是他们最后的对白。

游击队、双枪队、王天霸的队伍从黑虎山上浩浩荡荡地向山下移去。

城门口，韦二明带着一队皇协军在巡逻。

王天霸他们隐藏在树林子里，他观察了一番城门口的情况，摇了摇头："和二狗子交手，真是太没意思了。"王天霸说完，做出了一个进攻的手势。

一声呼啸，王天霸已率领众土匪，杀向城门口。韦二明看到王天霸等土匪杀过来，大叫一声："不好，是土匪，给我打。"

韦二明哪是王天霸的对手，一群贪生怕死的二鬼子没一会儿就开始节节败退，枪声惊动了武田。

龟田迅速地探明了情况，城门口只有王天霸一路人马，并不见向前进和铁胜男。武田料定这是游击队的声东击西之策，他转过身去，看向诸暨县的地图，这才意识到他们的目标是阳桥机场。

阳桥机场内，渡边龙一中队长也听到了从城门口传来的枪战声。他立刻在广场上召集了所有的日军，表情凝重："从现在开始，我们的任务就是守卫好机场，确保这些轰炸机的安全。所以我把大家召集到了这里，就是从此时此刻开始，务必提高警惕性，不能让敌人进入机场。"众日军军官士兵点头："嗨。"渡边又说："机场的每一个口子，都必须重兵把守，看到可疑人物，直接击毙。"

守备机场的日军们分散开来，往各自把守的口子上奔去。

铁胜男带着双枪队匍匐在小山坡上，她拿着望远镜观察着机场这边的情况，见鬼子在布置兵力，不由得皱了下眉："雪娇，你带着一队人马，去攻打机场北边那个口子，记住了打不过就跑，不要和鬼子硬拼，争取把鬼子的兵力引到北边的那个口子上。"

"好。"林雪娇说完，匍匐着起身，带着一队队员往机场北边的口子低身跑去。

铁胜男继续用望远镜观察着，最后把目光落在了机场外的那辆卡车上，铁胜男露出了一个微笑："有了。跟我来。"

铁胜男带着几个队员摸了下去。

武田正雄迅速地集结了兵力，亲自带着一支日军队伍往侧门飞速赶去。提前埋伏在那里的豹子头，看到了武田的队伍，喝了一声："给我打。"

日军迅速反击，武田愤怒："八嘎牙路。"武田已顾不得自己的身份，拿起机关枪，对着豹子头他们扫射。

机场北门这里已经把守了一队日军，林雪娇小心翼翼地带着双枪队员摸了过来。一个鬼子发现了林雪娇，叫了一声："那里有情况。"

这个鬼子话音未落，林雪娇便一枪崩向了他的脑袋，随后对双枪队员们下令："给我打。"

一阵激战。

武田听到了阳桥机场的动静，加大了火力，冲破了豹子头的伏击圈，队伍往十里坡方向开去。

心急如焚的武田加足了马力，他根本没有料到与豹子头一战只是个障眼法，后面的十里坡还有场硬仗在等着他。

而十里坡上，向前进他们早已埋伏在那里。李旺匍匐在向前进旁边，拿着枪神情专注。

向前进低声道："等鬼子进入雷区，再开打。"李旺点了一下头，仍然全神贯注地目视前方。

武田的队伍正朝着游击队设下的雷区快速靠近。游击队员们个个都绷紧了神经。

随着一声轰响，开在前面的摩托车被炸得七零八落，上面的两个鬼子血肉横飞。

一阵火光冲向后面的武田正雄等人。武田连忙往后面扑了出去，他大叫一声："有埋伏，大家快隐蔽。"又是连着两阵轰响声，走在前面的鬼子几乎全部阵亡。

向前进大喝一声："给我狠狠地打。"游击队员们奋力射击，手榴弹向鬼子们扔了下来。

武田正雄躲在石头后面指挥道："给我冲出去，不能被游击队阻挡在这里。"几个勇敢的日军士兵听到命令，咬了咬牙冲了出去，但很快就被向前进他们一枪毙命。向前进等人埋伏在山坡上，自上而下阻挡着武田正雄的去路。

城门口处，龟田带兵前来支援，见到了龟田，马致远和韦二明一起带着一大批皇协军跑来会合。

王天霸看到了马致远，大骂："臭小子，还长能耐了。"王天霸说着一枪打来，马致远连忙往后躲，恨恨地说："王天霸，你已经被包围了，逃不走了。"

龟田恨恨地看着王天霸："马县长，这里交给我，你带着一队人马冲出去，支援武田中佐去。"马致远有点犹豫："我……"韦二明催促道："马县长，你快走，武田太君那里更重要。这里有我和龟田太君对付这些土匪。"龟田说："不，你们一起去。这群土匪有我就足够了。"

"好。"马致远对着手下皇协军："跟着我冲出去。"

在龟田的火力掩护下，马致远撤了出去。

此刻，铁胜男等人已坐在了卡车上，换上了日军军装的周杰和一个游击队员坐在驾驶室内。很多鬼子果然赶往北门前去支援，林雪娇带着双枪队队员还击着，硬是没有往后退。

卡车往机场门口开了过去。

渡边龙一拦住了他们："你们的，哪部分的？"周杰探出头来："我们是武田中佐派来支援你们的。"渡边龙一疑惑地看着周杰:"武田中佐派来的,他本人呢?"周杰淡定地回答:"我们是他的先遣队,他马上就会到机场这里。我看机场这边已经受到敌人的袭击,应该将这批敌人都消灭掉。"渡边开始信任周杰:"是的。机场绝不允许敌人杀进来。"

周杰敬礼:"好,我现在就带人去那边支援,请大尉阁下放心,我们一定会全力以赴,消灭偷袭的敌人。"

渡边点了一下头。周杰他们就这样顺利地开车进了机场,往北门方向开去。

铁胜男等人先是往北门飞驰而去,她回头看了一眼渡边所在的方向,见已经消失在鬼子的视线范围,她终于舒了一口气和夏荷、冬梅对视了一眼:"走,去飞机停放坪那里。"

飞机停放坪内,十几架轰炸机整齐地停放着。铁胜男一个手势示意,春兰和夏荷等队员迅速地拿出装置,开始在飞机下面安置炸弹。

向前进和武田正雄激战正酣,硬是没有让武田他们冲过十里坡。但子弹在逐渐地消耗,向前进见状,命令道:"大家都节约一点子弹,一颗子弹,必须消灭一个鬼子。等鬼子靠近点后再打。"游击队员们的眼神变得更加的犀利。

马致远和韦二明带着皇协军们出城来,他听到了十里坡那里的枪声,思索片刻,决定绕开十里坡,直奔阳桥机场。毕竟游击队的目标是阳桥机场,所以真正的敌人肯定就在阳桥机场。

铁胜男等人争分夺秒地安置着定时炸弹,空气中都弥漫着紧张的气氛。周杰的额头上已经冒出了汗水。一根红线和一根绿线要接在一起,但是周杰的手却在颤抖。

铁胜男开始催促着:"大家动作都快点。"

周杰擦了擦额头上的汗水,然后点了点头。

城门口的王天霸眼看着自己被龟田拖住,战况僵持在那里,心里着急,他不知道铁胜男那里到底怎么样了,实在是放心不下,他必须出去,支援胜男。

王天霸吩咐大耳朵带人留在这里,拖住这路鬼子,自己则带着几个小土匪悄悄往城外撤去。

王天霸和几个土匪快步走出,一阵口哨划破天际,只见小树林中,几匹黑马奔驰而来。王天霸带着几个土匪飞速地飞上了马背,呼啸而去。

马致远带着皇协军来到阳桥机场，渡边龙一认出了他们："是韦团长和马县长啊，你们也是武田中佐叫你们来支援的？"马致远惊讶："怎么，难道已经有人来支援了？"渡边说："刚才已经来了一批，说是武田中佐派来的先遣队。"

马致远惊呼："武田太君的先遣队？不好，他们去了哪里？"

这时，渡边龙一也开始高度紧张："他们说是去北门那边支援了。走，跟我来。"

渡边带着马致远他们往飞机停放场赶去。

周杰接上了最后一根线头，不由擦了一把汗："好了。"铁胜男激动："好，去北门，和雪娇来个里应外合，把那里的鬼子消灭掉。"

铁胜男她们往北门方向奔去，这时，马致远他们迎面赶了过来。

"铁胜男。"

"马致远。"

铁胜男和马致远同时看到了对方。

韦二明大叫一声："是双枪队的铁胜男，给我消灭他们。"皇协军和鬼子迅速拿枪对着铁胜男等人扫射。铁胜男迅速迎战，一边还击，一边说："大家都不要恋战，走。"

铁胜男她们想要撤退，但鬼子和皇协军的士兵已包围上来，疯狂地向游击队员们扑了上去。好几个游击队员中枪，倒了下去。

铁胜男她们已经撤退到了小楼旁，躲到墙柱后面迎击着马致远他们："马致远，你这个混蛋，你要还是中国人的话，就给我放下枪，滚蛋。"马致远奸笑一声："铁胜男，我们都回不去了。现在被包围的人是你，应该是你放下枪投降才对。"铁胜男愤怒地对着马致远连续射击。

子弹划过了马致远的肩膀，马致远连忙躲到了掩体后面，捂着伤口愤怒地叫嚣："既然你不仁，休怪我不义。"

铁胜男他们躲在柱子后面，春兰提议道："队长，我们炸机场吧？"周杰说："不行，现在爆炸我们都会葬身于此。"铁胜男犹豫着："嗯，这个位置还不是安全距离，往后撤。"

这时，马致远对韦二明轻声地说："韦团长，我在这里拖住铁胜男，你带人从侧面迂回过去，我们两边夹击双枪队。"韦二明竖起大拇指："马县长高明，这任务就交给我吧。"韦二明说着，悄悄地带着人往侧面跑去。

铁胜男看到了韦二明他们的行动："不好，他们是想迂回包抄我们。快，往后撤退。"双枪队员们想要往后撤退，但马致远和鬼子们却死死咬住他们不放。

一个双枪队员刚一露面，就被渡边龙一击中了脑袋。

在十里坡阻击的游击队队员们已经打光了子弹。向前进看向阳桥机场，期待中的爆炸声并没有听见，他拿出了刺刀："阳桥机场那边还没有爆炸，铁队长他们还没有完成任务，必须给他们多争取一些时间。"游击队员们勇敢地说："是。"

"同志们，跟我冲，和鬼子拼了。"向前进拿着刺刀带着游击队员们勇猛地冲杀了下去。下面的几个鬼子还想开枪，但向前进已经飞身冲到了鬼子面前，连着刺杀了两个鬼子。

游击队员们和鬼子开始陷入了肉搏战。武田正雄等人则在后方开枪向游击队员射击。

向前进一刀结束了一个小鬼子的生命，然后借着鬼子的尸体躲到了一棵大树后面。

两个鬼子兵小心翼翼地端着枪，一步一步地靠近向前进。向前进已经瞥到了他们的脚，但他还是不动声色，等待他们再靠近一点。

鬼子兵就要走到大树那里，向前进猛地往外面扑了出来，迅速地挥了两刀，刀子从两个鬼子的脖颈处划过，两个鬼子顿时毙命。武田正雄瞅准时机，对着向前进开枪，向前进一低身，扛住了倒下去的鬼子。武田射过来的子弹打在了鬼子兵的身上。向前进将鬼子兵推向武田，武田又连着开了两枪，手枪的子弹打光了，他气急败坏，正要换弹匣，向前进飞速地向武田扑了上去。

武田正雄急忙扔掉手枪，拔出刺刀，抵挡住了向前进的三棱刺刀。向前进笑了笑："武田，你终于肯拿出你的刺刀了。"武田冷笑一声："你以为我不敢跟你拼刺刀，拼刺刀也照样可以杀了你。啊……"

武田正雄奋力地对着向前进压过去，向前进往后一退，躲开了武田的进攻，随后一弯腰，三棱刺刀刺向武田的腹部。武田连忙往后退去，但向前进的刺刀尖头还是划到了武田的腹部，武田的军装上渗出鲜血来。

向前进故意用言语激怒武田："拼刺刀，中国人是你们小鬼子的祖宗。"向前进大喝一声，继续刺向武田正雄。武田也不甘示弱，凶猛地抵挡住了向前进的进攻。

两人拼杀在一起。

铁胜男被前后夹击，围困在那里。

夏荷毫无惧色："队长，我们冲不出去了。"铁胜男点头："姐妹们，今生虽不能同生，但能共死也不错，黄泉路上我们继续打鬼子。"春兰等人点头："嗯。"

铁胜男拿出了启动定时炸弹的装置："马致远、韦二明、小鬼子们，今日我铁胜男和双枪队就和你们同归于尽。"

马致远大叫一声："不好，有炸弹。"

"炸弹？啊，快逃。"韦二明吓得迅速往后撤退。

铁胜男闭上了眼睛，摁下了爆炸装置的按钮。马致远也奋身向外面扑了出去。

气氛已紧张到了极点。

但是，炸弹竟然没有响，铁胜男狐疑地又重重按下，但轰炸机那边的炸弹还是没有爆炸。

铁胜男紧张："怎么回事？"周杰紧张："不可能，我明明都检查过的，肯定是哪里出了问题。"铁胜男急："是不是线路没有连接好？"周杰拿过引爆装置："我看看。"

这时候，马致远那边哈哈哈大笑起来："什么爆炸装置，都是来吓唬我们的是吧？"渡边龙一气急败坏："给我冲上去，杀了他们。"

鬼子兵们重新对着铁胜男这边猛烈地开枪射击，又有双枪队员倒了下去。

周杰自责："看来，只能冲到轰炸机下面，按下那里的红色按钮，和飞机一起同归于尽了。"夏荷主动请缨："我去。"铁胜男拉住了夏荷："夏荷，我是队长，要去也是我去，况且现在也不是只身前往的时候，听我的命令行事。"

春兰等人点点头。鬼子们和皇协军士兵们在缩小包围圈。铁胜男按住了藏在怀里的那把向前进送给她的左轮手枪，里面只有一颗子弹。

　　双枪队员一副焦急的表情，她们都在等待铁胜男的指令。就在这时，外面响起了一阵呼啸声。铁胜男站了起来："是大当家来了。"

　　王天霸骑马飞奔："谁敢动我家丫头，老子就要他们的狗命。"王天霸一边说着，一边对渡边龙一他们开枪射击。

　　马致远他们连忙回身，把枪口对准了王天霸，王天霸在马背上灵活地变换着各种位置，子弹在他的身边呼啸而过。

　　王天霸已靠近了铁胜男她们这边："丫头，接枪。"王天霸扔给了铁胜男一把枪，铁胜男接住了枪，随后一滚身，好几个皇协军随后中枪倒地。韦二明吓得往后退去。铁胜男捡起了两把枪，扔给了夏荷和春兰。

　　在北门口阻击的林雪娇这边，打得只剩下最后三人，林雪娇也伤痕累累，但她还是坚持还击着鬼子。

　　王天霸已冲杀到了铁胜男身边："丫头，来，上马跟着我走。"铁胜男拒绝："不，大当家的，机场还没有炸毁。"王天霸惊："啊，你们还没有安置炸弹吗？"铁胜男愧疚道："安置好了，但操纵盒却失灵了。"

　　说话间，子弹从他们耳朵边飞射过去。王天霸气："好个书呆子，还有没有其他的办法？"周杰内疚："唯一的办法就是启动红色的紧急爆炸按钮了。"王天霸问："按钮在哪？"周杰指着飞机："飞机的下面。"王天霸毫不犹豫："好，我去。"铁胜男拉住了王天霸的手："大当家，不行啊，别说躲过敌人的子弹跑到飞机下面，就是跑到了你也逃不出爆炸区啊。"

　　王天霸拍了拍铁胜男的手，挤出微笑："不能前功尽弃，就交给我吧。"

　　又一颗子弹呼啸而来，打中了王天霸的后背，王天霸从马上摔了下来。铁胜男急忙扶住王天霸："大当家的。"王天霸还笑了一下："没事，我王天霸一生吃过的子弹，加起来都有一斤重了。"王天霸怒视了马致远一眼，对着他连连开枪，马致远连忙躲闪，肩膀还是中了一枪。

　　"丫头，就交给我来启动爆炸装置。你放心，快点离开这里。"王天霸拼出全身力气，重新上马，然后推开了铁胜男："快走。"王天霸飞马向飞机停放场奔去。

鬼子们集中火力向王天霸射击。铁胜男大叫："大当家，快，掩护大当家。"双枪队队员和几个土匪，对着鬼子们开枪。

王天霸向飞机停放处奔去。

渡边龙一集中精神瞄准了王天霸，王天霸又中了一枪，他差点又摔下马来。这次，他却一个回身，从靴子里又拿出一把枪来，使着双枪，一枪打在了渡边龙一的手臂上，第二枪直奔渡边龙一的脑袋。

渡边龙一带着一副难以置信的表情死去。

王天霸咬紧牙关，冲向飞机停放场。铁胜男悲痛地大叫："大当家的。"王天霸回头来："走啊，你们快点撤退。"

渡边龙一一死，韦二明开始力不从心，他见王天霸就要靠近飞机，吓得大叫："机场要爆炸了，快逃命。"马致远看势头不对，也开始往外面撤退。

铁胜男呼喊着："大当家，不要……"夏荷和春兰拉着铁胜男往外面走去："队长，快走。机场就要爆炸了，队长，走啊。"

王天霸策马奔到了轰炸机下面，他看到了爆炸装置上的红色按钮，他回头看了一眼铁胜男她们。铁胜男此刻已泪如雨下，被夏荷拉出了机场。

王天霸看着铁胜男消失的方向，大声道："丫头，如果有来世，我一定不当土匪了，早点和你相遇，丫头，好好活着，等消灭完鬼子，和向队长一起来我坟头上，给我送酒喝。"王天霸大义凛然地按下了红色按钮。他看着铁胜男她们已经走出机场去，他笑了笑，骑着的黑马一声嘶鸣。

震耳欲聋的爆炸声响起，火光冲天。

大爆炸发出了强烈的冲击波，铁胜男她们被冲到了门外面，铁胜男艰难地爬起来，回头看着飞机场的爆炸现场，泪如雨下，撕心裂肺地大叫出来："大当家，大当家的。"

机场里还在连续爆炸着，飞机的碎片被火光冲向了天空。

剧烈的声响传到了十里坡，武田正雄看着爆炸的火光，瞪大了愤怒的眼睛："八嘎，八嘎牙路。向前进，我和你拼了。"武田正雄奋力向向前进砍杀过去。向前进往后一退，武田正雄回手又是一刀子，刺刀划过了向前进的肩膀。

向前进对武田轻笑了一声："哼，武田正雄，今天到此为止，我就不奉陪了。"向前进说着一边往后撤退，一边对游击队员们说："撤退。"

武田正雄大怒："给我追。"向前进迅速从一个死去的日本士兵手中捡起枪，还击冲上来的鬼子。

夕阳西下，游击队消失在树林子里。武田正雄看着向前进他们逃走的方向，欲哭无泪……

机场里面爆炸的火光，映红了黄昏的天际。

| 第二十五章 |

　　向前进他们一路撤到了黑虎山下，不少游击队队员都受了伤。这时，铁胜男带着双枪队员们、豹子头他们赶来，两队人马会合。每个人的脸上都挂着彩，人数也少了很多。

　　铁胜男连忙上前抱住向前进："向大哥。"向前进也抱住了铁胜男，眼泪在眼眶里打转："胜男。"

　　劫后余生的重逢，百感交集。在场的众人无不落泪。

　　铁胜男抬头，难过地说："向大哥，大当家，他……他，已经……已经牺牲了……"豹子头悲痛地捶着自己脑袋："我没用，都怪我，我真恨自己，没替大当家去死。"土匪们一片哀伤。

　　向前进轻轻擦掉铁胜男的眼泪，忧伤地说："这场战争，我们失去了太多亲人、同志、朋友，不过，现在不是我们难过的时候，我们还要继续作战杀敌，武田很快会带着人马反扑，我们必须尽快上山。"

　　铁胜男点头，毅然地擦去眼泪，没错，她必须坚强起来。

在武田追赶的必经之路，周杰带人在路口迅速地埋雷，然后他们快速地从小路上山。果然不出片刻，武田正雄带兵赶到，走在前面的士兵绊到了地上的线，地雷炸开。武田马上卧倒，连着轰了几下，小鬼子被炸飞了好几个，惨叫声不绝于耳。

武田一身狼狈，眼中迸发出弑人的火焰。

黑木崖上，凛冽的寒风吹起，乌云蔽日，黑鸦当空，众人悲伤地站在王天霸墓前。

铁胜男望着王天霸的墓碑，悲恸道："大当家，妹子没能把你带回来，在此立下衣冠冢，希望你可以快点回家来。"豹子头、大耳朵带着小喽啰悲痛欲绝："大当家的，快回来吧。"

小草在喜子的搀扶下站在铁胜男的身边，眼泪刷刷地流下。林雪娇、韩露她们脸上都挂着泪，抽泣着。花好一身素衣，跪倒在王天霸坟前，放声大哭。这个柔弱的女子撕心裂肺地哭喊着，听者落泪。

向前进看着王天霸的坟墓，回忆起了与王天霸交往的一些画面，不由闭紧了眼睛，泪水还是渗了下来。

众人一齐向王天霸的墓碑行礼，昏暗的天空下，风更紧了。

太阳已经下山，天色渐晚，山下，武田已经集结了所有的兵力。武藤樱、龟田英夫、马致远、韦二明都低下头，不敢作声。武田正雄已经丧失了理智，他的表情冷酷而变态，狂笑着比划："无能！废物！一百多架帝国的轰炸机，就在瞬间，'砰'的一声，化为灰烬，化为灰烬啊！哈哈哈。"

马致远跟韦二明看着武田的样子，吓得不禁发抖。

武田的眼神变得阴森可怕，嘶哑的声音像是来自地狱，他咬牙切齿地一字一句道："一定要消灭游击队，为我死去的弟弟、为我老师报仇。"

向前进带着所有的人马齐聚在聚义厅内，韩露在忙碌地为受伤的队员处理伤口。大耳朵来报："铁姑娘，向队长，武田集结了人马，在山下，看兵力，他是倾巢出动了。"向前进与铁胜男对望一眼，说："今天天色已晚，想来他不会贸然强攻。"大耳朵点头："向队长说得没错，在我们黑虎山，他吃过亏，今天夜里，应该不会打上来。"向前进愁眉紧皱："但还是谨慎一点为好，今晚，我们要加强警戒，严防他突袭，大鹏、李旺，你们带人轮流站岗，外加流动哨。"众人立正："是。"

向前进独自一人走了出去，他手里握着枪，不敢松懈。铁胜男跟春兰在分发食物，当铁胜男将干粮递给林雪娇，林雪娇朝着向前进的方向努努嘴："你看，向队长一个人出去了。"铁胜男望了眼向前进，坐在了林雪娇旁边。

林雪娇幽幽地诉说自己的故事："我曾经深爱过一个人，我们本来会幸福地生活下去，可是，就在订婚那天，他死在了鬼子的枪下，从此阴阳相隔，再也没机会相守下去。"林雪娇脸庞上滑落下眼泪，铁胜男抱住她，安慰道："好妹妹，从来没听你说起过，原来你心里藏着这样伤心的过去。"

林雪娇擦拭着眼泪，挤出微笑："所以，不要给自己留下遗憾，你喜欢向前进，就应该勇敢地去表白，生活在这样的时代，在枪林弹雨中，谁也不知道，还能不能活着见到明天的太阳，难道，一定要和千朵小四川他们一样，只有到死才能拥抱在一起吗？"铁胜男看着林雪娇美丽的脸庞，她的眼神里充满真挚的鼓励，铁胜男没有说话，转头望向了向前进的背影。

在旁边换药的韩露清晰地听着她们的对话，她释然一笑，包扎好伤员后，也坐到了铁胜男的身边，她拉起铁胜男的手："是啊，你们的心里都爱着对方，却迟迟没有告白，明天会怎样，谁也无法预料，不要给彼此留下遗憾。"铁胜男感动地握住韩露的手："韩露。"两双温暖的手紧紧地握在一起，韩露真诚地祝福："胜男，我祝福你们，答应我，你们一定要幸福。"铁胜男不知道该说什么好，含泪一直握着韩露的手："我们俩，认识了这么久，竟然之前都没像现在这样，坐在一起静静地聊心事。"韩露眼里也含着泪，笑了笑点头："是啊，这好像是第一次。好了，快去找向大哥吧。"

铁胜男起身，犹豫了下，韩露催促着："快，去呀。"铁胜男拿起手中的干粮，感激地对着韩露点了点头，向向前进走去。

月色下，向前进端坐在高处的一块大岩石上，俯瞰着山下，若有所思。铁胜男借着月光，看到向前进正坐在那里，她拿着干粮，来到向前进身旁。

铁胜男把干粮塞到向前进的手里："给。"向前进笑："谢谢。"

两个人靠得很近，铁胜男深吸了一口气："向大哥，等战争结束后，你有什么打算？"向前进望向远方："把鬼子全部赶出中国后，我就找片安静的地方，过宁静的生活。"铁胜男感慨："这些年，我们跟鬼子作战，死里求生，能活到现在，已经很幸运了，可是，太多战友、朋友、亲人，为这场战争流血、牺牲，永远地离开了我们。"向前进叹道："生在乱世，我们没办法选择自己的命运，却可以选择面对乱世的生存态度，我相信，他们的付出，历史会铭记，中国人民会铭记。我相信，胜利已经不远了。"

铁胜男点头，两个人沉默了会儿，铁胜男说："向大哥，武田就在山下，集结了他所有的兵力，准备消灭我们，如果我们……我怕……"向前进打断了她的话："胜男。"

沉默了两秒，铁胜男、向前进异口同声："向大哥（胜男），我有话对你说。"两个人同时开口，却又同时停住。空气凝结了一般。"你先说。"铁胜男、向前进再一次异口同声，语罢，两个人不约而同地笑了起来。

向前进有点犹豫："那你先说。"铁胜男深吸了一口气："你曾说，等到战争胜利那天，就向你心爱的人表白，你，一定要等到那一天，才说出来吗？"向前进一时语无伦次，不知道如何是好："胜男，我……"

铁胜男鼓足勇气，冲口而出："向大哥，我喜欢你。"向前进深情地望着她："胜男。"铁胜男："这些年，我们出生入死，并肩作战，经历了太多生生死死，而你就像颗种子，已经在我的心里生根发芽，我不想像千朵和小四川那样，带着遗憾离开这个世界。"

向前进双手紧紧握住铁胜男的手，感慨万千，铁胜男继续说着："不知道明天等待我们的是什么，所以今天，我一定要说，向大哥，我喜欢你。"向前进深情地望着她，眼神深邃，感动地看着胜男，轻抚着她的秀发："胜男，其实，刚才我想对你说的，就是你跟我说的这些话。对不起，我一直在逃避这个问题。但每次越是逃避，我就越喜欢你。在一次次的生死考验中，我发现自己早就爱上了你。是革命让我们走到了一起，我们一定要不离不弃地一直走下去。"

铁胜男感动地落泪："不离不弃。"向前进疼爱地用双手托住她的脸庞，用拇指轻轻地擦拭着铁胜男的泪："我向前进，今生只爱铁胜男一人，等战争胜利了，我们就马上结婚，胜男，你愿意嫁给我吗？"铁胜男拼命点头："我愿意，我愿意，向大哥，等消灭了武田，我就嫁给你。"

向前进："执子之手，与子偕老。"

铁胜男："执子之手，与子偕老。"

铁胜男眼含热泪，幸福地靠到了向前进怀里，他们紧紧依偎在一起，十指相扣，望向天空。此刻，天际已经有些微白。

短暂的平静下，危险即将来临。

日军已经做好了攻山的准备。武田在做最后的部署："龟田君，樱子，你们跟我从正面进攻，一定要冲破这山门，马县长，你跟韦团长负责包围后山，这次，绝不能让他们跑了。"众人点头："嗨。"

所有人开始行动起来。

向前进等人齐聚在聚义厅内，每个人都在准备着自己的武器枪支。何力熟练地将双枪全部上膛，瞄准试试，李旺拿起狙击枪，擦拭着。

大耳朵上前汇报："向队长，鬼子已经兵分两路准备打上来了，整个黑虎山已经被他们包围。"向前进加大分贝："武田这次是倾巢出动，所以我们要想办法耗损他们的兵力，然后击破。黑虎山的地形对我们非常有利。"向前进说着，摊开桌上的黑虎山地形图，然后指着相对应的方向："武田的队伍会从山门口、后山这两个方向进入，对我们展开前后夹击之势。胜男，带着你的双枪队还有四当家他们，去后山，周杰，你去配合胜男行动，在后山山腰埋上炸药，炸毁山路，务必要阻断他们上山的路。其他人，全部跟我在山门口正面迎击敌人。"

众人凝神屏气："是。"

向前进一脸胸有成竹的样子："这次，我们从正面主动攻击敌人，绝不能让鬼子上山，最后，我们在山门口，这里，会合。"

众人齐声道："是！"

武田带兵到达山门口，他们警觉地观察着四周。武田正雄担心有诈，传令炮兵组，用大炮轰炸。大炮对准了山门，两个炮兵做着最后的调试，在不远的岗哨上，向前进他们看着武田上来，已经瞄准了枪，远远地对着一个炮兵，一枪发射，炮兵被当场击毙。

武田赶紧躲开："全体警戒。"

向前进一声令下："同志们，打。"

枪声四起。炮兵匆忙对着山门开始炮击，其他的日军对着岗哨射击开来。

铁胜男带着队员们从后山小路下山，这时，马致远正带着人马上山来，双方相遇。马致远先一步看到了他们，他命令道："是铁胜男，射击，别让他们跑了。"马致远带头朝着铁胜男这边开枪，当铁胜男他们发觉的时候，子弹已经飞了过来。

走在最前面的春兰来不及隐蔽，胸口已经中了两枪，她瞪大眼睛随即就倒下了。铁胜男回头伤心地看了眼倒地的春兰："春兰。"林雪娇拉着铁胜男一边躲开子弹，一边开枪："胜男姐，我们快走！"

铁胜男悲痛地回头望了眼春兰的尸体，便被林雪娇她们拉着跑进草丛。

马致远在草丛一边躲闪着子弹，一边开枪喊道："铁胜男，你们已经被包围了，不要再做无谓挣扎了，快投降吧。"铁胜男躲开子弹："马致远，新的时代就要到来，就算今天我杀不了你，全中国的人民也不会放过你的，你就醒醒吧。"林雪娇怒骂："跟狗汉奸废什么话，打。"

铁胜男双枪同发，马致远身边的两个皇协军被击毙，马致远略显惊慌："快，给我打。"

林雪娇跟韩露豹子头他们也打死了几个皇协军。韩露说："胜男，要不了多久，他们的援军就会过来。"这时周杰从后边过来："铁队长，我们已经在半山腰埋好炸药。"铁胜男笑："好，把他们全部引过来，困在后山。"

在铁胜男的指挥下，众人起身，集中火力，朝马致远这边密集扫射。子弹擦过马致远的脸庞，鲜血流下来，马致远大叫："啊——"皇协军士兵扶住他："马县长，您没事吧？"马致远捂住伤口，有些退却地躲到皇协军后面："你，快去通知太君，你们所有人，给我继续打。"

铁胜男他们已经占了上风，韦二明此时带兵赶到，马致远顿时又有了底气。铁胜男见状，命令道："可以了，他们援军到了，我们撤。"

铁胜男带着众人跑进了路边树林。马致远他们瞬间火力增猛，几个双枪队员中枪倒地。铁胜男回头反击，马致远连忙躲在了皇协军的背后，用枪瞄准铁胜男："铁胜男，既然我得不到你和宝藏，就杀了你。"一颗子弹朝铁胜男飞来，千钧一发之际，喜子用弱小的身体抱紧了铁胜男，子弹从背后击中了她的心脏部位，喜子瞪大眼睛，铁胜男一下子抱住了她："喜子，喜子。"

喜子口吐鲜血，微笑着看着铁胜男，离开了这个美好的世界。铁胜男悲痛地抱住喜子嚎啕大哭："不，不，喜子，喜子。"

韩露一边还击着皇协军，一边掩护铁胜男："快，胜男，我们走。"铁胜男不舍地放下喜子，擦去眼泪，对着马致远疯狂地还击。铁胜男他们躲入树林内，马致远他们浑然没有发觉这是铁胜男的作战策略，所有人马开始追击。

向前进等人继续守在山门口的岗哨，这时候，他们已架起了机枪，对着山下的日军开始扫射。

面对黑虎山的重重关卡，武田当机立断调整了作战方案。武藤樱凑近武田，武田在她耳边低语了几句，武藤樱点头，随即下令："你们两队，跟我走。"武藤樱带着一批日军离开山门口。武田阴毒地望着山上："继续炮击。"

大炮轰到山上，所炸之处，巨石滚落。

战斗激烈地进行着。

铁胜男他们一路跑进后山腰小路，见马致远等人快跟上来了，便冷静地命令："他们追来了，我们快隐蔽。"众人全部隐蔽于草丛之中。

皇协军开始体力不支，马致远也累得直喘气，他们对着前方胡乱地放枪，韦二明已气喘吁吁："马县长，这，追不上啊，这怎么办？"马致远愤怒地跑在前面："都快跟上。"韦二明挥挥手："是，你们快跟上。"

草丛里，铁胜男观察着外面马致远等人的动静，见他们马上就要靠近后山腰的大石，她扬起了手，周杰手拿着引爆装置，会意地点头。

皇协军们举枪小心翼翼地走在小路上。时机成熟，周杰按下了引爆装置，只见，随着声声巨响，顷刻间，山上大石头滚落下来，挡住了马致远他们下山的路，韦二明大叫："快，趴下！"马致远跟韦二明他们吓得飞快地趴下，石头崩裂开来，压在了皇协军的身上，马致远趁乱赶紧拉过旁边的皇协军掩护住自己。韦二明就这样被突如其来的巨石压得粉身碎骨。

皇协军死伤一片，铁胜男他们欢呼雀跃起来。

马致远小心翼翼地推开皇协军的尸体，仓皇而逃。林雪娇指着马致远："胜男姐，你看，好像还有人活着。"铁胜男一看："是马致远。"韩露拿起了枪：

"他坏事做尽，不能让他跑了。"

子弹齐发，马致远跟跄着躲开了子弹飞快跑着。

铁胜男淡淡地看着他的背影："你们去和向队长会合，我去追马致远。"韩露担心："可是……"铁胜男平静地说："你们放心，我会小心的，是时候该跟他做个了断了。"

马致远一路奔逃着，铁胜男紧紧地跟在他的身后，对着马致远开枪。马致远退守到了路边草丛，对着铁胜男射击。

铁胜男劝说道："马致远，日本人就要完蛋了，难道你还要继续执迷不悟吗？投降吧。"马致远冷笑一声："哈哈哈，铁胜男，这个时候你觉得我还会考虑自己的退路吗？况且胜负未分，谁能笑到最后还不一定。"马致远说完，对着铁胜男又是一阵射击。

铁胜男沉着应对，但一把枪中的子弹偏巧在这个时候消耗完毕。

马致远听到铁胜男枪中没有了子弹，迅速地探出身来，想要打死铁胜男，铁胜男见马致远探出身子，另一把枪中的子弹飞速地打了出去。铁胜男一个低身，躲过了子弹。马致远也想躲闪，但子弹还是打进了他的肩膀里，马致远一声惨叫。

铁胜男看准时机，一个飞身出来，翻身滚到了马致远面前，迅速起身，用枪顶住了马致远的脑袋："马致远，再不投降，我现在就打爆你的脑袋。"马致远急忙乞求："胜男，胜男，不要开枪，不要开枪，好好，我投降。你别杀我，看在我们曾经相识相知的分上，不要杀我。"铁胜男拿枪顶了下他的脑袋："少废话，放下枪。"

"是是，我放下枪，你不要杀我。"马致远慢慢地把枪放下，铁胜男感情复杂地看着马致远，马致远的枪此刻已经放到了地上，铁胜男稍微放松了一下警惕，马致远抓住时机，突然一个起身，撞在了铁胜男身上，铁胜男跟跄着往后跌退了一步。马致远迅速捡起了枪，铁胜男连忙翻身躲避着子弹，滚到了掩体后面，还击马致远。

铁胜男怒喝一声："马致远，你这个混蛋。"马致远笑了笑："铁胜男，难道你打了这么长时间的仗，还不知道兵不厌诈吗？哈哈哈。"铁胜男彻底寒心："马致远啊，真是想不到，你已经泯灭了人性。"

"这是你们逼我的，铁胜男，今天我马致远一定要杀了你。"马致远对着铁胜男这边又是一顿猛射，语气狠毒地咆哮着："铁胜男，你去死吧，去死吧。"

子弹在铁胜男身边跳动，铁胜男保持镇定，不动声色。马致远大喝一声："铁胜男，你给我滚出来。"

铁胜男迅速地给那把没有子弹的手枪换了弹匣，再次等待时机。

渐近傍晚，双方还在山门口对峙。韩露等人已经赶来与向前进会合，向前进看了下所有人，却没看到铁胜男。韩露明白向前进的眼神，解释道："胜男，她一个人去对付马致远了。"

向前进瞬间愣了下，但很快回过神，镇定地说："大家注意，现在鬼子兵力已经折损大半，等天黑了，我们就冲出去，将他们消灭。"

"好！"众人士气大增。

马致远耐不住性子，一边对着铁胜男开枪射击，一边慢慢地逼近铁胜男。铁胜男用耳朵分辨着渐近的脚步声，突然一个起身，对着马致远开枪还击。

两颗子弹相对打过来，撞击在一起。铁胜男在用左边手枪射击的时候，右边的手枪也扣动了扳机，第二颗子弹也向马致远射了过去。

子弹打中了马致远的胸口，他瞪大着眼睛往后退去，他似乎不敢相信这一切，还想用枪射击铁胜男，但已经没有了力气。手中的枪掉落在地，随后他慢慢地倒了下去。

看着真的已经死去的马致远，铁胜男神情复杂，她蹲了下来，让马致远合上了眼睛，眼角的泪随后滑落下来。

山门口的激战还在继续，小草有点着急："也不知道胜男姐怎么样了？"向前进也是一脸的担忧。这时候，铁胜男的声音从背后响起："我还能怎么样，当然活着回来咯。"众人回头，见是铁胜男，都非常高兴。

"胜男。"向前进深情地望着她，两人四目相对，"回来就好。"铁胜男笑着点了点头。

天色已黑，向前进下令停止射击。枪声突然停了下来，武田不甘地望着山上，警觉道："小心。"鬼子提高了警戒。

向前进带着众人离开岗哨，他们全部冲下山，来到草丛内隐蔽，向前进说："胜男，你们掩护，其他人，跟我冲！"众人情绪高昂："是。"队员们突然冲下山来，对着武田这边射击："杀！"

武田一看向前进他们冲了下来，很多士兵已经倒下，他有些仓促地指挥着："给我消灭他们！消灭他们。"

枪林弹雨的激战中，武藤樱带着人马出现，她远远地看到双方交战，狡黠一笑："武田君果然没料错，你，带人去那边，其他人跟我去那边！"武藤樱的人马兵分两路，悄悄地跑到向前进队伍的左右两侧的草丛内隐蔽。

武藤樱远远地瞄准着向前进，她阴狠地一笑，扣动了扳机。子弹呼呼地飞向向前进，就在千钧一发之际，向前进身边的韩露突然转身发现了，她想都没想，就用自己身体挡住了子弹："向大哥……"

向前进猝不及防的转身，只见韩露已经中弹倒地，向前进瞪大了双眼大喊："韩露。"向前进连忙带着韩露进到草丛中隐蔽，大声哭喊着："韩露，韩露，你怎么这么傻啊。"韩露微弱地笑，周杰在旁边泪流满面，铁胜男她们大喊着她的名字，可韩露已经奄奄一息："向大哥，你要幸福，你要好好活着，好好的，跟胜男在一起。"铁胜男悲痛地握着韩露的手："韩露。"

韩露用尽全力将向前进跟铁胜男的手放到一起："你们一定要幸福。"铁胜男和向前进哭喊着："韩露。"韩露用尽力气说："答应我。"铁胜男擦去眼泪："好。"向前进点头："我们答应你，韩露。"

韩露微笑着垂下了手，闭上了眼睛。

向前进悲痛地拿出仅存的所有炸弹，奋不顾身冲上前，将炸弹甩向武藤樱。铁胜男带人冲出去掩护向前进，林雪娇她们也从草丛出来，火力掩护。

武藤樱身边的日军士兵接连倒下，她迅速地撤退，与武田会合。火力不相上下的双方就这样僵持着。武田见久攻不下，逐渐失去了耐心。他叫嚣着："冲啊，都给我冲，杀死他们，杀……"又一波日军扑了上去，

突然，武田的背后，士兵相继倒下，武田他们回头，龟田大惊地瞪大眼睛。只见，新四军的大部队已经赶到，何司令带头指挥领导着士兵们冲杀过来。

铁胜男等人仿佛听到了胜利的号角声，激动地喊："是何司令。"

武藤樱见状，慌张道："他们来了援兵，局面对我们不利，武田君，请快撤离。"龟田也害怕起来："是啊，快撤退吧，留得青山在，不怕没柴烧啊。"

龟田和武藤樱带着剩余的士兵想要往后方撤退。武田见大势已去，气急败坏的他彻底失去了理智，他突然调转枪口，对准了龟田，子弹射向了龟田的后脑勺。龟田难以置信地转头，吐血而亡。武藤樱被这突然起来的变故吓了一跳，其他的日军士兵顿时手足无措。

武田疯狂地怒喊："谁敢撤退，这就是你们的下场。"向前进等人见此，也大为吃惊，铁胜男用她最大的分贝大喊："同志们，武田老狗气数已尽，今天就将他们消灭在黑虎山，来告慰大当家等英雄好汉的在天之灵。同志们，冲啊。"

向前进大喊："冲啊。"

游击队员、双枪队员和新四军一起，一边向鬼子冲去，一边用最震慑的声音大喊着："冲啊。"

山谷中回荡着游击队、双枪队员们的声音，震耳欲聋。

日军士兵在武田的震慑下，疯狂地向向前进他们扑去。武藤樱在密集的扫射中中枪身亡，日军士兵一个接着一个地倒了下去。游击队员和新四军会合到了一起，他们包围了武田，一步步逼向武田。

武田的身边只剩下四个日军士兵，他们围着武田举着枪，紧张地看着向他们逼近的游击队员。

向前进喊话："武田，你已经输了，快投降吧，胜利属于中国人民。"

武田愤怒地推开这四个士兵，他站在向前进的面前，举着刺刀，面目狰狞："向前进，我没有输，我是不会死在你的手里的，哈哈哈哈。"突然，武田挥刀自裁，切腹自尽。死前，武田含笑倒地："我是大日本帝国的勇士。"武田瞪大了圆眼，倒在了血泊之中。剩下的四个日军士兵已经被吓蒙，迅速被游击队员下了枪捆绑了起来。

铁胜男含泪跪地："大当家、韩露、千朵、小四川、二妮、喜子，你们看到了吗，我们终于胜利了，武田死了，我们马上就可以把所有的侵略者都赶出中国了，你们在天之灵就安息吧。"向前进抱着颤抖的铁胜男，眼泪滑落了下来。

何司令走近，对着牺牲的游击队员们，脱帽致敬。所有的新四军严肃下来，纷纷脱帽默哀。铁胜男在向前进的搀扶下加入了默哀的队伍。

黑虎山上，尸横遍野，世界突然安静了下来，只剩下战火在那里苟延残喘地燃烧着。

何司令打破了这个寂静："同志们，我们的同志没有牺牲，他们永远地活在我们的心中。他们今天流的血，是子孙后代千秋万代的福。他们是人民的英雄，是历史的英雄，祖国和人民将永远铭记今天。"

铁胜男和向前进对视一笑，所有的言语尽在不言中。

"啪啪啪……"

掌声响起，众人含泪鼓掌。今天，来之不易，每个人的心中都荡漾着别样的情绪。

诸暨县的城楼上，李旺把日军的太阳旗拔了出来，扔到了城下面，"浙东游击纵队诸暨支队"的旗帜在城门上方飘扬了起来。

旗帜在风中被吹得"呼呼"直响。

队员们开始欢呼："我们打败了日本鬼子，打败了日本鬼子！"

诸暨县的老百姓们也加入了欢呼的队伍："共产党打败了日本人，游击队来了，我们胜利了，日本人被游击队赶出诸暨县了。共产党万岁，共产党万岁！"

铁胜男站在当时奶奶跳下去的地方，热泪盈眶。她的眼前浮现出了铁老夫人、韩露、王天霸等人的音容笑貌，突然，王天霸像是活了过来，站在了铁胜男的面前说："丫头，别哭。我们用手中的双枪打败了日本鬼子，日后还要用这双枪保家卫国，谁要是敢来侵犯我们国家，虽远必诛。"铁胜男微笑着点了点头。

向前进拍了拍铁胜男的肩膀，以示安慰。铁胜男擦掉了眼泪，拿出了双枪，对身后的双枪队队员道："双枪队。"

双枪队员也跟着都拔出了双枪。

铁胜男对着天空开枪，双枪队员也一同对着天空开枪。

枪声响彻天际。

1945 年 8 月 15 日，日本天皇宣布无条件投降。中国抗日战争胜利结束，世界反法西斯战争也落下帷幕。中国人民在中国共产党的领导下，奋勇杀敌，保家卫国，为中华民族的解放和全世界反法西斯战争的胜利作出了不可磨灭的贡献。

太阳升起。黎明前的黑暗已经过去。

向前进、铁胜男、李旺、杨大鹏、冬梅等人穿上了新四军军装，他们的后面跟着一支队伍，一支穿着新四军军装的崭新的队伍。

他们迎着曙光，走上了新的征程。